DARIO LISIERO

Angelica

Dario Lisiero

Angelica

ISBN 978-0-6151-9998-6

Breve Introduzione

Questo scritto non ha nessuna pretesa, letteraria, filosofica o di qualsiasi altro genere. E' un semplice esercizio d'italiano di un emigrato che per di più di cinquant'anni non ha avuto l'opportunità di usare la sua lingua materna. Questa, con l'accavallarsi di culture e lingue diverse, si è fossilizzata, rimanendo quasi un reperto archeologico nel sottofondo della coscienza. L'autore, prima di lasciare la scena di questo mondo, ha voluto, sfidando se stesso, dissotterrarla, per balbettare imperfettamente, ancora una volta, con infinita emozione, quelle parole e quelle frasi che da piccolo costituirono tutto il suo mondo.

E' doverosa una messa in guardia. Se qualche sprovveduto lettore si azzardasse a leggere alcune pagine di questo racconto, prima di andare a dormire, è possibile che fatichi a prendere sonno ed è pure fattibile che rimanga impressionato da esperienze umane lontanissime dal suo mondo quotidiano.

Infine, una scusa sincera per i molteplici errori che infarciscono il manoscritto.

CAPITOLO 1

Il sole calava lentamente dietro i picchi rocciosi che punteggiavano il lontano orizzonte, rendendolo quasi indistinguibile. L'occaso infatti di quel giorno, per nulla memorabile o particolare, sembrava portar via con sé parte di ogni sofferta esistenza. Nessun rimpianto saliva al cielo. L'inevitabile era accettato incoscientemente, come parte di un crudele destino che non risparmiava essere vivente.

Mentre l'areo atterrava senza sussulti, Angelica, guardando fuori dal finestrino, vedeva gli edifici fuggire in senso opposto. Una stretta al cuore l'attanagliava, inchiodandola al sedile. Pensava al susseguirsi dei suoi giorni, ingoiati dal vuoto sentimentale ed assorbiti avidamente dall'oblio.

La scossa finale dell'areo, la immerse nel presente, sopprimendo il flusso di strani sentimenti che le facevano venire il capogiro.

"Papà. Sveglia. Siamo arrivati". "Va bene", rispose con voce fredda e quasi annoiata, l'uomo che sedeva alla sua sinistra. L'industriale torinese, affaticato non tanto per il lungo viaggio, quanto per l'atteggiamento staccato e freddo della figlia adottiva, nel suo cuore, malediva il giorno in cui, d' accordo con la moglie, avevano deciso di adottare due infanti orfanelle, una dal Vietnam e l' altra dalla Cina.

Giorgio Rossi, influenzato da correnti sociologiche e pedagogiche del momento, aveva persuaso Angelica ad intraprendere un viaggio al lontano Oriente, affinché la giovane prendesse contatto con la terra che l'aveva vista nascere e apprezzasse la millenaria cultura cinese.

La ragazza, dagli occhi un po' a mandorla ed un nasino delicato, non solo era rimasta indifferente a tutto ciò che apparteneva al misterioso mondo di uno dei suoi progenitori, la madre, ma lo rigettava visceralmente come qualcosa diametralmente opposto al suo essere. Senza esprimerlo con parole, lo fece intendere chiaramente al presunto padre adottivo con il suo atteggiamento freddo. Questi, contrariamente ai molti viaggi anteriori, dove aveva riportato successi in lucrosi contratti industriali, ora ritornava con il maggiore insuccesso della sua vita familiare ed affettiva. Si sentiva frustrato ed impotente, incapace di risolvere una situazione più ingarbugliata di qualsiasi proposizione d' affari impresariali.

Con un sorriso forzato ed un abbraccio quasi rituale salutò la moglie e l'altra figlia adottiva, Simonetta, che erano venute ad accoglierli all'areoporto. Angelica, ancora più riservata del padre, non si profuse in gesti affettuosi. Scambiò solo alcuni convenevoli che lasciarono entrambe con un nodo alla gola. Per Adele, moglie apparentemente fedele e madre sollecita, non sembrava certamente né il luogo né il momento opportuno per svelare il segreto che occultava nel profondo del suo cuore.

Durante la cena, quando la famigliola era tutta riunita come ai tempi migliori dell'infazia delle due giovani, anche se l'atmosfera sembrasse pesante per l'enigmatico silenzio di Angelica e la brevità delle secche risposte del padre, Adele non seppe contenere l'impazienza e buttò sul tavolo, con uno sforzo innaturale e parole stroncate, il segreto che le mordeva l'anima.

"Vorrei dirvi qualcosa che mi sta bruciando l'anima e che non posso più nascondere. Da alcune settimane, ho appreso dal mio ginecologo, che sono incinta. Non so ancora se sarà un maschietto o una femminuccia. Ma l'importante è che si tratta del frutto dell'amore tra me e Giorgio e del risultato della scienza medica".

Le reazioni all'annuncio furono diverse, come erano diversi i destinatari a cui era rivolto. Il capo famiglia rimase sbalordito, dimenticando tutto d'un tratto la stanchezza e la frustrazione che lo stavano divorando. Finalmente, un vero erede, qualcuno del proprio sangue, con la fisionomia ed i geni del casato. Era qualcosa da celebrarsi e da esultare. Giorgio si sentiva veramente soddisfatto. Simonetta, altamente sorpresa all'inizio, provò un certo senso di smarrimento, non prevedendo pienamente le conseguenze di quell'evento. Angelica, dal canto suo, anche se si congratulava la mamma, provava un rammarico infinito, percependo incoscientemente il pericolo che costituiva il futuro rampollo. Non solo doveva subire la parte della secondona nei confronti della sorellastra che era stata adottata per prima, ma adesso passerebbe ad occupare affettivamente l'ultimo posto nel cuore del padre.

La madre spiegò brevemente alle figlie, perché il padre ne era al corrente, che da tempo si era sottomessa ad un trattamento ormonale, che prometteva miracoli alle copie considerate clinicamente sterili. Dopo vari tentativi infruttuosi, che lasciavano una costante delusione ed amarezza, il suo corpo aveva risposto con risultati positivi.

Non restava altro che attendere il lieto evento che avrebbe cambiato definitivamente il destino di ognuno.

Dava la netta impressione che una misteriosa legge dell'equilibrio universale fosse scesa dal cielo eterno delle verità immutabili e si fosse applicata al piccolo cosmo dei quattro membri di quella famiglia, che tutti consideravano esemplare ed ammirabile.

L'insoddisfazione di Giorgio per la resistenza di Angelica al non accettare ed ancor più al non riconoscere parte delle proprie origini, perdeva i contorni drammatici assunti nell'ultimo mese ed associandosi alla nuova sensazione di sentirsi vero padre bilanciava il suo giudizio verso la vita, rendendola meno crudele.

Angelica, al rigettare il suo passato, si sentiva rigettata dal futuro. Simonetta, che godeva un po' gli immeritati privilegi della primogenitura, dovrà ridefinire la sua posizione ed Adele da moglie incapace di generare passerà a regnare come moglie-madre.

Un semplice annuncio di un fatto inatteso aveva equilibrato posizioni contrapposte, facendo giustizia a modo suo di una situazione ingiusta o totalmente sbilanciata. Questo era il vero miracolo della natura, che nessuno riusciva a percepire con chiarezza nella sua portata, gravida di conseguenze.

Il mondo, fino allora conosciuto e sopportato, era cambiato per ognuno di quelli esseri e solo le luci di un nuovo giorno avrebbero potuto schiarire quel panorama aggrovigliato di immagini, sentimenti, speranze e paure.

Se ne andarono quietamente a letto, sperando che un sonno ristoratore rimettesse in ordine il bagaglio di vivenze di ognuno.

L' unica che stentò ad addormentarsi fu Angelica, presa da un panico irrazionale che la faceva tremare come se avesse una febbre galoppante. Estenuata dal viaggio e sopraffatta da un insolito timore, cadde finalmente in un leggero sonno che d'improvviso si convertì in un pauroso incubo.

Le sembrava di trovarsi in un ginnasio, come quello di pallacanestro nella sua scuola media, ma invece di uniformi sparse qua e là nel pavimento, v'erano corpi smembrati e decapitati di bambini. Le pareti erano schizzate di rosso e parevano sudare sangue che scorreva abbondantemente nel suolo. Il silenzio regnava assoluto, non grida, né gemiti, neppure un sussurro. A quella vista, inorridita, Angelica volle fuggire, e correndo disperata verso la prima porta, la trovò chiusa; si precipitò allora verso le altre, ma tutte erano sbarrate da stanghe pesanti, impossibili da rimuovere. Finirebbe anche lei smembrata? Tutto si oscurò attorno a lei ed insensibile agli elementi che la circondavano, cadde svenuta. Quando aprì gli occhi, vide la luce del giorno filtrare soavemente tra le fessure delle persiane. Tirando un sospiro di sollievo, si strofinò leggermente gli occhi. Istintivamente si chiese se vi fosse qualche connessione tra il sogno e la sua realtà, senza poter trovare una qualsiasi spiegazione plausibile.

A livello di coscienza, non s'era ancora accorta che nutriva un profondo odio per la sua situazione familiare e soprattuto per l'avvento di un futuro erede. Probabilmente questo tormentato ed oscuro abisso interno aveva intentato affiorare alla superficie durante l'incoscienza del sonno. Premonizioni, presentimenti, illusioni, mistificazioni? Per il momento nulla che facesse presagire alcunché di concreto.

Ancora alcuni giorni di svago prima che incominciassero le scuole. Angelica stava per entrare nell'ultimo anno delle medie, mentre la sorella Simonetta iniziava il liceo. Il padre spendeva le sue ore in ufficio e la mamma s'affaccendava nelle multiformi attività della casa.

Il ritorno a scuola provocava un turbinio di memorie, che risalivano infallibilmente ai primi giorni della scuola elementare. Come dimenticare il grembiulino nuovo e le scarpette di cuoio comprati dalla mamma in uno di quei negozi costosi, che solo le persone benestanti potevano frequentare? E come dissociare da quell'immagine gli sguardi curiosi degli altri bimbi, non abituati a un visino parzialmente orientale?

Angelica si sentì in quel lontano passato come una rarità in uno strano giardino zoologico, nonostante le gratificanti assicurazioni delle maestre. Ancora adesso, dopo tanti anni di convivenza, le amichette la denominavano la "cinesina". Solo la fisionomia fisica la tradiva, perché il resto, dal modo di vestire e parlare, dal comportamento e mentalità tutto era autenticamente piemontese. Per un estraneo era veramente carino sentirla parlare in dialetto, così sofisticato come quello di qualsiasi famiglia dell'alta nobiltà.

I genitori erano orgogliosi delle due ragazzine, dal comportamento corretto e rispettoso. Mentre Angelica mostrava riservatezza, Simonetta non temeva mostrarsi aperta ed affettiva. Di qui, certa predilezione per lei, che di tanto in tanto tradiva la decantata imparzialità e lasciava Angelica un po' amareggiata.

La scuola la isolava dall'intreccio delle relazioni sociali e la rendeva immune da contatti profondi che lei rigettava, perché contrari al suo spirito. Si sentiva stranamente protetta, quasi invulnerabile. La scuola era il miglior rifugio psicologico, il miglior scudo contro pretese o forzate amicizie, contro legami sentimentali soffocanti o schiavizzanti. Nelle riunioni familiari, inevitabili nelle grandi occasioni dell'anno e negli eventi personali, cercava di mantenersi vicina fisicamente ma lontana affettivamente.

Al mattino seguente del suo ritorno dalla Cina, la mamma la osservò più suscettibile del solito ed a bruciapelo la interpellò: "Va tutto bene, Angelica? Mi sembri più accigliata del solito. Non hai dormito bene? Sei preoccupata per l'inizio della scuola? Ti manca qualcosa?"

Anche la sorella si unì all'interrogatorio, aggiungendo: "Problemi di cuore? Qualche fiammata, germogliata nella tua terra natale? Non ti sembra ancora presto per drammi sentimentali?"

Angelica, incalzata da tutte quelle domande, stroncò seccamente lo stillicidio della litania: "Tutto va bene. Nulla di anormale. Sono un po' stanca dal viaggio e dal cambio del fuso orario". Simonetta non si arrese facilmente e aggiunse: "Ieri sera apparivi assente, smarrita in un' immaginaria zona planetaria. Che ti è successo?".

Quasi le stesse domande incalzanti di otto anni primi, all'indomani dell'episodio con Gianni, che aveva tentato di toccarla indebitamente, ritornavano ora a riecheggiare in quel recinto familiare, che l'aveva vista crescere e trasformarsi in una signorina attraente, ma seria e taciturna.

"Oh, mi piace la riservatezza –ribatté Angelica- e mi affascina la solitudine, specialmente al calar del sole. Mi sembra il momento più indicato per meditare sulle vanità del mondo e le frivole convenzioni della nostra società, specialmente dopo l'esperienza del viaggio.".

Quest'ultima espressione lasciò allibite madre e sorella. Non si sarebbero mai aspettate simile concetto da quella sedicenne.

In realtà qualcosa era successo al visitare l'orfanatrofio di Linping, non lontano da Cantone. Il padre, per mezzo di una traduttrice, aveva chiesto all'assistente sociale se la madre biologica di Angelica, o qualche altro familiare, si fossero mai fatti vivi od avessero mai voluto sapere sulla sorte dell'orfanella Yen Liu (il vero nome di Angelica).

Per quel poco che poté capire Angelica, sua madre era apparsa alcuni mesi dopo l'adozione, supplicando di riaverla. A nulla valsero le suppliche e lagrime della povera donna, perché le dissero che la bimba era stata adottata ed aveva lasciato il paese.

Anche se le avessero dato la destinazione dei genitori adottivi, a nulla sarebbe valso, perché lei in quel momento, ancora povera, era una donna ignorante che portava lo stigma della brutale violazione. Senza mezzi economici né capacità per rintracciarla a nulla sarebbe valsa l'informazione.

Queste inattese rivelazioni non solo cambiarono la fisonomia del viaggio di Angelica, ma crearono pure in lei un soffuso senso di odio e vendetta, che la lasciarono un po' sgomenta e spaventata.

Quello che doveva essere un viaggio di piacere si stava convertendo in una riscoperta di un passato doloroso per non dire strano. Forse lei era il frutto di un incontro casuale, perché non si era mai menzionato il padre. Apparentemente era stata rigettata dalla madre e abbandonata in mano di sconosciuti. Se tale era la madre, che razza di uomo sarebbe stato il padre? Un seduttore, un donnaiolo, un dongiovanni? Un uomo odiato da sua madre e adesso da lei? Se l'avesse rincontrato, cosa avrebbe fatto? Come avrebbe reagito?

Angelica ora lo possedeva tutto, genitori, famiglia, denaro, posizione sociale, ma riflettendo sulle sue squallide origini percepiva che non possedeva nulla. Tutto, infatti, era una fabbricazione artificiale, tutto era menzogna. La società in cui viveva amava queste apparenze, si nutriva d'illusioni, elevandole al mito di realtà.

Perplessa, Angelica si guardava d'intorno e riscopriva, come per crudele magia, il vero volto delle autorità politiche, religiose, sociali e familiari. Tutte nascondevano nel loro seno il verme dell'inganno, della violenza intellettuale e carnale. Proiettavano un'immagine di rettitudine, giustizia e quasi infallibilità, mai esistite. D'altra parte il credulo essere umano si consolava sotto questo scudo menzognero, sentendosi protetto e giustificato. Inutile dire che lo afferrava fortemente e lo difendeva con tutte le sue energie, perpetuandone con le migliori intenzioni l'ipocrisia inerente.

Pian piano questo strano quadro psicologico stava prendendo forma chiara e contorni ben delineati nella mente della sconcertata Angelica. Cercava di rigettarlo, ma riaffiorava costantemente con dettagli nuovi ed applicazioni inattese.

La sua origine stava diventando la chiave d'interpretazione del mondo e della società. Nessun maestro o pedagogo avrebbe avuto tale potere nel capovolgimento dei valori morali ed intellettuali della giovane, perché nessun insegnamento è più potente e travolgente di una realtà vissuta e sofferta in carne propria. Era possibile che una ragazza così giovane potesse vibrare in un modo così insolito? La risposta non è basata su argomenti razionali, ma sulle numerose statistiche della criminalità giovanile. Il trasfondo familiare ed ambientale, forgia la personalità di ogni individuo, lasciando poco spazio alla libertà di scelte.

Vivendo e crescendo nell'insicurezza psicologica, Angelica provava brividi vertiginosi davanti alla lenta sovversione della sua scala di valori tradizionali. Non le importavano più l'amicizia, l'amore e la sottomissione, la spingevano invece nuove forze che portavano il netto segno della rabbia, vendetta e ribellione. Chi avrebbe mai immaginato che sotto quelle sembianze umane così delicate, quasi angeliche, si nascondesse un vulcano di passioni, pronto a sputare lava incandescente, che avrebbe bruciato e sepolto tutto ciò che avesse incontrato al suo passo?

La prima avvisaglia   venne alcuni giorni dopo l'inizio dell'anno scolastico, quando la madre ricevette una chiamata telefonica. La direttrice della scuola le fece sapere laconicamente che la figlia aveva ricevuto una sospensione di una giornata per insubordinazione.

Appena giunta a casa, Angelica si rinchiuse in camera senza proferire una parola. Durante la cena, però, non poté sottrarsi alle domande imperiose del padre che sostenuto dalla madre, voleva sapere che cos'era successo.

Succintamente, ma con precisione, Angelica narrò l'accaduto. Una compagna, che dall'anno precedente le stava facendo la vita impossibile, all'entrare in aula le fece lo sgambetto. Angelica, per miracolo non cadde al suolo, ma sommamente stizzita, afferrò la colpevole per una manica della camicia, facendole uno strappo considerevole. Fu proprio in quel momento che si presero per i capelli, schiaffeggiandosi mutuamente. Solo l'intervento della professoressa pose fine all'altercato. Tutte due furono inviate dalla direttrice, che le sospese immediatamente. Senza dare alcun segno di pentimento o mostrare alcun sentimento di vergogna, Angelica concluse la narrazione.

Il padre, accigliato, la guardò fissamente per qualche istante, poi con voce dura quasi minacciosa le disse: "Che sia l'ultima volta". Senza battere ciglio, Angelica lasciò la sala da pranzo dirigendosi in camera. C'era stato qualche incidente negli anni precedenti, ma nulla come quello che era accaduto quel giorno.

Né il padre né la madre parvero alla ragazza benevoli o conciliatori. Il tono affettuoso di prima era scomparso. La comprensione era stata sostituita dall'imposizione. Angelica non versò lagrime di dolore od emise sospiri di rimpianto. Percepì che non era la loro figlia, che non scorreva nelle sue vene il loro sangue. Riaffiorò la convinzione di essere una povera bastarda, che meritava la frusta, e non una mano tesa che la salvasse dall'abisso in cui stava per cadere.

Esisteva per lei l'angelo custode che le avevano insegnato durante le classi del catechismo domenicale? Se c'era, perché non veniva in suo soccorso? Forse era una bella storiella inventata da qualche fattucchiere o trovatore per intrattenere i bambini e tenerli buoni nei momenti difficili.

La sua situazione personale parlava più forte ed era più convincente di qualsiasi predica pietosa o dei comuni insegnamenti attinti da genitori o maestri.

Dopo la sospensione, Angelica tornò a scuola, ma l'atmosfera che la circondava si era rarefatta talmente che le sembrava quasi impossibile respirare normalmente e pensare con le categorie tradizionali. Non mancavano gli scontri con le compagne, così superficiali, vanitose e vuote. La loro stessa presenza nauseava Angelica, mentre che il suo comportamento quasi altezzoso alienava anche le più fedeli.

Non certo migliore si presentava la situazione familiare. La mamma, in stato interessante, aveva momenti di inconsueta irritazione. Il papà, dal canto suo, per la pressione del lavoro e le esigenze del commercio internazionale, diventava sempre più distante ed autoritario.

La sorella, Simonetta, s'era trovato un proprio nicchio emozionale in un ragazzo sommamente possessivo e nel curriculum del liceo artistico. Si sentiva quasi indipendente e pronta a spiccare il volo.

Con i tre mondi ruotando in circonferenze proprie, l'universo di Angelica con il suo sistema di attrazione, s'era spezzato intraprendendo una rotta inedita e solitaria che l'avrebbe portata a possibili scontri con qualsiasi dei tre. Al guardarsi nello specchio riconosceva le proprie fattezze fisiche, ma al considerare i propri sentimenti ed azioni non poteva fare a meno di scoprire una specie di genio maligno, che la spingeva verso il male. Gelosia, odio e vendetta si stavano impadronendo del cuore della giovinetta, senza darle tempo di setacciare quell'insieme sentimentale di grano e gramigna.

Simonetta, meno introversa, più avvenente e con qualche anno in più, era stata adottata per prima, dandole certi diritti di primogenitura, che se non scritti su carta erano certo esistenti nelle convinzioni dei genitori e nella percezione dei familiari. Se questa situazione era stata accettata incoscientemente da piccola, era rigettata ora da Angelica, come qualche cosa di ingiusta ed offensiva. Quanto avrebbe voluto vendicarsi della supposta sorella.

Quasi per un destino cieco, non tardò molto tempo a presentarsi un'occasione d'oro, che Angelica non si lasciò per certo sfuggire. Un pomeriggio si trovava a casa sola, quando inaspettatamente suonò il campanello. Si precipitò verso l'uscio, chiedendo chi fosse. Era il ragazzo della sorella, Luigi, che veniva a prenderla, come si erano accordati con anteriorità. Gli aprì la porta, facendogli sapere che la sorella non si trovava. "Posso entrare - domandò molto spigliatamente il giovane- ed aspettarla nel salotto?" "Certamente –rispose Angelica, prendendolo della mano- Puoi sederti qui nel salotto. Nel frattempo posso offrirti qualcosa da bere. Cosa preferisci?" "Un rinfresco verrebbe a meraviglia" rispose Luigi. Lei gli versò la bibita e si sedette accanto a lui. Dopo alcuni istanti d'esitazione intavolarono una conversazione stentata e quanto mai disarticolata, guardando allo stesso tempo un programma televisivo che lasciava molto a desiderare.

Angelica s'accorse che Luigi di sfuggita lanciava sguardi immodesti verso di lei. Rigettando un certo senso di pudore, assunse il ruolo di seduttrice innocente, che la rendeva irresistibile. Quando era venuta a conoscenza di quelle strane tecniche? Le erano innate, come patrimonio ereditario delle figlie d'Eva, o le aveva apprese da qualche esperta nelle arti amorose? Neppure lei avrebbe saputo rispondere a simili interrogativi.

Luigi, da parte sua, era spericolatamente al corrente dei sottili segni sensuali emananti da giovani provocatrici e fiutando nell'aria un primitivo richiamo d'un istinto di natura, raccolse la palla al balzo. Dopo alcuni ammiccamenti dolciastri, ricopianti le scene nello schermo, pose la sua mano destra su quel bel visino di alabastro, accarezzandolo con tanta delicatezza. Nell'attesa di un'accondiscendente accettazione s'astenne da ulteriori effusioni. Angelica nel frattempo rimase immobile smorzando il sorriso che le aveva irradiato il sembiante.

Il gioco sottile dell'incantatrice s'era inceppato. Aveva forse perso le tracce del cammino a seguire o quelle tracce si erano rese del tutto invisibili? Né l'esperienza, che non possedeva, venne in suo soccorso, né l'immaginazione alcuni istanti prima vivace e fertile s'aprì un varco in quel misterioso labirinto. Si sarebbe arresa di fronte alle prime difficoltà o avrebbe valicato ciecamente il recinto vietato? In quell'eterno istante d'indecisione la totalità delle sua futura fisonomia etica avrebbe preso forma e conseguenze ineluttabili ne sarebbero scaturite. Non spettava a lei la prima mossa. La colpabilità infatti, se di simile sentimento si può parlare, sarebbe ricaduta sulla sua offuscata coscienza. Obbedendo piuttosto all'istinto ricettivo femminile, che a precetti o richiami morali, lasciò l'iniziativa al giovane, che sotto false apparenze d'agnello, se la stava già divorando con sguardi lascivi.

Luigi, stringendosela tra le braccia, avvicinò le sue labbra a quelle di Angelica, e con il fervore di una passione sfrenata, la baciò ripetutamente. A quel contatto carnale, intravvisto ripetute volte in fuggevoli fantasie giovanile, Angelica subì un tale smarrimento che perse completamente la nozione di tempo e luogo, e senza corrispondere assorbì la profusa quantità di baci, come se si stesse abbeverando a una fresca sorgente di montagna. Smarrita nell'oblio di quell'amplesso proibito, non vide più nulla attorno a sé. Scomparvero i mobili, le pareti, il soffitto e persino lo stesso sofà in cui si ritrovava ora reclinata. Quell'incantesimo si ruppe improvvisamente quando una luce intensa venne dalla porta aperta lasciando intravvedere i contorni confusi di Simonetta, che con occhi sbalorditi contemplò quella scena per lei nauseante.

Luigi no s'era accorto di nulla, così assorto nell'intensità del momento libidinoso. Quando Angelica semicosciente e tutta scapigliata balzò dal divano, aggiustandosi la gonnella, Luigi pensò a un tranello amoroso di fuga ed inseguimento. Quale non fu il suo sgomento e terrore al vedersi Simonetta alle spalle che lo stava fulminando con uno sguardo feroce, mai visto prima. Con voce imperiosa e quasi sferzante " Vattene dalla mia casa –tuonò come una leonessa ferita- e non mettervi più piede". " In quanto a te – rivolgendosi verso Angelica- faremo i conti dopo. Vergognati".

Tutto accadde così subitamente, che non vi fu tempo per ripensamenti, giustificazioni o semplici spiegazioni. Fu una catena spontanea di azioni e reazioni, colpa e delitto, giudizi e punizioni.

Luigi, con una smorfia banale, che rivelava il suo desiderio frustrato, avvolto in imbarazzo, rabbia e vergogna, lasciò l'abitazione. Senza battere ciglio, infilò l'uscita e giammai il suo nome o ricordo furono rievocati tra quelle pareti ammutolite d'improvviso. Angelica, da parte sua, si rinchiuse nella sua stanzetta al primo piano, in attesa di una tempesta che sarebbe scrosciata, frantumando la sua immagine di vittima innocente. Nessuna voglia di mangiare, dormire, leggere o studiare la spingeva all'azione. Paralizzata nel più profondo del suo essere, rimase immobile fissando un punto indeterminato nella parete, incapace di coordinare un'idea o sentimento.

Per la prima volta si percepiva confusa, colpevole e non protetta. Anche la voglia di sfogarsi piangendo era svanita come tutte le sue illusioni. Un deserto sconfinato si delineava nel suo futuro e lei vi errava sperdutamente. Provava adesso la stessa desolazione, ma moltiplicata all'infinito, che aveva sperimentato da piccola in simili circostanze. Allora era un numero ed un nome che non apparteneva a nessuno, adesso un grano di sabbia che presto sarebbe stato trasportato in un turbinio di vicende, sulle quali non avrebbe avuto nessun controllo. Sarebbe stato meglio finirla con quell'asfissiante atmosfera di un mondo, improvvisamente divenuto tanto piccolo e chiuso da soffocarla.

Il pensiero del suicidio, qualsiasi fosse la forma, le balenò alla mente tra una confusione mentale deplorabile. Finalmente lei avrebbe preso la decisione sulla rotta finale della sua esistenza e nessun altro l'avrebbe manipolata. Che sollievo provava alla sola idea di una libertà mai posseduta, anche se fosse goduta e fruita per un solo istante.

Sembrava potesse così ritrovare se stessa, nel pieno esercizio di tutte le sue facoltà, la più importante delle quali era senza dubbio quella di decidere il suo futuro. Un futuro che paradossalmente sarebbe svanito in un'attimo di somma follia. Ciò che in un principio luccicava come puro oro, si rivelava pieno di scorie e contraddizioni. Col togliersi la vita anziché vendicarsi avrebbe reso un servizio alla sorella e genitori, che certamente non l'avrebbero rimpianta. Avrebbe inoltre lasciate impunite molte ingiustizie subite nel corso della sua breve dimora terrestre. Perché non vivere ed attendere il momento propizio per una vendetta senza precedenti? Perché non far versare lagrime amare a tutti coloro che le avevano persino soppresso il bisogno di singhiozzare? Ma anche questo le parve tanto crudele e alieno alla sua natura, che rimase sbigottita al solo concepirlo.

Come nel passato, la rassegnazione, come postura abitudinaria, subentrò nel caleidoscopio delle possibilità, insediandosi temporaneamente nel suo cuore, ancora agitato e tormentato da mille correnti contrastanti. Avrebbe atteso stoicamente quello che altri avrebbero deciso per lei, l'avrebbe abbracciato con una latente ribellione, torcendolo a suo agio nelle mille ore di solitudine che l'avrebbero accompagnata.

Il rumore d'una agitata discussione proveniente dal salotto la svegliò rudemente dal suo febbrile farneticare, proiettandola nuovamente nella tragicità del presente. Avrebbe voluto fuggire, svanire nel nulla, ma le sue forme corporee non obbedivano a quei desideri, anzi s'appesantivano di più inchiodandola nel presente. I presentimenti, che nel passato avevano costituito un termometro sicuro, l'attanagliavano ora con una morsa sproporzionata alle sue forze. Un liquido febbrile, scorreva in quelle vene delicate, spingendola inesorabilmente verso il suo tragico destino. Quando tale energia cieca invadeva il suo fisico, era certa che qualche cosa di grave si stava per scatenare nel tenue tessuto della sua vicenda quotidiana, lacerandolo irreparabilmente. La faceva tremare al solo pensiero di essere una vittima incapace di sottrarsi ai suoi tentacoli. Senza credersi una chiaroveggente, o un essere dotato di doni speciali, era certa che la natura l'aveva favorita con segnalazioni sensoriali in grado di ammonirla anticipatamente di pericoli e minacce sovrastanti.

Questa volta l'allarme suonava più stridente che mai e con note cupe, quasi funeree. Ad un tratto sentì la voce secca del padre: "Angelica, scendi immediatamente". Con la faccia stravolta, e le gambe che sembravano rifiutare ogni comando, scese pian piano, quasi stesse contando i gradini che l'avvicinavano inesorabilmente verso la sentenza. Senza alzare lo sguardo, senza nessun gesto che avesse potuto tradire il suo interno, si sedette a tavola, nel posto che le era stato assegnato tanti anni prima. Il silenzio tutt'intorno era opprimente. Gli oggetti familiari che in occasioni migliori emanavano gioia e serenità, si erano convertiti in testimoni muti e le persone più vicine a lei, si erano costituite in giudici inesorabili.

"Le azioni di oggi –snocciolò nervosamente il padre- hanno colmato la bilancia. Per salvare la vita di questa famiglia, posta a repentaglio dal tuo atteggiamento spregiudicato ed offensivo, e per ricuperare qualche cosa del tuo futuro, questa sera stessa farai le valigie ed io domani di accompagnerò in Svizzera. Starai in un internato per ragazze, dove finirai le scuole medie". La sentenza era stata dettata, non c'era né appello né ricorso.

Aveva certo scatenato la furia cieca della sorellastra ed il castigo spietato da parte dei genitori . Non si rammaricava di perdere i legami affettivi con Simonetta, anzi ne gioiva internamente. Ma essere allontanata dal piccolo mondo che conosceva, l'aveva lasciata paralizzata, come un improvviso colpo di fulmine che accieca e lascia tramortiti.

Quella notte fatidica, dopo aver fatto le valigie, stentò a prendere sonno. Quando finalmente socchiuse gli occhi stanchi, cadde in un sopore strano. Sognò di trovarsi in mezzo ad un prato sterminato cosparso di tanti piccoli fiori silvestri. Il cielo era coperto da nuvole capricciose che si rincorrevano l'una con l'altra. Non v'erano né uccelli né altri animali domestici, solo l'immensa distesa verdeggiante che l'avvolgeva come un grembo materno. La paura angosciante che l'aveva attanagliata, la rabbia profonda che la faceva ribollire internamente erano scomparse per lasciar posto a una quietudine affettiva insolita. Come per incanto, vide inginocchiata ai suoi piedi una figura eterea di donna orientale che con le mani giunte e lo sguardo abbassato sembrava implorare perdono e misericordia.

Avrebbe desiderato parlarle, ma nessuna sillaba usciva dalle sue labbra. Avrebbe voluto prenderle le mani e alzarla, ma non riusciva a stendere le sua braccia. Godeva e soffriva allo stesso tempo cercando di prolungare il più possibile quella visione. Ad un certo punto l'immobilità di quella scena si ruppe, come se qualcuno avesse premuto il bottone di uno strano congegno elettronico. La donna misteriosa con la sua mano destra estrasse dalla tasca una figurina di porcellana rappresentante un cagnolino depositandola delicatamente nelle mani di Angelica. Con un sorriso benevolo appena accennato, svanì nell'immensità. A quel punto la ragazza si ritrovò sveglia e le immagini del sogno erano ancora talmente vivide nella sua immaginazione che credette fosse stata una vera apparizione. Ricordando però i particolari non riusciva a raccapezzarsi. Lei, sin da piccola, aveva conservato una statuina che però era di alabastro e non di porcellana, come nel sogno e rappresentava una tigre e non un cagnolino. Chi gliela aveva data? Forse la vera mamma prima di lasciarla nell'orfanotrofio? Era l'unico cimelio dell'infanzia che aveva conservato assieme a una camicetta di cotone. Tutte e due possedevano due caratteri cinesi, il cui significato non le era mai stato rivelato. E quella signora misteriosa, chi era? Forse colei che le aveva dato la vita e poi l'aveva abbandonata? Dopo tanti anni avrebbe forse cambiato il suo atteggiamento e pentita avrebbe voluto ritrovare la sua figlia ad ogni costo? In qualche parte dell'universo c'era forse un cuore che batteva disperatamente per lei? Tutto questo, sommergendo la rabbia, l'odio e la vendetta, le fece sorgere in seno un desiderio di abbandono totale nello sconfinato oceano di un immaginario affetto materno. Provava per la prima volta una nostalgia indescrivibile per una sua carezza ed un suo sorriso.

La notte aveva messo un balsamo soave sulla ferita ancora sanguinante dello strappo violento dalla famiglia che l'aveva vista crescere. Era cosciente di essere un fiore molto più bello di una stella alpina, che raccolta dalle fredde vette di una montagna e posta tra le pagine di un libro, si conserva per anni senza perdere la sua originale bellezza. Anche lei si sarebbe conservata forte e intatta nonostante le bufere dei capricciosi cambi sociologici.

Era pronta a spiccare il volo verso l'ignoto, alimentando nel più profondo del suo cuore ferito un sogno forse irrealizzabile, ma pur sempre legittimo, quello di ritrovare un giorno colei che le aveva dato la vita e perché no il suo ignoto corresponsabile. Districare quel mistero della sua origine rimase come il segreto più intimo della sua esistenza, che non avrebbe mai compartito con nessuno. Questo a sua volta si costituiva in chiave interpretativa della sua condotta futura.

Senza molte manifestazioni d'affetto, prese commiato dalla madre, dalla sorella e nascostamente disse un addio pacato a persone e cose che erano state parte della sua vita. Gli addii sono sempre tanto difficili, non tanto per quello che significano nel momento della partenza, quanto per quello che racchiudono di un futuro incognito e tenebroso. Accompagnata dal padre, si diresse verso la stazione dove presero il primo treno per Ginevra.

Seduti in uno scompartimento di prima classe, si guardarono per un attimo taciturni. Il padre scoperse in un barlume fugace e decisamente incerto alcune fattezze della figlia che non aveva mai notato prima. Le sopracciglia, le labbra e il mento rassomigliavano insolitamente ai lineamenti della sua famiglia. Era la sua immaginazione o una istintiva percezione di un passato che aveva sempre voluto seppellire nel più profondo degli oblii?

Angelica da parte sua intuì un qualche cosa di comune tra il suo atteggiamento e quello del padre. Un vincolo impercettibile sembrava unire quei due esseri così dissimili per origini. Un piccolo terremoto psicologico stava per ribaltare quello scenario solidificato in tanti anni di vita familiare? No. Quell'attimo di insicurezza mentale svanì, come stavano svanendo panchine, chioschi e vagoni alle loro spalle. Il treno, con un fischio lacerante, aveva infatti incominciato a muoversi lentamente, interrompendo bruscamente le fantasticherie di quei due enigmatici passeggeri.

La fitta nebbia che ricopriva la città si stese ancora più fitta nella loro mente impedendo la filtrazione di qualsiasi luce. Il clima di tensione regnante tra i due si smorzò lentamente, lasciando un senso di indifferenza e noncuranza. Purtroppo nessun gesto di conciliazione partì dal padre come neppure una leggera scusa affiorò sulle labbra di quella giovane dai lineamenti da sfinge. Frasi buttate là per abitudine interrompevano di quando in quando il silenzio quasi religioso del compartimento.

La nebbia cominciò a dissiparsi lasciando intravvedere, fuori dal finestrino, un panorama meraviglioso di vigneti, coltivazioni varie e casolari sparsi in lontananza. Il treno sfrecciava velocemente lasciando dietro di sé panorami e ricordi. Angelica avrebbe voluto seppellire tutto un passato che continuava a tormentarla. Le sue origini costituivano una spina nel suo fianco e non sapeva come liberarsene.

La distesa della pianura padana, drappeggiata da risaie, annunciava la vicinanza della grande metropoli del Nord, Milano. Alla stazione centrale avrebbero cambiato treno, prendendo l'espresso per Ginevra. Angelica, appena giunta in quell'enorme capannone di ferro, spalancò i suoi occhi e si sentì piccola, piccola tra l'enorme folla che transitava frettolosa tra i marciapiedi che separavano i numerosi binari. Seguendo il padre con le pesanti valigie tra le mani si fece passo tra la gente e dopo una lunga camminata raggiunsero il binario con la loro destinazione.

Mancavano solo dieci minuti per la partenza. Ebbero il tempo sufficiente per un espresso e per individuare il loro vagone. Respirando pesantemente e senza guardare in faccia nessuno, raggiunsero i loro posti. Avevano appena avuto il tempo di sistemare i bagagli che una leggera scossa ed un fischio prolungato segnalavano la partenza in orario del loro treno. Appena fuori città la velocità cominciò ad aumentare quasi sorpassando il ritmo sfrenato del loro desiderio di concludere presto il viaggio.

Presto la pianura verdeggiante lasciò posto a colline, poi a montagne ed infine al tunnel del Sempione. La fitta oscurità esteriore, interrotta di quando in quando da una tenue luce giallastra e morticina descriveva perfettamente lo stato psicologico di Angelica, che non riusciva a intravvedere uno spiraglio di luce nel suo futuro. Sentimenti di terrore e di scoraggiamento s'alternavano, con momenti di pura disperazione. La persona che le stava accanto e che fungeva da padre, non le offriva nessun appoggio morale o spirituale. Il suo atteggiamento induceva a credere che voleva disfarsi di lei al più presto possibile, come una remora pesante e senza dubbio scomoda.

Se Angelica avesse potuto versare lagrime, sarebbero certamente state lagrime di sangue. Tutte le fibre del suo essere infatti erano spietatamente lacerate. Nessun balsamo avrebbe potuto attutire il dolore, e nessuna medicina avrebbe fermato l'emorragia. Spietatamente flagellata dalla propria famiglia, Angelica cercava rifugio nello spazio ideale fabbricato dalla propria immaginazione, ignara delle conseguenze nefaste di tale atteggiamento. Rifuggiva dalla realtà, come gli animali si allontanano dai disastri naturali.

Inaspettatamente il padre ruppe il silenzio, rivolgendole in tono pacato la parola, tante volte mancata in simili occasioni. "So che ti senti indifesa –disse- e che nutri sentimenti ostili verso la famiglia. Non sono stato per te un padre e molto meno un genitore attento e sollecito. Assumo piena responsabilità della tua situazione attuale. Spero che la nuova atmosfera dell'internato ti indirizzi per il cammino giusto". Dopo un respiro profondo ed una meditata pausa, la ragazza con certa distanza affettiva rispose –Lo spero anch'io. Farò del mio meglio per mantenere alto il nome della famiglia-.

La conversazione s'interruppe. S'era inceppata in qualche ostacolo insormontabile? O s'erano entrambi pentiti di quella improvvisa schiarita? La psiche umana da prove di tortuosità impensate con retromarce improvvise ed inattese smentite.

Erano quasi trascorse sei ore di viaggio ed in lontananza poteva intravvedersi il lago e la città di Ginevra, accoccolata alle sue sponde. Il panorama era spettacolare. Se non fosse stato per il cielo tutto imbronciato, un sorriso accattivante ed un canto melodioso avrebbero rabbonito qualsiasi essere vivente. Mentre i passeggeri ammiravano il panorama, il treno s'infilava lentamente nella stazione, gremita di tanta gente, che parlava con accenti svariati.

Mentre Angelica assorbiva con avidità le molteplici caratteristiche della città che l'avrebbe ospitata per qualche anno, il padre con passo frettoloso si avviava verso il parcheggio dei taxi. Non appena saliti sull'automobile, un rovescio d'acqua s'abbattè su di loro, rendendo estremamente difficile la visibilità. Le gocce pesanti schioccavano come frustate sull'auto. La benevola accoglienza iniziale s'era convertita in una ostilità persistente. Forse la natura stava somministrando qualche minaccia non per certo velata, o forse si stava sfogando, scaricando gli elementi furiosi di cui disponeva su tutti coloro che si trovassero sul suo passo.

La giovane esiliata, tale era il sentimento che stava pervadendo le sue viscere, rimase più ammutolita del solito. Con un atteggiamento un po' stoico lasciava che il mondo crollasse attorno a sé, infatti quello non era il suo mondo o il mondo nel quale volesse vivere e prosperare.

Sul fianco di una delle collinette circondanti la città s'elevava con certa eleganza rinascimentale l'internato verso il quale si stavano dirigendo. Nella più assoluta freddezza e sfidando la furia degli elementi, finalmente giunsero all'entrata, dove l'attendeva l'assistente della direttrice. Tutto d'un tratto l'acquazzone cessò ed il sole fece capolino tra le nubi arruffate.

D'accordo alle istruzioni ricevute per telefono, il padre s'accomiatò da Angelica senza abbracci o strette di mano. Con tono quasi imperativo le disse −Se hai bisogno di qualcosa, faccelo sapere. Arrivederci- .

Riprese il taxi e sparì dagli occhi della figlia. Questa, quasi sommersa in una visione futuristica, di una eroina immaginaria che inizia un'odissea piena d'insidie, inganni e tradimenti, con la mano destra fece un gesto distratto d'addio, e seguì l'assistente nell'interno dell'Istituto Superiore.

Accompagnata alla sua camera individuale, depose i bagagli, ed ascoltò con attenzione svagata la litania d'istruzioni, con le quali si sarebbe familiarizzata nel corso della sua lunga permanenza.

L'assistente, una giovane avvenente, non più di trent'anni, si chiamava Brigitte ed aveva un atteggiamento sicuro, ma non autoritario. Parlava con una pronuncia chiara, e la sua voce avvolta in un certo velluto affettuoso, la rendeva amabile, senza però cadere nella sdolcinatezza o insincerità. Verso la fine di quella orientazione introduttiva, si guardarono fissamente negli occhi.

Brigitte scoperse un'oceano di amarezza e solitudine in quegli occhi oscuri, che sarebbe stato impossibile colmare con gesti di tenerezza. Da parte sua Angelica si visualizzò mentalmente come una navicella ancorata con fermezza nel lago procelloso della vita, grazie a quell'inattesa assistenza femminile.

Stava per scoprire un mondo con dimensioni sconosciute. Non incuteva timore, solo curiosità e avventura. Si sarebbe adattata, o avrebbe frustrato ancora una volta le intenzioni paterne? Che Angelica ne sarebbe uscita da quelle pareti signorili? Il piccolo mostro che s'annidava nel suo cuore avrebbe lasciato posto ad un angelo di consolazione come lo preannunciava il suo nome?

CAPITOLO 2

Le città di Hong-Kong e quella di Macao erano state per secoli l'espressione più eloquente della sfrenata mania di dominio della cultura occidentale. Imbevute delle ideologie dei padroni pretendevano essere i fari luminari di una civiltà cristiana e democratica nell'entroterra cinese. I loro influssi economici ed ancor più i loro pretesi valori morali si prolungavano come ombre tentacolari sulle città e villaggi vicini. Beneficiaria di simili influenze era la città di Linping. Negli ultimi anni aveva sperimentato un certo miracolo economico, grazie in parte alle imprese multinazionali, che non risparmiavano sforzi e capitali nel settore industriale, farmaceutico e turistico.

L'industria alberghiera aveva fatto passi giganteschi, non avendo nulla da invidiare alle grandi metropoli occidentali. Ma quello che interessa maggiormente in questa storia è il piccolo dramma umano di una ragazza, che da una povertà estrema aveva raggiunto il pinnacolo del potere.

Fior di Loto era nata in un villaggio rurale da genitori indigenti. Il padre era morto giovane. I suoi polmoni avvelenati dalle emanazioni tossiche della fabbrica dove lavorava avevano ceduto prematuramente causando una morte dolorosa. La ragazzina, figlia unica, non dimenticherà mai gli ultimi istanti di suo padre che prima di chiudere per sempre i suoi occhi tristi ed irrigati da poche lagrime si era sforzato per abbozzarle un sorriso tenero. Lei gli strinse la mano disperatamente quasi volesse trattenerlo dall'intraprendere quell'ultimo viaggio. Quando s'accorse che non si muoveva più scoppiò in un pianto dirotto, chiamandolo per nome. Nessuno l'avrebbe più svegliato da quel sonno eterno.

La mamma, industriosa e lavoratrice, immagine classica dell'umile donna cinese, si era sforzata oltre i limiti per mettere il pane quotidiano sulla tavola. Un mattino Fior di Loto la trovò fredda, distesa sul letto. Se n'era andata in silenzio senza disturbare nessuno. Colei che l'aveva nutrita fisicamente ed affettivamente non c'era più. Rimasta sola all'età di diciasette anni cercò lavoro.

Fu assunta da uno dei grandi hotel della città e senza speciali qualificazioni od educazione, aveva appena terminato le scuole medie, incominciò a fare le pulizie.

La sua dedicazione al lavoro, accompagnata da una puntualità e serietà ben superiori alla sua età, le procurarono la benevolenza delle compagne lavoratrici e l'interesse dei superiori. Erano trascorsi appena sei mesi quando si vide nominata capo reparto. L'autorità per lei si convertì in servizio. Una combinazione di fermezza ed amabilità, raramente riscontrata anche in persone di grande influenza e prestigio, le meritò la nomina di amministratrice delegata del settore delle pulizie e dell'approvvigionamento.

Tutto sembrava marciare alle mille meraviglie, quando un giorno un terribile incidente capovolse il suo piccolo universo, fatto di lavoro, sudore, ed un'indicibile soddisfazione umana. Giammai potrà dimenticare quella tarda serata della fine di maggio. Quell'anno la primavera aveva spiegato un volto piacevole, che non s'era visto da anni. Gli alberi, i fiori, gli uccelli festeggiavano la stagione con un vigore insolito. Fogliami verdeggianti, variopinti colori e cinguettii melodiosi ammagliavano gli occhi ed orecchi estatici della gente che non cessava di ammirare il risveglio della natura.

Fior di Loto, alla fine del suo turno, si stava cambiando l'uniforme, quando uno squillo di campanello l'avvertì che un ospite aveva bisogno di qualcosa. Osservò il numero della camera nello schermo, e si precipitò verso il luogo indicato. Bussò alla porta e con un sorriso amabile chiese in un inglese primitivo, con un accento tutto particolare, cosa desiderasse.

Un giovane alto, straniero, dagli occhi azzurri e capelli biondi la invitò ad entrare e con un gesto frettoloso della mano destra indicò una bottiglia vuota sul comodino. Con un'espressione inconfondibile manifestò il desiderio di averne un'altra.

Pochi minuti dopo, lei era di ritorno con la bottiglia richiesta. Gliela consegnò con un gentilezza straordinaria. Dopo di che si stava ritirando, quando si sentì afferrata alle spalle da due braccia forti e stretta fortemente contro il petto dello straniero.

Quel giovane sconosciuto, soggiogato da quel visino di bambola orientale e irresistibilmente attratto dai quei modali incantevoli, non seppe resistere i profondi e confusi istinti naturali e stringendosela a sé incominciò a baciarla ripetutamente e con passione, nel collo, sulle guance e finalmente su quelle labbra delicate ed invitanti.

La povera ragazza si trovò subitamente smarrita in quel mare di forza seduttiva. Avrebbe voluto gridare, ma la gola si era seccata improvvisamente, e si accorse di essere incapace di emettere un suono. Il suo atteggiamento passivo e rassegnato lanciò un segnale sbagliato all'aggressore, che non soddisfatto con i baci incominciò a svestirla e stendendola sul letto e senza accorgersi delle lagrime che uscivano dagli occhi sbalorditi della giovane, la violò senza alcun ritegno.

E' impossibile descrivere lo strazio di quella scena, eterna nella percezione delle vittima e fugacemente inebriante nella mente annebbiata dell'aggressore. Svincolatasi dalla morsa feroce di quell'uomo e mentre ancora si aggiustava i vestitini, alcuni di loro lacerati, Fior di Loto si lanciò verso l'uscita e senza vedere i corridoi o le pareti si precipitò giù dalle scale di emergenza finendo quasi incosciente nel suo piccolo camerino.

Non sapeva se piangere o gridare o lanciarsi dall'ottavo piano e finire lì la sua piccola insulsa storia umana, che nessuno mai avrebbe scoperta o ricordata. Aveva perso il papà, la mamma, ed ora la sua verginità, unico tesoro. Che le rimaneva? Niente. O forse un frutto nel suo ventre che non aveva desiderato, ma che certamente non avrebbe mai rigettato, non tanto per ragioni religiose od etiche, quanto per un semplice istinto materno che non aveva mai pensato di possedere.

Prima di lasciare il posto di lavoro e ritornare a casa, ebbe l'avvertenza, non sa se per ispirazione o istinto, di consultare il registro dei turisti e trascrivere su un pezzettino di carta straccia il nome di quell'innominabile essere umano, la nazionalità e la compagnia per cui lavorava. Un giorno forse le sarebbe servito. Adesso non nutriva sentimenti di vendetta o sfoghi irrazionali, provava solo un dolore funebre, uguale o maggiore di quello che aveva provato al seppellire i genitori. Forse, un giorno, avrebbe voluto far luce su quel lurido episodio e metterci sopra un pietra sepolcrale enorme.

Per il momento, stravolta in viso e nel più intimo del suo essere febbricitante, raccolse la sua uniforme e come un animale ferito mortalmente si dileguò nell'oscurità, raggiungendo il suo appartamento che dava l'impressione di essere ammutolito d'improvviso.

Quella notte stentò a prendere sonno e quando finalmente cadde in un sopore letargico, scene spaventose, dai contorni imprecisi, popolarono la sua mente ancora in subbuglio. Sussultava risvegliandosi, per ricadere poi negli stessi scenari crudeli. Bagnata da un sudore freddo si avvolse più strettamente nell'unica coperta che possedeva, quasi volesse difendersi da nuovi inaspettati attacchi.

L'alba del nuovo giorno non le sorrise come prima. Ritornò al posto di lavoro con una confidenza stroncata e con mozziconi di coraggio. Pareva trattenere il respiro per non lasciar trasparire lo sconquasso interiore. Il gioviale atteggiamento che la caratterizzava aveva smesso di essere spontaneo e non le illuminava più gli occhi sereni. A stento poteva mantenere una conversazione e con difficoltà riusciva a concentrarsi negli inevitabili problemi insorgenti.

La determinazione di carattere e l'impegno straordinario che l'avevano salvata molte volte prima, giocarono un ruolo preponderante nel presente. Nessun impiegato, per quanto osservatore perspicace, scoprì qualche cosa di anormale nella sua condotta. Al contrario, la trovò più sollecita e comprensiva del solito. Parca di parole ma prolifica in persuasione, superò la prova della prima giornata con certa facilità che faceva pensare a una veterana nelle guerre della vita.

Passarono alcuni giorni e finalmente una sera nella solitudine del suo appartamento lasciò cadere la maschera portata con tanta intrepidezza e scoppiò in un pianto dirotto e sconsolato. Chi l'avrebbe potuto aiutare, se non voleva aprirsi con nessuno? Non aveva grandi amicizie o parenti di fiducia. Nel caso di essere incinta, avrebbe preferito l'aborto o avrebbe voluto portare a termine la gravidanza? A momenti sembrava decisa in favore della vita, altre volte s'inclinava per l'eliminazione di quello stato interessante.

Dopo giorni amari d'incertezza e trepidazione decise di sottomettersi ad un esame. Il risultato fu positivo. Davanti a quella scomoda realtà rimase profondamente perturbata. Il tempo fuggiva veloce e lei doveva prendere una decisione. S'immaginava d'avere tra le mani un prezioso vasetto di alabastro e giammai l'avrebbe lasciato cadere, con il pericolo di frantumarsi in mille pezzi. Il seme piantato nel suo ventre, anche se con violenza insolita e contro la sua volontà, non sarebbe stato soffocato. L'avrebbe nutrito con delicatezza materna fino a quando fosse spuntato dal suolo della sua carne ed avesse visto la luce del sole. Cosa sarebbe successo dopo con la sua vita, carriera o la stessa esistenza del bimbo, non la interessava ora. A suo tempo avrebbe preso le determinazioni convenienti.

Non c'era spazio affettivo o temporale per emozioni o sofisticazioni. La vita doveva proseguire con un ritmo il più normale possibile e pian piano le pedine di un futuro amorfo avrebbero delineato la caratteristiche fondamentali di una nuova Fior di Loto.

Al lavoro nessuno conosceva esattamente dettagli della sua vita privata e sebbene non avesse avuto reticenze sul decesso dei genitori, in nessun momento parlò di relazioni sentimentali con ragazzi. Nonostante le numerose attenzioni ricevute per il suo aspetto avvenente, giammai s'intralciò o inceppò in relazioni con giovani della sua età. Il suo cuore era ancorato fermamente nell'amore per i genitori perduti, e la loro memoria la sosteneva nei momenti ardui che spesso incontrava nel suo cammino.

Il controllo della popolazione a cui era costantemente esposta per causa dei mezzi di comunicazione statale, le sollevava dubbi enormi, facendola passare da momenti di pura esaltazione per la presenza di un nuovo essere nel suo grembo, a depressioni prolungate. A questo si dovevano aggiungere i cambi fisico-somatici che la lasciavano perplessa. Non poche volte sperimentava una stanchezza strana, una voglia di mangiare cibi speciali, una instabilità che la faceva perdere l'equilibrio ed una irritazione generale, tanto estranea al sua carattere pacifico e conciliatore.

La molteplice e svariata informazione a portata di mano tanto nell'internet come in libri e riviste non le facilitava il cammino verso la maternità. Erano tante le domande che od ogni incrocio sorgevano nella sua mente, che avrebbe desiderato aver vicino la sua mamma. Ma quella figura protettrice era scomparsa per sempre, lasciando un vuoto incolmabile.

Di notte si posava la mano sul ventre, quasi volesse accarezzare il piccolo essere che si stava formando. Piano piano si abituò a dirigergli la parola con una grande soavità e dolcezza, come se quel minuscolo embrione fosse capace di ascoltarla.

Dopo alcuni mesi non poté più nascondere la sua gravidanza. Al conoscere la notizia, il personale di servizio e soprattutto le amiche rimasero stupefatte, non avendola mai sentita parlare prima di fidanzati o amanti. Le spiegazioni proporzionate non convincevano molto, ma data la sua invidiabile personalità non le fu difficile convincere quel piccolo mondo incredulo che l'attorniava. Non mancarono lingue malevoli, dicerie insulse e malcelate gelosie, ma il suo magnetismo di donna fuori del comune riuscì ad assopire ben presto ogni rumore avverso, stendendo un velo di accettazione e simpatia sulla sua condizione.

Un esperto in relazioni pubbliche difficilmente avrebbe trovato una migliore formula vincente e convincente. E' nei momenti drammatici quando si rivela la grandezza di una persona. Fior di Loto, senza corsi di psicologia umana o di diplomazia relazionale, aveva mostrato una maestria e destrezza veramente superiori.

Quando pensava al suo futuro, la sua carriera era una priorità indiscutibile e la maternità qualche cosa di subordinato e dipendente. Nonostante l'affetto e l'attaccamento che vedeva aumentare giorno dopo giorno per quel frutto nascosto nel suo seno, era certa che la sua posizione di autorità nella direzione dell'hotel non accettava compromessi e avrebbe trovato una qualche uscita dignitosa.

La società non vedeva di buon occhio una madre nubile e lei conosceva bene i pregiudizi che circolavano al rispetto. Senza irritare nessuno, avrebbe tracciato la sua linea d'azione all'infuori delle convenzioni sociali, prestando orecchio attento a suggerimenti e consigli ma lasciando l'ultima parola al suo discernimento.

Presentiva con il suo senso comune che i principi generali potevano applicarsi a tutti ma per esperienza personale sapeva che raramente erano utili a qualcuno. Possedeva una certa filosofia viscerale che in nocciolo potrebbe riassumersi in questo modo. La persona umana è un essere non totalmente configurato e non è predestinato ad un unico destino. Mille sono i cammini che si possono seguire e mille le scelte che si possono fare. La persona si adatta all'ambiente in cui vive, si configura passo a passo a seconda delle circostanze, assumendo caratteristiche diverse. Anchilosarsi in un tempo o luogo determinato è suicidarsi. Se la vita è movimento, d'accordo alla filosofia aristotelica, il movimento assieme al cambio sono essenziali per la vita.

Fior di Loto si sentiva comoda in questa semplice ideologia esistenziale, anche se non le riusciva di esporla articolatamente. Superando i tabù della sua cultura millenaria s'inseriva spontaneamente nel filone della saggezza orientale e ne succhiava la linfa vitale. Nella sua umiltà non avrebbe mai immaginato di essere qualche cosa di speciale, e molto meno superiore. La popolarità non era il suo forte. S'accontentava con una accettazione amichevole ed una comprensione tollerante. Il rispetto delle scelte personali, in quanto non ledevano i diritti altrui, era alla base della sua condotta. In questo modo s'attirava la benevolenza comprensiva di compagni di lavoro e di superiori.

Con l'esperienza quotidiana imparava che la vita non era un equilibrio stabile e che nulla si conquistava per sempre. La lotta e il superamento in ogni campo era il condimento quotidiano che rendeva più saporiti i giorni e le ore. Nel suo cuore dava il benvenuto alla sfide, ai rischi ed ai pericoli.

Portare avanti quella maternità senza rimpianti o recriminazioni non era facile. Ogni istante, quel piccolo essere che viaggiava unito a lei, le faceva scoprire cose nuove ed insospettate.

Una gioia indicibile l'invase la prima volta che percepì il movimento della creatura nel suo ventre. Sembrava bussasse alla porta della sua coscienza e le gridasse "Sono qua, mamma, non dimenticarti!".

Man mano che i mesi trascorrevano, la sua bella figura corporea dai lineamenti svelti e delicati lasciava il posto a qualche cosa non piacevole allo sguardo, privandola del suo magnetismo anteriore. Come contropartita, la creaturina annidata nel suo grembo con i suoi movimenti e sussulti improvvisi la svegliava di notte, facendole capire che aveva assoluto bisogno di lei per sussistere. Le loro esistenze divenivano inseparabili ed indivisibili. Il cordone ombelicale si sarebbe esteso nel tempo anche dopo la separazione fisica.

Fior di Loto non dimenticherà mai questa stagione d'attesa curiosa e impaziente che cambierà impercettibilmente la sua visione del mondo e le sue relazioni di lavoro. Se le priorità erano chiare non così erano le determinazioni concrete sul futuro di quella creaturina.

L'essere in uno stato interessante avanzato la collocava automaticamente in una categoria inferiore e le faceva intravvedere svantaggi insormontabili dopo la nascita. Gli uomini nei negozi e per la strada non le lanciavano più sguardi prolungati e divoranti come prima. Appena la scorgevano, dirigevano i loro occhi quasi per istinto verso qualche altro oggetto o persona. Neppure un lebbroso avrebbe provocato tanto rifiuto.

Questo certo non la irritava né le faceva rimpiangere la sua bellezza anteriore, anzi la rendeva contenta, quasi avesse spezzato un cerchio asfissiante e fastidioso che la rendeva involontariamente prigioniera del sesso forte. Tuttavia nel lavoro si sentiva ancora un po' inibita, nonostante l'atmosfera cordiale regnante.

Un giorno entrò nell'ufficio del direttore generale, ed in una conversazione candida e sincera, volle indagare le intenzioni ed opinioni dell'ambiente dirigente. Non mancavano certe riserve ed obiezioni del tutto comprensibili, ma rimaneva intatta la fiducia nella sua capacità di disimpegnare una supervisione e direzione di alta qualità. Ciò le aumentò la fiducia in se stessa dandole allo stesso tempo un vigore nuovo per affrontare ostacoli imprevisti e osteggiamenti immeritati.

Il momento tanto desiderato ed in un certo senso paventato, si stava avvicinando e Fior di Loto aveva preso le precauzioni necessarie perché quell'evento non ostacolasse in alcun modo la sua posizione sociale e di lavoratrice. Aveva chiesto ed ottenuto tre settimane di assenza dal lavoro per motivi personali, che aggiunte a quelle dovute per legge dopo certi anni di lavoro, le acconsentivano di fronteggiare qualsiasi contrattempo che si potesse originare con la nascita del bimbo.

Attraverso contatti personali, ottenne l'assistenza di un'infermiera privata che l'avrebbe seguita da vicino e, nella privatezza del suo appartamento, l'avrebbe aiutata a partorire. Si era fissata inoltre in una coppia di adulti, amici di famiglia, tanto desiderosi di allevare un bambino. Lei ricordava molto bene, che quando erano ancora vivi i suoi genitori, quegli sposini sterili, si erano presi cura di lei parecchie volte. E' inutile aggiungere che le volevano tanto bene e che avrebbero fatto qualsiasi sacrificio per lei. Non aveva mai perso i contatti con loro, e quando la seppero incinta avevano gioito immensamente.

Quale non fu la loro sorpresa ed il loro giubilo quando vennero a sapere delle sue intenzioni, di lasciare il neonato nelle loro custodia. Non ebbero bisogno di lunghe chiacchierate e molto meno di spiegazioni giustificative. Avrebbero fatto del loro meglio per dare a quel piccolo essere che stava per entrare in questo mondo, l'affetto stragrande di due cuori assetati di paternità.

Visto che lei non cedeva in adozione la creatura, e che quei buoni signori non pensavano in adottarla, non c'era bisogno di firmare nessun documento, e a scienza certa, si poteva affermare che non v'erano impedimenti legali per simile custodia.

Schiarito il panorama, fino al momento nebuloso e quanto mai incerto, Fior di Loto concentrò tutti i suoi sforzi ed energie nelle preparazioni per l'arrivo di quel misterioso germoglio, la cui fisonomia sarebbe stata una rarità, visti gli antecedenti della concezione.

Non eccelleva nei lavori di maglia, ferri o costura, ma sapeva cavarsela benino in lavoretti domestici di poche pretese. Si mise di buzzo buono a fare calzini, berettini, mutandine, camicette lunghe e vestitini. Ogni punto che dava ed ogni ricamo che faceva erano un'espressione tacita d'affetto. Non poche volte si sorprese a versare lacrime di gioia mescolate a dolore. Non riusciva infatti a distinguere il positivo ed il negativo di un avvenimento così decisivo nella sua vita.

In qualcuno di quegli articoli da vestire vi lasciò le iniziali del suo nome, volendo reclamare indirettamente la sua maternità. Lei ne sarebbe stata l'unica legittima proprietaria, qualsiasi cosa avvenisse nel futuro.

Si trovava libera da una settimana, senza gli assili del posto di lavoro, e tutta assorbita nei suoi progetti. Improvvisamente una notte si svegliò con un sussulto sperimentando dei dolori strani, un tanto pungenti nel basso ventre. Pensò subito che il momento di dare alla luce fosse arrivato e avrebbe voluto fare una telefonata alla sua infermiera. Decise invece di attendere un po'. Nel frattempo si preparò una tazza di te, e mentre l'assorbiva incerta sul da fare, si rese conto che il dolore diminuiva fino a sparire completamente. Era stato un falso allarme, ma un allarme senza dubbio. Passò ancora alcuni giorni nella trepidazione ed in una attesa ansiosa.

La nascita di un essere umano sembrava tanto incerta come la sua morte. I segni però non mancavano, si trattava di interpretarli con accorgimento.

Fior di Loto possedeva parecchi ricordi dell'infanzia ed adolescenza fortemente impressi nella sua memoria. Nessuno di loro però raggiunse il grado di intensità, vivacità e chiarezza di ciò che le stava per succedere. I numerosi dettagli di quell'avvenimento rimasero vividi, precisi ed inconfondibili, come se si trattasse di una realtà prolungata eternamente nel tempo, del tutto incancellabile.

Era la notte del primo ottobre. Verso le tre del mattino, un leggero dolore svegliò la giovane Fior di Loto. Attese qualche tempo, ma quello strano disturbo invece di scomparire o diminuire, ritornava regolarmente a intervalli fissi. Vista l'impossibilità di chiudere gli occhi, chiamò l'infermiera personale e nell'attesa del suo arrivo e diagnostico, prese una doccia, si cambiò e si sedette ad attenderla.

Fuori era oscuro, solo qualche luce smorta appariva qua e là. Quanti pensieri e preoccupazioni passavano e ripassavano per la mente della giovane. Avrebbe dato a luce con successo? Il bimbo sarebbe stato normale o deforme? Avrebbe sofferto qualche contrattempo imprevisto?

Dopo una lunga attesa apparve l'infermiera sorridente e con un atteggiamento rassicurante. La fece stendere sul letto, misurò la pressione, cronometrò i movimenti e le contrazioni ed osservò le dilatazioni. Passarono alcune ore interminabili e la luce del giorno cominciava a filtrare sbiadita dalle finestre. Sotto, nelle vie ancora semi deserte, il rumore delle macchine s'intensificava. La città si stava risvegliando lentamente, e la gente ritornava sbadigliando e ancora sonnolenta ai posti di lavoro, ignara dei molti miracoli operati dalla natura.

Fior di Loto stringeva fortemente i denti, sopportando con incredibile pazienza gli ultimi dolorosi momenti che precedono la nascita. Secondo i suggerimenti della giovane assistente si sforzava per accompagnare i movimenti del feto spingendo e respirando profondamente. Le doglie del parto costituivano un' esperienza che non si poteva tradurre in parole, qualsiasi fosse il linguaggio che si scegliesse. La sua unicità la collocava in una categoria tutta propria, che solo la natura sapeva riprodurre in forme svariatissime, ma pur sempre dolorosissime.

Finalmente, dopo gli sforzi erculei della povera partoriente, la testina del neonato si affacciò sulla scena di questo mondo, incapace di vederne i contorni ed i colori. Non era ancora totalmente fuori e sembrava già d'essersi pentito, perché incominciò a strillare e piangere. L'infermiera, sicura nei suoi movimenti e decisioni, staccò definitivamente la creatura dalla madre, tagliando il cordone ombelicale. Dopo averla asciugata e pulita delicatamente con asciugamani soffici, la consegnò alla madre, dicendole −E' una bambina ed è normale-. Questa, con le lacrime agli occhi e gocce di sudore nella fronte, la raccolse tremante tra le sue braccia, la baciò ripetutamente e non si stancava di guardarla con stupore incredulo. Quel visino delicato, quelle manine che si aggrappavano fortemente a una delle sue dita, quasi volessero significare un'assoluta appartenenza reciproca, quei piedini irrequieti, rappresentavano la meraviglia più bella dell'universo e la creazione più sorprendente.

La mamma novella dimenticò improvvisamente gli acuti dolori che l'avevano straziata fino a quel momento e tra le lacrime sommesse che le irrigavano il volto, abbozzò un sorriso più divino che umano, mentre era confortata dall'amica infermiera. Aveva raggiunto l'apice della felicità, nonostante la mancanza dei suoi genitori e l'appoggio di amici e conoscenti. Quell'incanto magico però durò pochi secondi, perché una nube nera, l'immagine del violatore, sopravvenne annebbiando il cielo azzurro della sua immaginazione. Involontariamente scosse la testa, come se volesse scrollarsi di dosso quell'incubo. Rivolse nuovamente la sua attenzione verso quelle piccole labbra, che aprendosi e chiudendosi sembravano implorare aiuto. Baciò ancora con effusione la sua bambina. Nel contatto si mescolarono le lacrime dell'una e dell'altra, suggellando così una nuova relazione a la maniera di un patto eterno. Disgraziatamente nulla sarebbe stato permanente e molto meno eterno. I vincoli appena intrecciati tra le due creature si sarebbero presto spezzati, con una spaccatura interna più deleteria per la bimba che per la mamma.

Qualche giorno dopo Fior di Loto, mentre allattava la bimba, cadeva in una profonda confusione e disperazione. Come aveva potuto prendere la decisione di disfarsi di quel piccolo tesoro, così inerte ed indifeso, anche se si trattasse di una decisione temporanea? Non certamente con il suo cuore di madre ma con la mente fredda di una direttrice di servizi d'albergo. Che strazio le causava il pensiero di una separazione! Più le ore passavano e più si sentiva avviticchiata a sua figlia. Il suo aspetto fisico era così diverso dallo stereotipo orientale, che rimaneva affascinata da quegli occhietti non totalmente a mandorla, e dal loro colore nocciola. E che dire di quel nasino insù e di quelle manine dalle dita lunghe e stilizzate?

Avrebbe mai visto il sorriso di quell'angioletto etereo? Avrebbe mai udito quelle labbra tanto carine e sottili pronunciare il nome di mamma? Avrebbe mai ricevuto un abbraccio e bacio dalla sua creatura? Sarebbe cresciuta e diventata una donna di successo? Un' interminabile sequela di domande, purtroppo senza una risposta precisa, si susseguivano senza tregua nella sua mente febbricitante. Forse tutto sarebbe rimasto un mistero per lei. Un destino crudele, non certo prodotto esclusivo della sua decisione, pendeva sul futuro di entrambe, come una spada di Damocle, che forse avrebbe dimezzato il loro essere.

Chi avrebbe sofferto di più nella lotta per ricostruire o ritrovare la propria identità infranta dalle raffiche spietate dell'uragano? Fior di Loto poteva ancora evitare il peggio, raddrizzando la rotta ed invertendo le sue priorità. Era capace di fare una marcia indietro? Le conseguenze di tale passo sarebbero state pure incalcolabili e disastrose per il suo futuro. Nessuna delle due opzioni avrebbe dato risultati positivi, al contrario ambe sembravano condurre sull'orlo di un precipizio pauroso.

Riluttante e con una ripugnanza mai provata cestinò ogni progetto revisionista, riassunse una postura stoica, quasi impermeabile alle costanti fluttuazione del suo cuore, che sanguinava al solo pensiero di consegnare quella bimba tanto adorabile ad altre persone.

Inutile dire che Fior di Loto si era ricuperata fisicamente e si sentiva in grado di ritornare ai sui impegni ordinari. Anche la sua piccola dava segni di un benessere fisico invidiabile, aumentando di peso e con un colorito roseo nelle sue guance. Aveva un appetito insaziabile e non voleva staccarsi mai dai capezzoli materni. Quale soddisfazione intima provava al cambiarla, cullarla quando piangeva e al cantarle una canzoncina per farla dormire. Erano piccole cose insignificanti, ma piene di una carica emotiva straordinaria.

A tratti uno strano pensiero le si affacciava alla mente. Avrebbe voluto cacciarlo all'instante, ma non vi riusciva. Il giovane straniero che l'aveva violata, avrebbe mai pensato a una possibile paternità? Si sarebbe sentito in colpa ed avrebbe desiderato conoscere il frutto della sua passione sregolata? Qualche giorno avrebbe tentato di rifare i suoi passi e rintracciare quel seme abbandonato in una terra lontana?

Tutto le sembrava strano ed incomprensibile. Un atto della carne aveva generato conseguenze imprevedibili non solo per sé ma per tutti coloro che fossero venuti in contatto con lei. Un atto involontario e subito avrebbe segnato il destino di parecchi esseri umani. Come era possibile che un qualche cosa del genere potesse succedere a persone innocenti? Una domanda sorgeva spontanea dal più profondo dell'anima. C'era un Dio Padre che vegliava sui suoi figli, o un carnefice disumano che si beffava delle loro sofferenze, ingiustizie e calamità? Era vero che ognuno è artefice del proprio destino o piuttosto è più realistico pensare che siamo marionette nelle mani di un destino cieco che fa da burattinaio universale? Come credere in un disegno salvifico quando i prepotenti abusano costantemente della loro forza per sottomettere i deboli ed eliminare gli avversari?

Se per piano di salvezza s'intende un qualche cosa di divino che riesce a strappare l'umanità dalla sua tendenza distruttrice a tutti i livelli, uno dovrebbe domandarsi, come si manifesta questo piano ed ha avuto qualche efficacia in alcun momento della travagliata storia di questo pianeta?

Ad uno sguardo superficiale nessun segnale di salvezza si affaccia sulla scena storica mondiale. L'uomo, come l'animale e tutta la creazione (o si dovrebbe più appropriatamente chiamare evoluzione esplosiva misteriosa?) in genere uccidono per sopravvivere. La distruzione, l'uccisione è alla base di tutta la tendenza della natura. Un essere si alimenta dell'altro per vivere e prosperare. La stessa legge di annichilazione, schiavizzazione e sottomissione barbarica è esercitata a livello di potere politico, economico, educativo ed ad ogni altro livello pensabile ed immaginabile.

Con il trascorrere dei secoli le forme di tale sterminio si faranno più sottili e meno appariscenti, ma in sostanza resteranno ingiuste e crudeli come quelle delle origini. In politica, l'affanno sconfinato di conquista ha visto fiorire una miriade di imperi. In economia la legge del profitto ha spogliato i deboli, impoverendoli al massimo. In religione, valori morali credutamente eterni sono stati imposti sulle coscienze dei credenti, schiavizzandoli in una servitù spirituale deformante, in nome di un Dio amoroso e tutto provvidente.

In conclusione ideologie, tanto profane come religiose, hanno imposto parametri asfissianti, soffocando la ricerca, lo sviluppo e specialmente la maturazione della personalità. Tutte le società moderne sono impostate sul totale assoggettamento dei propri membri attraverso una informazione manipolata, rendendoli incapaci di proferire la loro parola personale che li potrebbe rendere liberi.

In questo panorama bieco, fa ancora senso parlare di un piano di salvezza? Piuttosto che di salvezza o redenzione, non sarebbe più appropriato parlare di un rifacimento totale dell'universo, dove l'attuale legge fosse capovolta?

Alcuni filosofi parlano del migliore dei mondi possibili, riferendosi al nostro universo, quando la realtà dimostra tutto il contrario. L'universo è impostato su fondamenti sbagliati e l'unica correzione possibile è il suo totale sfacimento, per ricominciare con una realtà nuova, basata su principi e leggi opposti. Nessuna salvezza è possibile. Siamo condannati al nostro destino di distruttori. E' iscritto nel nostro DNA.

San Giovanni, l'apostolo filosofeggiante, non è lontano da questa interpretazione totalmente negativa dell'universo, quando scrive: "Mundus totus in maligno positus est" (1Gv 5,19). Qualsiasi sia l'interpretatione che si dia alla parola "maligno", tanto si riferisca al principe delle tenebre, o al male in sé, l'apostolo di Patmos riafferma, in concordanza con una ben nota linea filosofica e culturale, la malvagità intrinseca del cosmo, le sue radici putride ed i suoi frutti velenosi. E' necessario ricorrere ai Libri Sacri per corroborare la teoria esposta? Sicuramente no. Ma fa certo piacere riscontrare una quasi identità di vedute in una fonte che costituisce per molti una verità superiore.

Fior di Loto non era certo una filosofessa. Per questo piccolo favore doveva ringraziare la sua buona stella, altrimenti la sua mente tanto confusa l'avrebbe sprofondata in una pazzia, simile a quella descritta nei libri di cavalieri erranti. La presenza di qual fiore delicato la teneva aggrappata fermamente alla sponda della saggezza e del senso comune. Senza di lei si sarebbe smarrita nel vasto oceano della insensatezza ed irrazionalità?

Tra una preoccupazione e l'altra non le rimaneva molto tempo per noiose fantasticherie, inoltre le settimane libere che aveva richiesto erano fuggite come un lampo ed il doloroso momento della separazione era alle porte.

Che strappo al cuore abbandonare quella creaturina che con il suo arrivo l'aveva sospinta sulle cime più alte della felicità umana, ed allo stesso tempo l'aveva sprofondata negli abissi più impensabili della tragedia personale.

Giunta la data fatale, consegnò con uno strazio enorme ed abbondanti lacrime negli occhi la sua creaturina a quei due sposini così comprensivi e generosi. La baciò ripetutamente, quasi avesse un cupo presentimento che sarebbe stata l'ultima volta; le mise tra le manine un giocattolino portafortuna. Inoltre l'aveva vestita con una camicetta fatta con le proprie mani e che portava le sue iniziali, simbolo segreto di una appartenenza totale.

Al porla delicatamente tra le braccia dei nuovi genitori, la figlioletta, ignara di ciò che le stava succedendo, ruppe in un pianto dirotto. La madre s'allontanò portando con sé quelle strilla nella sua anima ferita. Simile istante pietoso rimarrà scolpito per sempre nella sua coscienza di madre, e costituirà un tacito rimprovero della sua terribile decisione.

Il cielo s'era imbronciato. Tuoni e lampi si susseguivano con frequenza inaudita. Era l'universo cosciente dell'accaduto e pronto a punire i responsabili? Nessuno mai avrebbe associato quell'improvviso cambio meteorologico a quella bizzarra vicenda umana, ma Fior di Loto possedeva la certezza di meritare qualche punizione e che la natura che l'attorniava s'era indispettita con lei.

Si rinchiuse nel suo appartamento ad ascoltare la pioggia che scrosciava, picchiando duramente i vetri della finestra. Non riuscì a prendere cibo o a chiudere un occhio per più di ventiquattro ore.

Dopo un tempo interminabile la bufera svanì, il sole ritornò a brillare nello sconfinato azzurro del cielo, e Fior di Lotto raccogliendo i cocci rotti della sua misera esistenza, si preparò a riprendere il suo lavoro.

I primi giorni furono duri ed insopportabili, poi pian piano riprese il suo sembiante normale, disimpegnando il suoi doveri con serietà ed impegno. Il pensiero della sua bimba l'accompagnava giorno e notte, e le infondeva un rinnovato vigore. Aveva ritrovato una strana finalità nella sua vita: lavorare per una figlia che non aveva e lottare per un futuro quanto mai incerto.

Evitò il più possibile comunicarsi con coloro che custodivano il suo tesoro perché la ferita era troppo recente e non desiderava aprirla e farla sanguinare profusamente.

Avrebbe atteso che si cicatrizzasse, prima di mettersi in contatto con loro. Evitava inoltre di dare l'impressione di essersi pentita del passo fatto. Lasciò passare parecchi mesi, forse troppi, perché quando li chiamò per telefono, non ricevette nessuna risposta. Il messaggio dell'operatrice annunciava che tale numero non era più in servizio.

Le sopravvenne un panico irrefrenabile mentre un nervosismo malcelato la tradiva, perdendo la necessaria concentrazione per affrontare simile contrattempo. Avrebbero cambiato di casa senza avvisarla? Si sarebbero allontanati di proposito, perché non gradivano i suoi possibili contatti con la figlioletta?

Il primo fine settimana libero si decise di andarli a visitare. Quale fu la sua sorpresa nel vedere un cartello di vendita nella casa in cui abitavano. Si comunicò immediatamente con l'agenzia immobiliare, che le svelò la tragica fine dei padroni di quella proprietà. In uno scontro frontale di macchina, ambedue i proprietari avevano perso la vita, ma non sapevano nulla della bimba. Sarebbe perita anche lei? Avrebbe perso per sempre la sua piccola?

Non aveva provato mai un' angoscia così disperata. Sembrava che tutto si fosse oscurato attorno a lei e che ogni via d'uscita si fosse chiusa permanentemente. Perché continuare a vivere se il suo piccolo fiore era stato stroncato prematuramente? Il pensiero del suicidio s'affacciava insanamente nella sua mente agitata, e il desiderio di unirsi alla sua creatura la tormentava, come una fiamma divoratrice.

Smorzato quel primo furore irrazionale, un secondo pensiero si fece strada nella sua immaginazione farneticante. E se fosse ancora viva, e se per miracolo fosse sopravvissuta, e se non fosse stata nella macchina al momento del tragico scontro, non valeva la pena impiegare tutte le sue energie e risorse per ritrovarla?

Costasse quello che costasse, Fior di Loto si sarebbe impegnata con un fervore da iniziato in una ricerca senza limiti o confini. Non le importavano più le apparenze, i rumori, le dicerie, la sua posizione e lo stesso futuro. Quello che più le stava a cuore era la figlia svanita.

Dopo mesi di snervanti investigazioni e di deludenti risultati s'intoppò per non si sa quale scaramanzia, in una copia di un informe poliziesco, facilitata da un conoscente, dove si parlava di una creatura, trovata viva nella macchina, disfatta nel cozzo violento.

Intensificò le sue ricerche e dopo settimane di insuccessi venne a sapere che la sua figlia era stata affidata alle cure di un orfanotrofio, non lontano dalla città. La notizia la inondò di emozioni ed un raggio di speranza illuminò la sua anima.

Il primo giorno libero, si diresse frettolosa verso quel posto di salvezza con il cuore che le sobbalzava in petto. Avrebbe potuto riabbracciare la sua creaturina. Ma quale fu la sua delusione quando le dissero che la bimba era stata adottata e che non potevano rivelare il nome di tale famiglia.

Le tante illusioni alimentate con tenerezza materna sparirono come per incanto e la più crudele realtà sommerse nuovamente quella povera madre in un mare di sconsolatezza ed angoscia. Agghiacciante situazione. Non esistono parole od espressioni appropriate per descriverla.

La povera donna, in balia di mille contrastanti pensieri, non riusciva a raccapezzarsi e molto meno a orientarsi. Era tutto perduto o si poteva ancora sperare contro ogni speranza e cercare di rintracciarla? La consolava molto il fatto che fosse ancora viva, ma lo stretto segreto sulla sua adozione le provocava una rabbia infinita, indicibile. Era questo un sentimento così estraneo alla sua natura pacifica e conciliatrice, che a stento riusciva a riconoscersi in quello scenario emozionale.

Ma quando si chiude una porta, mille altre possono aprirsi, come è indicato dalla saggezza popolare. Il coraggio che non l'aveva mai abbandonata nel passato venne in suo soccorso. Ritornò rinvigorita al suo lavoro. La missione, abbracciata anteriormente di ritrovare la figlia, rimase più viva che mai , infondendole forza e determinazione.

Quando avrebbe avuto più tempo e soprattutto risorse economiche si sarebbe dedicata alla ricerca del violatore, ne possedeva il nome e l'origine, ed eventualmente della figlia, senza averne il nome e la destinazione. La prima parte di quella missione sembrava possibile, la seconda impossibile. Se la natura dota ogni madre con ricorsi straordinari, aveva certamente arricchito Fior di Loto con energie inesauribili, sufficienti per spingerla agli estremi confini della terra in cerca della sua creatura.

Le acque lentamente si calmarono attorno a lei e dentro il suo cuore, ritrovando quell'invidiabile stabilità emozionale che tanto la caratterizzava. Il mondo aveva cessato di girare pazzamente come una trottola, ritornando alla sua velocità normale. Tutto si muoveva più lentamente, come se una mano gigante avesse rallentato l'acceleratore.

Fior di Loto si sentiva comoda nella normalità. Le regolarità dei disimpegni lavorativi e di supervisione le infondeva una serenità con sapore a felicità. Ma come sempre accade nella vita, nulla rimane fisso od immobile. Le vicissitudine quotidiane scuotono l'inerzia ed imprimono un ritmo variabile al corso dell'esistenza umana.

Non molto tempo dopo gli avvenimenti appena descritti, la giovane donna dovette fronteggiare una situazione inattesa e del tutto sorprendente.

Il figlio del proprietario dell'albergo aveva posato i suoi occhi su quella giovane dinamica ed attrattiva. Non era tanto la bellezza fisica di Fior di Loto, che certo no le mancava, quanto il suo contegno dignitoso, il maneggio intelligente degli affari e soprattutto il tratto affabile che la rendeva irresistibile.

Il ragazzo, di qualche anno in più, si sentiva segretamente attratto da quella deliziosa figura femminile e più volte aveva tentato di avvicinarsi, ma poi, ad ultimo momento, si era sentito sopraffatto dal timore di essere rigettato, ed aveva desistito.

Più si distanziava da lei e cercava di dimenticarla, più cresceva il desiderio di mettersi in contatto e svelarle il segreto che lo consumava internamente.

Un giorno dopo una riunione dei capi reparto, dove aveva presieduto in assenza del padre, chiamò la giovane incaricata delle pulizie e approvvigionamento, e la invitò a cenare con lui. Desiderava infatti scambiare opinioni sul settore che lei dirigeva e schiarire alcuni punti che gli erano rimasti oscuri.

Fior di Loto non fiutò immediatamente la speciosità del motivo e assentì all'istante. Il giovane aveva riservato, per quella cena privata, il posto che normalmente si dava a personaggi importanti. Solo allora la ragazza incominciò a sospettare le vere intenzioni di quel cavaliere, fino allora ignoto. Si sentì un po' imbarazzata internamente, ma senza rivelare quell'esitazione nascente, continuò la conversazione con molta amabilità, accompagnata però da circospezione.

Verso la fine di quell'autentico banchetto, il giovane che si chiamava Bruce (in onore dell'attore Bruce Lee, che su madre ammirava) con frasi spezzate e tono esitante le disse a bruciapelo, cogliendola di sorpresa: - Non offenderti per quello che vorrei manifestarti. Provo una grande attrazione verso di te, e mi piacerebbe frequentarti per conoscerti meglio. Se accetti l'offerta, fammelo sapere-. Di fronte a tale confessione, Fior di Loto, arrossì e poi con molta grazia, degna di una principessa, - Ci penserò- disse – Solo dammi un po' di tempo-. Soggiogato da tanta delicatezza –Non c'è fretta –rispose il giovane riconfortato- Aspetterò tutto il tempo che sia necessario-.

La giovane madre, era cosciente dell'incanto che irradiava, e del magnetismo che emanava dalla sua personalità, ma non si sarebbe mai aspettata che il figlio del padrone, con tanta educazione, titoli ed esperienza, si fosse fissato in lei.

Bruce, l'accompagnò in macchina fino all'entrata dell'appartamento. Si congedò con una stretta di mano molto affettuosa, ed un arrivederci tanto dolce come un primo bacio.

Nel silenzio del suo salotto, Fior di Loto non sapeva se piangere d'emozione o sorridere di gioia. Non avrebbe mai immaginato che il momento per simili decisioni bussasse alla sua porta così improvvisamente. Con una serenità celestiale chiuse quegli occhi innocenti, cadendo in un sonno profondo. S'assomigliava al sonno dei giusti descritto nei libri ispirati.

Bruce, ad un esame superficiale, si presentava come una persona un tanto enigmatica, che non lasciava trasparire facilmente i suoi sentimenti o intenzioni. Era figlio unico ed aveva fatto i suoi studi universitari nell'Università della California, Los Angeles (UCLA, Anderson School of Business). Si era laureato in "Business Managment and Administration".

Erede di una catena di hotel aveva un avvenire assicurato. A differenza di Fior di Loto, poteva contare nel suo dossier parecchie avventure amorose, terminate tutte in insuccessi clamorosi, dovuti da una parte alle sue esigenze esorbitanti di sottomissione ed obbedienza, e dall'altra all'avidità smodata di denaro da parte delle ragazze. Si era reso conto che non era facile trovare un amore vero. Era più semplice ottenere un buon voto all'università o passare un esame difficile, che incontrarsi con una ragazza dal cuore sincero e con una devozione senza tante condizioni.

Le esperienze passate gli avevano insegnato a non rimanere abbagliato dal luccichio delle apparenze, ma piuttosto a scovare le perle nascoste in un guscio anche piuttosto rozzo.

Dopo averla studiato a lungo da lontano, gli sembrava che Fior di Loto non aveva titoli accademici, ma possedeva uno straordinario senso comune; non aveva ricchezza materiale, ma era laboriosa e risparmiatrice; non era facile o leggera, ma seria ed impegnata. L'enumerazione delle sue buone qualità non terminava lì, poteva infatti continuare ad aggiungere rose e gigli a quella collana intrecciata con una magia sconosciuta dalla natura.

Il mattino seguente, la preziosa addormentata, si svegliò ristorata dopo un sonno sereno ed ininterrotto. Si guardò d'attorno, e vide che nulla era cambiato in ciò che la circondava. Tuttavia qualcosa di meraviglioso era successo nel suo cuore. Una piccola luce s'era accesa illuminando passaggi fino a quel punto impenetrabili ed oscuri.

Non si sentiva attratta dal giovane Bruce, ma la gentilezza dimostrata nel loro incontro aveva svegliato in lei sentimenti teneri d'affetto che non aveva mai provato. Le riempiva un vuoto affettivo ignorato per tanto tempo offrendole un appoggio morale di cui aveva bisogno. Le interessava più il complemento umano che la sua posizione di comando ed il suo benessere materiale. L'accettare quella mano tesa, sembrava non solo logico, ma anche e soprattutto pieno di promesse e speranze per un suo futuro.

Dopo aver vagliato con coscienza ed intelligenza gli aspetti positivi e negativi di una possibile amicizia e fidanzamento, fissò una riunione personale con Bruce, dove mise sul tavolo tutte le sue carte, specialmente la violazione e la nascita della figlia. Se il giovane era veramente interessato in lei, era necessario che venisse a conoscenza di quel passato di cui non era tanto orgogliosa.

Bruce all'ascoltare quella storia dolorosa ed al vedere alcune lagrime sgorgare da quegli occhi durante il racconto, trattenne un'impulso forte d'abbracciarla e baciarla, quasi volesse assicurarla, consolarla e proteggerla. Quella ragazza, ormai donna, emanava un incanto irresistibile. La sua sincerità, apertura e ingenuità la rendeva sempre più amabile.

Appena cessò di parlare –Ti amo come sei – le disse commosso- Non desidererei che cambiassi nessun dato della tua esistenza. Apprezzo il tuo candore e ti ammiro. Se tu potessi ricambiare il mio affetto anche con la vibrazione di una sola fibra del tuo cuore, io sarei l'uomo più felice del mondo. Il mio passato non è tumultuoso come il tuo, ma non è neppure innocente o carente di amoreggiamenti passeggeri. Evitando ogni particolare ti dirò solamente che ho conosciuto diverse ragazze, ma nessuna di esse è riuscita a rubarmi il cuore. In questo senso tu sei il mio primo vero amore-.

Stabilite queste basi, entrambi si sentirono liberi e felici, desiderosi di intraprendere un cammino assieme. La sola compagnia li riempiva di gioia e di speranza.

Incominciarono a frequentarsi regolarmente scambiando idee su come avrebbero voluto forgiare una vita in comune.

Bruce, con una ideologia spuria, intrisa di elementi di una società capitalista e di consumo occidentale, non credeva nella necessità di avere figli. Non era contrario in principio alla formazione di una famiglia normale, tipo cinese, ma non ne sentiva l'urgenza. Fior di Loto, da parte sua, aveva le sue priorità, che non erano certo procreare figli o diventare schiava dell'uomo. In questo senso tutti e due erano liberali, tolleranti ed aperti a nuove forme, non ancora prevalenti nella società in cui vivevano.

Sarebbe stato desiderio di entrambi che questa relazione più che amichevole, rimanesse sconosciuta al personale alberghiero e specialmente agli impiegati e dirigenti con i quali avevano contatti quotidiani. Ma era come sperare che il sole non sorgesse al mattino o il cielo diventasse d'improvviso giallo.

Ben presto la notizia si sparse con la rapidità del fulmine ed i commenti non sempre benevoli potevano ascoltarsi nelle sale e corridoi dell'albergo. Fior di Loto che non amava essere oggetto dell'attenzione pubblica ed odiava lingue malevoli e sguardi indiscreti, ne rimase mortificata. Se non fosse stato per l'appoggio e le assicurazioni di Bruce, avrebbe indietreggiato, e abbandonato l'idea. La sua modestia innata la faceva rifuggire da mostre di palcoscenico o sfoggi istrionici, memore delle sue modeste origini e delle molte sventure sofferte nel corso della sua breve esistenza.

Come sempre l'esperienza di tutti i giorni è per l'uomo comune la maestra suprema che aiuta ad adattarsi, a rendersi flessibile ed assumere mentalità costruttiva di fronte alla svariate sfide giornaliere.

Mentre Fior di Loto assaggiava i sapori sconosciuti di una stretta amicizia amorosa, non sempre congeniali con il suo palato, sperimentava allo stesso tempo le sferzate delle critiche, per nulla accondiscendenti di emuli e rivali.

Un giorno s'alzò da letto con un' idea che volle compartire con Bruce. –Che te ne pare –gli disse con certa ingenuità- se m'iscrivo all'università e faccio un corso di psicologia?- Non ti senti sicura –le rispose il giovane sorpreso- o vuoi diventare una divinatrice di menti umane?- In primo luogo –aggiunse lei- vorrei acquistare una educazione universitaria, che in certi circoli mi darebbe una qualche rispettabilità. In secondo luogo, desidererei fare senso dell'oceano umano che mi circonda. A volte mi sento sopraffatta dal suo mare di fondo e non riesco a decifrarne le correnti. Sorridendo scherzosamente il giovane laureato la guardò negli occhi dicendole – Io non se sarei tanto sicuro. Un'educazione superiore non ti offre né formule magiche per risolvere la difficoltà e molto meno ti allena per capire i meandri della psiche umana. Tuttavia è la tua vita ed il tuo futuro, quindi decidi a tuo piacimento. Hai il mio appoggio e la mia piena approvazione, nel caso che ne avessi bisogno-.

Fior di Loto prese la palla al balzo e si lanciò corpo ed anima nella nuova impresa, prendendo corsi notturni all'università statale della città.

Con i libri tra le mani si ritrovò d'improvviso in un altro universo, scordato da molto tempo. Ma a differenza di prima, ora aveva delle responsabilità, il suo scopo era ben delineato, e contava con l'appoggio di un cuore generoso che batteva per lei.

I simbolici animali del calendario cinese s'avvicendarono ritmicamente, ed il tempo che fuggiva inesorabile nulla lasciò immutato al suo passaggio.

CAPITOLO 3

Angelica e Brigitte formarono un binomio di difficile caratterizzazione, date le loro contrastanti posizioni di soggetta la prima e superiora la seconda. Brigitte incominciò a prediligere in modi impercettibili la nuova arrivata ed Angelica ad idolatrare quella figura femminile che personificava per lei l'essenza della donna. Spogliata dell'autorità che la doveva rivestire, Brigitte assunse il manto di una dolcezza e soavità del tutto nuova per Angelica.

Questa pian piano rimase ammaliata dal dolce affetto ed insolita sollecitudine dimostratale e quella s'invischiò in una amicizia appiccicaticcia incompatibile con la sua posizione di educatrice.

Attratte all'inizio dalla reciproca sensibilità e bellezza femminile, e posteriormente dal mutuo vuoto emozionale, divennero misteriosamente codipendenti, ricercandosi per sostegno e protezione.

Brigette, rimasta orfana in giovane età, s'offerse come istruttrice privata nella lingua francese, che Angelica conosceva teoricamente ma mancava della pratica necessaria per difendersi nell'uso quotidiano. Nelle ore libere del giorno, nei tempi assegnati per la ricreazione ed in ogni circostanza possibile, si rinchiudevano nella camera di Brigitte e conversavano fino alla noia. Il bello era che non arrivavano mai a quel punto, al contrario più si stancavano fisicamente e più gioivano emotivamente.

Nel corso di alcuni mesi Angelica fece progressi enormi, perdendo l'accento italiano ed assumendo quello francese come una seconda natura. In quelle chiacchierate prolungate, snocciolavano come i grani di un rosario religioso i dettagli della loro vita personale e familiare come se fosse la cosa più naturale di questo mondo.

Oltre che con la lingua francese, Brigitte familiarizzò Angelica con la marcia e la politica di quella istituzione, con una minuziosa descrizione delle principali figure in autorità e con il personale di servizio. Le maggiori ricorrenze e festività annue furono pure oggetto di illustrazione.

Se qualche giorno Angelica non poteva vedere Brigitte, per i suoi molteplici impegni, si rammaricava in segreto e le sembrava che le era mancato qualcosa di vitale. Da parte sua Brigitte soffriva se non riusciva a comunicarsi con la sua allieva prediletta.

Angelica, stretta nelle morse di questa relazione affettiva, aveva dimenticato la sua famiglia, che per altro non era mai stata tale per lei, ed evitava qualsiasi contatto a meno che fosse assolutamente necessario. D'altra parte, il padre che riceveva periodicamente informi sull'andamento scolastico e sulla condotta in generale, non credeva opportuno interferire, visto che i risultati in ambo i campi erano più che soddisfacenti. Era inoltre giunto alla conclusione, che probabilmente quella di metterla in un internato era stata la migliore decisione che avesse mai preso in favore della ragazza. Si creava così un vuoto ed un distanziamento non intenzionali ma purtroppo reali, difficili da colmare nel futuro.

Intanto la relazione tra le due assumeva gli aspetti di una sottile anormalità non troppo frequente. Tuttavia, a parte alcune manifestazioni di predilezione che non sfuggivano al resto della comunità, la cosa non sembrava troppo preoccupante. Tutti, infatti, ammettevano livelli diversi di interazione in un gruppo di persone dai caratteri più svariati. In questo campo regnava una grande tolleranza e comprensione.

Le autorità sarebbero intervenute solo nel caso che la troppa predilezione per una venisse a scapito delle altre. Mentre non si varcasse quel limite, non sarebbero sorte obiezioni, né si sarebbero prese misure punitive.

Tuttavia, ad occhi esperti, non mancavano certi segni che indicavano chiaramente il seguimento di una rotta poco ortodossa ed assai pericolosa. Il fatto di vivere in un ambiente chiuso, totalmente femminile, e con rarissimi contatti esterni, creava una psicologia del tutto particolare ed una tendenza a soddisfare i propri bisogni di vita con gli elementi a propria portata.

La natura cerca in ogni forma di adattarsi all'ambiente, e gli stimoli dell'ambiente modellano la natura a propria immagine e somiglianza.

Angelica, nel trascorso di quel primo anno, si rese conto che spesso nei suoi sogni appariva la figura di Brigette, che le sorrideva e l'accarezzava delicatamente, stringendosela al petto. Era un subconscio, del quale non si era accorta, o che aveva tentato di ignorare deliberatamente e che ora affiorava durante il sonno, causandole un piacere indicibile? Amava essere accarezzata ed abbracciata e godeva immensamente la compagnia di quella donna tanto delicata e buona.

Avrebbe dovuto svelare questi sogni alla sua amica e protettrice, od era preferibile tenerli nascosti e seppellirli nel più profondo dell'oblio? E Brigitte cosa sentiva nel suo cuore per lei? La sognava, la desiderava, ne sentiva a tratti la mancanza?

Angelica sgranava nelle sua memoria i segnali affettivi che Brigitte le proporzionava quando si ritrovano sole nella sua camera. Sedute, l'una di fronte all'altra, Brigitte la guardava dolcemente e le rimuoveva qualche capello che scendendo le copriva gli occhi, o le aggiustava la gonnella accarezzando leggermente le ginocchia. In quei momenti di alta tensione Angelica si sentiva offuscare la mente e riempirsi il petto di uno slancio incontenibile. Non poteva quasi frenarsi dall'abbracciarla, baciarla e contraccambiare i segni d'affetto così profusamente somministrati dalla sua educatrice. Che bello sarebbe stato ritornare bambina e vedere Brigitte nelle funzioni di mamma, che prima la pettina, poi la veste ed infine la prepara per andare a scuola. Valeva forse la pena sognare e rifare la propria infanzia d'accordo a parametri più dolci ed umani.

Quando, finito il colloquio, si ritirava da quella stanza, non faceva altro che ripensare a quei momenti di estasi erotica, a quell'esaltazione affettiva che la inebbriava e avrebbe voluto ritornare all'istante, per soddisfare quella sete d'affetto, così grande che sembrava impossibile soddisfare totalmente. Ricordava il gentile profumo che emanava da quel suo idolo femminile, rivedeva qualche capo di biancheria intima steso sul letto o pendente da un armadio semiaperto. Ripercorreva istante per istante i momenti più intimi del loro incontro e ne gioiva profondamente. Nessuno screzio, nessuna amarezza, nessun contrattempo l'avrebbe fatta scendere da quell'altare dell'amore, dove era pronta a stendersi per essere sacrificata, in un sacrificio perenne, in una immolazione eterna.

Povera Angelica non s'accorgeva che la stagione dell'amore, dove si pretende di dar tutto ed in ritorno si esige la totalità dell'altro, stava bussando alla sua porta con virulenza inaudita. Torrenti d'emozione ed affetto avevano invaso il suo ristretto ambito sentimentale, spazzando via con sé ogni oggetto, persona, inibizione o tabù morale. Nessuna diga avrebbe potuto arrestare quella marcia devastatrice, ed Angelica sommersa in quel marasma di impulsi, sentimenti ed attrazioni, non riusciva più a distinguere la riva che le avrebbe offerto salvezza.

Brigitte, da parte sua, navigava in un mare più tranquillo, ma non meno procelloso. Data la sua età, dieci anni di più della sua prediletta, non era travolta dall'impeto dell'amore, ma piuttosto soggiogata da quel sorriso dolce ed allo stesso tempo sfuggente e da quella delicatezza ineffabile. Si sentiva attratta verso di lei, come una madre si vede spinta verso una creatura vulnerabile che non è sua. Voleva a tutti i costi proteggerla e colmarla dell'affetto che non aveva mai avuto. Missione rischiosa ed azzardata ma imposta dalle stesse leggi della natura.

Di qui la lotta interiore d'emtrambe per superare le barriere religiose, che impedivano qualsiasi azione erotica omosessuale e per non essere travolte dalla valanga libidinosa della passione. S'assomigliava ad un gioco di un equilibrista che camminava su una corda sospesa nel vuoto, senza una rete di salvataggio che lo proteggesse da cadute mortali.

Ogni passo in falso, ogni tentennamento, ogni leggera inclinazione nel procedere avrebbe provocato l'inevitabile.

Lo stuzzicare l'appetito sessuale con ogni sorta di sottili accorgimenti affettuosi, senza mai soddisfarlo con azioni concrete, aumentava in proporzione smisurata la tensione in quelle due anime gemellate dal comune desiderio di essere amate. La religione poneva limiti precisi e la natura da parte sua sfondava qualsiasi barriera etica o morale.

La gioventù e l'attrazione sessuale in particolare erano come un fiore, che invita il passante a raccoglierlo per ammirarne i suoi colori sgargianti ed inebriarsi del suo soave profumo. Abbandonato a sé stesso, appassisce e muore. Non sarebbe stato meglio compiere con la funzione assegnata dalla natura, che languire, intrappolato da inibizioni religiose e culturali? Sebbene fosse una ragazza intelligente, Angelica non possedeva una risposta adeguata e si dibatteva nel dubbio. Avrebbe oltrepassato la linea del lecito, per saltare nella zona peccaminosa dell'omosessualità?

Allo studiare la letteratura greca era venuta a conoscenza della poetessa Saffo, rimanendone sorpresa e confusa. Giammai avrebbe immaginato di trovarsi nelle stesse condizioni, a distanza di così poco tempo. Ma come succede molte volte, la vita continua il suo corso senza attendere risposte ai propri interroganti.

Così Angelica e Brigitte proseguirono con le proprie occupazioni giornaliere, soddisfatte dei loro incontri e dei loro sogni. Era quasi più dolce sognare, dove non si trovavano barriere o contrarietà, che obbedire agli istinti, troppe volte ingannevoli.

Vennero le feste natalizie, ed Angelica per prima volta respirò un'atmosfera d'intimità familiare. Era tanto bello e carino assaporare l'effusione e la dolcezza rappresentata dallo spirito del Natale, allo stesso modo che si gustano i piatti speciali propri di quelle feste. Durante l'influenza stagionale che la prostrò a letto per più di una settimana si vide colmata di attenzioni e gentilezze da parte di Brigitte.

Affettuosa e sollecita più di una madre, questa le chiedeva come stava, le toccava la fronte per vedere se la febbre diminuiva, le faceva il letto e l'aiutava a vestirsi. Quel sorriso dolce le infondeva tanto ottimismo ed energia che le sembrava di toccare il cielo con un dito. Di quando in quando una piccola sorpresa le dissipava dubbi ed incertezze. Era una tazza calda di camomilla, un pezzo di torrone o cioccolato, un ritaglio di giornale con qualche storia commovente. A dir la verità, Brigitte indovinava e preveniva i desideri e persino i piccoli capricci della sua prediletta.

Ripresasi in salute, Angelica dimostrò un attaccamento ancora più tangibile verso la sua gentile benefattrice, ripagandola in qualche modo delle mille attenzioni ricevute.

La presenza di quella donna gentile, intrisa di tanta carnalità, si stava convertendo in un sogno, che probabilmente sarebbe svanito. Uno strano presentimento, infatti, che si traduceva in una irrequietezza fisica, l'assillava con maggior frequenza. Per esperienza sapeva che tale stato d'animo era foriero di tormente e ne paventava la presenza e le ineluttabili conseguenze.

Nel frattempo i resoconti sulla sua condotta, spediti regolarmente a casa con la pagella, contenevano per la prima volta una delineazione del suo carattere, che se non preoccuparono il padre, lo lasciarono tuttavia perplesso. Si scriveva infatti che la giovane cercava affetto ed attenzioni in una maniera un tanto preoccupante. Lasciava trasparire un squilibrio sentimentale non in consonanza con una vita di studio in un internato.

Uno non si sarebbe sbagliato se fosse arrivato alla convinzione che tanto l'ansiosa ricerca di attenzioni come lo squilibrio sentimentale non contribuivano alla vita comunitaria anzi ne deterioravano la qualità attentando alla stessa essenza della medesima. Il diagnostico, da qualsiasi punto di vista si guardasse, era chiaramente negativo.

Nessuno quindi dovrebbe sorprendersi al sapere che anche Brigitte ricevette la sua valutazione, per nulla lusinghiera o gratificante. La direttrice di stampo antico, e portamento signorile, la invitò a entrare nel suo ufficio, la fece sedere e con tono grave le rivolse la parola – Tutti apprezziamo la tua dedicazione nel disimpegno dei tuoi doveri come assistente ed educatrice. Però non ci sfugge la tua speciale amicizia con l'alunna Angelica. Sebbene non abbia varcato, per quanto sappiamo, i limiti dell'accettabile, ci sembra sia diventata un pietra di scandalo per le altre alunne, ed un fattore squilibrante nel buon funzionamento dell'internato.

Ti preghiamo, quindi, di presentare immediatamente le tue dimissioni e di abbandonare, nel giro di una settimana, questa istituzione. Lettere di raccomandazione ti accompagneranno, nella ricerca di un futuro impiego-

Quanto mai inaspettato ed immeritato apparve questo duro provvedimento a Brigitte. Al ritirarsi, senza rendersi conto di ciò che l'attorniava, aveva infatti perso la percezione sensoriale dell'ambiente, infilò maldestramente l'uscita e con le lacrime che le scendevano dalle guance si rinchiuse nella sua camera.

Mentre si trovava in tale profonda costernazione, sentì che qualcuno bussava delicatamente alla sua porta. Era Angelica, che con un bel sorriso, la salutò chiedendole come stava. Al non ricevere nessuna risposta dalla sua protettrice e al notare le lacrime in quel volto che tanto amava, rimase sbigottita. La guardò prolungatamente senza proferire ulteriori parole, in attesa di qualche spiegazione.

Brigette abbracciò a lungo e strettamente quella sua figlia spirituale e con un singhiozzo mozzato sussurrò la sua condanna all'orecchio di Angelica. Questa, scossa nel più intimo della sua anima si lasciò cadere nella sedia afferrando quasi con disperazione le mani di Brigitte. Non avrebbe mai voluto lasciarla andare. Si sarebbe aggrappata a lei e l'avrebbe seguita sino agli ultimi confini della terra. Con parole, piene di calore umano, Brigitte la dissuase da qualsiasi passo imprudente, consigliandola a terminare i suoi studi. Non tutto era perduto. Si sarebbero mantenute in contatto epistolare e, quando possibile, telefonico, ed un giorno non lontano si sarebbero riunite nuovamente, per non separarsi mai più.

Rassicurata un po' da tali prospettive, Angelica riabbracciò nuovamente con uno slancio giovanile inusitato la sua cara assistente facendole mille promesse d'amore e fedeltà. Il legame di vicinanza materiale si sarebbe spezzato con la partenza prematura di Brigette, ma l'unione spirituale, secondo i propositi di entrambe, si sarebbe prolungata per l'eternità.

La povera istitutrice non si sarebbe mai aspettata una simile pugnalata alle spalle, e nonostante la ferita ancora sanguinante, le costava non poco lasciare quel luogo, che nonostante tutto amava, ed al quale si era affezionata.

La vita in un internato offriva sicurezza e protezione, ma stroncava nel nascere tendenze innovatrici. Sembrava incompatibile con una giovane nel pieno delle sue energie.

Raccolte tutte le sue cose e finiti i preparativi in meno di una settimana, s'accomiatò dolente dalla sua pupilla, ritornando alla sua città d'origine, Lione, in Francia. Là, dopo la perdita dei suoi genitori, aveva frequentato le scuole superiori e l'università conseguendo un titolo in pedagogia. Con quest'episodio, l'insegnamento era diventato un piatto amaro per il suo palato. Nelle presenti circostanze preferiva dirigere la sua attenzione verso qualche altra professione, con migliore rimunerazione pecuniaria, e maggiore soddisfazione personale.

Non tardò molto ad incontrare una professione più compatibile con le sue tendenze e molto più affascinante di qualsiasi posizione docente.

Uno zio paterno aveva lavorato per molti anni nella sezione "Investigazione Criminale" della polizia cittadina. Non soddisfatto con i criteri generali ed i metodi usati dai suoi colleghi per risolvere i crimini, aveva lasciato la sua posizione di capo reparto, ed con alcuni compagni, che compartivano le sue idee, aveva formato un'agenzia di investigatori privati. Con il passare degli anni, e con gli ottimi risultati ottenuti, quella istituzione aveva raggiunto un prestigio internazionale, stendendo i suoi tentacoli in molti paesi d'Europa, Asia ed America.

Brigitte non si sarebbe mai aspettata che lo zio la chiamasse ad integrare la sua società. Dopo alcuni corsi fondamentali in un' accademia specializzata, era pronta ad usare i suoi talenti nella soluzione di delitti domestici e politici, di spionaggi industriali, di attentati terroristici e della criminalità in generale. Era come lasciare la vita di convento ed immergersi nell'universo di un bordello.

I primi giorni di lavoro, dove riceveva le deposizioni dei clienti, formando un rapporto dettagliato che sarebbe servito da guida agli investigatori, si chiedeva se tutto quello fosse reale. Solo una persona con tendenze schizoidi si sarebbe lanciata in una simile professione. Si sarebbe un giorno svegliata ed avrebbe mandato tutto al diavolo?

Voleva per lo meno tentarci, e vedere di che cosa era capace. Avrebbe informato la sua amica Angelica, od era preferibile per il momento tenerla all'oscuro di tutto? Il tempo le avrebbe suggerito qualche risposta ragionevole.

Il lavoro era esigente ed avrebbe potuto impiegare le ventiquattr'ore della giornata. Non c'era spazio per svaghi prolungati o divagazioni sentimentali. Inoltre i casi che le venivano sottoposti esaurivano le sue inesauste energie, svuotandola delle sue emozioni ed inaridendo i suoi affetti.

Alcuni di questi la stimolavano a tal punto che si scordava di mangiare e di altre necessità primordiali della sua vita quotidiana. Non è facile descrivere con poche espressioni il cambio che si stava operando in lei.

La giovane, dai sogni romantici, sommersa nei libri di letteratura, rinchiusa tra quattro pareti che trasudavano mille lotte nascoste di cuori in fiamme, stava scomparendo, per lasciar posto ad una meticolosa esaminatrice di deposizioni e questionari, di battute stroncate e di mezze verità.

La sua diligenza e perspicacia avrebbero spianato il sentiero agli agenti investigatori, o una qualche svista avrebbe potuto mettere a rischio la loro vita.

Cosciente della sua importanza vitale nel successo e prestigio dell'agenzia non risparmiava sforzi per approfondire i suoi conoscimenti attraverso la molteplice letteratura alla sua portata. Non perdeva occasione per assistere a convegni nazionali e internazionali su temi che la interessavano o a mettersi in contatto con i personaggi più prominenti in quel settore.

Lo zio si sentiva particolarmente orgoglioso di quella sua nipote, così promettente, e con un' iniziativa degna di ogni lode.

CAPITOLO 4

Angelica, dopo la partenza di Brigitte, aveva attraversato momenti difficili, per usare un'espressione moderata. Percepiva la sua esistenza in modo totalmente negativo. Che senso aveva vivere senza la presenza di una persona amata al suo fianco? L'idea del suicidio le era balenata spesse volte nella mente, facendo svanire ogni senso di fiducia che aveva acquisito accanto alla sua protettrice.

Una depressione profonda aveva invaso tutto il suo essere, privandola di ogni sorriso e seppellendo ogni manifestazione gioiosa. Era l'inverno più gelido e fosco della sua giovinezza. L'unica persona che avrebbe potuto comprenderla e salvarla dall'abisso in cui stava per sprofondarsi, non c'era più. Le scarse comunicazioni tra loro, invece di aiutarla la deprimevano maggiormente per la mancanza di quella tenerezza affettiva che era esistita prima. Il piccolo mondo che si era costruito tanto facilmente, stava per crollare, frantumandosi in mille pezzi.

Il ricordo della sua famiglia l'agitava ancor di più. L'arrivo infatti di un presunto fratellino l'avrebbe soppiantata totalmente. Un odio cieco s'era impossessato di lei, privandola della capacità normale di giudicare equanimemente.

Desiderava star lontana da tutti e rifugiarsi in un qualche mondo immaginario, dove nessuno avrebbe potuto farle del male. Essendo ciò impossibile, optò per una realtà meno chimerica e più tangibile. Avrebbe speso le sue vacanze estive in Inghilterra, facendo un corso di lingua inglese per stranieri.

Il padre considerò la proposta assai ragionevole, e dal momento che non v'erano problemi economici, le diede il suo pieno appoggio, quasi contento di poter disfarsi di lei, senza sgradevoli discussioni.

Per la prima volta in vita sua Angelica si sarebbe trovata sola in un mondo sconosciuto, molto diverso da quello delle lingue romanze. Senza amici o parenti, senza conoscenti o promotori, si sarebbe slanciata nelle acque fredde degli anglosassoni e cercato di sopravvivere. Quello sarebbe stato un buon termometro per misurare la sua resistenza e perseveranza.

Si sa che quando uno è giovane la adattabilità è quasi una virtù innata, e nessun ambiente, per ostile che sia, riesce a scoraggiarlo e molto meno a sconfiggerlo.

Verso la fine di giugno, Angelica arrivò ad Oxford, dove si tenevano i corsi per stranieri. Ignara del sistema universitario inglese, trovò la sua sistemazione un po' strana. L'edificio le sembrava un monastero medioevale, e l'orario un tanto da internato, al quale era ben assuefatta. La presenza di ragazzi e ragazze di età e provenienze diverse rendeva l'insieme un microcosmo etnico, non solo curioso ma divertente al massimo.

Dimenticò presto i suoi grandi problemi e s'immerse senza ritegni in quell'atmosfera goliardica. Dopo il tramonto del sole si spendevano ore ed ore nei pub della città svuotando pinte di birra. Era il ramadan tipico degli studenti anglosassoni, noncuranti di norme religiose o culturali. L'unica cultura vigente sembrava l'epicurea.

Il suo atteggiamento ritroso e modesto sembrava un'invito per gli studenti più liberali, che la incoraggiavano a bere e a fraternizzare in una maniera sguaiata ed a volte scurrile. A quel punto Angelica si rese conto che non esisteva nessuna medicina più potente del alcool per annegare i dispiaceri e sommergere scrupoli e dolori.

Il progresso nella lingua inglese, non la preoccupava maggiormente. Date le sue naturali abilità linguistiche non doveva sforzarsi eccessivamente per spiccare tra i compagni. Dominando l'italiano ed il francese poteva fraternizzare con una enorme quantità di studenti, anche se lei amava restringersi ad un gruppetto di essi, più congeniale con le sue tendenze.

Arrivò a formare un piccolo club di anticonformisti, intenti ad abbattere le più retrograde convenzioni dei loro paesi d'origine. Finalmente, la ragazza dagli occhi un po' a mandorla, i capelli castani ed il parlare poliglotta, si sentì libera di esprimere se stessa in una varietà di tendenze fino allora sconosciute.

Se la casa si era rivelata una prigione fortificata, da dove non avrebbe mai potuto spiccare il volo, se l'internato era risultato una gabbia dorata per il suo cuore assetato d'affetto, Oxford si era rivelato come il paradiso della libertà perduta o mai conosciuta.

Qui Angelica incominciò a ritrovare una parte di se stessa, mai scoperta e mai sospettata, esistente in quel suo fragile essere umano. Aveva una voglia sfrenata di inneggiare alla gioventù, di brindare allo spirito liberale che soffiava fresco dai quattro punti cardinali. E quello che era più significativo era il fatto che aveva acquistato il desiderio di vivere.

Nello stupore del suo rinascimento arrivò la notizia della nascita del presunto fratellino. Ciò che prima le aveva causato disappunto e stizza ora l'aveva lasciata totalmente indifferente. Già il suo interesse s'era centrato all'infuori della sfera familiare. A casa avrebbero atteso il suo arrivo per il battesimo del piccolo. Con tutta la famiglia riunita, le celebrazioni sarebbero state degne del nuovo erede.

In un batter d'occhio le vacanze erano giunte al loro termine ed il corso d'inglese si era concluso con l'esame superato da lei brillantemente. S'era accorta che non solo sapeva sopravvivere in un ambiente sconosciuto, con clima, cibo e costumi diversi ed a volte ostici, ma era capace di trasformarsi, adattandosi all'ambiente.

Nel suo viaggio di ritorno, si fermò a Lione dove ebbe un incontro fruttuoso con la sua cara Brigitte. Era qualche cosa di incredibile vedere come entrambe avevano maturato in così poco tempo. La nuova orientazione nella loro vita non faceva altro che rafforzare la loro amicizia, non più sentimentale o sdolcinata, ma cimentata in solidi ideali. Parlarono molto delle loro future possibilità e di un possibile progetto in comune.

Angelica s'accorse che l'appoggio che temeva fosse scomparso, era più vivo che mai, anche se aveva assunto un volto diverso. Si sentiva affascinata da questa evoluzione, frutto d'un taglio doloroso, e ne avrebbe seguito attentamente ogni sviluppo.

Rinfrescatasi nei sentimenti al contatto con quell'adorabile anima gemella, si rimise in treno. Attraversato il tunnel del Cenisio, raggiunse la città di Torino dove il padre e la sorella Simonetta la stavano aspettando alla stazione.

Il padre l'abbracciò affettuosamente e sembrava contento di rivederla. Anche la sorella adottiva, che era stata la causa indiretta della sua partenza, l'accolse con le braccia aperte, manifestandole che una grande nostalgia si era impossessata di lei durante quella lunga assenza.

Angelica rimase sorpresa da quella calda accoglienza ma non volle tirarne nessuna conclusione, timorosa di ingannarsi. Appena varcata la soglia di casa, la mamma le venne incontro ed abbracciandola le diede il benvenuto come se si trattasse d'un ospite. Mancava lo slancio e la convinzione di una madre. Il suo cuore infatti era altrove, e la figlia adottiva non vi occupava più un posto privilegiato. Nonostante quest'atteggiamento un tanto cerimonioso, non mancò di chiederle sulla sua salute e studi, e dopo i primi convenevoli, l'accompagnò nella camera del neonato che stava dormendo, succhiando il suo pollicino.

Angelica l'osservò a lungo senza emettere nessuna esclamazione di meraviglia e senza apprezzamenti insinceri. Gli accarezzò gentilmente la manina e dandogli un bacetto sulla fronte sussurrò impercettibilmente –Dormi piccolino in compagnia del tuo angelo custode-.

La cerimonia del battesimo era stata fissata per la domenica della settimana seguente, e non per il sabato, come era abitudine della parrocchia. Si era fatta una eccezione speciale per l'erede dell'imprenditore milionario, Giorgio Rossi. Un numero svariato di dignità civili ed ecclesiastiche erano state invitate. La famiglia, soprattutto i nonni paterni, non aveva risparmiato denaro e sforzi per quell'occasione dove si doveva far sfoggio della propria posizione e prestigio.

Colui che avrebbe dovuto amministrare il battesimo era un monsignore della curia di Torino, ben noto alla famiglia, ed amico intimo della madre del bambino.

Si conoscevano infatti sin dalla gioventù e c'era stata una relazione sentimentale tra i due giovani. Durante un ritiro spirituale in una magnifica residenza alpina della Val d'Aosta si erano conosciuti, innamorandosi pazzamente l'uno dell'altro. Nei primi mesi di quella relazione davano l'impressione che tutto sarebbe finito in un fidanzamento formale ed in un matrimonio felice.

Ma qualche cosa di inatteso successe. Non appena terminato il suo liceo, Adele venne a conoscenza della decisione del suo ragazzo, di abbandonare il mondo ed entrare nel seminario diocesano per intraprendere la carriera ecclesiastica.

Come se una malattia incurabile l'avesse colpita, rimase sbigottita dalla notizia. Pianse fino a che se le esaurirono le lacrime. S'era data completamente a lui, amandolo dal più profondo delle sue viscere, e lui la ripagava così. Destino ingrato e crudele.

Il giovane, da parte sua, con la suavità di un mistico e la freddezza di un medico forense seppe convincerla che quella chiamata veniva da Dio e che contrariarlo sarebbe stato il peggior errore che avrebbero potuto commettere. Sarebbero rimasti amici e lui l'avrebbe conservata gelosamente nel suo cuore, come il suo primo ed unico amore. Non l'avrebbe mai perso, anzi l'avrebbe acquistato e posseduto in un modo superiore, dove non erano possibili i tradimenti e gli inganni. Sarebbe stato uno sposalizio spirituale ed un amore purificato dagli elementi carnali, per convertirsi in un simbolo di eterna unione.

Questi ed altri simili ragionamenti, che sembravano tratti da una letteratura medievale, abbagliarono la mente di quella povera ragazza, e pian piano rasserenarono il suo cuore in tormento. Prima di partire per il seminario, s'abbracciarono teneramente.

Lei s'immaginava che stava stringendo al suo petto il rappresentante di Dio, e che in quel modo si sarebbe assicurata la salvezza eterna. Lui, d'altra parte, s'illudeva che abbandonando i piaceri della carne per seguire la chiamata divina, avrebbe risolto definitivamente tutti i suoi problemi affettivi.

Fervore spirituale e cecità mentale stavano alla base di quella nuova unione che aveva tutte le pretese di essere religiosa, ma che in realtà con il tempo si sarebbe convertita nel più formidabile degli ostacoli.

Si mantennero in contatto epistolare, scrivendosi lettere affettuose cosparse di citazioni bibliche, tratte specialmente dal libro della Sapienza, dove si descrive in forma poetica l'amore di Dio verso il suo popolo.

Durante le vacanze estive, non perdevano occasione per ritrovarsi insieme ed inginocchiati nei banchi della chiesa parrocchiale, elevavano ferventi suppliche al Dio Onnipotente, perché li mantenesse fedeli alle loro promesse, allontanandoli da ogni pericolo del Maligno.

Gli anni passarono per entrambi ed ognuno intraprese la propria strada. Adele, incapace di resistere alla pressione della famiglia, sposò un ragazzo promettente, solo per convenienza. Non c'era né amore né ammirazione, solo tornaconto ed utilità.

Il giovane, che si chiamava Giorgio Rossi, d'aspetto attraente ma di carattere forte, possedeva il titolo d'ingegnere edile, e quello che più importava molto denaro. Giorgio si sentiva attratto verso di lei e ne ammirava le qualità fisiche e morali. Forse per questo non si rese conto della mancanza di comunione intima con Adele.

Nel segreto del suo cuore, lei aveva deciso che non avrebbe mai tradito il suo primo amore. Avrebbe fatto l'amore con Giorgio, come dovere coniugale, ma non si sarebbe mai data a lui nella pienezza d'affetto e volontà. Nonostante le apparenze contrarie, si considerava una vergine e tale voleva conservarsi psicologicamente fino alla morte.

Creata simile barriera, si rese impenetrabile tanto sentimentalmente come fisicamente. Di qui la sua incapacità di procreare con Giorgio. Questo sembrerebbe un dato da fantascienza o un attributo di un'altra specie di esseri alieni al nostro pianeta. E' invece un dato reale, derivato da casi clinici della regione piemontese, dove la pietà di tipo giansenista aveva spazzato via l'esperienza gioiosa della vita e del sesso.

Giorgio non si rese conto di questa riluttanza fondamentale, speciosamente mascherata da frasi dolci ed atteggiamenti remissivi. I finti orgasmi mescolati ad una passione aggressiva davano l'idea di una donna contenta di soddisfare le necessità dello sposo. Tutto il contrario, Adele nel più profondo del suo spirito stava gridando disperatamente come se qualcuno la stesse violando. Accettazione e ripugnanza, soddisfazione e disperazione, sincerità ed inganno erano le due facce della stessa moneta che lei usava con tanta abilità.

Nel frattempo, l'uomo al quale si era consacrata in corpo ed anima, era stato ordinato sacerdote. Per un senso di rispetto, tralasceremo in queste pagine il suo vero nome. Intelligente ed allo stesso tempo ambizioso si convertì in un sottile manovratore degli affari ecclesiastici. Integrando la curia arcivescovile di Torino e con i titoli altisonanti di monsignore e cameriere segreto pontificio sembrava avesse un futuro luminoso.

Il suo fervore iniziale, dove la chiamata di Dio e la sua maggior gloria campeggiavano con prominenza, si smorzò con l'andare del tempo, sopraffatto dai svariati intrighi di sacristia.

La vocazione di origine divina pian piano lasciava il posto ad una vocazione di origine umana, e più specificamente di origine carnale. I richiami del sesso, sempre più forti e persistenti, oscurarono il cielo ideale dei valori eterni per piombarlo impercettibilmente nel baratro del vizio.

Arrestata la sua marcia verso la sede vescovile, non vide più nessuna meta da conquistare. Si abbandonò con rassegnazione ad un'inerzia forzata, cercando compensi nella direzione spirituale di anime assetate. Tra esse primeggiava la sua Adele.

La grazia di quella giovane non aveva mai cessato d'incantarlo. Come definire ciò che provava quando Adele cantava da soprano nel coro della parrocchia? Era una voce d'angelo che lo turbava profondamente fino a farlo incespicare quando saliva i gradini dell'altare o arrossire quando sbagliava la pagina del messale.

Un giorno, superata la porta d'ingresso, il giovane sacerdote percorse la navata centrale e, con il cuore in subbuglio si rinchiuse in uno dei confessionali. Immagini di tentazioni carnali gli attanagliavano l'anima. S'immaginava le spalle nude di Adele giacendo in un letto coperto di rose. Rivedeva quella bocca aperta quando lui le distribuiva la comunione, e quella lingua carnosa di ragazza in attesa di gustare l'amore di Dio.

D'improvviso nella chiesa deserta s'udì un cigolio di portone. Passi leggeri s'inoltrarono, poi si fermarono davanti alla tetra garrita del confessionale. Il cuore del monsignore ebbe un sobbalzo inatteso. Intravvide due piedini in scarpette rosse e basse. Era Adele. La giovane, dalla compostezza signorile s'inginocchiava davanti a lui. La lucentezza dei lunghi capelli biondi formava come un'aureola. Le peluria delle braccia gracili lo commuoveva. Le parole che uscirono dalla bocca di Adele erano impercettibili al suo udito. Più che parole od espressioni erano palpiti ardenti, fantasticherie morbide di giovane farneticante.

Anche lui cominciò a parlare, come in una visione ultrasensoriale. E Adele con le palpebre socchiuse e le narici dilatate non staccava i suoi occhi dal suo viso. Il monsignore intravvide nell'espressione di lei un'estasi pari alla sua, quasi toccando per seconda volta con i sensi quel mistero ineffabile che è il risvegliarsi dell'amore. Percepì che lei, in quell'atteggiamento implorante, si era consacrata in eterna schiavitù a lui e che l'anelava con tutte le fibre del suo essere.

Nei prolungati colloqui spirituali, che si susseguirono e che spesseggiarono con crescente frequenza nel corso di un mese, l'unico tema discusso era la sua situazione matrimoniale ed in particolare la sua insoddisfazione sessuale.

L'accondiscedente monsignore giubilava internamente all'udire i lamenti e le indirette suppliche della sua Adele. Scopriva nei suoi occhi imploranti e nel tono della sua voce melliflua ed incantatrice un'invito a ristabilire la relazione, troncata tanti anni prima. Non era una semplice unione spirituale quella che si stava forgiando, ma una totale simbiosi di due esseri.

I baci affettuosi al terminare una sessione, aprirono la porta a carezze sensuali durante i loro incontri e ad eccitamenti impropri. Ambedue durante le lunghe notti solitarie si sognavano in posizioni compromettenti, e sempre nel sonno cercavano di occultare le loro azioni. Paura mortale e desiderio sfrenato dominavano i loro scenari, privandoli nella vita quotidiana di una trasparenza innocente. Non sarebbe trascorso lungo tempo prima che il loro atteggiamento compromettente li tradisse.

In un caldo giorno d'estate, il monsignore prese l'iniziativa ed andò a visitare Adele, che si trovava completamente sola a casa. La sua gioia al vederlo era superata solo dal desiderio di possederlo. Dopo alcuni bicchieri di un liquore inebriante, lei incominciò a togliersi alcuni vestiti, perché faceva molto caldo. Seduti in un comodo sofà lei prese l'iniziativa togliendosi il reggiseno ed offrendosi per essere accarezzata e baciata. Arso da una sete millenaria, lui le afferrò i capezzoli e incominciò a succhiarli alternativamente, mentre lei si abbandonava completamente a lui. Piano piano lasciarono cadere tutte le barriere, lui svestì completamente la sua seduttrice, e lei fece altrettanto con lui.

Adele aveva da sempre desiderato vedere e toccare quell'organo maschile, capace di inebriarla. Era bello, grande e turgido capace di far impazzire qualsiasi donna.

Lo guardò a lungo con ammirazione e poi presolo tra le mani incominciò a strofinarlo gentilmente contro le labbra della sua vagina, lo avvicinò poi alla sua bocca e con la sua lingua lo leccava con una intensità inaudita. Il monsignore provava un piacere indescrivibile e tra lamenti e grida sommesse di soddisfazione sembrava la implorasse a continuare senza tregua. Da parte sua, lui l'accarezzava nelle parti intime cercando alla cieca il suo punto erogeno più importante per provocarle un orgasmo autentico.

Totalmente assorbiti da quella frenesia amorosa, non s'accorsero che già si stava facendo sera e che non conveniva più prolungare quell'esperienza sommamente gratificante per entrambi. Non arrivarono alla consummazione completa di quell'atto adultero, ma il sentiero era stato aperto con una inaudita spudoratezza e procacità, lasciando intravvedere l'impossibilità di una retromarcia.

D'ora in poi non perderanno occasione per incontri clandestini ed piccole orgie sessuali, giustificate, nonostante la doppia peccaminosità di adulterio e violazione del voto di celibato, sotto speciosi motivi di incomprensione e di vendetta.

Il monsignore incolpava i propri superiori di un' ottusità meschina per accusarlo di ambizione mondana e precludergli così l'ascenso inevitabile alle più alte cariche ecclesiastiche. Considerava inoltre la legge del celibato qualche cosa di antiquato e frutto di circostanze storiche particolari, che non avevano più nessuna giustificazione nei tempi moderni. Tutta l'impalcatura teologica costruita penosamente sui banchi del seminario crollava, frantumandosi al confronto con la impenetrabile struttura del potere gerarchico nella Chiesa.

L'appassionato devoto della Santa Sindone, emblema di una vicenda storica per lui incontrovertibile, aveva deviato i suoi sospiri spasimanti verso quella sensuale figura femminile, che l'aveva sconvolto da giovane.

Adele, da parte sua, voleva vendicarsi dello smacco subito da giovane al perdere il suo primo amore per opera di un destino crudele, definito come volontà di Dio. Preferiva la sua situazione presente, perché l'oggetto della sua attrazione era una persona consacrata a Dio, non incline ad ingannarla con altre donne, e considerato puro. Il solo pensiero di poter fare l'amore con un sacerdote l'eccitava ineffabilmente e la faceva sentire libera da obbligazioni coniugali, spesso pesante remora per raggiungere il pieno appagamento sessuale.

Questo era tristemente l'oscuro passato ed il morbido presente di un membro della famiglia Rossi, ritenuto il pilastro della famiglia ed un modello per qualsiasi moglie con velleità di avventure amorose.

Che pensare poi del ministro del battesimo, aitante nella sua divisa ecclesiastica, che emanava sicurezza ed autorità, inafferrabile dalla maggior parte dei suoi consimili? Invischiato in una sordida vicenda carnale, si stava occultando dietro una maschera vellutata, capace di tradirlo ad ogni istante.

Il retroscena appena descritto era nascosto da una splendida facciata, irradiante una grandezza e magnificenza inusitate. Nessuno avrebbe avuto il coraggio di sospettare qualche cosa di indecente nella relazione di amicizia esistente tra il rappresentante della Chiesa e la madre del battezzando.

Il giorno della solenne cerimonia era finalmente arrivato. I preparativi erano stati febbrili ed impeccabili. La temperatura era ideale. Il cielo un po' coperto e l'aria fresca salutavano l'arrivo dell'autunno, annunciato dalla caduta delle foglie giallastre. Sembrava che tutto invitasse alla serena riflessione dell'atto religioso che si stava per compiere.

La chiesa parrocchiale si era rivestita di una semplicità straordinaria per quell'occasione, con due vasi di rose bianche sull'altare maggiore e due candele accese. L'organo riempiva l'ambiente, gremito di gente, con note giubilose.

La processione d'entrata era capeggiata da bambini vestiti di bianco che spargevano petali di fiori nel cammino, seguivano Giorgio ed Adele preceduti da Simonetta ed Angelica. Dietro di loro i padrini con l'infante. Chiudevano la processione i chierichetti ed il celebrante.

Il testo liturgico del battesimo riecheggiava l'eterna lotta tra il bene ed il male, proclamando apertamente una realtà, caduta in disuso nel mondo moderno.

Il monsignore, con accento sicuro e pronuncia impeccabile, comminò il Maligno di abbandonare il corpo e lo spirito di quel parvolo, perché diventasse tempio dello Spirito Santo, figlio del Padre ed erede del regno riconquistato da Cristo. Facendo il segno della croce, versò l'acqua sulla fronte di quella creatura rinata in quell'istante con il nome di Vittorio Umberto.

Un applauso spontaneo dei presenti suggellò la cerimonia, che da secoli si ripeteva invariata nel seno della fede cristiana.

Nessun dubbio sull'efficacia del sacramento, che d'accordo alla teologia, produceva quello che significava anche nelle menti smarrite e coscienze travagliate dell'innominato monsignore e della sua amante.

Ma non sarebbe forse irriverente chiedersi a questo punto, come un ministro posseduto dallo spirito immondo della carne aveva il potere di cacciare un altro spirito altrettanto sozzo dall'anima di quella povera creatura, ignara della lotta spietata, sferrata attorno a lei? Tutto sembrerebbe paradossale e contraddittorio all'occhio profano dell'agnostico, ma non così alla fede accecante del credente.

Dopo la commovente cerimonia, interrotta più volte dal pianto di Vittorio Umberto, alcuni dignitari si congedarono con prolungate strette di mano dai membri della famiglia Rossi, mentre la maggior parte di loro si diresse in macchina verso la residenza sontuosa del festeggiato.

Qui, i nonni, specialmente paterni, non avevano risparmiato né soldi né sforzi per intrattenere con il meglio dei cibi e servizi la numerosa parentela ed i molti ospiti illustri che avevano accettato l'invito.

Lunghe tavolate erano state collocate sotto gli alberi secolari che ornavano la vasta proprietà, circondante la villa settecentesca.

Mentre si salutavano o facevano i convenevoli d'occasione, il personale di servizio, con l'aiuto delle due figlie adottive, Simonetta ed Angelica, più attraenti che mai, accompagnava ciascuno alla tavola designata.

Le due ragazze si prodigavano in sorrisi ed attenzioni tanto gentili come delicate che lasciavano i destinatari delle medesime attoniti. Anche senza possedere il sangue del casato, erano le migliori ambasciatrici dello spirito di famiglia, creando un'atmosfera di grande cordialità. Questo non sfuggì a nessuno dei presenti, che congratularono Giorgio ed Adele con parole di encomio un tanto eccessivo.

Una piccola banda di musici diffondeva motivi e melodie regionali che dilettavano persino i più refrattari ad ogni tipo di musica.

Incominciarono a servire un rinfresco per i piccoli, ed un delizioso aperitivo per gli adulti. Coloro che non si erano potuti salutare prima, erano liberi di alzarsi per dare un abbraccio, un bacio od un semplice benvenuto. Si servì il primo piatto accompagnato da un vino Barolo di alta qualità. Seguirono numerose pietanze dai contenuti più squisiti con vini delle diverse regioni piemontesi. L'aroma del tartufo, condimento prelibato quasi divino, si diffondeva sottile e penetrante, conferendo all'insieme un tono di signorilità superiore. Abbondarono i dolci ed i liquori.

Nella misura in cui si vuotavano le bottiglie, il tono della conversazione aumentava, le facce arrossivano, e battute spregiudicate s'intrecciavano qua e là . Se si poteva chiudere un occhio su certi atteggiamenti e frasi un tanto spinti, molti non riuscivano a digerire l'eccessiva familiarità del monsignore con Adele, seduti allo stesso tavolo. La prima ad accorgersene fu Angelica, che per rispetto al padre ed agli altri familiari, non avrebbe desiderato nessun scandalo. Suggerì sottovoce alla mamma di moderarsi o di lasciare la compagnia, ma questa disinibita dall'alcool ingerito, zittì la figlia, dicendole di pensare ai fatti propri.

Allibita da tale risposta, la povera ragazza ricorse all'aiuto dei nonni, ma questi sebbene l'adorassero, preferirono non intervenire per non inasprire la situazione. Anche Simonetta, avrebbe voluto intervenire, ma visto l'insuccesso della sorella, preferì lasciare la festa che volgeva verso il termine, nauseata dalla condotta dell'ecclesiastico con sua madre.

Dopo che tutti gli ospiti si erano ritirati, senza registrarsi nessun incidente serio, la piccola famiglia si ritrovò sola, smarrita e, quello che era peggio, a disagio tra le proprie pareti domestiche. Un silenzio insolito era piombato improvvisamente sui rimasti che, ammutoliti, sembrava avessero perduto la voglia non solo di festeggiare ma di vivere.

L'evento che avrebbe dovuto rimarginare vecchie ferite ed unire intimamente quella famiglia minacciata da forze ignote e contrastanti, aveva provocato, con lo stupore di tutti, l'effetto contrario. Una forte tensione sotterranea s'era creata tra i diversi membri, lanciando sospetti di natura vergognosa sulla madre, che ancora alticcia non percepiva la gravità della situazione.

Giorgio, cosciente del suo passato peccaminoso, con cadute recenti che avrebbero fatto rabbrividire chiunque, se fossero venute alla luce, assunse un tono conciliatore, invitò tutti ad andare a letto e ringraziò le figlie per il loro contributo all'esito della festa.

L'unico, ignaro di tutto, era il neobattezzato Vittorio Umberto, che dormiva il sonno dei giusti nella sua culla, adornata di pizzi, merletti ed animaletti pendenti dall'alto.

La manifestazioni lascive del monsignore nei riguardi di Adele non erano sfuggite ad alcune personalità molto vicine alla curia torinese. All'indomani della festa, ne riferirono con abbondanza di dettagli all'arcivescovo ed al suo segretario. Questi, non si sorpresero, ed in segreto affidarono ad un fedelissimo della diocesi la missione di spiare ogni passo del baldanzoso ecclesiastico e di riportare direttamente a loro ogni scorrettezza.

Tanto Adele come il monsignore era caduti sotto il mirino implacabile, la prima delle figlie ed in particolare di Angelica, il secondo dei mastini della curia, che non avrebbero risparmiato né sforzi né mezzi economici per stroncare alla radice qualsiasi azione compromettente. Il buon nome della Chiesa doveva essere difeso con ogni mezzo, incluso la violenza, l'omicidio o il sequestro a mano armata.

Si trattava, in ultima analisi, di mettere al riparo la salvezza spirituale dei fedeli, minacciati da ignobili scandali e dicerie maligne.

I due implicati ricevettero avvisi amichevoli da persone che erano al corrente delle trame curiali. Adesso spettava solo a loro mettersi al riparo dal ciclone che li avrebbe potuto spazzar via come fuscelli di paglia.

Navigare in quel mare procelloso, senza essere travolti dalla marea infuriata, richiedeva tutta la potenza dello spirito del male, che non si sapeva se ricavasse più soddisfazione dal loro naufragio o dal loro scampo.

CAPITOLO 5

Giorgio, durante la notte, si era risvegliato parecchie volte, sudando ed in preda a strani incubi, che non riusciva a caratterizzare. Erano come ondate di sentimenti e figure paurose che lo sballottavano da un periodo storico della sua gioventù ad un altro della sua maturità, da una zona geografica reale ad un'altra totalmente immaginaria, da personaggi conosciuti, a figure aggressive e minaccianti.

Finalmente la luce del mattino pose termine a quella bizzarra cavalcata di un mondo pauroso, troppo scompigliato ed inintelligibile, per poter aver qualche base reale.

Il povero uomo si dibatteva tra l'immaginario ed il reale, tra il credibile e l'incredibile, incapace di sgrovigliare quell' impasto senza principio e senza fine.

Una cosa era certa, sua moglie aveva fatto un viraggio, impensabile alcuni anni addietro. La sua leggerezza provocatrice con il monsignore lo lasciava perplesso. Si rifiutava di credere in una possibile relazione illecita, nonostante le manifestazioni tanto eloquenti. Pensava che il primo a demolire i fondamenti coniugali era stato lui, e che ora Adele s'impegnasse a portare a compimento, con simile spudoratezza, tale missione. Ciò lo sconvolgeva nel più intimo delle sue convinzioni.

Rifacendo mentalmente il cammino a ritroso si rivedeva adolescente nelle sue scorrazzate sentimentali, spavaldo ed arrogante. Si era compiaciuto enormemente con le prime conquiste. Erano state ragazzine ingenue, cadute nelle sue reti al solo richiamo della sua voce ed ai finti battiti del suo cuore.

Ne ricordava una particolarmente all'età di tredici anni, che ad occhi chiusi si era abbandonata totalmente a lui confidando nelle sue promesse di perenne fedeltà ed amore. Dopo un mese di intensi corteggiamenti, l'aveva abbandonata per un'altra più astuta, che dopo abbindolarlo con le sue grazie femminili l'aveva ripagato con la stessa moneta, che lui aveva usato con la prima.

Giorgio, nato nel seno di una famiglia, che contava antenati illustri nei più svariati campi dell'attività umana, era stato educato nelle scuole di maggior prestigio della città. Durante gli anni universitari sembrava aver abbandonato il suo atteggiamento spregiudicato ed aver abbracciato una condotta austera. Conseguito il titolo di ingegnere, entrò a formar parte dell'impresa multinazionale del padre, prima come osservatore e consulente, poi come dirigente responsabile.

Viaggiava frequentemente all'estero con il direttivo della ditta, imparando i diversi modi di firmare contratti lucrativi e tecniche appropriate per dar inizio ai lavori. La varietà di circostanze e le possibilità che offrivano i paesi stranieri non cessava di causargli stupore. A questo tirocinio pratico s'aggiungeva un altro aspetto che si stava incorporando alla personalità occulta di Giorgio.

Lontano dalla famiglia, e con una libertà di movimenti quasi illimitata, seguendo la prassi dei compagni di lavoro, si era permesso qualche scappatella, che se al principio poteva sembrare innocente, più avanti si convertì in una catena di infedeltà coniugali, delle quali non era certo orgoglioso.

C'era però una differenza enorme tra la sua condotta e quella della moglie. Lei lo faceva alla vista di tutti, con una millanteria provocatrice, mentre lui aspettava di andare all'estero e di nascosto persino dagli amici soddisfaceva i suoi bassi istinti. Lui non attuava con un senso di rivincita come la moglie, ma per un semplice sfogo passionale. In lei c'era una malizia quasi innata, mentre che in lui si riscontrava una soddisfazione di una necessità basica.

Coerentemente con questa visione Giorgio si sentiva peccatore quasi obbligato, mentre che per lui Adele rivestiva le caratteristiche della Gezabele biblica.

Con un rammarico non tanto morale quanto d'orgoglio personale gli pareva di rivivere la sua prima esperienza in una città europea, la cui immagine avrebbe voluto seppellire nell'oblio.

Era una serata del tardo inverno, quando l'oscurità si precipita con anticipazione ad avvolgere oggetti e persone. Faceva freddo e Giorgio si sentiva solo. Dopo la riunione d'obbligo, senza una meta fissa od un' intenzione precisa, uscì dall'albergo per sgranchirsi le gambe. Odiava le sedute lunghe e puntigliose.

Aveva appena percorso un centinaio di metri, quando nell'angolo della via che stava percorrendo s'imbatté in due ragazze dal comportamento provocativo. S'avvicinò e le guardò con curiosità. Una era proprio carina, e strizzando l'occhio lo invitò ad avvicinarsi. Avrebbe accettato la sollecitazione o se ne sarebbe allontanato? Arrossì internamente e voleva precipitarsi verso la parte opposta, ma un desiderio forte di una facile compagnia l'inchiodò sul lastricato immobilizzando il suo corpo.

La ragazza, che non aveva nessuna voglia di perdere tempo, con certa imperiosità gli disse "Ti decidi o no?". Con un'aria di chi sembra caduto dalle nuvole, Giorgio rispose "Quanto?". All'istante, non poté credere, di aver iniziato, per la prima volta in vita sua, un rapporto di cliente con una donna della strada. Dopo aver proferito quella parola infelice, non c'era verso di far marcia indietro. Si sentiva spinto a procedere, ma il suo contegno esitante e dubbioso lo tradiva.

Persino una lucciola incipiente l'avrebbe preso per un novellino e se ne sarebbe approfittata. Nel frattempo la giovane, squadrandolo dall'alto in basso, come se si trattasse di un'articolo di vestiario, borbottò con una specie di sorriso malizioso " Perché sei giovane ed attraente, ti farò uno sconto speciale. Cento dollari".

Giorgio ammutolì e pensò tra se "Che cazzo di sconto!". Nonostante la chiara delusione nel suo volto bofonchiò rassegnato "Va bene. Andiamo". Da questo punto in poi, lui come maschio avrebbe voluto avere l'iniziativa, ma s'ingannava profondamente.Era lei la dominatrice, era proprio lei quella che imponeva le regole del gioco. La soavità e dolcezza femminile che convertono l'atto sessuale in qualche cosa di gradevole era svanita. Restava solo una relazione stoica d'affari, carente di vere emozioni. Mentre s'avviavano svelti verso un'edificio vecchio, dalle porte sgangherate, le finestre rotte e le pareti sudicie, Giorgio era in preda a tensioni contrastanti. Nonostante le luride apparenze del luogo desiderava provare quella misteriosa donna della notte. Giunto al secondo piano, s'incontrarono in uno spazio enorme, con due o tre materassi sparsi nel pavimento.

Quale non fu il suo sgomento all'osservare che in uno di quei materassi v'era un signore enorme che nudo stava realizzando tra respiri grossi e rantoli da cinghiale ferito l'atto sessuale con una donna d'età, dai petti flosci, i capelli scompigliati e le gambe archeggianti.

Se le condizioni sozze di quel luogo l'avevano depresso, la mancanza d'intimità e privatezza gli tolsero all'istante l'appetito sessuale. Malediva in cuor suo il momento in cui aveva deciso d'imbarcarsi in simile avventura. Ma già che aveva pagato, perché non andare fino in fondo?

Non si era ancora rimesso alla vista di quella scena ripugnante, che la giovane meretrice l'afferrò per il braccio, indirizzandolo verso il materasso più vicino. Cominciò a svestirsi e lui fece lo stesso. Giorgio avrebbe voluto spendere un po' di tempo nei preliminari, toccandola, accarezzandola, e caso mai baciandola. Ma lei, con un gesto freddo, allontanò le mani del giovane dal suo corpo e offrendogli un preservativo maschile, gli intimò di mettorselo, noncurante se avesse già raggiunto l'erezione necessaria.

Giorgio sembrava incapace di processare tutte queste beffe di un destino cieco e di una professione nauseante. Era possibile degradarsi fino a quel punto per un momento d'orgasmo fisico, senza nessun affetto od attaccamento umano? Non c'era umiliazione peggiore.

Mentre lui esitava, senza proferire una parola di lamento o disappunto, lei esperta nell'arte dell'amore pagato, gli afferrò il pene e se lo introdusse forzandolo a scaricare quel liquido che l'avrebbe rilassato. Era un'operazione puramente meccanica e d'affari. Illusioni, sogni, dolci intimità e piacere s'erano dileguati in pochi secondi.

Terminato l'atto, lei s'accorse d'una indicibile scontentezza in quel volto umiliato e perché no, ingannato, ma senza rivolgergli una parola, fredda ed indifferente, si vestì. Quando finalmente si lasciarono non ci fu né un saluto né un addio, neppure uno sguardo pietoso. Solo un passo insicuro ed affrettato, un volto depresso, ed un cuore più vuoto e disgustato che mai.

Ritornato all'albergo, si stese sul letto e con le mani nei capelli, pieno di stizza avrebbe voluto trovare una giustificazione per quell'azione non solo ignobile dal punto di vista morale, ma soprattutto ripugnante dal punto di vista della dignità umana.

In simile frangente qualsiasi essere umano con un briciolo di rispetto avrebbe giurato a se stesso, che giammai si sarebbe impantanato o avrebbe rifatto il percorso di tale sozzeria.

Non così il principiante Giorgio. Le sue conclusioni, lontano dall'essere logiche, obbedivano parametri ben diversi, e l'avrebbero spinto alla ricerca di pasti migliori.

Tra i vari diamanti che adornano il collare della sua pervicace condotta sessuale uno possiede un luccichio tutto proprio.

Si trovava in una delle tante città di questo mondo. Assieme ai suoi soci stava per concludere un grosso affare. I benefici pecuniari sarebbero stati enormi. Mancavano solo alcuni dettagli per la firma del contratto.

Durante le loro prolungate sedute, una giovane donna dalle caratteristiche mediterranee, con una bellezza tutta particolare, s'avvicendava con premura nel servizio di bibite e panini.

Non erano sfuggite a Giorgio le occhiate prolungate rivolte verso di lui dalla persona di servizio. Più ancora, quei due occhietti vispi e irrequieti sembravano raddolcirsi quando si posavano su di lui.

L'uomo d'affari non sentiva molta attrazione per quell'attraente figura femminile, ma lei nella sua persistente curiosità inquisitiva lo ricolmava d'attenzioni, tanto che gli altri compagni non tardarono a mostrarsi ingelositi e a protestare in forma scherzosa.

Giorgio che non sapeva dir di no ad inviti di tal genere, mise da parte ogni perplessità e con ogni cautela del caso, l'avvicinò nella semioscurità del parcheggio sotterraneo, mentre lei stava per lasciare l'albergo.

Dopo alcuni frasi d'introduzione la invitò a cenare con lui, in un piccolo ristorante della periferia. In macchina mantennero un atteggiamento un po' circospetto, quasi stessero assaggiando un piatto esotico.

Quando scesero dalla macchina, lei lo prese della mano con una cortesia inconsueta. Un brivido ed una piacevole sensazione s'impossessarono del suo corpo ed uno strano impulso la sospingeva verso di lui. Cercò di controllare quegli istinti irrazionali mantenendo un comportamento normale, ma la passione, che le ardeva nel petto, la tradiva.

Nel corso della conversazione conviviale Giorgio venne a sapere che la ragazza si chiamava Irene, che era sposata, che lo sposo era prepotente e manesco e soprattutto che languiva in uno stato di amarezza e solitudine. Era un fiore in una ricerca disperata della luce del sole. Avevano molto in comune. Sarebbe stato sufficiente per unirli un'amplesso d'amore?

"Vorresti passare qualche ora con me, prima di andare a casa?" le chiese a bruciapelo Giorgio. Esitante ma desiderosa "Sì, volentieri" rispose Irene.

Con mille immaginazioni ed uno struggimento indescrivibile ritornarono frettolosi all'albergo e di nascosto salirono le scale e si rinchiusero a chiave nella camera. Seduti sul letto si guardarono fissamente senza proferire sillaba alcuna. Finalmente Giorgio la strinse tra le braccia, incominciò a baciarla, e pian piano fece la mossa di toglierle i vestiti. Lei con certa ritrosia lo supplicò di spegnere le luci.

Era la prima volta che osava mettersi con un uomo che non fosse suo marito e si vergognava di farsi vedere nuda. Questa volta era lei la novellina, che non sapeva come procedere. Si svestirono nell'oscurità, lui totalmente e lei parzialmente. Sotto le lenzuola, Giorgio sentì quel corpo soffice ed immobile vicino al suo. Cercò delicatamente di toglierle il reggiseno, ma lei non cooperava, anzi opponeva una resistenza, delicata ma decisa.

Con la mano destra s'introdusse sotto le mutandine. Questo gesto e movimento lo eccitavano enormemente, anche se in quel momento non aveva bisogno di maggiori stimoli. Allo sfiorare le parti delicate di Irene, s'accorse che erano un po' umide. Comprese allora che la giovane era pronta fisicamente, ma che una enorme barriera morale la immobilizzava, rendendola incapace di abbandonarsi completamente. Forzarla, avrebbe provocato una ferita insanabile in quell'anima delicata. D'altra parte, perdere quell'occasione d'oro sarebbe stato imperdonabile.

La incoraggiò a toccarlo, ma anche qui lo fece senza convinzione o trasporto. Sotto l'accecamento della passione, Giorgio strofinò leggermente e ripetutamente la punta sensibilissima del suo membro virile contro il pube d'Irene, fino a quando raggiunta la pienezza dell'orgasmo, lo sperma incominciò a sprizzare bagnando tutt'intorno.

Il momento magico era svanito. Tutte e due provarono una insoddisfazione tremenda. Lui per non aver potuto consumare l'unione e lei per la riluttanza mentale che la paralizzava. Per lungo tempo rimasero muti ed inerti, come se una strana malattia li avesse colpiti d'improvviso.

Si guardarono con occhi smarriti, e si diedero l'addio con una grande amarezza nel cuore. Quel momento perduto, che lasciva un vuoto ed un rimpianto enorme, sarebbe stato impossibile ricuperarlo. Riaffiorerà spesso nel futuro nella mente di entrambi, con un potente richiamo, ma rimarrà come una chimera, inafferrabile ed irraggiungibile.

Povero Giorgio, si stava rendendo conto che il mondo dell'amore illecito, era tanto enigmatico come ingannevole. Invitante e sdrucciolevole l'avrebbe spinto ad azioni mai pensate o pienamente volute. Era come una droga ad alto potere intossicativo, più ne ingeriva e più ne sentiva il bisogno.

Questo noviziato amoroso lo porterà a varcare i limiti del socialmente accettabile, per sprofondarlo nei meandri dell'intollerabile e del ripugnante. Sarebbe troppo scabroso descrivere i risvolti di tale percorso lungo e deprimente. Bastino qui due o tre pennellate in più per formarsi una vaga idea delle affermazioni fatte.

Un giorno, una ragazza americana s'offrì per insegnargli inglese. Questa si trovava in Europa e frequentava un corso di letteratura classica e per pagarsi gli studi lavorava di sera nel ristorante frequentato da Giorgio. Non era avvenente né molto meno. Aveva un visino da fanciulla che faceva contrasto con il corpo pesante. I suoi movimenti un tanto impacciati davano l'impressione di una ragazza di campagna, incolta. Però sotto quella corteccia rozza, si nascondeva un'intelligenza rara ed un umorismo fino.

Seduto al bar e conversando con un amico, Giorgio espresse il desiderio di conoscere meglio la lingua inglese. La giovane che li serviva, di nome Judith, colse la palla al balzo e senza preamboli gli disse "Io ti posso aiutare, basta che tu mi dica quando e dove".

Giorgio sorridendo rispose " Se tu mi dici quanto per lezione". "O di questo possiamo parlarne più tardi" soggiunse Judith.

Prima di lasciare il locale fissarono i dettagli e si scambiarono gli indirizzi ed i numeri di telefono.

Il giorno seguente, verso il tardo pomeriggio, si ritrovarono nella stanza affittata da Judith e incominciarono le lezioni. Lui seduto al tavolino e lei in piedi accanto a lui, gli faceva ripetere frasi correggendo l'accento e la dizione. I primi giorni tutto procedette normale. Però verso la fine della prima settimana, Giorgio s'accorse che a Judith piaceva appoggiarsi sulla sua spalla e respirargli pesantemente giù per il collo. A volte ansimava penosamente emettendo un piccolo gemito di dolore. Sul principio Giorgio pensò che si trattasse di un caso d'asma, ma poi vedendo il suo sguardo languido e la postura del corpo implorante, si rese conto che lei lo desiderava sessualmente.

Avrebbe voluto sparire, ma Judith incominciò a svestirsi, e mostrandogli i petti dai capezzoli induriti, s'avvicinò a lui. Lentamente glieli strofinò sul viso e gemeva con passione quando toccavano le sue labbra. Poi si tolse il resto dei vestiti e completamente nuda volle che le toccasse le parti intime.

L'aiutò a spogliarsi e quando s'accorse che il suo membro non era ancora pronto, lo prese tra le mani massaggiandolo con delicatezza, e per ultimo se lo mise in bocca succhiandolo con una intensità amorosa che lo faceva svenire. Non aveva mai provato simile delirio sessuale. Judith era un'esperta consumata nell'arte erotica.

Quando vide che Giorgio aveva raggiunto il massimo dell'erezione, si stese sul letto e lo invitò a penetrarla con quell'arma micidiale. Giorgio che fino a quel momento era rimasto passivo, s'apprestò a unirsi a quella strana creatura. Non l'amava, ma doveva riconoscere che grazie a lei, per la prima volta, aveva raggiunto l'apice del piacere carnale. Introdusse il suo membro in quel bramoso ricettacolo femminile. Con sua immensa sorpresa lo trovò molto umido e totalmente aperto, senza offrire nessuna resistenza. Pensò di aver sbagliato direzione e di trovarsi ancora fuori con il suo pene, perché non sentiva proprio nulla. Judith l'assicurò che tutto procedeva bene, solo desiderava che si muovesse con vigore, procurandole una dolce sensazione di estasi.

Come buon studente, obbedì ciecamente la sua maestra, e portò a termine il suo compito, inatteso ma pieno di soddisfazioni.

Tutto questo bizzarro polpettone erotico, degno di essere immortalato in qualche film felliniano, l'aveva lasciato sconcertato. All'indifferenza ed al rifiuto infatti erano subentrati conoscimenti e piaceri del tutto nuovi, che al ripensarli lo facevano fremere dall'impazienza di ripeterli, riprovarli e goderli di nuovo fino in fondo. Misteri della passione umana: una donna senza fascino l'aveva accalappiato, assoggettandolo a se con la forza di una maga circe.

Il giorno seguente aveva sognato di ripetere quel rituale da religione esoterica pagana, impegnata a propagare il culto della fecondazione, ma le sue aspettative rimasero deluse. Judith, non era più la sacerdotessa mitriaca, dalla natura ardente e gli istinti carnali a fior di pelle, ma una fredda calcolatrice, con disegni ben diversi. Accettò portare a termine un coito forzoso, lasciando il supplicante Giorgio deluso e perplesso.

Peggio ancora, come una sferzata in piena faccia, Judith comunicò a quel povero strumento delle sue voglie depravate le ragioni, quanto mai speciose, per terminare il corso d'inglese e porre fine a quella singolare tresca. Inutile dire che Giorgio si sentì rigettato come un qualche cosa di inservibile, dopo essere stato usato per chissà quali occulti motivi. Ingannato e beffato da quella stronzina americana, avrebbe voluto vendicarsi nei modi più crudeli. Ora comprendeva bene cosa volesse dire un delitto di passione, udito ripetere tante volte, ma mai afferrato nella sua vera portata.

Sbollita la rabbia e la stizza, cercò di concentrarsi nel lavoro e dimenticare le odissee amorose.

Di ritorno da questi viaggi di negozi, avrebbe desiderato l'abbraccio appassionato della moglie Adele, ed il sorriso innocente ed i baci affettuosi delle figlie Angelica e Simonetta. Sicuramente i secondi erano generosi e sinceri, mentre che il primo scarseggiava come l'acqua nel deserto del Mohavi.

La sua vita era un intreccio di illusioni e più illusioni che abbagliavano, e a volte stimolavano, ma che nel loro insieme lasciavano un vuoto pauroso e una sete da cammello sahariano.

L'ingegnere torinese era sempre in attesa di un nuovo viaggio, che una volta per tutte lo introducesse nel paradiso perduto dei piaceri primitivi, dove non esistessero i freni di una morale gesuitica o le convenzioni puritane dell'era vittoriana.

Il compimento del suo sogno non si fece attendere. La sua firma aveva vinto in competenza con molte altre prestigiose ditte internazionali il progetto di un enorme ponte d'acciao da costruirsi in una incantevole isola dell'Estremo Oriente. Tale costruzione, usando gli ultimi accorgimenti della tecnica, doveva essere un gioiello dell'ingegneria italiana all'estero, e doveva fare invidia alle più ardite imprese nel settore.

Giorgio non vedeva l'ora d'intraprendere il lungo volo aereo per far la perizia del luogo e dar inizio all'ambizioso progetto. A bordo del velivolo i suoi pensieri e persino il suo cuore erano concentrati nell'esame dei passi preliminari appena atterrato nell'isola, quando una hostess, gentilmente, lo richiamò alla realtà chiedendogli che bibita desiderasse e se avesse bisogno di un giornale. Come risvegliato da un sonno, si trovò difronte una ragazza orientale che non aveva nulla da invidiare alle più quotate bellezze del momento, dagli occhi vispi ed inquisitivi, il corpo minuto, l'uniforme immacolato con un leggero profumo di lavanda. Rimase talmente cattivato da quella figura femminile che non riuscì a pronunciare una parola senza balbettare, mentre un rossore da adolescente si soffuse sul volto attonito. Non la perse di vista durante tutto il volo, esaminandola da capo a piedi e prima di scendere dall'areo le fece scivolare nel taschino della giacca un pezzo di carta con il suo nome e quello dell'albergo.

Atterrati, si mise al lavoro con un impegno ammirabile. L'incanto dell'isola superava qualsiasi descrizione dei foglietti di propaganda turistica. La temperatura era ideale. Nei mercati aperti si poteva trovare la più svariata quantità di frutta fresca. Il profumo emanante da quei vicoli stretti dilettava ogni anima vivente. Giorgio non aveva tempo per le piccole gioie dei visitanti. Immerso anima e corpo nei suoi lavori, aveva dimenticato il volto delicato di quell'angelo etereo quasi soprannaturale che l'aveva messo in subbuglio nell'areo. Una sera, mentre stava rivedendo alcune correzioni nel disegno originale, sentì il telefono squillare. Pensava fosse qualche compagno di lavoro o il personale di servizio dell'albergo. Con stupore udì una voce incerta femminile, che pronunciando il suo nome con esitazione, gli chiedeva se avesse qualche tempo libero.

Si diedero appuntamento fuori dell'albergo, e senza una destinazione fissa infilarono una viuzza semioscura. In silenzio guardavano il cielo dove stavano spuntando le prime stelle. Si sentivano accomunati da un misterioso legame. A un certo punto la ragazza, di nome Miki, prese la mano di Giorgio e cominciò a stringergliela, con una forza più morale che fisica e sembrava gli dicesse "Ho bisogno di te, e tu mi appartieni in qualche modo". Una inconsueta contentezza invase Giorgio, perché si sentiva accettato da quella bambola di donna. Avrebbe voluto all'instante stringersela al petto e baciarla con effusione. Nella loro singolare conversazione meno fluivano spontanee le parole del loro primitivo inglese, più scorrevano per le loro vene fiamme ardenti di passione. Giorgio sentiva che vi era qualche cosa di irresistibile in quella ragazza, una sorta di fascino che lo seduceva. Miki, d'altra parte, immaginava di aver conquistato un esperto capitano, che avrebbe guidato in porto la sua navicella insicura.

Ambedue possedevano una medesima filosofia, sebbene avessero una cultura e religione diversa. Lei esplicitamente ammetteva che non solo era lecito provare tutto quello che la natura e la società offrivano, ma si doveva usufruirne al massimo. Lui implicitamente accettava volentieri quello che gli veniva offerto, convinto che uno non pecca mai amando.

L'aria di mare resa più pungente dalla temperatura che scendeva, li faceva camminare tenendosi saldi della mano e stringendosi l'uno accanto all'altro. Finalmente avvistarono un ristorante, dove ebbero tempo di rifocillarsi e di conoscersi un po' più a fondo.

L'esperienza risultò gratificante per tutte e due. La semplicità e modestia di Miki incantavano Giorgio, mentre che la sua posizione di ingegnere sbalordiva la graziosa hostess.

Di ritorno all'albergo fecero fatica a lasciarsi, e dopo velate scuse e tentennamenti sul da farsi, ognuno si diresse verso la propria stanza, gettando uno sguardo all'indietro per vedere se l'altro stesse retrocedendo per un ultimo abbraccio.

Dopo un momento di una incertezza esasperante, Miki entrò nella propria camera, indecisa se spogliarsi o attendere per qualche sorpresa. Giorgio, in balia a un fremito incontrollabile, si sedette sul letto, e ripassava nella sua mente febbricitante i possibili scenari che gli avrebbero permesso di rivedere quel gioiello sensuale.

Miki era un fiore tanto bello e delicato che il solo pensiero d'una unione intima, lo faceva vergognare. Come deturpare una bellezza così delicata? Negli incontri precedenti non aveva mai sperimentato simili sentimenti di rispetto per un essere umano.

Gli sembrava un qualche cosa di sacro, che un solo alito impuro lo avrebbe sciupato per sempre. Avrebbe avuto il coraggio di commettere un sacrilegio naturale per soddisfare il suo impulso d'amore?

Steso sul letto, si girava e rigirava, incapace di chiudere gli occhi. Di colpo si alzò e guidato solo da un istinto incontenibile si diresse con passo affrettato verso la camera di Miki. Bussò alla porta. Lei prontamente l'aprì e quasi lo stesse aspettando, lo introdusse con un inchino cerimonioso. Si abbracciarono e baciarono ripetutamente. Poi lei incominciò a svestirlo con una precisione meticolosa. Lui fece lo stesso con lei, ma più impacciato e meno sereno.

Sotto le coperte, come giovani viticchi si strinsero l'uno con l'altro in un tenero amplesso. Mentre s'accarezzavano mutuamente, esplorando con piacere indicibile le parti più intime, Miki con la sua mano delicata gli prese il membro virile, lo scosse leggermente quasi volesse provarne la consistenza e poi con la dita incominciò ad attorcigliarlo e rilasciarlo con un ritmo cadenzato causando un brivido elettrizzante.

Sbigottito da quella tecnica sconosciuta, Giorgio si trovò smarrito nel sogno più romantico della sua esistenza. Miki, poi gli sussurrò all'orecchio, "Puoi introdurlo piano piano". Giorgio trovò qualche resistenza all'inizio ed una mancanza di liquido. Ma, più si sforzava per raggiungere la totale penetrazione, più scintille di godimento sprizzavano da quell'entusiasmante contatto fisico.

Finalmente quando si sentirono uniti nell'intimità più profonda, entrambi avrebbero desiderato che quell'istante durasse più a lungo di una eternità. Se la morte li avesse sorpresi in tale stato, non avrebbero avuto nessun rimpianto. L'appagamento sarebbe stato totale ed irreversibile. Quel mistico fiore orientale aveva compiuto la sua missione di estasiare l'uomo di negozi occidentale.

Giorgio aveva raggiunto il massimo della passione e dell'estasi, tanto per novità che per intensità. Sarà un'esperienza unica, che non si ripeterà mai più nel futuro.

Rimasero uniti, con leggeri movimenti erotici, durante un periodo indeterminato. Come svincolarsi, se la voglia era inappagabile? Come lasciarsi, se il bisogno mutuo era tenace ed ostinato?

Stanchi, si assopirono, dormendo profondamente sino all'alba. Svegliati dai raggi del sole che penetravano dalle finestre socchiuse, si vestirono e frettolosi s'avviarono al loro posto di lavoro, senza avere il tempo di fissare un nuovo appuntamento o scambiare espressioni dolci d'affetto.

Passarono alcuni giorni, e l'uomo dai progetti grandiosi e gli impegni pressanti, trovò spazio per un secondo incontro con la nuova divinità. Se lui era ansioso di risentirla tra le sue braccia, lei non mostrava la stessa impazienza. Più ancora, durante l'atto amoroso notò la mancanza di una passione ardente e la presenza solo di una tecnica raffinata. Gli sovvenne la difficoltà di penetrazione nel primo eccitante incontro, ed altrettanta resistenza nel presente. Sarebbe stata una peculiarità somatica o piuttosto una inibizione psicologica? Nello sguardo di quella giovane osservò inoltre un velo di tristezza indecifrabile. Si trattava di un'arma arcana della femminilità orientale, o piuttosto di una realtà occulta e sgradevole?

Evitando qualsiasi mostra di disappunto o dispiacere, le rivolse delicatamente la domanda. "Ti vedo un po' malinconica. Non sei contenta con me?". Miki rimase in silenzio. Poi guardò Giorgio con occhi di chi implora comprensione. Con certo imbarazzo nella voce e nelle espressioni gli confessò che sì era contenta con lui e che gli piaceva molto, ma che amava una giovane svizzera, che si trovava temporaneamente in vacanza, rivelandogli così implicitamente la sua tendenza bisessuale.

Non ci sono parole per descrivere adeguatamente lo smarrimento intellettuale e sentimentale del giovane industriale torinese, che per un istante aveva creduto di essersi imbattuto nell'eden delle delizie terrestri.

Aveva l'impressione che il meraviglioso ponte appena costruito tra due mondi impossibili, fosse crollato, seppellendo nelle polvere e macerie il pezzo di cielo azzurro mai raggiunto prima. In un instante cadde dall'apice della contentezza nel tenebroso abisso del dolore e scetticismo

Ammutolito, la guardò con un affetto profondo e baciandole le mani, le disse:

"Ti amo lo stesso, e ti voglio per me". Ma lei non sembrava disposta ad abbandonare l'altra metà. Glielo manifestò ripetutamente nei successivi incontri. Invece di dissuaderlo nella sua impresa erculea, quella resistenza diventata ormai ostinazione, gli imprimeva un ardore ossessivo di conquista. Il compartirla con un altro essere non faceva parte della sua composizione genetica o culturale. L'unica possibilità accettabile, quanto mai scapigliata, pazzesca, e suggerita da una scienza in germe, sarebbe stata quella di clonare quel sogno di donna. Quanto avrebbe dato per essere un esperto in quell'affascinante campo della tecnologia moderna! Qualsiasi altra soluzione si sarebbe convertita in una beffa per il suo orgoglio maschile.

Burlato e gabbato si sentì Giorgio, non tanto dalla donna che aveva divinizzato nel suo mondo irreale, quanto dal destino cieco che lo perseguiva in ogni svolta della sua ricerca carnale.

Stroncata quella relazione di natura insostenibile, la rassegnazione subentrò all'iniziativa, la depressione al fervore, e il grigiore della consuetudine ingoiava alla pari gioie e dolori. Il cuore sanguinante cessò lo stillicidio dei lamenti. Come la fede in Dio si era oscurata anni addietro, nell'intensità passionale della gioventù, così ora la credenza in un amore puro e disinteressato lasciò passo a un cinismo opportunistico che lo lanciava all'inseguimento del piacere per il piacere. Cogli il momento, sfrutta il presente sembrava il motto del nuovo cavaliere pieno di macchie e senza onore.

Il suo manuale amoroso, pieno di mille inciampi erotici, era carente di ogni filo conduttore e di ogni spiegazione razionale. La mente annebbiata seguiva l'istinto cieco e viceversa. Il suo universo era una stanza oscura, dove prigioniero si dibatteva senza speranza di liberazione.

A differenza della moglie Adele, non si millantava delle sue infedeltà, al contrario, inchinava il capo ed accettava la sua meschinità. Prova di tale atteggiamento era l'effetto che suscitava in lui la memoria di una lontana avventura nell'estremo oriente. Tutte le volte che quel ricordo affiorava alla superficie della sua torturata coscienza, un rossore ed una vergogna spaventosa s'impossessavano del suo essere, lasciandolo allibito. Non riusciva a comprendere come avesse potuto commettere un atto così turpe ed ignobile. Aveva perpetrato molto azioni ignobili e basse, ma quella le aveva sorpassate tutte, per la violenza, sconsideratezza e possibili sinistre conseguenze.

Sentiva che non c'era redenzione per quell'atto ripugnante, e che l'infelicità terrestre, sarebbe stato un premio.

CAPITOLO 6

Le vicende che accompagnarono il battesimo del bimbo, avevano lasciato un sapore amaro nella bocca di tutti, ma particolarmente in quella di Angelica, che non riusciva a raccapezzarsi. La figura autoritaria e asciutta della madre aveva rivelato per la prima volta alla figlia sbalordita, la faccia occulta di una persona permissiva e procace. Cosa era successo durante la sua assenza a Ginevra? Anche Simonetta sembrava confusa da quella donna che credeva di conoscere a fondo.

La loro presenza in famiglia era diventata un disturbo. Bisognava correre ai ripari, prima che fosse troppo tardi.

In seguito ad un colloquio prolungato con il padre, Angelica sarebbe andata in Inghilterra a fare corsi di Economia e Commercio, mentre Simonetta avrebbe frequentato un rinomato istituto di moda a Firenze.

Giunto il loro momento, fecero le valigie e senza rimpianti, anzi con un senso di sollievo, lasciarono quell'ambiente infetto, a loro giudizio, e raggiunsero la propria destinazione.

Rimanevano Giorgio, Adele ed il neonato. Ben presto altri personaggi ignoti s'aggiunsero alla scena, complicando il panorama. Se Giorgio aveva deciso nel suo cuore di chiudere un occhio sulla sgualdrina della moglie, non così la curia torinese. Un rappresentante laico aveva ricevuto l'incarico segreto di contrattare degli investigatori, remunerati con i soldi di un fondo perduto, perché seguissero da vicino il monsignore, soprattutto nei suoi rendez-vous con la sposa dell'industriale Rossi. Dopo un qualche tempo avrebbero riportato i risultati a lui in persona, e lui direttamente alla curia.

Le autorità ecclesiastiche, alla luce dei numerosi scandali che ultimamente affliggevano la Chiesa, avevano accordato nell'adottare una linea più dura verso coloro che infrangevano la disciplina o anche solo davano l'impressione di farlo.

I due amanti, messi sull'avviso da persone prive di un sano prurito religioso, s'astennero da incontri all'aperto, riducendosi a comunicazioni di tipo confessione. Queste rimanevano sotto il sigillo sacramentale, quindi immuni dall'inserzione di microfoni nascosti. L'ordine era stato dato e doveva essere rispettato. Chi avrebbe avuto il sopravvento, l'impazienza dei due cuori spasimanti o lo zelo ad oltranza degli scagnozzi curiali? Chi si sarebbe stancato prima mettendo il piede in falso?

Passarono giorni e settimane. Nessuna indiscrezione venne alla luce. Quando sembrava che le acque si fossero calmate e che il pericolo di essere scoperti fosse diminuito, il monsignore suggerì ad Adele di incontrarsi nella casa di una comune amica. Lei l'avrebbe visitata come era sua consuetudine, e lui vestito da operaio telefonico si sarebbe introdotto per soddisfare, dopo tanto tempo, le loro brame ardenti.

Gli investigatori, che braccavano Adele dovunque andasse, fiutarono un possibile stratagemma. Sollecitarono un'intervista con quella comune amica che all'inizio si mostrò circospetta e reticente. Poi sotto la pressione di argomenti pseudo religiosi, e soprattutto al luccichio di un gruzzolo non insignificante, non solo rivelò le circostanze dell'appuntamento, ma permise che si installassero camere minute con lenti speciali e microfoni ad alto potere.

Per il buon nome della Chiesa, alla donna amica non importava perdere l'amicizia di Adele, anzi si sentiva orgogliosa di partecipare in quell'operazione segreta, tanto più eccitante, quanto più rara ed inconsueta.

Era tempo che qualcuno avesse il coraggio di smascherare i vizi occulti degli ecclesiastici, e le ingannose apparenze di una dama dell'alta società. Incidentalmente, dimenticava di aver ceduto per amore al denaro e non tanto per salvare la Chiesa dalla corruzione della carne. In ogni modo lei era un'accanita ammiratrice dei metodi della Santa Inquisizione. Lamentava che fossero caduti in disuso, come tante altre nobili tradizioni, dovuto alla lassitudine e permissività dei tempi moderni.

La trappola era stata tesa e tutto era pronto per l'agognato rendez-vous tra la donna spregiudicata ed il monsignore libertino. Negli ultimi incontri, prima dell'impasse, v'era stata una inverosimile evoluzione nella loro tecnica erotica.

Non più soddisfatti con la sfrenatezza voluttuosa dei comuni atti sessuali, per aumentare la loro sete insaziabile di piacere, erano ricorsi pian piano a un masochismo depravato, frutto di menti malate. All'iniziale passività incurante, quasi svogliata, di Adele, subentrò una ricerca morbosa di tecniche raffinate da parte del monsignore che li riportassero alla frenesia dei primi incontri.

Nella sua valigetta di impiegato telefonico, l'ecclesiastico nascondeva un frustino, una pompetta, delle pomate afrodisiache, e molte altre sottigliezze del mestiere per inuzzolire la sua schiava.

Era un venerdì pomeriggio di Quaresima ed ironicamente ambedue si erano astenuti dalle carni, liquori e bocconi ghiotti ai quali erano assuefatti. Adele si sarebbe recata dall'amica, che le avrebbe consegnato le chiavi di casa, rimanendo poi sola ad attendere il suo adone, che picchiasse alla porta con una impazienza esplosiva.

Il monsignore, ottenuto l'uniforme da un suo conosciuto, si svestì di tutti i suoi indumenti, indossando semplicemente i pantaloni ed il giubbotto dell'impiegato telefonico.

Mentre s'avviava verso la dimora del peccato, il sangue gli ribolliva nelle vene, e fantasie, da adultero sadomasochista, s'accavallavano nella sua prolifica immaginazione morbosa. Tra le molte, una soprattutto l'affascinava. Avrebbe desiderato indurre la sua devota Adele a tradirlo, convertendosi in una meretrice in uno di quei bordelli del Far West, così frequentemente usati dalla filmografia hollywoodiana. Vestita con una gonna sgargiante, un capello dalle piume variopinte, stivaletti attraenti ed in pose provocanti, avrebbe strizzato gli occhi ai clienti che non avrebbero potuto resisterla. Mentre se la sarebbero contesa, come lupi voraci attanagliati da una fame millenaria, provocando un pandemonio nel salone, lui sarebbe entrato montato sul suo indomito cavallo, e sparando colpi a destra e sinistra con una pistola infallibile, l'avrebbe riscattata da quella ciurma ubriaca, ed avrebbero cavalcato uniti in un tenero amplesso verso l'orizzonte infinito, dove il sole del piacere non tramonta mai. Che bello sentirsi per qualche istante un cornuto felice, che brandisce la sferza e castiga chiunque osi mettersi nel suo cammino!

Adele, da parte sua, nutriva fantasie un po' dissimili, ma altrettanto vergognose. S'immaginava vergine ed innocente, vestita di bianco, stesa sul suo letto, la notte precedente al matrimonio. Mentre starebbe per prendere sonno, il rivale del fidanzato, mascherato e vestito di nero, si sarebbe introdotto nella sua stanza attraverso la finestra semiaperta, e senza proferire una parola l'avrebbe invitata ad un coito prematrimoniale. Di fronte alla sua fredda resistenza, l'avrebbe spogliata e si sarebbe imposto con una insolita virulenza maschile. Incapace di resistere, lei si sarebbe lasciata violare voluttuosamente. Al mattino l'avrebbero incontrata con le lagrime agli occhi, i vestiti lacerati e le lenzuola insanguinate. Invece di commiserarla, i parenti oltraggiati, l'avrebbero rinchiusa in un monastero, dove sarebbe rimasta per il resto della sua vita.

Adele, aveva sempre vivida nella sua mente, l'immagine della monaca di Monza, descritta dal Manzoni, e inorridiva al solo pensiero di essere murata viva per causa di una relazione illecita.

Nel mezzo di tale estrosa fantasticheria, udì alcuni colpi alla porta. Con un tremito insolito s'affrettò ad aprirla. "Pronta per i servizi richiesti?" domandò una voce conosciuta. Sorpresa dall'impeccabile uniforme e dal berretto calato sugli occhi, rispose "Posso vedere la tua faccia?". Lui, senza soddisfarla, la spinse oltre la soglia, e chiuse la porta dietro di sé.

Si dressero verso l'alcova, dove si sarebbe rinnovato con varianti moderne, il sacro rito della palpitante fecondazione umana. I minuscoli ordigni elettronici erano pronti ad immortalare la vivace creatività del rinnegato ecclesiastico, che calpestando i suoi voti solenni stava a punto di rivelare la sua vera pelle di fiera rapace.

Timorosi d'essere uditi, si sussurrarono all'orecchio le pose iniziali. Adele avrebbe preferito alcuni preliminari sofisticati e sommamente stimolanti, ma data la scarsezza del tempo, si sarebbe offerta a lui senza condizioni. Sarebbe stato molto semplice per lei, dal momento che non portava nessun indumento intimo. Lo stesso poteva dirsi del monsignore, che con l'apertura della cerniera dei pantaloni sarebbe stato pronto a sfoderare la sua arma micidiale. Lei, inginocchiata sul letto, con le gambe un po' divaricate, con le mani e la faccia appoggiate sul cuscino, avrebbe atteso che lui sollevandole leggermente la gonna la montasse dal didietro con un impeto di toro furioso. Pregustando anticipatamente i brividi di una penetrazione fulminea, che avrebbe lasciato senza fiato la passeggiatrice più esperta nel mestiere, ambedue si stavano accingendo all'atto carnale, quando la porta d'entrata s'aprì con un rumore sordo e sicuro. Era l'amica che ritornava anticipatamente o un delinquente invasore? No, si trattava semplicemente dell'impiegata domestica che veniva a fare le pulizie settimanali. L'amica s'era scordata di cancellare il servizio per quella settimana.

In tutta fretta, Adele si aggiustò i capelli e la gonna ed aprendo la porta della camera, spiegò alla nuova arrivata, che stava facendo un favore alla sua amica, uscita per una emergenza. Le presentò l'uomo, venuto ad effettuare le riparazioni telefoniche. Senza sospettare di nulla la domestica iniziò le pulizie della casa, credendo alle spiegazioni date.

Il giorno seguente, quale non fu la sorpresa degli investigatori. Né il suono né l'immagine avevano colto il monsignore in fallo. La voce bisbigliante era irriconoscibile, e la faccia semicoperta dal berretto poteva appartenere a chiunque. Fracasso totale su ambedue i fronti. Però il coito interrotto e il volto dimezzato rimanevano come un monito tacito per tutti coloro che con faciloneria s'inoltravano nel terreno dell'illegalità. Qualcuno dei personaggi, involucrati in questa lurida vicenda, avrebbe ascoltato i richiami alla morigeratezza e al senso comune, suggeriti dall'accaduto? Sembrava improbabile. Una volta iniziata la discesa lasciva, non ci sono freni morali che la possano arrestare. Si rende più sdrucciolevole fino a terminare nel girone carnale descritto da Dante nel suo poema immortale.

A dir la verità, l'inferno non spaventava l'uomo di Chiesa, ciò che l'atterriva invece erano i mastini sguinzagliati dalla curia, capaci di sorprenderlo con le mani nel sacco. Ciò nonostante, la smania di un incontro con quella lucciola seduttrice, lo dilaniava per dentro, non concedendogli riposo. Anche Adele, vista sfumata l'opportunità così minuziosamente preparata, soffriva un' irrequietezza ed agitazione mai provate. Dimostrava impazienza con il neonato, sconsideratezza e scortesia con Giorgio, negligenza e noncuranza con le figlie.

Vista la persistenza cocciuta dei mercenari impiegati dalla curia, qualsiasi incontro significativo tra i due sacrileghi amanti appariva un tanto improbabile. Qualsiasi loro indiscrezione, infatti, sarebbe stata fatale. Non giovò a nulla la loro fertile immaginazione, non servirono i loro stratagemmi, e fallirono miserabilmente i mille accorgimenti ed inganni. Tutto risultò inefficace e altamente pericoloso.

Ed ecco che improvvisamente s'aprì uno spiraglio tra le nubi nere di quel cielo imbronciato. La notizia della morte improvvisa dell'arcivescovo sbigottì la cittadinanza, ed il clero diocesano in particolare.

Con una nuova amministrazione il monsignore sognava un periodo di sospensione delle ostilità e la terminazione della caccia alle streghe, come definiva lui la missione degli investigatori.

Ma quale non fu il suo sgomento, quando la nuova autorità ecclesiastica, gli diede un ultimatum perentorio: o stroncare la sua amicizia con Adele, o incorrere nelle pene canoniche più severe.

La nuova inquisizione, migliorata o aggiornata, metteva in gioco la tecnica dell'assedio totale. Manifestare apertamente al colpevole che la guerra era stata dichiarata su tutti i fronti e che si sarebbe portata a termine con ogni mezzo possibile. Ridurlo all'impossibilità psicologica di concepire o realizzare una qualsiasi scappatoia, fino a creargli un complesso di persecuzione che avrebbe potuto condurlo a una demenza schizofrenica o al suicidio.

Invece di essere murato fisicamente, sarebbe stato isolato emozionalmente e socialmente, senza una possibile via d'uscita. Chi avrebbe ceduto prima, il peccatore impenitente o l'inquisizione prepotente?

Da parte sua, Adele non era perseguitata da nessuna organizzazione, o ostracizzata dai familiari o derisa da parenti od amici. Nonostante questo, sentiva un vuoto enorme e soffriva alla pari del monsignore. Non poche volte le era balenato per la mente il pensiero di lasciare il crudele mondo che la circondava per rinchiudersi in un convento e far penitenza dei propri peccati.

Questo avrebbe significato non solo debolezza di carattere, ma anche una mentalità retrograda ed antiquata, che non aveva superato i barbarismi medioevali. La fuga non era una risposta. Il nemico doveva essere affrontato ad occhi aperti ed usando le stesse armi. Nel crogiolo del dolore e della prova matura la persona.

Passarono mesi di solitudine deprimente ed inazione avvilente. Tutto sembrava perduto sotto la morsa rigida della curia, quando un secondo barlume di luce filtrò attraverso le nuvole minacciose. Sarebbe stato foriero di tempesta come il primo, o avrebbe ribaltato una situazione divenuta insostenibile?

Si trattava di un piano ingegnoso, escogitato dal monsignore, per gabbare una volta per tutte, i geni malvagi della curia.

In una confessione, appena tollerata dai superiori, se lo comunicò ad Adele. In realtà non si trattava di una confessione, ma di una semplice chiacchierata informativa tenuta nel luogo fisico del confessionale.

La donna, ne rimase sbalordita, perché incapace di prevederne le conseguenze e timorosa di cadere in un tranello pauroso.

Il monsignore, avrebbe finto convincentemente una malattia mentale, con tendenze schizofreniche e suicide, accompagnate da frustrazioni emotive. Le autorità si sarebbero viste nella necessità urgente di rinchiuderlo in un ospedale psichiatrico, sotto la costante osservazione di uno specialista e la direzione di un psicologo. Adele avrebbe potuto visitarlo, giacché nel suo stato di demente ed alienato, non avrebbe causato nessun problema. Fingendo la più svariata gamma di emozioni umane, da un ridacchiare insulso e cretino, ad un piagnucolio pietoso, a conversazioni astruse e gesticolii sconnessi si sarebbero potuti toccare, consolare ed amare.

Sarebbe stato il trionfo dell'insania sulla perspicacia, dell'inutilità sull'efficenza, e soprattutto dell'irreale sul reale. Solo un monsignore rasputiniano, ozioso, colto e impegolato nel vizio, avrebbe potuto divisare tale piano diabolico.

Ben versato nei costumi e tradizioni religiose, volle far precedere una settimana di preparazione, come suole farsi per grandi festività ed occasioni liturgiche speciali mediante novene, esercizi spirituali, digiuni ecc. Prima di detonare la bomba, infatti, conveniva, nel segreto più assoluto, esercitarsi entrando in una progressiva depressione, e lasciando disseminati qua e là segni di instabilità psichica e confusione mentale.

Senza attirare troppo l'attenzione dei confratelli nel sacerdozio, il monsignore si accinse alla difficile impresa, ripassando la parte che lui stesso s'era scritto, con una puntigliosità e meticolosità propria di un monaco benedettino, che trascrive un prezioso manoscritto dei primi secoli del cristianesimo.

Dimostrava più impegno e serietà di Jack Nicholson, anche se con risultati meno vistosi. Gli mancava lo sguardo ironico e maliziosamente penetrante dell'attore americano, ma sovrabbondava in occhiate languide e stralunate, ed espressioni insulse.

Tra le molte corbellerie che tirerebbe in ballo ed a sproposito nelle sue sessioni in gruppo, v'erano i tempi meravigliosi durante il lungo pontificato di Pio IX, con il suo segretario di stato Giacomo Antonelli, il coraggioso documento, chiamato Syllabus, contro i nefasti errori moderni, la sempre attuale riforma del concilio di Trento e soprattutto la strenua lotta contro gli eretici Valdesi, che si sarebbero dovuti bruciare uno per uno sul rogo della santa inquisizione.

L'inizio della messa in scena di questo dramma amoroso, dove si sarebbe letteralmente impazziti per conquistare l'amore proibito, era stato fissato per la festa di S. Giorgio (23 aprile), il debellatore per eccellenza della mostruosità incarnata. Ma qui il ruolo si sarebbe sarcasticamente invertito, rimanendo sconfitto e annientato Giorgio, l'indegno sposo della dama del suo cuore.

Prima che arrivasse quel momento decisivo fece giurare ad Adele che giammai avrebbe svelato quel loro segreto, che l'avrebbe visitato con una regolarità ineccepibile, e più importante di tutto, che gli sarebbe stata fedele, qualsiasi fosse stato il risultato di quella impresa estrema.

Adele, dopo aver dato un consenso totale alle sue richieste, esigette dal suo cavaliere demente il supremo sacrificio di un amore esclusivo. Doveva giurarle, che non avrebbe mai posato i suoi occhi su un'altra femmina, per bella o seducente che fosse.

Scambiati i loro voti-promesse, si separarono temporaneamente, per rivedersi nei nuovi ruoli tra non molto tempo. Nonostante la fermezza che emanava dalla sua voce ed atteggiamento, il monsignore trepidava internamente, dubbioso se il luogo di delizie che si stava sognando, si sarebbe convertito nel peggiore degli inferni. Ma era pronto a rischiarlo tutto, per ottenere l'irraggiungibile.

L'ansia che agitava Adele in attesa dello svolgimento di quegli ominosi avvenimenti era talmente paralizzante che la tradiva ad ogni passo della sua vita quotidiana.

Finalmente venne il giorno sospirato e scoccò l'ora fatidica della balzana messa in scena.

Erano le otto del mattino, ed il giovane monsignore era atteso nella cappella del duomo per la celebrazione della Messa. Visto che non arrivava, un canonico andò a bussare alla porta della sua stanza, senza però ricevere nessuna risposta. Insospettito spinse l'uscio, e quale non fu il suo sgomento allo scoprire il monsignore, steso nel suolo, semivestito, con i capelli arruffati, occhi stralunati e bava che gli scendeva dalla bocca. Sulle prime pensò ad un attacco di epilessia, ma poi viste alcune lagrime scendere dagli occhi accompagnate da un rantolio sordo e frasi sconnesse si convinse che si trattava di un severo episodio di depressione psico-somatica. Mancavano infatti i segni tipici della malattia epilettica, quali convulsioni, rigidezza del corpo e lingua paonazza.

Chiamato il medico, confermò la diagnosi ed il monsignore fu ricoverato nel reparto di cura intensiva di un ospedale psichiatrico. E' difficile tradurre in parole la reazione dei superiori ecclesiastici, dall'arcivescovo in giù, all'essere notificati dell'accaduto.

Il loro piano aveva funzionato alla perfezione. Non si sarebbero attesi però dei risultati così immediati. Tirarono un respiro di sollievo ed erano pronti ad intonare il "Te Deum", per ringraziare l'Onnipotente della grazia immeritata e per aver salvato l'archidiocesi da un terribile scandalo.

I primi giorni da ricoverato furono duri. La sua condotta ritrosa, taciturna, con poca o nessuna interazione con gli altri pazienti si adeguava esattamente al modello descritto nei libri di psicologia. Non dimostrava nessuna voglia di mangiare, scoppiava in pianti dirotti, si stizziva o irritava agli ordini delle infermiere, non curava l'igiene personale e alle domande degli intervistatori offriva risposte incoerenti e slegate.

Lo psichiatra, un uomo d'età e formato all'antica, data la situazione confusa del paziente, formulò una diagnosi provvisoria, differendo di qualche settimana una più formale e completa. Tuttavia non esitò nel prescrivere dosi elevate di medicine antidepressive ed un' osservazione costante da parte del personale infermiere.

Dopo settantaquattro ore, lo venne a visitare una giovane psicologa assegnata a lui dal direttore dell'ospedale. Si chiamava Susanna, era avvenente e con una carica straordinaria di ottimismo contagioso. A quella vista il monsignore lasciò cadere per un'istante la maschera teatrale e quasi stava appunto di usciere dal suo guscio emotivo per stenderle la mano. Fece in tempo a controllarsi e a ritrarsi come un riccio nel suo mondo fittizio.

Da frasi spezzate e risposte a metà la psicologa poté ricostruire un profilo di un individuo sommamente depresso, con tendenze distruttive, sessualità repressa, complesso di colpabilità e mancanza di una figura materna. Avrebbe avuto bisogno di molta comprensione, affetto ed appoggio morale. Era indispensabile che si aprisse emozionalmente stabilendo rapporti d'amicizia con altri pazienti. Sarebbe stato vantaggioso inoltre, che qualcuno lo venisse a visitare infondendogli fiducia.

Alla fine di ogni settimana, lo psichiatra, la psicologa e l'assistente sociale si sarebbero riuniti per discutere il caso, esaminare i progressi o meno, ed offrire suggerimenti per il corso del trattamento.

I confratelli nel sacerdozio del nostro paziente-attore si guardavano bene dal visitare quello scandalo vivente, mentre che Adele s'affrettava a portargli i conforti della sua religione carnale.

Dopo tre giorni, considerati critici, le permisero di sedersi con lui in una stanzetta privata e la pregarono di sollevargli lo spirito con una grande comprensione e tolleranza.

Lontani dagli occhi indiscreti di tutti, giubilarono al vedersi liberi di scambiare dolcezze sensuali. Ne avevano proprio bisogno, dopo un digiuno così prolungato.

Adele, rianimata dopo la visita, ebbe l'occasione di vedere la psicologa, che sollecita le chiese come avesse trovato il paziente. Con una confidenza che strabiliava, rispose che il povero ecclesiastico si trovava in uno stato di confusione allarmante, tanto è vero che non l'aveva neppure riconosciuta. Si era fissato che fosse sua madre, e si era comportato come un bambino bisognoso di un affetto tangibile. Susanna, senza battere ciglio, credette la descrizione di Adele, perché era molto coerente con la sua teoria.

Si lasciarono con una stretta di mano, che certo non presagiva futuri sviluppi amichevoli tra le due. Incoscientemente sembrava che l'amante avesse fiutato, con un sesto senso proprio delle femmine, una rivale nell'avvenente psicologa. Si chiedeva, giunta a casa, se quella donna colta, dal fisico gracile, ma con un fascino potente, avrebbe usato le sue armi psicologiche e le sue risorse naturali per riscattare il suo idolo.

Sarebbe lui caduto in quelle reti impercettibili, che stavano all'agguato di qualsiasi incauto? O avrebbe resistito il sottile inganno trionfando sulle arti seduttrici della sua guida psicologica?

Nelle susseguenti visite Adele, già priva degli slanci affettivi iniziali, espresse i suoi timori al monsignore, che ormai esperto nell'arte del far credere, con due occhi spalancati, fissandola innocentemente, come se fosse cascato improvvisamente dalle nuvole, rispose "Stai scherzando o dici sul serio?". La poveretta si sentì mortificata, e senza insistere, chiese scusa, promettendo di non ritornare mai più sul tema. Lui la gratificò con carezze intime, tanto più dolci, quanto più proibite.

Il machiavellico monsignore si trovava tre passi più avanti di lei. Era stato infatti così scosso dalla vista di Susanna colta, elegante e raffinata, che non riusciva a cacciarsela dalla mente. Gli appariva nei sogni con una grazia affascinante, lo prendeva della mano, e l'introduceva nella sua stanza dove i profumi e gli incensi lo intossicavano. Si spogliavano con un cerimoniale bizantinamente complicato, per poi inginocchiarsi l'uno difronte all'altro. Un'adorazione tacita suggellava il loro patto d'amore eterno.

Ora si trattava di mettere in scena il romanzo concepito con tanta avvedutezza, e ripassato centinaia di volte nei suoi dettagli più insignificanti. Anelava rivedere la sua nuova stella per attivare il suo dramma. Si presentò per la sessione individuale, con un atteggiamento impacciato, uno sguardo malinconico, ed un tremolio nervoso in tutta la sua persona. Ad alcune domande d'indole privata riguardante sua madre, rispose con occhi bagnati, ma senza che alcuna lagrima gli scendesse sulle guance. Ad un certo punto, prese le mani di Susanna ed incominciò a baciarle, e sollevandole verso gli occhi se le strofinò sul viso, quasi desiderasse essere accarezzato.

Questa, che provava un'attrazione incontenibile verso quel paziente, degno di tutto rispetto e commiserazione, cedette delicatamente agli impulsi naturali che sentiva traboccare dalle sue viscere, ed aggiustandogli con delicatezza i capelli, avvicinò quella fronte venerabile alle sue labbra, e ve ne stampò piccoli, teneri baci. Lui aveva realizzato il miracolo, lei gli sarebbe appartenuta corpo ed anima. Un piacere di natura indescrivibile pervase il suo spirito afflitto, aprendo un nuovo capitolo nella sua odissea amorosa.

Nelle loro sessioni, sempre più frequenti e prolungate, ambedue con il cuore in mano, dischiudevano mutuamente il loro passato, i dolori sofferti, e le incomprensioni ricevute. Riversando l'uno sull'altro le proprie esperienze e desideri, si complementavano con pieno soddisfacimento mutuo.

Susanna era figlia di una famiglia intellettuale, il padre avvocato di una certa rinomea, e la madre professoressa di filosofia all'Università. Sin da piccola, educata in un modo molto austero da precettori domestici, aveva voluto emulare i genitori. Sacrificando gli svaghi e piaceri della gioventù, s'era immersa negli studi di psicologia, laureandosi alla tenera età di venticinque anni. Conosceva poco o nulla del mondo, ma l'affascinava lo studio delle deviazioni umane, e la tragicità dei molti casi, con i quali veniva a contatto diariamente nel nosocomio. Giovane ed inesperta, si era lasciata abbagliare dalla triste condizione di quel nobile rappresentante del clero cittadino, così sfortunato e abbandonato dai suoi.

Questi aveva perso la mamma quando era ancora un bambino. Sotto il controllo di un padre autoritativo aveva sperimentato un vuoto affettivo enorme. Per colmarlo aveva cercato rifugio nella religione, e più tardi entrando nel seminario, dove pensava di ritrovare la famiglia che non aveva mai conosciuto. Era intelligente ed ambizioso, aspirando diventare arcivescovo di Torino ed un giorno non lontano, perché no, anche vescovo di Roma. Poco più che adolescente si era innamorato di Adele, un'amica di famiglia. Questa relazione appena accennata, sembrò spegnersi improvvisamente, quando sotto gli stimoli di una direzione spirituale proselitista, scelse la voce di Dio su quella della carne. Ma una quindicina d'anni dopo, sotto le ceneri di quell'innamoramento si nascondevano ancora scintille, che come si accennò, riaccesero il fuoco di un'ardente passione, che da qualche tempo gli stava bruciando il meglio del suo cuore.

Tanto Susanna come il monsignore erano i rappresentanti ufficiali di una religione di natura contrapposta. Il sacerdote predicava una umanità corrotta, incapace di salvarsi da sola. Unicamente la grazia di Dio poteva riscattarla dalla fossa della dannazione eterna. La psicologa invece credeva nelle forze umane, bastava scoprirle, analizzarle, ascoltando il loro richiamo e indirizzandole verso il loro obiettivo.

Completa negazione da una parte, totale soddisfazione dall'altra. Ambedue, come professionali, sapevano bene che era assolutamente proibito attaccarsi emozionalmente al soggetto delle loro cure. Ma quello era teoria e legge astratta, molto diversa e dolorosa era invece la realtà. Trasgredendo la regola, pensavano di risolvere il problema. La finalità giustificava la deviazione dal retto cammino.

Lentamente s'imbarcarono in una terapia reciproca che non aveva nulla di puro od ortodosso, semplicemente ubbidiva gli stimoli più primitivi della natura umana. La giovane psicologa, senza accorgersene, divenne parte integrante di quel dramma prefabbricato, essendo vittima di un subdolo tranello.

Da parte sua, Adele avvertiva, man mano che si procedeva nel trattamento, che il ruolo che aveva assunto di madre per nascondere quello di amante, si convertiva esattamente in materno, mentre che Susanna, a su insaputa, la soppiantava in quello di compagna intima.

A misura che i giorni passavano, un elemento inatteso si aggiunse al triangolo amoroso, complicando enormemente le relazioni esistenti.

Il monsignore, dopo alcuni giorni di soggiorno forzato nel reparto di cura intensiva, fu trasferito a quello aperto, dove i pazienti avevano libertà di movimenti e di incontri, potendo usufruire per loro svago, l'enorme proprietà che circondava l'ospedale, comprendente un giardino con fontane chiacchierine e fiori variopinti, ed un boschetto con pianti secolari, il cui fogliame mormorava fantastiche storie di tempi lontani. Tutto sembrava ideale per una riabilitazione emotiva ed un ripristino dell'equilibrio psichico.

L'orario facilitava il rilassamento ed incoraggiava lo sviluppo di relazioni interpersonali. Gli incontri conviviali con gli altri pazienti, le conversazioni in gruppo, la guida del psicologo, facilitavano l'apertura degli spiriti, spesso incapsulati da traumi orrorosi, compartendo le proprie esperienze con anime ricettive.

Il paziente-attore, la cui attuazione fino al momento avrebbe potuto riscuotere l'applauso dei critici più esigenti, s'accorse di essere oggetto di ammirazione intensa da parte di una giovane paziente. Questa non si lasciava sfuggire occasione per sedersi accanto a lui durante le sessioni, per incontrarlo al mattino presto e per seguirlo da vicino durante le sue camminate per la vasta proprietà.

Era una giovane, con una presenza fisica non certo seducente, debole nel fisico e nel morale, più adatta ad accettare attenzioni affettuose, che a proporzionarne. Quanto mai silenziosa e riservata, aveva seguito con un interesse malcelato la narrazione che il monsignore aveva fatto in gruppo della sua infelice situazione personale.

L'impressione che causò quel subdolo racconto, intrecciato di bugie e invenzioni vergognose, fu enorme. La giovane si domandava come era possibile che una persona, tanto buona e pura, consacrata al Signore, dovesse soffrire in quel modo. Si sentì istintivamente attratta, idealizzandolo come l'unico appoggio morale e spirituale per la sua persona, in balia di forze crudeli che l'avevano spogliata della sua identità e stabilità. Cieca d'ammirazione, l'adorava nel suo intimo. Finalmente aveva trovato la sua bussola e la sua rocca.

Questo atteggiamento irrazionale era giustificato dalla sua storia, che avrebbe fatto piangere il cuore più indurito. Turpitudine delle turpitudini, quella povera giovane, fin da fanciulla era stata seviziata sessualmente dal padre, con il consentimento tacito della madre snaturata. In famiglia era vissuta in una atmosfera di esibizionismo erotico da parte dei genitori, che sotto il pretesto di una educazione liberatrice, non si vergognavano di fare l'amore in presenza dei loro figli.

Le stigmate di quell'abuso si riaprivano a intervalli frequenti, causando depressioni suicide. Inoltre nel suo intimo sanguinava gocce amare di odio e vendetta contro il padre, e di disprezzo e ripugnanza verso la madre.

Nessuno può immaginare come la figura dolente del sacerdote venisse a costituire un balsamo salvifico per quella ragazza che odiava gli uomini, ed un baluardo maschile mai conosciuto durante la sua tormentata esistenza. Un vuoto enorme s'era colmato d'improvviso ed una necessità impellente, soddisfatta.

Di qui l'attrazione enorme per quella figura idealizzata e quasi divinizzata di ecclesiastico. Il Dio, mai intravvisto con gli occhi innocenti di bimba, se le rivelava ora in una maestà ed in una grandezza inusitata.

Sul principio il chierico, che provava un'attrazione inspiegabile, per nulla sessuale, verso quell'anima delicata, rivestita di sembianze comuni, non volle accettare i molti segni che gli venivano lanciati. Ma quando l'infatuazione si rese più manifesta con una insistenza pericolosa e con una ostentazione paurosa, decise di rivolgerle la parola. La invitò a fare alcuni passi tra gli alberi silenti. Lei, felice di poterlo finalmente sentir vicino, accettò l'offerta. Il tramonto copriva con un delicato manto d'ombre il panorama all'intorno. Il sacerdote, esitante nel passo, volle dissipare l'ambiguità della loro relazione. "Ho notato –le disse con tono pacato– che mi osservi, che mi segui, che cerchi di sederti vicino a me. Non so proprio cosa provi per me, ma ti assicuro che non ho nessuna intenzione di crearti illusioni".

Fiammetta, questo era il suo nome, lo guardò con occhi che stentavano a illuminarsi, perché troppo tristi. Forzò un tenue sorriso sulle sue labbra sottili e con una fiducia serena rispose "Sento una venerazione enorme per lei, e per la prima volta nella mia vita mi pare di aver scoperto appoggio e simpatia. Non so se mi sbaglio, ma la sua presenza mi rianima e la sua immagine mi conforta nei momenti di depressione. Basta una sola parola della sua bocca per rimettermi in piedi". Simili espressioni riecheggiavano stranamente frasi rivolte a Gesù da persone che con una fede cieca cercavano la guarigione.

L'ecclesiastico rimase commosso e, dimenticando per un'istante la sua parodia amorosa, sentì rinascere in sé la vocazione sacerdotale. Provò una sincera compassione per quella donna sommersa dalle tempeste più orrende ed immorali della vita, e stringendosela al petto, l'assicurò che l'avrebbe protetta. Anche se l'oscurità si stava infittendo in quel boschetto incantevole, una pallida aurora boreale sembrava illuminare il ristretto orizzonte della ragazza, tanto bisognosa di una mano sicura.

Ironia del destino, il suo instabile equilibrio emotivo e la sua infanzia intrisa di un'affezione carnale degenerata non le permettevano intrattenere una relazione sana, tanto è vero che durante la notte, sognò il suo cavaliere senza macchia in posizioni compromettenti con lei. Questo le causò un piacere enorme, del quale non si vergognava. Sperava ardentemente che un evento imprevisto, un accidente qualsiasi, un avvenimento fatidico venisse a sbrogliare quell'intreccio emotivo.

Il groviglio si faceva molto più intricato per l'uomo di Chiesa. Con una sfacciataggine inaudita, aveva tradito il suo primo amore Adele; con una avvedutezza subdola ed ipocrita aveva raggirato Susanna ed ora ironicamente, con la sua onestà e sincerità si stava invischiando involontariamente con Fiammetta. La paziente, dalle emozioni contrastanti, aveva trovato in lui un padre comprensivo ma nel suo subconscio desiderava un soggetto sul quale riversare l'abbondanza dei suoi favori femminili. Non tardò molto il sopraggiungere di istinti incontrollabili, le cui manifestazioni peccaminose non stupirono nessuno dei due. Lasciarono nel ministro di Dio un senso di colpabilità completamente nuova, e un senso di rivincita in Fiammetta.

Il monsignore trovava difficile portare avanti tale intricato dramma. Improvvisatosi attore con una sola maschera di malato mentale, necessitava ora impersonare l'amante sofferente con Susanna ed il sacerdote promiscuo con Fiammetta. Nonostante la sue buone intenzioni, quest'ultimo ruolo gli era stato imposto da circostanze del tutto anormali ed in realtà l'aveva colto di sorpresa. Non riusciva a vederci chiaro. La parte, scritta da un destino cieco, non s'aggiustava ai suoi desideri, e meno alle sue voglie. Solo una personalità realmente schizofrenica avrebbe potuto disimpegnarlo senza maggiori intoppi.

Le insulse premure materne di Adele l'annoiavano tremendamente. Nonostante le proteste di fedeltà del paziente, lei fiutava il tradimento. Le sue visite così frequenti e sollecite nel passato incominciarono a diminuire, assottigliandosi nella misura che trascorrevano le settimane.

Non così con Susanna e Fiammetta, che lo esigevano al massimo, soprattutto la seconda. L'una possedeva esattamente ciò che all'altra mancava.

La prima era avvenente, colta, con una trasparenza e purezza di sentimenti che potevano far sgelare i ghiacciai dell'indifferenza più assoluta. Disponeva di una straordinaria freschezza e di un istinto umano straordinario. La sua femminilità si trasformava in un'arte magica che stimolava la voglia del vivere. La sua sola presenza faceva sprigionare energie spirituali e sensuali mai conosciute.

La seconda invece, senza bellezza fisica o cultura, con la sua fragilità di un'infanzia sciupata e imbrattata dal fango lurido della passione paterna, riusciva ad avvinghiare gli incauti, succhiando ogni goccia della loro compassione e pietà. Da implorante debole e ferita si convertiva con la sua attrazione carnale fatta di immedesimazioni profonde in dominatrice spietata. Abitare il suo corpo, essendone abitato, era come sprofondare nel grembo materno per ritrovare la sicurezza perduta per sempre al momento della nascita.

Simile scenario ingarbugliato, si fece sconnesso e caotico, per il monsignore che qualche mese prima si millantava di possedere arcani conoscimenti nell'arte dell'amore illecito.

La risvegliata coscienza delle sue obbligazioni sacerdotali, accantonate nel fervore delirante della passione, la viltà d'animo, priva di rimpianti, con cui aveva tradito Adele, la scaltrezza spregiudicata con cui aveva raggirato Susanna, e la arrendevolezza infingarda con cui si lasciò trascinare da Fiammetta, lo stavano travolgendo, come un torrente in piena.

Le prime avvisaglie di un uragano devastatore si fecero sentire in una sessione con Susanna. Questa, a bruciapelo gli chiese "Come mai Adele non ti visita più?". Un po' nervoso "Non ha molto tempo –rispose- Problemi di famiglia la tengono lontana da me". "Vuoi che mi metta in comunicazione con lei?" "No –aggiunse sospettoso il monsignore- Quello le creerebbe più grattacapi".

L'amata psicologa, dopo una breve pausa, passò ad un altro soggetto. "Vedo che Fiammetta ti si avvicina molto. Si tratta di una semplice prossimità fisica casuale, o v'è qualche cosa di più?". Toccato nel vivo, ma mantenendo una non facile compostezza "E' emozionalmente molto debole – spiegò l'interpellato- Sento l'obbligo di aiutarla, dal momento che confida molto in me". Con una venatura di discolpa "Non so se sto facendo bene –aggiunse timidamente- Tu puoi illuminarmi su questo".

Susanna accettò le spiegazioni del suo paziente, ma si rese conto che il suo tono di voce era cambiato, e che l'ardente passione si era smorzata improvvisamente. Quegli occhi azzurri, dalla dolcezza angelica, non la fissavano più con la serenità vorace di prima, si muovevano irrequieti, come se avessero perso il loro punto di riferimento. I segni erano eloquenti, e le apparenze fisiche non sembravano contraddirli nonostante le proteste verbali.

Il sacerdote aveva percepito l'intranquillità di Susanna, e nella sessione seguente si era proposto d'inodarla con segni d'affetto tangibili. Gioiva anticipatamente dei molteplici favori che avrebbe dato e ricevuto.

Nel suo aspetto pacato non traspariva l'impazienza che agitava il suo essere, facendo che il cuore battesse a martello.

Erano le cinque di una sera comune, priva di segni particolari. Bussò alla porta del consultorio di Susanna, che sorridente lo introdusse, facendolo sedere nel divano, come di consueto. Nella fretta, omise di fermare la porta dal di dentro. Seduti l'uno accanto all'altro, s'abbracciarono affettuosamente, scambiandosi baci e carezze. Mentre le dimostrazioni s'intensificavano, fino al punto di farli sospirare, emettendo, ansimanti, tenui gemiti di piacere, la porta s'aprì con un rumore stridente, facendoli sobbalzare di spavento. Era Fiammetta che veniva per una consulta veloce.

Alla vista di quella scena, raccapricciante e piena di ribrezzo, l'infelice ragazza emise un grido di dolore, dandosi ad una corsa pazza.

I due, scoperti in una posizione compromettente che avrebbe fatto arrossire i più incalliti nel vizio, allibirono all'istante, ed in una confusione vergognosa, si aggiustarono gli indumenti sbottonati. Atterriti dalle possibili conseguenze, si sentirono forzatamente uniti in un unico destino, si giurarono fedeltà e prima che le autorità venissero a conoscenza del loro lurido episodio, si sarebbero dati alla fuga.

Fiammetta, sconvolta, perse il lume della ragione. Rinchiusa nella sua stanza, non volle cenare, nonostante l'insistenza dell'aiutante psichiatrico. Prima scoppiò in un pianto dirotto, poi s'irrigidì guardando impassibile verso un punto indeterminato. Il raggio di sole che l'aveva illuminata per breve tempo, era scomparso, sprofondandola in un fosso tenebroso e freddo. Sfilarono nella sua mente scene orrorose, di abuso, abbandono e tradimento. Prima il padre, poi Dio ed ora il suo rappresentante. Era incapace di immaginare sventura peggiore. Il piccolo mondo che sembrava prendere consistenza era crollato, seppellendola tra le macerie. Non c'era salvezza per lei. Era stata condannata immeritatamente alla spietata brutalità della natura umana. Aveva sofferto l'abbandono del Creatore, e assistito al supremo tradimento. L'ultimo filo di speranza era stato spezzato. L'unica via d'uscita era il suicidio. Meglio le incertezze dell'aldilà che la malvagia crudeltà dell'aldiquà.

Nessuno più l'avrebbe ingannata, tradita o abusata; non più lacrime e lamenti; solo un silenzio eterno. Era pronta a intraprendere il viaggio senza ritorno. Nessun argomento avrebbe potuto convincerla di restare. In questo mondo non c'era posto per lei, in realtà non c'era mai stato. Era un'aberrazione o mostruosità che lei stessa avrebbe eliminata. Dentro di sé non sentiva più rabbia, vendetta o depressione. Solo un vuoto enorme, amorfo. Perso ogni senso nel corpo ed ogni sentimento nello spirito, procedette freddamente all'implementazione del suo piano. Appese una lunga cintura di cuoio ad una trave del soffitto, avvicinò uno sgabello di legno, vi montò e messosi il nodo scorsoio attorno al collo, si lasciò andare, penzolando inerte. Se n'era andata senza proferire una parola, un rimprovero o un addio.

Non ci sono parole per descrivere l'orrore provato dall'infermiere che la scoperse alle otto incirca della sera. La notizia si sparse con la rapidità di un fulmine a ciel sereno. Un senso di sgomento e terrore s'impossessò di quella comunità, incapace di assorbire tanta sventura. L'ansia, la paura e soprattutto il rimorso accasciò lo spirito del monsignore e di Susanna. Solo loro conoscevano il vero motivo di quella tragedia. Mentre gli altri si stupivano domandandosi il perché, loro tremavano consci della terribile realtà. Cancellarono il piano di fuga e si sforzarono per riprendere le loro attività normali. Però non vi fu pace per quei due esseri involontariamente assassini. Se Fiammetta li aveva risparmiati da viva, sembrava non abbandonarli da morta. Il suo spirito s'aggirava tra quei muri e tormentava le loro coscienze.

La notte del monsignore divenne insonne e popolata da incubi pesanti. Quel fragile fiore, stroncato nella primavera della sua esistenza, si trasformava nell'oscurità in un mostro mitologico dalle mille teste con bocche voraci dai denti lupini pronte a sbranarlo. Una voce cavernosa lo faceva sobbalzare, ed un dito profetico della mano stesa in avanti verso di lui, lo condannava inesorabilmente alla fiamme inestinguibili dell'inferno.

Come se tutto ciò non bastasse, il mattino seguente il segretario della curia chiese di parlare con lui. Aveva una terribile notizia da comunicargli. Dopo minuziose ricerche, avevano scovato tra le sue carte un documento incriminante, dove si parlava di un figlio che aveva avuto con Adele Rossi. Il monsignore, esterrefatto dalla seconda valanga di melma putrida che lo stava per travolgere, con gli occhi smarriti nel vuoto, con frasi sconnesse e parole spezzate, protestò con la veemenza di cui era capace, che ciò non era vero, che si trattava di una forma poetica, per esprimere il frutto di un'ammirazione profonda.

L'ecclesiastico accusatore, di risposta, lo fulmino' con uno sguardo gelido, e con un sorriso sardonico concluse la visita "L'esame del DNA –borbottò tra i denti– rivelerà se si tratta di una paternità platonica o carnale. Arrivederla monsignore". Così dicendo, sbatté la porta alle sue spalle, e si dileguò nel lungo corridoio dell'ospedale.

Privo di forze fisiche, umiliato nello spirito, e con la mente più confusa che mai, quell'uomo che fino allora aveva spadroneggiato libertinamente con i sentimenti propri ed altrui, s'accasciò sul letto con un rantolo di una fiera morente. Era giunto il suo ultimo momento? Le pareti incominciarono a mulinare vertiginosamente attorno a lui, il soffitto sembrava staccarsi per piombargli addosso e schiacciarlo come se fosse un insetto insignificante. Il ragionamento si dileguò in una nebulosità imprecisa, la mente volò al di là delle frontiere razionali, e l'equilibrio psichico, in altri tempi solido, si frantumò come uno specchio senza poter più riflettere una sola immagine coerente. La persona, come tale, non esisteva più, rimanevano solo frammenti di un essere irriconoscibile.

Aveva assunto la parte dell'ammalato mentale per un gioco capriccioso, adesso il Dio che aveva imparato ad amare e rispettare da piccolo e che aveva osato beffare da grande, l'aveva ripagato con la stessa moneta. Questa volta non si trattava più di una farsa, frutto di una immaginazione surriscaldata dal sesso, ma di una vera tragedia di una natura tradita.

Non si sa quante ore passò in quello stato incosciente, si sa solo che quando lo ritrovarono stentarono a riconoscerlo, perché lo stesso monsignore aveva perso ogni nozione della sua persona, della sua storia e degli imbrogli in cui si era messo.

Susanna, come psicologa del paziente, fu immediatamente informata dell'accaduto. Si precipitò col fiato mozzato verso l'abitazione del monsignore, ancora frastornata dall'immagine di Fiammetta del giorno anteriore. Al vederlo, senza ricevere nessun segno di riconoscimento, meno ancora d'affetto, gli si sedette accanto, gli prese la mano e gli aggiustò leggermente i capelli arruffati. Gli chiese dolcemente come stava, e che cosa era successo. Il povero demente emetteva suoni strani, tra il lamento ed il piagnucolio, allungava il braccio sinistro nell'aria come se volesse spaventare delle mosche noiose, e con un movimento ritmico del busto si incurvava e raddrizzava. La giovane psicologa, perturbata dai quei segni a lei ben noti, s'accorse che nel giro di ventiquattro ore aveva perso due pazienti. La prima si era suicidata, impiccandosi, quando tutte le apparenze dicevano il contrario; il secondo, anche lui con una prognosi incoraggiante, stava soffrendo una regressione che non lasciava nessuna speranza.

Sconvolta da questi avvenimenti, che solo intendeva parzialmente, volle comunicarsi con Adele, l'unica persona che aveva visitato con assiduità l'infelice paziente. Non si sarebbe mai sognata di trovare in lei la spiegazione dei suoi quesiti. L'incontro fu breve e pieno di sorprese per entrambe. Adele venne a conoscenza dello stato deplorabile del monsignore, e Susanna della burlesca messa in scena della finta malattia mentale.

Il sacerdote che l'aveva conquistata con il suo candore ostentando un' aureola di persecuzione sul suo capo, era un impostore ipocrita, che aveva calpestato i suoi voti religiosi, fatto scempio della sacralità dell'amore e dell'amicizia. Nella sua innocenza e semplicità era stata trascinata nell'abiezione più profonda, insudiciandosi l'anima ed il corpo. Come immaginare disonore peggiore di questo? Non sapeva se rallegrarsi che avesse perso il senno, o vestirsi di lutto per le vittime che aveva disseminato nel suo cammino. Sopraffatta da sentimenti contrastanti d'orrore, pietà e desolazione preparò un'informe dettagliato sulla condotta infame e vergognosa del monsignore, sul suo crollo psicologico, e sulla sua impossibilità di ricuperazione in un prossimo futuro. Lo inviò per posta, con il titolo di "confidenziale", all'arcivescovo, perché ne facesse l'uso che credesse necessario.

L'autorità ecclesiastica, ancora intenta nell'investigazione della presunta paternità del figlio di Adele, provò ribrezzo alla lettura di simili efferatezze e ordinò immediatamente che il soggetto fosse trasferito in una casa per anziani religiosi, e fosse tenuto sotto stretto controllo e vigilanza. La uniche visite permesse sarebbero state quelle di un dottore o di un psichiatra. Così terminava uno dei capitoli più tragici della vita scandalosa del monsignore. Non così per Adele che avrebbe sperimentato presto in carne propria cosa volesse dire insozzarsi con un ministro di Dio.

CAPITOLO 7

La famiglia Rossi, non era certo un modello di famiglia cristiana. Tuttavia ci teneva molto alle apparenze di una rispettabilità comune alla borghesia. Questa infarinava spesso la sua facciata con infedeltà matrimoniali e civetterie sfacciate. Amava inoltre far sfoggio di virtù morali e religiose che affondavano le loro radici nel putridume della passione.

Le convenzioni sociali e non l'amore profondo tenevano uniti Giorgio ed Adele, che dopo i palpiti del primo innamoramento, s'erano addentrati in un'epoca glaciale. L'adozione di Simonetta prima e di Angelica più tardi, avava realizzato il miracolo di una stagione meno rigida, svegliando istinti materni in Adele e premurose attenzioni in Giorgio. Ma con la crescita delle bimbe, la temperatura era discesa nuovamente, decretando l'assideramento dei due cuori.

Giorgio, imbelliva i suoi viaggi periodici, con scappatelle amorose che non turbavano la sua coscienza, ed Adele approfittava quelle assenze per riattizzare le scintille della sua prima passione sotto il pretesto specioso di avvicinarsi a Dio.

Il giovane ragazzo che anni addietro l'aveva soggiogata con il suo sorriso e semplicità, era diventato sacerdote e ostentava con orgoglio il titolo di monsignore.

Adele, attraverso la direzione spirituale, con una raffinata arte femminile, cercava di sfondare quella sua impenetrabile corazza religiosa sfruttando le sue debolezze e frustrazioni umane. Si lamentava come una fanciulla sospirosa e melanconica della mancanza di affezione nella sua relazione con lo sposo. Anelava trovare un'anima pura e sincera che la comprendesse.

Il monsignore, che non aveva mai scordato la sua passione per lei, pian piano lasciò cadere le difese ideologiche, innalzate con accanimento durante i molti anni del seminario. I tragici intralci incontrati nella sua carriera fecero il resto. Si abbandonò nelle braccia della lasciva Adele, che le offerse un rifugio carnale, più accogliente e voluttuoso della sua matrigna, la Chiesa.

Questa, imbrattata dalle sozzure passionali dei due, stava perdendo il suo sembiante e la sua stessa vitalità. Non ci volle molto tempo per vedersi convertita agli occhi del monsignore in un museo archeologico di reperti morali. Era bello osservarli con le loro fiammanti etichette moderne, la loro collocazione strategica ed artistica nell'edificio delle ideologie umane. Era un'insieme ben elaborato, che parlava di un passato glorioso, ma che non aveva nessuna vigenza nel presente. Bastava prendere un documento pontificio, per capirne l'arretratezza culturale e ideologica. Lì, con una autorità suppostamente superiore, si sciorinavano citazioni bibliche, patristiche e di documenti del pontefice regnante (raramente di pontefici anteriori, specialmente i più controversi), per condannare anticoncettivi, eutanasia, unioni omosessuali, esperimenti sulle cellule staminali embrionali umane per scopi terapeutici. Non era difficile rendersi conto della petulanza retrograda di un magistero anchilosato in una mentalità di precetti universali, e di norme immutabili. Quando tutto intorno a lui parlava di innovazioni, di cambi, di passi qualitativi, di impossibilità di decifrare i misteri della vita con pennellate semplicistiche tratte dalla saggezza del passato, la Chiesa proclamava con toni imperativi ciò che si doveva fare e ciò che si doveva credere, con la minaccia di una condanna eterna per colui che osasse contraddirla.

Il monsignore trovava questo atteggiamento moralista e presuntuoso, alienato ed alienante, più incline a provocare conflitti e divisioni che soluzioni e rappacificazioni. In coscienza non si sentiva più obbligato alle norme ecclesiastiche. D'ora in poi avrebbe seguito il proprio cammino, ubbidito al proprio istinto e deciso con il proprio discernimento, noncurante dei rischi e pericoli. Meglio sbagliare da soli, che sotto lo scudo autoritario degli altri.

Inoltre era giunto ad un'altra verità per lui incontrovertibile. Solo dopo aver lasciato il proprio recinto ideologico e solo dopo averlo osservato a lungo e minuziosamente dal di fuori, preferibilmente con gli occhi del vicino (nello spirito di quel famoso detto evangelico "E perché guardi tu il bruscolo che è nell'occhio del tuo fratello, mentre non iscorgi la trave che è nell'occhio tuo?", Mt 7,3), solo allora si possono intravvedere i propri limiti e deficienze.

La Chiesa, secondo lui, non lascerà mai la sua gabbia dalle sbarre dorate. Senza assumere e vivere i punti di vista altrui, giammai comprenderà l'evoluzione e progresso nella società e molto meno sarà capace di incorporarli al suo patrimonio dottrinale. In sintesi, la Chiesa non partiva dalla realtà della vita, ma la realtà della vita doveva partire dalla Chiesa. Imponeva la sua vita ideale, per rimpiazzare quella reale. La Chiesa in questa visione non era serva ma padrona. La Chiesa si era trasformata in Onnipotente, che rifaceva l'uomo a sua immagine e somiglianza.

Strabiliante evoluzione delle idee, in un accanito conservatore, che idolatrava i personaggi più retrogradi ed i metodi più oscurantisti dell'istituzione a cui aveva consacrato il suo servizio indefesso e la sua fede inconcussa.

Se questo era il punto critico intellettuale raggiunto dal monsignore, più bizzarra e sconcertante era la sua postura sessuale raggiunta, per mezzo di fantasticherie superstiziose ed esperienze balorde della sua penitente e allieva spirituale.

Queste erano state concepite ed alimentate da ondate potenti di una sessualità repressa da parte di Adele. Fin da giovinetta, durante le tediose ore di religione, si sentiva affascinata dalla figura di qualche sacerdote insegnante. Sorvolando, per qualche magico meccanismo della sublimazione, le modeste apparenze fisiche, se lo rappresentava, biondo, attrattivo, dalla voce melodiosa e gesti incantatori. Il suo cuore palpitante sembrava suggerirle "Che delizioso sarebbe abitare in quel candido tempio di Dio e beneficiare dei favori della sua virilità!".

Mentre nell'aula regnava un silenzio interrotto da qualche scricchiolio di banchi di legno e da un leggero fruscio di gonnelle amoreggianti, nella sua mente si realizzava l'abbraccio proibito, con un'esultanza incontenibile del suo fisico, che fremeva d'impazienza. Dar la luce ad un figlio concepito da una vergine con la cooperazione di un uomo consacrato a Dio, era la fantasia cullata nei suoi sogni ad occhi aperti. Nessuna altra cosa la soddisfaceva a pieno come questa velleità di una adolescente ammagliata dalla fusione del sacro con il peccaminoso.

Fatta già signorina, quelle fantasiose chimere rompevano il bozzolo dell'irreale, per trasformarsi in progetto vitale.

Nelle sue conversazioni intime con il monsignore, mentre s'apriva strada nel suo cuore, con piccoli gesti affettuosi, gli frastornava la mente con progressive suggestioni di contatti morbosi, inducendolo pazientemente ad accarezzarle i riccioli di color luminoso che inghirlandavano il suo viso pallido. Lui, incoraggiato da quella soave arrendevolezza, le sfiorava con le dita insicure, gli occhi, le guance e le labbra. Finalmente stringendosela castamente al petto, le baciava la fronte. Ovviamente questo non era sufficiente per Adele, che imprigionatolo nella morsa tenace della sua femminilità, lo trascinava giù per il pendio sdrucciolevole della passione carnale.

Quando le parve che ambedue avevano raggiunto l'apice della desiderabilità ed attrazione mutua, gli comunicò il suo piano, intriso di elementi di superstizione popolare, e religiosità eccentrica.

Lei si considerava vergine non fisicamente ma psicologicamente. Non aveva mai accettato volontariamente il rapporto con il suo sposo. In ragione di questa irriducibile avversione, non sarebbe mai riuscita ad essere fecondata. Secondo una tradizione popolare, il miracolo della fecondazione per tali casi sarebbe fiorito solo in un recinto sacro, con un ministro di Dio ed in un rituale creato per l'occasione. Nessun metodo clinico, per rinomato che fosse, sarebbe riuscito a produrre un frutto dalle sue viscere.

Più scapigliata era l'idea, più fascino esercitava sulla mente confusa del monsignore, che sotto l'avidità del desiderio si stava mutando in una pagliuzza, trasportata dal vento. Chi era lui per contraddire o resistere un legittimo desiderio di una gracile donzella che lo implorava con l'affetto più ardente. Poteva una legge della Chiesa avere il sopravvento su una tendenza posta da Dio nella natura? Una mortale malinconia invadeva il suo cuore al solo pensiero di negare a quella donna la soddisfazione della sua nobile aspirazione di divenire madre.

Lei, come serpente insidiosa, non si saziava mai di raggirarlo, non si stancava mai di riformulare la sue teorie con nuovi particolari rituali. A lui piaceva essere aggredito con quei piccoli ma costanti assalti sensuali ed invece di retrocedere, prestava desideroso il suo fianco debole. La sua esistenza vacua e futile, forse avrebbe trovato significato con la nascita di un figlio.

Anche se non credeva pienamente in quelle fabbricazioni inverosimili, tuttavia il fatto di essere partecipante in un coito, definito liturgico dalla sua maliarda Adele, lo faceva delirare.

Era ormai giunto il momento di finalizzare i dettagli di quella cerimonia sacrilega. Senza scendere a particolari troppo incomodi ed imbarazzanti, anche per i lettori più incalliti in tal genere di letteratura, si sbozzeranno i lineamenti principali che seguiranno i nostri protagonisti per portare a termine quella folle avventura.

Verso la mezzanotte, Adele ed il monsignore, senza indumenti interiori, e rivestiti di una semplice tunica lunga, bianca per lui e rosa per lei, si sarebbero introdotti clandestinamente in una delle cappelle laterali del duomo. Al pallido lume di due candele, tra il profumo di gigli che adornavano l'altare, si sarebbero prostrati sulla lastra marmorea che portava il nome di uno dei reali di Savoia e che ne nascondeva i resti. Dopo alcuni minuti di meditazione e la recita di invocazioni litaniche si sarebbero accoppiati, lui per la prima volta fisicamente, e lei per la prima volta volontariamente. Si sarebbero abbandonati l'uno nell'altra fino alla consumazione totale.

Se questo era il cerimoniale a grandi linee in teoria, come sarebbe stata la realizzazione concreta per il monsignore, inesperto nel settore della riproduzione umana? Sarebbero state sufficienti le nozioni teoriche assimilate in letture proibite, e nelle indicazioni un po' reticenti di Adele?

Venne il momento tanto desiderato e paventato allo stesso tempo. S'incontrarono in un vicolo cieco e si cambiarono gli indumenti nelle rispettive macchine. Il timore di essere visti scemava l'intesità della gioia sognata e affrettava i tempi dell'unione. Il monsignore, nervoso, introdusse Adele nel sacro recinto. Il bagliore rossastro delle candele, proiettava lungo le navate ombre enormi che danzavano buffamente. Finito il rito d'introduzione, s'abbracciarono intensamente. Con la tunica sollevata oltre la cintura, si stesero sul gelido pavimento l'uno sull'altra. Impacciato e indeciso sul principio, e falliti i primi tentativi, riuscì ad unirsi intimamente. Il lento movimento di penetrazione aveva fatto gemere Adele, che stimolata al massimo dai susseguenti movimenti vigorosi del suo amante, raggiunse un orgasmo inebriante per la prima volta nella sua esistenza. Il suono inconfondibile che usciva dalla sua gola, ed il fremito inarrestabile delle sue membra spezzò i legami psichici e fisici che tenevano legato il monsignore, che sotto gli stimoli vaginali di Adele, proruppe in una eiaculazione abbondante, fecondando quel terreno assetato di seme umano.

A quell'esplosione erotica, realizzatasi in quasi perfetta consonanza, sopravvenne un'inerzia estatica che trovò il monsignore accasciato su Adele. Questa lo teneva avvinghiato a sé, quasi volesse prolungare nell'eternità quell'unione sacra.

Il reale e l'immaginario, il sogno e la passione si erano finalmente congiunti in un amplesso rituale, dove l'ardente vestale induceva il gran sacerdote ad un sacrilegio liturgico, raramente riscontrato negli annali religiosi.

Pochi instanti erano trascorsi in simile stato d'esaltazione, quando un rumore li fece sobbalzare d'improvviso, lanciandoli atterriti alla ricerca di un rifugio. Trattenendo il respiro e con il cuore in bocca i due sacrileghi si nascosero dentro un confessionale. Accoccolati sotto il sedile e trattenendo il fiato, attesero che i passi s'avvicinassero. Si resero conto che l'ignoto spense le candele, rifacendo poi il suo cammino verso l'uscita. Più tardi appresero che il sacrestano, di ritorno da una partita di calcio, aveva notato una luce insolita filtrare dalle vetrate gotiche della cappella e si era affrettato ad entrare, per vedere cosa stava succedendo.

Passato il pericolo, e con un terrore mortale nei loro visi, senza i convenevoli del caso corsero verso le loro macchine, dandosi a una fuga precipitosa. Tutto era successo così rapidamente che non ebbero il tempo per riflettere sulle loro azioni, o indugiarsi sulle straordinarie emozioni provate. Erano coscienti di una sola cosa: il mondo era diventato di colpo uno spazio aperto, senza limite, e nessuno aveva più il diritto di imporre loro il senso del dovere, dell'onore e della fedeltà.

Nella tragica ipotesi di essere scoperti, si sarebbero dati alla fuga, non per paura di severe punizioni, o per timore dello scandalo, ma perché la vita non s'arrestava, si doveva camminare verso una terra nuova, dove scorreva latte e miele.

Ma non ci fu bisogno di una fuga, come negli innamoramenti immortalati nella letteratura universale, così comuni come sfortunati.

Nessuno li scoperse obbligandoli ad azioni disperate, solo il tempo, il nemico meno temuto, li avrebbe esposti al pubblico ludibrio.

Come già si conosce, Adele aveva concepito, no per opera della tecnologia medica moderna, come aveva fatto credere allo sposo di ritorno dalla Cina con la figlia Angelica, ma per opera di un coito sacrilego, avvolto in un rituale liturgico, frutto della sua mente balzana.

La cerimonia del battesimo era stata, usando una contraddizione terminologica, una occulta epifania dei due fedifraghi amanti. Tutti erano ignari della vera origine del nuovo rampollo del casato Rossi, solo Adele ed il monsignore conoscevano la paternità reale di Vittorio Umberto ed il loro atteggiamento, che bordeggiava lo scandaloso, lasciava intravvedere una inestricabile complicità.

Passò molto tempo prima che quel mistero nascosto venisse rivelato. Il bimbo aveva ormai raggiunto un anno e mezzo quando ebbero luogo le strane vicende già narrate.

Chiunque credesse che questa sconcertante storia terminasse qui, si sbaglierebbe di molto. D'accordo alle promesse, la curia per mezzo del suo personale laico, fervente difensore della buona fama della Chiesa, s'affrettò a raccogliere specimen di DNA del bimbo e del monsignore. L'accurato esame di laboratorio avrebbe dovuto rivelare l'esistenza o meno di paternità e figliolanza tra i due, secondo le indiscrezioni del documento personale scoperto per caso nella stanza dell'ecclesiastico.

L'autorità arcivescovile di Torino, rabbrividiva al solo pensiero di un bimbo nato da un monsignore, appartenente alla propria giurisdizione. Se fosse stato vero, e se la notizia si fosse divulgata le conseguenze sarebbero state incalcolabili.

Bisognava correre ai ripari. Con un segretezza e celerità mai viste, nel giro di poche settimane ebbero i risultati tra le loro mani. Come avevano temuto, l'esame confermò che il bimbo di nome Vittorio Umberto era figlio del monsignore. Con la rapidità di un fulmine, il vertice ecclesiastico si riunì e decise che l'archidiocesi doveva sbarazzarsi della creatura, con una sola condizione. Il piano, qualsiasi fosse la sua implementazione, doveva essere portato a termine senza recar danno fisico al bimbo.

Stabiliti i precisi parametri dell'azione, s'affidò l'esecuzione ad un gruppo di persone della malavita, che allettati da una ricompensa non disprezzabile, giurarono sul loro onore di far sparire la creatura senza lasciarne nessuna traccia.

Con questa rapida mossa, che non aveva nulla da invidiare ai metodi utilizzati da regimi totalitari, società segrete o dalla stessa mafia, la curia era convinta che la terribile cancrena che minacciava la reputazione della chiesa, sarebbe stata arrestata.

Il monsignore era stato rinchiuso in una casa per anziani, e abbandonato in un spaventoso isolamento; non che questo gli causasse soffrimento, giacché, fuori di senno, non si rendeva più conto di quello che succedeva attorno a lui.

Adele stava per essere punita con la perdita inevitabile del figlio. Nonostante ciò, lei poteva considerarsi fortunata, perché d'essere vissuta durante il periodo in cui l'inquisizione era in auge, sarebbe terminata sicuramente in carcere, o se fosse stata una residente nella città puritana di Boston durante il Seicento, l'avrebbero condannata a portare cucita sugli abiti una enorme lettera scarlatta "A", iniziale di "adultera". La sua pena, anche se crudele per una madre, poteva considerarsi proporzionata al delitto.

Adele era naturalmente all'oscuro di tutto quello che si stava macchinando alle sue spalle. Era penoso aver perso l'amante, in una maniera così vergognosa per un'altra donna, ma questo dolore impallidiva difronte a quello che avrebbe sofferto con la misteriosa scomparsa del bimbo che odorava.

La città di Torino, quel fin settimana, appariva deserta e sonnolenta. La maggior parte della gente si era rifugiata nelle colline circostanti, dove si poteva godere un clima meno afoso ed una cucina non così sofisticata come in città ma certamente più genuina.

Adele che era rimasta sola a casa con il bambino, preparò alcuni panini, li mise in una cesta con alcune bibite rinfrescanti e si diresse in macchina verso il parco più vicino. Il figlio che aveva appena imparato a camminare, si sarebbe divertito e avrebbe sgambettato nell'erba rincorrendo i numerosi piccioni. Nel caso di cadere, difficilmente si sarebbe fatto del male sbucciandosi le ginocchia o battendo la testa.

Giunta sul posto, parcheggiò la macchina lungo il viale adiacente, ed inoltratasi nel parco, stese una coperta per terra, collocando su di essa il canestro. Tenendo il bambino tra le braccia, gli diede un bacio forte sulle guance, poi, irrequieto com'era, lo lasciò andare a sgambettare per l'erba soffice del parco.

Quanto amava quella creaturina che le illuminava il giorno e la notte, e la rendeva felice nel mar di tristezza che la circondava. Non poteva più immaginare la sua esistenza senza la voce ed il sorriso del suo piccolo angelo. Il passato procelloso di inganni, adulteri e sacrilegi rimaneva come una nube nel lontano orizzonte della sua storia. Adesso c'era solo una madre tenera e preoccupata, che dedicava ogni respiro che usciva dalla sua bocca a quel piccolo tesoro. Si sentiva trasformata da una maternità sempre più sentita e vissuta, come il peccatore più incallito che si ritrova radicalmente mutato da una subita conversione.

Per salvare il suo piccolo era capace di scalare le montagne più ardue, valicare i fiumi più insidiosi e attraversare deserti più infuocati.

Ai sogni scapigliati della gioventù ed alle morbide immaginazioni di pochi anni addietro erano subentrate preoccupazioni materne che le conferivano una stabilità emozionale veramente ammirabile.

Come era bello veder Vittorio Umberto rincorrere con passettini insicuri i passeri, le farfalle ed altri bambini. A volte barcollava, cadendo goffamente. Poi si rialzava senza piagnucolare e riprendeva il suo trottolare infantile, così grazioso agli occhi di Adele.

Mentre era tutta intenta ad intrattenere simili pensieri nella sua mente, ed a seguire allo stesso tempo con lo sguardo un po' sbadato il figlio che si divertiva, una specie di tafferuglio scoppiò non lontano da lei. Alcuni giovani che stavano giocando alla palla incominciarono ad azzuffarsi tra un frastuono di grida, urli, insulti ed imprecazioni. Volavano i cazzotti e le pedate. Tutti stavano a guardare e nessuno interveniva.

Imperversava quella lotta insolita, quando Adele si guardò d'intorno per vedere dov'era il figlio. Quale fu la sua sorpresa, convertitasi quasi subito in terrore, quando non poté rintracciarlo con lo sguardo. Come una leonessa ferita, sobbalzò di paura e all'istante si mise a correre, cercandolo disperatamente. Più correva all'impazzata, più strillava isterica "Dov'è mio figlio, dov'è mio figlio?".

La gente la guardava stupita, ma nessuno si faceva avanti per rispondere alla sua domanda e meno ancora appariva il bimbo, svanito d'improvviso. L'unico testimonio oculare sembrava un cane che abbaiava disperatamente nella direzione del tramonto. Nessuna traccia di possibili rapitori, e nessun segno di smarrimento. Quasi impazzita dalla disperazione, scoppiò in un pianto dirotto. Alcune persone cercarono di calmarla, altre chiamarono la polizia ed altre ancora, dopo una breve descrizione fisica della creatura, si lanciarono alla ricerca.

La lentezza delle forze dell'ordine, che si dava per scontata i fini settimana, favoriva indubbiamente i criminali, di qualsiasi genere essi fossero.

La povera madre non aveva mai contemplato nella sua mente una simile evenienza, ed ora la sua sola possibilità la paralizzava, togliendole la volontà di vivere. Era meglio morire od uscire di senno che dover affrontare tale tragedia.

I carabinieri, giunti sul posto, interrogarono minuziosamente la madre e le altre persone presenti, e con i dati che possedevano lanciarono la loro investigazione.   Accompagnarono Adele a casa. Notificarono per telefono il marito che si trovava all'estero, e assegnarono la sorveglianza dell'abitazione Rossi a uno dei loro, controllando qualsiasi comunicazione in arrivo o in partenza. Saputa la notizia, alcuni vicini caritatevoli si offrirono a trascorrere la notte con Adele, che nonostante i tranquillizzanti non poté chiudere occhio. Era caduta tutta d'un tratto nel peggiore degli inferni. La bocca era secca, gli occhi smarriti, la mente vuota e le membra insensibili a qualsiasi stimolo.

Verso il pomeriggio del giorno seguente, arrivò dall'estero Giorgio Rossi, che appena ricevette la terribile telefonata aveva preso il primo volo per Torino.

Informato dal poliziotto, incaricato della sorveglianza della casa, sulla marcia delle indagini, volle parlare con la moglie. Questa, durante tutta la mattinata, era stata rinchiusa nella sua camera ed aveva preso una sola tazza di te. La trovò sconvolta, con i capelli disordinati ed il viso pallido. Informatosi direttamente da lei di ciò che era successo la sera antecedente, dimostrò un contegno sobrio e misurato.

Chiamò le due figlie adottive che non erano ancora state messe al corrente dell'accaduto, poi parlò nuovamente con il capo della polizia. Sfortunatamente nessun indizio, nessuna traccia, nessun segno rivelatore. La scomparsa del figlio rimaneva più che mai nell'oscurità totale.

I sequestratori avevano preparato il loro piano minuziosamente e l'avevano portato a termine con una maestria insuperabile.

Una donna giovane aveva allettato il bambino con un gelato. Presolo in braccio, si diresse verso una macchina, che sfrecciò silenziosamente verso una via secondaria. Di lì imboccò un viale ampio. Dopo una quindicina di minuti cambiarono macchina, lasciando quella usata con uno dei tre uomini che formavano la banda dei criminali. Con una velocità sostenuta, ma senza far nascere sospetti, infilarono l'autostrada che li conduceva al confine con la Francia. Qui cambiarono nuovamente macchina.

In una piccola città francese avevano un appuntamento con due giovani sposini, appena arrivati dal Kenya. Questi, di nazionalità svizzera, possedevano una fattoria in terra africana e dal momento che non avevano figli, erano disposti a far qualsiasi sacrificio pur di averne uno. Per mezzo di una agenzia francese di adozione, avevano ricevuto la promessa che il loro desiderio sarebbe stato esaudito. I malviventi si ritrovarono nell'hotel con il rappresentante dell'agenzia menzionata e con la giovane coppia ansiosa di avere un figlio.

Un'ingente quantità di denaro passò dalle mani dei proprietari di terre, all'agenzia e ai sequestratori. Questi a loro volta consegnarono il bimbo, che si trovava addormentato nelle braccia della donna misteriosa, all'agenzia, e questa ai genitori adottivi assieme a documenti falsi. Sotto un'apparente legalità i sequestratori si liberavano della creatura, l'agenzia riceveva una buona parte della ricompensa e gli sposini gioivano finalmente la presenza di un sorriso infantile.

Tutti avevano guadagnato in questo lurido commercio, includendo la curia torinese che finalmente si era liberata di uno scandalo potenzialmente devastatore. Non così la madre del bimbo che era giunta ai limiti della disperazione, ed il padre putativo Giorgio, che senza manifestazioni non appropriate di collera, aveva provato una trafitta dolorosa al cuore. Il sogno di un erede maschio era svanito, e con esso una famiglia ed un futuro del casato.

Solo l'arcivescovo ed il laico, presidente del consiglio pastorale diocesano, erano stati informati della nuova identità del bimbo, e del nome dei genitori adottivi. Pietro Hanz, questo era il nuovo nome di Vittorio Umberto, di cittadinanza svizzera e residente legale nel Kenya, sarebbe cresciuto in una famiglia, dai solidi principi cristiani, in due nazioni, famose internazionalmente per le loro bellezze naturali e per i loro climi invidiabili. Gli Hanz, infatti, possedevano una bellissima villetta nel canton Ticino, e come si è detto una prospera fattoria nelle vicinanze di Nairobi.

Il piccolo Pietro non ebbe nessuna difficoltà ad assuefarsi al nuovo ambiente familiare, colmato com'era di regali ed attenzioni da parte della mamma e del papà. La giovane ragazza africana, che faceva da bambinaia e domestica allo stesso tempo, possedeva un carattere allegro ed una disposizione invidiabile. Intratteneva il bambino con canti tribali, mimiche facciali, e svariati giochi infantili. Non v'era tempo per noia, nostalgie, o rimpianti.

Se da questa parte dell'equazione v'era un panorama roseo ed un futuro pieno di promesse, disgraziatamente dall'altra parte non si poteva affermare lo stesso.

Le investigazioni delle forze dell'ordine risultarono sterili, e le possibilità di un ritrovamento del bimbo minime. Il fatto più tragico per Adele, era il non saper nulla sulla sorte del figlio. La donna che aveva sperimentato piaceri indimenticabili, prima nel sesso e poi nella maternità, stava ora soffrendo i tormenti dell'inferno. Pensava che Dio la stava punendo con tutta la severità a sua disposizione, e che il fato cieco si era vendicato pienamente delle sue temerità estrose, e delle sue azioni ignobili.

Aveva peccato contro il cielo e contro la terra, aveva sfidato la Chiesa e la società ed aveva spezzato l'equilibrio invisibile della natura.

Piangere, disperarsi, imprecare non serviva a nulla. Si sentiva segnata con il marchio dell'infamia, e sarebbe stata un bersaglio facile durante tutta la sua vita. Maledetta come Caino, disprezzata come Giuda, e perseguitata come l'ebreo errante voleva fuggire lontano da se stessa, dalla famiglia, dagli amici, e da tutto ciò che costituiva il suo mondo. Avrebbe desiderato sparire come il figlio, senza lasciare traccia alcuna. Invece no, doveva assistere impotente all'atto finale dello sfacimento totale del nucleo familiare, senza batter ciglio, senza versare una lagrima, nel modo più stoico possibile.

Non dovette attendere molto per assistere impassibile alla furia repressa di Giorgio che la trascinò davanti a un tribunale civile, supplicando il giudice di concedergli il divorzio e la separazione dei beni. La giustizia sciolse i legami matrimoniali ed Adele si trovò sola senza sposo, senza figlio, senza famiglia. Aveva perso tutto, eccetto una solvenza economica non disprezzabile, dato l'ingente benessere materiale accumulato.

Per le figlie Simonetta ed Angelica, non vi furono difficoltà, perché essendo maggiorenni, potevano scegliere la loro strada. Tuttavia si dava per scontato, che il padre sarebbe rimasto il punto di riferimento per entrambe.

Era giunto il momento per i singoli membri della famiglia disciolta, di fare le proprie scelte.

Sarebbe Adele risorta dalle ceneri della sua distruzione come la mitica fenice per volare nell'immensità dello spazio celeste? Avrebbe mai ritrovato il figlio sacro svanito come un folletto di una fiaba arcana? E Giorgio, si sarebbe reso conto della falsa paternità attribuitagli? Come la vita alterna pillole amare a bocconcini prelibati, così questa storia offrirà scoperte dolorose e ritrovamenti gioiosi, in un intreccio non sempre coerente dell'esistenza, non certo epica, della piccola borghesia umana. Il gratificante schema del "Finale Felice" o "Felice per sempre" non si applicherà per certo a questa modesta narrazione, la cui unica pretesa, per nulla letteraria, è la manifestazione di alcuni aspetti dell'inesauribile varietà di comportamenti, che fanno parte integrante della personalità di ogni essere razionale.

CAPITOLO 8

Fior di Loto aveva intrapreso corsi notturni di psicologia all'università locale e trovava difficile lavorare otto ore al giorno e studiare allo stesso tempo. Non si deve scordare inoltre la nuova relazione sentimentale con Bruce che assorbiva energie e creava dilemmi, non sempre facili da risolvere.

Il cielo, preso come entità superiore non come spazio atmosferico, non era mai stato generoso con lei, anzi, in diverse occasioni, si era accanito con una ferocia inconsueta.

Malgrado le molteplici avversità, la giovane non aveva mai imprecato, con una certa stupidità comune tra i mortali, contro quel destino cieco che s'abbatteva su di lei senza pietà. Non avrebbe mai osato, nella sua profonda bontà di cuore, gridare come una forsennata "Perché a me?" Piuttosto al contrario "Perché non a me?", vedendo tante disgrazie abbattersi su persone innocenti.

Non era né una fatalista rassegnata, né una ribelle orgogliosa ed imprecante. Non possedeva la presuntuosa convinzione di essere speciale e superiore agli altri. Era solo parte di una catena infinita di esseri, dove l'uguaglianza era un mito, e la diversità buona o mala una costante che doveva essere riconosciuta.

Il contatto con il mondo universitario, se da una parte le apriva la mente a idee e teorie, per lei straordinarie, dall'altra parte la coinvolgeva in qualche modo nei movimenti studenteschi, molto audaci e critici in quegli anni di effervescenza rivoluzionaria.

Il ricordo dell'eccidio nella piazza Tienanmen del 4 giugno 1989 era ancora vivido nella sua memoria, ed una cautela straordinaria contrassegnava qualsiasi attività dei suoi compagni più sensibili alla situazione politica. La repressione dei dissidenti ed il controllo totale dei mezzi di comunicazione non era un mistero né un fatto sporadico.

Lo spargimento di sangue l'aveva inorridita. Nessun corso universitario di politica l'avrebbe sensibilizzata tanto su un tema così lontano dalle sue preoccupazioni ordinarie.

Il suo piccolo mondo personale, e le sanguinose vicende studentesche incominciarono a costituire un peso troppo grande per le sue gracili spalle. Bruce, che aveva notato la tensione che soffriva la sua ragazza, la consigliò di lasciare il posto di lavoro e dedicarsi totalmente ai suoi studi.

Fior di Loto comprese che il cammino che stava seguendo l'avrebbe ridotta all'ombra di se stessa con conseguenze impreviste per il suo futuro. Percepiva inoltre, che nonostante l'appoggio economico promesso da Bruce, sommamente generoso, non doveva dipendere da nessuno. La propria indipendenza era un bene troppo superiore per affidarlo ad altri, anche se erano le persone più care del mondo.

Decise di lavorare mezza giornata, dedicando il resto del tempo ai suoi studi. In questo modo avrebbe provveduto alla sua sussistenza, e non avrebbe perso contatto con la realtà lavorativa.

Ben presto si vide beneficiata tanto negli studi come nelle sue relazioni con gli altri, specie con il fidanzato. Se prima soffriva ansietà e nervosismi, ora si sentiva rilassata fino al punto di godere le esposizioni magistrali dei suoi professori.

Ve n'era uno soprattutto che la strabiliava con le sue presentazioni sarcastiche e mordaci. Era il professore di storia della psicologica. Il suo aspetto fisico rassomigliava più a quello di un istruttore di yoga che a quello di un insegnante universitario. L'uomo era basso, magrissimo, con un profilo arrotondato. Al esporre, gli occhiali sembravano sussultare sul naso irrilevante, e gli occhi dardeggiavano muovendosi irrequietamente.

Le sue taglienti affermazioni erano punteggiate da straordinari momenti rivelatori, che scuotevano gli alunni fino al punto di spingerli ad intervenire con passione. Non c'era pericolo che qualcuno sonnecchiasse o si appisolasse durante le sue classi. Lanciava domande stimolanti che sconvolgevano gli alunni meno eccitabili. Più volte si era lamentato dicendo "Dov'è la contribuzione originale della Cina alle teorie psicoanaliste? Avete mai sentito parlare di una scuola cinese di psicologia? Oltre alla pirateria tecnica industriale, alla decantata saggezza orientale e ad alcune medaglie olimpiche, per quale altra cosa è famosa la nostra nazione. Avete mai sentito parlare del grande pensiero moderno della Cina rivoluzionaria? O dei premi Nobel ottenuti dalla nostra nazione nelle scienze? In questo settore, la Cina è ancora un gigante addormentato, che non ha detto la sua parola. Quanti anni devono passare ancora prima che il suo grido si faccia sentire nella giungla del cosiddetto *concerto* delle nazioni?"

Fior di Loto non si lasciava trasportare da facili entusiasmi e non era amica di istrionismi goliardici ma certe volte sentiva il sangue ribollire nelle sue vene, e avrebbe voluto intervenire con domande appropriate.

Sentiva una simpatia viscerale per gli studenti incarcerati, non tanto perché compartiva le loro idee di un cambio radicale politico, ma perché ammirava la loro dedicazione a un ideale nobile, di un cambio della società verso strutture democratiche e la libertà d'espressione.

Il suo sogno personale era meno ambizioso e molto più ristretto, era una missione di bontà tra la gente che la circondava, cercando di trasformare la loro condotta ed i loro cuori. Però il sogno più ambito, che non si manifestava frequentemente, ma che dava senso a tutta la sua attività e che illuminava tutta la sua esistenza dal sorgere al tramontare del sole era la preoccupazione per sua figlia, poterla ritrovare, non importava quanto costasse o quanto tempo ci volesse.

Ogni settimana procurava visitare dissidenti incarcerati ed aiutare le loro famiglie con piccole donazioni. Questa attività non sfuggiva alle autorità, che chiudevano un occhio, conoscendo le idee tradizionali di Fior di Loto. Stranamente, la persona che avrebbe dovuto sopportarla di più in questo sforzo, ma che invece mostrava freddezza e noncuranza era il fidanzato. Lui era parte della classe dirigente, e per lo tanto insensibile alle aspirazioni della classe lavoratrice e del segmento irritante degli studenti.

Se ammirava il sorprendente progresso della sua ragazza nel superarsi culturalmente, non l'applaudiva certo in questa azione umanitaria, totalmente inutile dal suo punto di vista. I piccoli cerotti di una beneficenza spicciola, invece di curare l'infezione, proteggevano i germi della povertà perpetuandone l'esistenza.

Nonostante questa divergenza ideologica, le affinità tra i due aumentavano, essendo Fior di Loto una comunicatrice gentile e convincente, che stimolava punti di vista contrari e gioiva in una schermaglia intellettuale con il suo Bruce. Questi ammirava la dedicazione della sua piccola diva a qualsiasi intrapresa ponesse mano, inoltre lo commuovevano la sua rettitudine ed onestà. Non l'avrebbe mai cambiata o lasciata, per buona o superiore che fosse stata l'alternativa presentata.

Un giorno nel lavoro, Fior di Loto si rese conto che mancavano lenzuola, asciugamani, saponi ed altre provvigioni. Riunì gli impiegati e li mise al corrente di quella situazione incresciosa. Con delicatezza li esortava ad essere onesti, e a farsi avanti se conoscevano qualche cosa di irregolare nel reparto sotto la sua direzione. Come se ciò non bastasse, fece installare minuscole video camere in diversi punti strategici, per cogliere in fallo gli impiegati disonesti.

La povera ladruncola, responsabile di quei furti inspiegabili, fu scoperta dalle camere nascoste, e confrontata con l'evidenza, scoppiò in un pianto che avrebbe commosso le pietre del selciato.

Fior di Loto, con una benevolenza comprensiva, le chiese il perché. La giovane impiegata, da poco assunta, incominciò la narrazione di una pietosa vicenda familiare, frequente tra la gente di pochi ricorsi economici.

Lo sposo, pubblico funzionario, era stato licenziato per diffamazione, e dei tre bambini, uno si trovava gravemente ammalato. La povera sposina cercava di arrotondare il suo magro stipendio vendendo qualche lenzuola o sapone che riusciva a trafugare dall'hotel.

Fior di Loto, memore della sua estrema povertà da bimba, rimase scossa da quella storia pietosa. Invece di punire la ragazza, la esortò ad aprirsi con i suoi superiori, che in qualche modo l'avrebbero aiutata. Dopo alcune settimane di esemplare condotta, le aumentò il salario, e s'interessò personalmente della figlia ammalata di cinque anni, ricoverandola all'ospedale.

Quanto avrebbe desiderato che qualcuno avesse fatto lo stesso con sua figlia. Il solo ricordo della bimba, ogniqualvolta s'affaciava alla memoria, la scuoteva internamente e non riusciva a trattenere qualche lagrima furtiva. Pensieri e presentimenti, ansie ed angoscie s'alternavano come un turbinio d'acque irrompenti, offuscando il suo intelletto.

Avrebbe sofferto la fame ed il freddo come la piccola che aveva portato all'ospedale, o come lei quand'era bambina? Un brivido s'impossessava di tutto il suo corpo al solo ricordo degli inverni interminabili con un freddo insopportabile. Possedevano una stufetta a legna che, quando accesa, riempiva la casa di fumo e, ironia della sorte, dovevano aprire o la porta o le finestre per non rimanere soffocati. Rammentava che davanti alla stufa ci si arrostiva, ma alle spalle una lama di aria gelida li lasciava con un raffreddore o un mal di gola.

La fame non era meno sentita o sofferta. Una scodella di minestra o un piatto di riso dovevano servire per tutta la giornata. Solo chi ha patito la fame vera, pensava tra sé, sa apprezzare anche la più piccola briciola di pane, ed ogni spreco di cibi lo sente come uno schiaffo in faccia.

Fior di Loto aveva fatto una promessa solenne sulla tomba dei suoi genitori. Se un giorno fosse diventata ricca, non avrebbe mai guardato con disprezzo gli indigenti, e non avrebbe mai sprecato nessuna risorsa naturale per abbondante che fosse.

Per questa ragione era molto meticolosa nel maneggio delle provvigioni dell'hotel e parsimoniosa nelle spese considerate necessarie.

Bruce più riusciva a conoscerla attraverso le alterne vicende quotidiane, e per mezzo dei contatti personali, più l'amava e più la rispettava. Era la vera perla nascosta, che quando uno s'imbatte in essa, come dice il Vangelo, va, vende tutto quello che ha e l'acquista. Se il suo codice morale era lasso, in compagnia della sua ragazza si sentiva spronato a diventare migliore e più onesto. Lei era una forza benefica che lo sollevava dalla sozzura della petulanza borghese dandogli ali per sorvolare le piccolezze umane e innalzarsi verso gli spazi infiniti della grandezza spirituale. Era veramente bello sentirsi più buono in compagnia di un'anima femminile così straordinaria.

Anche i suoi genitori, al principio contrari a una relazione troppo ordinaria per la loro situazione sociale ed economica, con il tempo incominciarono a invogliarsi di quella giovane donna.

Non poche volte avevano manifestato il desiderio profondo di poter stringere tra le loro braccia un nipote, prima che l'età avanzata li sorprendesse con qualche brutta novità. Indirettamente spingevano il figlio a fare i piani per un matrimonio con tutte le solennità a cui la loro classe era abituata.

Sotto questa spinta amorosa del padre e soprattutto della madre, Bruce non sapeva che partito prendere. Finalmente, dopo seri rimuginamenti, prese il coraggio a due mani, si abboccò con Fior di Loto, deciso ad esplorare la sua posizione.

Lei non aveva nessuna fretta, perché avrebbe voluto terminare prima i suoi studi all'università, conseguendo un "Master" o "Licenza" in psicologia. Però non avrebbe presentato forti obiezioni se la famiglia desiderava che si celebrasse il matrimonio in un futuro immediato.

Di comune accordo, e con la soddisfazione più sincera sul viso della madre, Bruce fissò la data per la celebrazioni delle nozze. Doveva essere un momento speciale non solo per i futuri sposini, ma anche per tutti i familiari ed amici.

Nel bel mezzo dei preparativi, quando tutto sembrava marciare a gonfie vele con una brezza meravigliosa, accadde qualche cosa di molto doloroso. Il padre di Bruce fu ricoverato all'ospedale con un tumore maligno al cervello. Consultarono i migliori specialisti internazionali, ma disgraziatamente la malattia era troppo avanzata e qualsiasi operazione avrebbe dato risultati negativi. Il povero uomo aveva sofferto per molto tempo severe emicranie, senza lamentarsi. Ai suggerimenti amorevoli della moglie di consultare un dottore, si era sempre opposto.

Gli ultimi sei mesi furono un vero calvario per l'anziano ammalato. Nonostante le forti medicine per rallentare la marcia della malattia, il dolore e la perdita progressiva delle facoltà mentali lo prostravano di tal modo, che non riusciva a trattenere le lagrime alla vista delle persone che più amava, e che stava per abbandonare definitivamente.

Altrettanto era il dolore e la sofferenza della moglie, del figlio Bruce e della sua fidanzata, che costantemente al suo capezzale, facevano del loro meglio per sollevargli l'animo.

Un giorno, quasi avesse un presentimento della sua prossima fine, chiamò Bruce e Fior di Loto, prese le loro mani tra le sue e con una voce impercettibile sussurrò il suo ultimo testamento "Voletevi tanto bene!". Con un pallido sorriso, chiuse i suoi occhi stanchi, cadendo in uno stato letargico e di incoscienza. Non ricuperò mai più il conoscimento, e dopo alcuni giorni, ritornò la sua anima al Creatore, lasciando il suo corpo inerte e sfinito sul letto di morte.

Tutto era finito per il lottatore instancabile, che con sudore e lavoro arduo aveva creato una catena di hotel, orgoglio della regione. La famiglia, invece di avviarsi verso le nozze sontuose del figlio unico, dovette marciare, al battito lugubre dei tamburi e al suono delle note dolenti della banda, verso il cimitero, dove diedero un commovente addio al padre di famiglia.

Molte volte nella vita di una persona sono le circostanze più impreviste a dettare le scelte, ed i piani vagheggiati rimarranno per sempre sepolti nella fossa della dimenticanza. La forza del destino, simile ad una ruota gigantesca, una volta messa in moto, non si arresta facilmente, portando via con sé il meglio dei sogni e desideri.

Non è da stupirsi che i piani per le nozze fossero rimandati. La stessa madre di Bruce, molto superstiziosa, non voleva ridestare l'ira di qualche genio malvagio, alla ricerca di vendette per supposti crimini nel turbolento passato dei propri antenati.

Bruce si fece carico dei negozi di famiglia, quanto mai stressanti, e Fior di Loto mentre frequentava i suoi corsi all'università, venne incaricata della supervisione generale dell'hotel. Ambedue investiti di nuove responsabilità videro la loro relazione scendere dalle cime di un amore altamente romantico a un piano più ordinario. Si trasformò in un'alleanza di intenti piena di bontà e considerazione, ma priva di quegli slanci irrazionali iniziali che tingevano di rosa tutto quello che toccavano.

Se da una parte diminuiva la carica affettiva che il dio misterioso dell'amore aveva suscitato in loro, dall'altra il vincolo dell'appoggio mutuo si rese più forte, accomunandoli in un matrimonio d'intenti e d'interessi economici.

Nel frattempo l'industria alberghiera locale stava passando per un momento difficile, data la competenza delle grandi catene internazionali. L'unico modo di rimanere a galla e prosperare nel migliore dei casi, era abbassare i costi e migliorare i servizi. Una volta che i turisti si fossero reso conto della differenza tra le due industrie, non avrebbero esitato nell'abbandonare i grandi nomi, per gioire i benefici dei locali.

Con grandi sacrifici, e non piccole spese nella pubblicità turistica, la catena degli alberghi nostrani con il leggendario nome di

"Gran Muraglia" superò le prime strette finanziarie, e in breve tempo intraprese il cammino del profitto.

Bruce si era circondato con un personale direttivo, dinamico ed innovativo. Parecchie offerte speciali, di tipo familiare come individuale, disegnate specialmente per la classe media, furono fatte circolare attraverso le agenzie turistiche più rinomate, ed i risultati furono spettacolari, registrandosi un pieno eccezionale anche nelle stagioni così dette basse.

Il giovane aveva cercato di attutire il colpo della morte del padre gettandosi in pieno nel lavoro. Ma nonostante tutte le pretese esterne, un'aria di tristezza si poteva leggere nel suo viso, ed una incertezza insolita nel suo maneggio degli affari. Le stesse manifestazioni di affetto con Fior di Loto erano temperate con una sobrietà inconsueta. Bruce, il ragazzo sicuro, un po' spavaldo all'americana, con le arie dell'attore di cui portava il nome, era diventato l'anti Bruce, con gli occhi privi d' espressione, le spalle incurvate e la voce smorzata. Sembrava portasse il marchio dello sconfitto.

Simile metamorfosi non piacque a Fior di Loto, che, con i pochi conoscimenti di psicologia acquisiti sui banchi dell'università, fiutava una svolta pericolosa. Gradualmente Bruce retrocedeva sentimentalmente, rinchiudendosi in se stesso. Con infinita sorpresa della ragazza, riprese a bere e a fumare, dopo anni di aver smesso. Incoscientemente dava l'impressione di voler tornare agli anni spensierati della sua formazione universitaria in America, dove la vita del dormitorio l'aveva riempito con ore di svago e rilassatezza mai immaginati. Era lì che aveva imparato a impinguarsi di birra, liquori e qualsiasi altra cosa gli capitasse tra le mani, mescolando il tutto con prolungate fumate, che lo inebriavano al punto di scordarsi della sua propria identità.

Bisognava correre ai ripari, prima che i danni risultassero permanenti. Fior di Loto, con tutta la persuasione di cui era capace, lo consigliò di vedere uno specialista. Lei stessa lo accompagnò al consultorio di uno dei migliori esperti di malattie mentali, che infallibilmente diagnosticò una depressione con sintomi preoccupanti.

Aveva bisogno di una terapia intensiva e di un internamento temporaneo per essere stabilizzato e riportato ad uno stato di equilibrio emotivo. Sul principio, Bruce rifiutò l'essere istituzionalizzato, ma davanti alle suppliche della madre, che disperata non voleva perdere l'unico ormeggio che ancora la tratteneva su questa terra, si arrese.

Fu questo un periodo molto duro per tutta la famiglia e per l'impresa alberghiera di cui era padrone e gerente. Fior di Loto non era nuova a rovesci di fortuna, ma questa situazione del fidanzato la colpì nel cuore. Con una pazienza infinita, e con una serenità ingigantita dall'avversità accompagnò passo a passo il suo ragazzo, che senza di lei forse sarebbe crollato, ma che con il suo tatto squisito ritornò, dopo un lungo trattamento, ad un accettabile stato di sanità mentale ed emotiva.

Nel frattempo Bruce aveva affidato molte delle sue facoltà e funzioni a Fior di Loto. Ritornato al lavoro, l'associò a sé nella direzione generale dell'impresa, e volle che questo fosse convalidato da un documento legale. Nessuno si oppose a tale mossa, anzi la salutarono con un entusiasmo straordinario, sapendo che possedevano nel vertice una persona che li conosceva ed apprezzava.

Quello che avrebbe dovuto essere realizzato da un matrimonio, fu invece frutto di una malattia inattesa e quanto mai pericolosa. Fior di Loto si ritrovò così con potere, denaro e quello che più contava con una esperienza invidiabile.

Durante il trascorso di questa lunga ed incresciosa vicenda, cosa che stupì non pochi, ebbe il tempo di finire i suoi corsi di psicologia e conseguire il diploma di "Licenza" . Forse sarebbe stato più appropriato un titolo in "Economia e Commercio" o "Industria Alberghiera" , ma questo in realtà le corrispondeva per l'esperienza ed il lungo esercizio in quel settore.

Per festeggiare queste piccole vittorie, tanto importanti agli occhi del mondo, ma molto più significative per questa coppia di lottatori, pensarono in un periodo di riposo, capace di strapparli dal groviglio di occupazioni e preoccupazioni di ogni giorno, per catapultarli in un mondo di sogni, dove l'irreale si fa concreto, ed il concreto perdendo il suo mordente svanisce nell'eterno.

Che cosa migliore di un viaggio all'estero, in luoghi dove fiorirono grandi civiltà, o dove i paesaggi esotici tolgono il respiro, o deve il regno animale mantiene ancora la sua supremazia selvaggia, incutendo paura e riverenza? L'unico problema era la scelta.

Bruce avrebbe voluto portare la sua ragazza in California, per farle conoscere le mille attrazioni che l'avevano ammaliato durante il suo periodo universitario, da San Francisco a Los Angeles. Inoltre avrebbero potuto visitare la città del peccato, Las Vegas ed il miracolo della natura, il Gran Canyon, due mondi diametralmente opposti, ma ugualmente pieni d'incanto.

Da parte sua, Fior di Loto, moriva dal desiderio di vedere con i suoi occhi e toccare con le sue mani i resti delle due città classiche, Roma ed Atene. Immergersi, senza limiti di tempo, in un passato glorioso, dove le persone eccellevano per la loro forza intellettuale o per le loro imprese guerriere strabilianti. Possedeva una sete inestinguibile di tutto ciò che era classico, dove le forme artistiche di bellezza e le opere letterarie e filosofiche superavano le barriere cronologiche, per raggiungere una immortalità, propria delle divinità.

Alla fine scesero ad un compromesso onorevole, scegliendo una destinazione neutrale, atta a far scordare le ferite inflitte dalla vita, ed a riprendere contatto con la natura per ristorare la mente ed il corpo.

Per raggiungere questo scopo, nulla sembrava più confacente che San Carlos de Bariloche, nelle Andi della Patagonia argentina, Punta Arenas, città australe della Terra del Fuoco cilena, e la base cinese nella desolata Antartide.

Lontani dai centri turistici internazionali, immersi nella natura più vergine del pianeta, cercavano di perdersi in queste bellezze primordiali, per ritrovare il meglio di se stessi, rabbuiato ed ottenebrato dal logorio del lavoro.

La preparazione li riempiva già di una anticipazione gioiosa, che li accomunava facendo palpitare all'unisono il loro cuore, e vibrare concorde la loro immaginazione in una fuga fantastica di panorami idillici e scenari romantici, che neppure i sogni più irreali avrebbero potuto riprodurre.

Sarebbe stata una luna di miele, senza i connotati giuridici di un matrimonio formale, ma con l'unico ingrediente veramente indispensabile alla vera unione, che è l'amore reciproco e indefettibile? O la natura, suprema sacerdotessa e sacramento primordiale, li avrebbe uniti indissolubilmente, soppiantando cerimonie religiose o funzioni civili?

Al momento quello che contava per i due pellegrini alla ricerca d'una sfuggente serenità, era lo stare assieme, convivere in profondità, senza odiose interferenze, nella piena e totale dedizione all'amore reciproco.

Per il buon successo di questa missione non avrebbero risparmiato né soldi né ricorsi umani. Finiti i fastidiosi preparativi, salutarono familiari ed amici, iniziando con l'entusiasmo di adolescenti ciò che consideravano la loro fuga dal mondo.

Per Fior di Loto era il primo viaggio fuori del suolo natale. Lasciava alle sue spalle tutto ciò che conosceva ed amava. Quando l'areo decollò lentamente, sentì una stretta al cuore. Lassù nell'azzurro del cielo, senza nessun punto d'apoggio, priva di sicurezza e stabilità, s'immaginò di essere come un frammento indistinto, perso nella vasta immensità dello spazio. Ma la presenza di Bruce, che le stringeva affettuosamente la mano e le sussurrava qualche cosa di tenero, la riportò ad una tranquillità e pace profonda.

Bruce e Fior di Loto si guardarono dolcemente negli occhi, esitarono qualche istante e senza proferir sillaba, si baciarono con una riservatezza religiosa. Neppure la morte li avrebbe separati. Assieme, sperimentarono una forza sovrumana, mentre una fiducia cieca pervadeva il loro piccolo mondo.

Le amenità della classe di lusso, in cui viaggiavano, li fece scordare tempo e spazio, sprofondandoli in una dimensione extraterrestre. Il volo avrebbe potuto durare un'eternità che loro non si sarebbero lamentati. Fecero scalo a Sidney, Australia, e dopo una breve attesa, ripresero il volo per Buenos Aires, Argentina.

A questo punto, non ebbero bisogno di intrattenimenti, perché ambedue, svanito l'eccitamento iniziale, caddero in un sonno profondo. Questo non fu interrotto neppure dalle scosse violente del velivolo, che a tratti sembrava sfasciarsi, sotto le sferzata di una tempesta australe.

Cullati da una mano gigantesca, dormirono come bambini tra le braccia di una madre misteriosa, ricuperando le ore di sonno che avevano perduto negli ultimi giorni. Lei, con il capo appoggiato sul petto del suo ragazzo, respirava serena, emettendo a intervalli irregolari, qualche sospiro più profondo, mentre lui, reclinato leggermente verso di lei, sembrava proteggerla incoscientemente contro fantasmi immaginari. Le poche volte che si risvegliarono, fu per aggiustare la loro posizione fisica per poi ricadere nuovamente in un sonno ristoratore.

Giunti a Buenos Aires, presero un'areolinea locale, e dopo alcune ore di volo, si ritrovarono nell'incantevole San Carlos de Bariloche. Era un tardo pomeriggio autunnale. Il cielo era sereno, la temperatura moderata ed il panorama del tutto sorprendente. La natura aveva seminato a mano piene bellezze straordinarie, dalle montagne con ghiacciai permanenti, ai numerosi laghi dalle acque trasparenti, ai boschi dalla più svariata flora.

La sola vista di quel paradiso terrestre dai contorni ruvidi, quasi selvaggi, li lasciò attoniti. Si alloggiarono in una villetta di montagna, fatta di legno e pietre, con tetto fortemente spiovente, dove non mancava nulla del lusso moderno. L'interno, tutto in legno, era semplice ed accogliente. Nel salotto, un caminetto a legna li avrebbe riscaldati qualora la temperatura fosse scesa durante la notte.

Finalmente si ritrovarono soli, senza compromessi né orari, lontani dagli sguardi indiscreti di amici e conoscenti. Un senso strano di smarrimento ed incertezza s'impossessò di loro, quasi stessero leggendo un libro dalle pagine in bianco, o cercassero di camminare in un'immensa pianura senza fare nessun progresso. Ben presto si riebbero da quell' inatteso stato d'animo. Non v'era nessuna parte scritta, nessun filo conduttore da seguire, bisognava solo creare o improvvisare.

Dopo un bagno individuale, ed una meravigliosa tazza di cioccolato che bruciava il palato, incominciarono a vedere se stessi ed il mondo attorno a loro in una luce ben diversa.

Bruce, all'osservare la sua ragazza uscire dalla camera da letto con un vestitino di seta , tutto attillato, che lasciava intravvedere le forme delicate del suo corpo, per un istante pensò di trovarsi difronte ad una grata apparizione. Con un sorriso generoso, la prese della mano e la invitò ad uscire. Mentre rimaneva ancora un po' di luce, ammirarono gli edifici, dalle forme architettoniche molto particolari, i negozi ripieni di prodotti artigianali, e la gente, che seduta davanti ai caffè e ristoranti disseminati lungo la via principale, assorbivano le loro bibite, e discorrevano vivacemente.

A prima vista, l'ambiente era ideale per distendere i nervi e lasciare che il mondo girasse a suo modo. Mentre il sole calava dietro i picchi andini, proiettando grandi ombre sulla cittadina, la giovane coppia entrò in un ristorante dall'aspetto signorile. Istantaneamente molti occhi maschili si posarono su quella ragazza orientale, che senza ostentazione alcuna seguiva Bruce. Un po' mortificata da quella attenzione curiosa, cercò di nascondersi, sedendosi ad un tavolo, seminascosto in un angolo della sala. Ordinarono una scodella di minestrone locale, ed una bistecca ai ferri accompagnata da verdure della regione. Una bottiglia di vino rosso con un cestino di pane appena sformato, completava il loro pasto.

Tra commenti ed osservazioni sulle particolarità del luogo e le specialità culinarie, trascorsero la loro cena in uno spirito rilassato, ma circospetto. Era evidente, dal loro atteggiamento, che un senso di turbamento s'era impossessato di loro, specialmente di Fior di Loto. Per la prima volta si trovava in un ambiente etnico diverso, lasciandola priva degli abituali appoggi psicologici, e delle strutture mentali, che davano consistenza alla propria personalità.

Questo svantaggio, invece di prostrarla, la spronò a dare una risposta adeguata a quelle nuove circostanze. La paura, nel mondo animale come in quello razionale, ispira baldanza nell'aggressore. Nulla di meglio allora che proiettare una sicurezza serena ed una indipendenza senza baldanza o spavalderia. Sentirsi padrone della situazione è la risposta più adeguata in situazioni nuove.

Con il busto eretto e lo sguardo sicuro lasciarono il ristorante, conversando giovialmente. Non appena misero piede fuori dell'uscio, scorsero un uomo alto con i capelli bruni assieme ad una giovane donna assai attraente, e tra loro una ragazzina dalle sembianze non ben definite, che saltellava vivace.

Un pensiero inquietante sovvenne a Fior di Loto. Sentì la mancanza della sua piccola, ormai signorina. Una fitta al cuore la colse d'improvviso, ed una nube nera coprì il suo cielo sereno.

Avrebbe voluto compartire questi sentimenti con Bruce, ma si trattenne, incerta della sua reazione.

Giunti alla loro dimora, Bruce notò il tono minore della sua ragazza. Fece finta di nulla, e riprendendo la conversazione appena stroncata, le offrì un bicchierino di un liquore mai provato.

Era già notte inoltrata e si prepararono per andare a letto. Ambedue davano segni di insicurezza e nervosismo. Era infatti la prima notte che avrebbero speso assieme dormendo nello stesso letto.

Bruce le chiese delicatamente se lei avesse preferito star sola. Fior di Loto lo guardò un po' trasognata, quasi stesse arrivando da un viaggio misterioso, ed esitando ma con dolcezza rispose "Se fai il bravo puoi dormire con me".

Spensero la grande lampada situata su uno dei comodini, e sprofondati in una oscurità che incuteva timore, si ritrovarono soli sotto le coperte rivestiti del loro pigiama di seta. La giovane timorosa rimase per qualche istante immobile e muta, poi tutto d'un tratto si rivolse verso Bruce, e abbracciandolo teneramente, lo strinse fortemente a sé, quasi volesse immedesimarsi in lui.

Con uno slancio superiore, il giovane ricoprì di baci la sua perla nascosta, infondendole fiducia e sicurezza. Non aveva fretta, e non avrebbe mai bruciato i tempi di quel gioioso percorso a due, la cui meta ultima li avrebbe riempiti di una soddisfazione indicibile. Fior di Loto era più bella di una stella, e più meritevole di rispetto di qualsiasi cimelio prezioso. L'avrebbe custodita e protetta con il fervore di un crociato e la fede di un martire. Costituiva la chiave della sua felicità umana e la porta del suo sogno ultraterreno.

Nonostante la forte spinta sessuale che li avrebbe condotti alla totale comunione di corpi ed anime, si astennero da gesti meno appropriati, e godettero con una intensità indescrivibile quell'amplesso appassionato.

Sopraffatti dalla stanchezza e dalle molteplici emozioni di quella giornata indimenticabile, si diedero un ultimo bacio interminabile, e poi si lasciarono trasportare lontano, sulle ali leggere di un uccello andino.

Una luce soffusa proveniente dalle persiane, assieme ad un melodioso cinguettio di passeri risvegliarono i nostri viaggiatori onirici che aprendo gli occhi, ed osservando d'intorno stentarono a riconoscere qualche contorno familiare.

Si sorrisero mutuamente e con un delicato abbraccio s'apprestarono ad iniziare una nuova avventura. Dopo un'abbondante colazione, con brioche, marmellata e tè, scelsero un percorso, atto a farli gioire le bellezze ed assaporare le gastronomie regionali.

Il meraviglioso itinerario era cosparso di luoghi, chiamati "miradores", da dove si poteva osservare uno scenario sorprendente di montagne, colline, laghi, boschi e penisole. Dal colle Campanario presero una seggiovia che li trasportò a più di mille metri d'altezza, da dove si poteva apprezzare in tutta la sua grandiosità il lago Nahuel Huapi, sulle cui rive si trovava la città di Bariloche e il lago di Parito Moreno, la laguna El Trebol, e le penisole di San Pedro e Llao Llao, e la isola Victoria.

Attraversando la penisola Llao Llao, s'imbatterono in una chiesetta, chiamata Capilla San Eduardo, un vero gioiello architettonico della regione andina. Incuriositi da quella semplicità e novità di stilo, decisero di dar uno sguardo all'interno. Mentre si trovavano seduti in un banco ammirando la caratteristica dell'altar maggiore, e delle statue che l'adornavano, provarono un senso di pace straordinaria, ed un desiderio insopprimibile. Che altro luogo, più sacro e privato di quello, avrebbero potuto trovare per giurarsi eterna fedeltà?

Dopo una breve conversazione, dove la convergenza di idee lasciò ambedue con il fiato sospeso, si alzarono dirigendosi verso la balaustrata. In piedi, con la testa china, ognuno dei due formulò una preghiera personale e poi, come se si trattasse di una cerimonia nuziale si scambiarono i voti matrimoniali nella seguente forma : "Io, Bruce, prendo te, Fior di Loto, come mia legittima sposa, e ti prometto fedeltà assoluta fino alla morte". Da parte sua la giovane rispose: "Ed io, Fior di Loto, nella pienezza delle mie facoltà mentali, ti accetto come sposo, promettendoti tutto il mio amore, fino al mio ultimo respiro". Dopo di ciò si scambiarono un bacio frettoloso e ritornarono a sedersi meditabondi, sicuri che la Suprema Divinità li aveva ascoltati, accettando la loro donazione reciproca.

Senza sacerdote o ministro religioso, senza parenti o amici, in un' accogliente cappella, piena di intimità e religiosità, avevano fatto il passo decisivo, con la certezza che nessuna circostanza al mondo li avrebbe costretti a retrocedere. Ritornati in patria avrebbero poi supplito con le formalità giuridiche del caso e forse con festeggiamenti, ma la sostanza già esisteva, e nella loro coscienza era più valida di qualsiasi cerimonia futura.

Si sentivano così felici che avrebbero desiderato gridare ai quattro venti la buona nuova. La cattedrale della natura poteva intonare l'inno più glorioso, diffondendolo tra monti e vallate. Non avrebbero desiderato miglior accompagnamento né testimoni più veraci che il cielo e la terra andina.

Usciti da quella cappella, dal frontale a guglia piramidale, non potevano contenere la loro esultanza e saltellavano come bambini davanti a un regalo dell'anno nuovo cinese. Non v'erano fuochi artificiali per celebrare quell'occasione, ma una fiamma nuova bruciava nei loro cuori. Tutto sembrava aver cambiato attorno a loro, assumendo un aspetto festivo e celebrando gioiosamente la consacrazione dell'amore, sorgente di vita e felicità.

La giornata non poteva essere più splendida, né il cielo più azzurro, né l'aria più tersa, né l'acque dei laghi più trasparenti. Le cime ondeggianti dei pini parevano sussurrarsi segreti millenari, mentre il condor volteggiava maestoso nello spazio illimitato ed il puma s'arrestava sbalordito prima di lanciarsi sulla preda agognata.

Ora i due sposini potevano dar inizio ufficiale alla loro luna di miele, e che miglior principio che un pranzo solenne con un piatto speciale della regione. Ordinarono senza esitazione carne arrosta di ñandú, accompagnata da verdure esotiche ed un risottino che si scioglieva in bocca, tanto era delizioso e soffice. Non mancarono i vini provenienti dalla regione di Córdova ed i famosi cioccolati della "Colonia Suiza".

Alcuni giorni prima, non avrebbero mai sognato di trovarsi in uno dei luoghi più pittoreschi dell'America del Sud, né lontanamente immaginato di sposarsi in un cappella, vero gioiello architettonico, né consumare un pasto tanto dissimile dai contenuti e gusti della loro terra.

Era questo un sogno da fiabe, un racconto fantastico di una nuova realtà illusoria, una chimera dai contorni sfuggevoli? Qualsiasi fosse la sostanza di una simile vivenza, il certo era che in un tempo breve si era realizzato un cambio incommensurabile, le cui conseguenze erano imprevedibili.

Circostanze insolite, desideri nascosti, e spinte emotive realizzarono il miracolo di una unione sacramentale naturale che possedeva tutte le caratteristiche di prodigiosa. Dire che Fior di Loto e Bruce erano felici, sarebbe una banalità troppo comune.

Lasciarono quel ristorante così intimo e tranquillo, e guardandosi d'intorno, osservarono le acque ondeggianti del lago, le cime dei monti stagliate nell'orizzonte terso, e le foglie ingiallite di alberi sconosciuti. Assorbirono quel panorama, imprigionandolo per sempre nella loro mente, come punto obbligato di riferimento, come santuario, meta di futuri pellegrinaggi sentimentali e fonte di ispirazione permanente.

Più che loro ammirando le bellezze naturali, sembrava che fosse l'incantevole sceneggiatura a mirare stupita quei nuovi protagonisti di una classica fuga d'amore, dove non esisteva né paura, né avversari. Dalla fuga era sgorgata l'unione amorosa, e l'amore aveva dato un nuovo significato alla fuga.

Con una valanga di sentimenti dolci e travolgenti, Fior di Loto, irradiante bontà e serenità , si strinse tra le braccia il suo amato e gli chiese "Sei contento?". Lui, calmo e sicuro rispose "Non ho parole per esprimere ciò che provo in quest'istante. Mi hai soggiogato totalmente. Sono solo tuo. Stai sempre al mio fianco, ed io sarò orgoglioso e fiero". Detto ciò la baciò teneramente.

In realtà non avevano bisogno di espressioni verbali per rassicurarsi di quella nuova dimensione nella quale si trovavano improvvisamente immersi, capace di infondere energie nuove, trasformandoli in creature rigenerate dall'amore.

Mentre rifacevano il cammino a ritroso verso il loro chalet, s'accorsero che il cielo si stava coprendo di nubi uniformi e che la temperatura si era fatta più fredda, quasi gelida. Nella loro terra lontana avrebbero indovinato, senza incertezze, la successione dei cambi meteorologici, qui invece, in questo lembo australe, mancavano di ogni riferimento atmosferico. Scomparsa la luce del sole, la natura si era fatta silenziosa, tutto sembrava ammutolito, in attesa di qualche mutamento incombente.

Ed ecco, che una pioggia fina cominciò a scendere impercettibilmente dal cielo, bagnando il suolo, le strade, i tetti e l'abbondante vegetazione. Il suo manto umido coprì l'imponente distesa di valli, boschi e montagne obbligando gli animali a rifugiarsi nelle loro tane e gli uomini nelle loro abitazioni. Un senso d'intimità li spinse a riunirsi, compartendo esperienze, e scambiandosi segni d'affetto.

La natura, con questo suo pianto gioioso, impercettibile e persistente, sembrava bandire un concorso a celebrare le forze e gli istinti più atavici rinchiusi in ogni essere con vita.

Era impossibile sottrarsi a simile festa, estesa a tutti i viventi, da una mano onnipotente capace di trasformare le forze atmosferiche. Bruce si sentì stranamente accomunato all'oggetto del suo amore, e trovò difficile pensare al suo futuro, senza il complemento indispensabile di Fior di Loto.

Era carina ed affascinante, era una fata misteriosa che trasformava istantaneamente tutto ciò che toccava. Bruce stentava ad assimilare ciò che stava succedendo nella sua vita. Non riusciva più a discernere la realtà dal sogno, le lagrime di gioia da quelle di dolore, aspirazioni e desideri dalla possessione del bene ultimo.

In uno stato trasognato, noncurante della pioggerellina che scendeva silenziosa, stretti l'uno all'altro, arrivarono ansimando alla porta della loro abitazione. Frettolosi e più uniti che mai, si asciugarono mutuamente il viso e dopo un bagno prolungato si sedettero a tavola per un pasto leggero con una tazza abbondante di tè ed una varietà sorprendente di dolci.

Nel frattempo la pioggia aveva incominciato a cadere più abbondante, picchiettando sul tetto, mentre il vento intensificando la sua forza sembrava ululare, dando sferzate intermittenti sul fianco occidentale della loro villetta.

Dopo essersi svestiti, cercarono rifugio sotto le coperte. Uniti strettamente, provarono un brivido improvviso al contatto dei loro corpi. Quasi inebriati da quel calore soffice si scambiarono alcuni baci e carezze con un trasporto inconsueto. Fior di Loto avvicinò le sue labbra delicate all'orecchio di Bruce, sussurrando "Se mi desideri, sono tutta tua".

Quelle semplici parole, più dolci del miele, eccitarono quell'uomo che aveva avuto tante esperienze in quel campo, ma nessuna paragonabile a ciò che stava provando in quell'istante. Il solo pensiero di unirsi intimamente per la prima volta con quella creatura celestiale moltiplicava all'infinito un piacere anticipato tante volte nella sua immaginazione.

Non v'era tecnica erotica che potesse supplire il vero amore, e questo solo bastava per condurre all'apice del godimento mutuo.

Un solo tocco di Fior di Loto lo elettrizzava, sprofondandolo in un universo irreale. Prolungati preliminari si resero inutili. Lei, con una finezza superiore, l'accompagnò nell'introduzione di quell'organo eccitato nel suo ricettacolo femminile.

Ad una leggera resistenza iniziale, subentrò una accogliente stretta che provocava rapimenti estatici. Bruce s'accorse che la sua amata era agitata da tremiti e sussulti ogniqualvolta la penetrava con un movimento improvviso. Fior di Loto, che si era abbandonata in una donazione totale, sussultava immersa in un oceano di piacevole sensazioni nuove. Per la prima volta stava fruendo una sequenza di orgasmi di alta tensione. Persa in quell'estasi carnale, avrebbe desiderato che continuasse per sempre. Ma ad un certo punto, Bruce che non poteva più trattenere l'intensità dell'imminente esplosione del suo orgasmo, interruppe l'amplesso sessuale, e ritirandosi dalla sua amante diede sfogo all'irrompente sperma con rantoli e sussulti che lasciarono Fior di Loto trasalita.

Ambedue avevano toccato le punte massime di un godimento psicologico e carnale, che non avevano mai pensato potesse esistere. Estenuati, si strinsero e baciarono ripetutamente, ma senza lo slancio iniziale, poi si lasciarono cadere in un sonno profondo. Avevano consumato il loro matrimonio naturale, con una esperienza soprannaturale. Era tale, non perché avesse alcuna connessione con il mondo spirituale, ma perché aveva sorpassato tutti i limiti da loro conosciuti.

Durante la notte furono cullati dal vento che soffiava forte e dalla piaggia che cadeva con un rumore monotono ma rassicurante. Non avevano bisogno di suoni o movimenti per riposare. Tuttavia quegli elementi aggiungevano un tocco magico al loro mondo, già sovraccarico di irreale.

A tarda mattinata si risvegliarono con una sensazione di compiacimento, accompagnato da una espressione inquisitiva. Cos'altro potevano aggiungere al loro bagaglio di esperienze? Tutto impallidiva difronte agli avvenimenti del giorno anteriore. Erano momenti che non si sarebbero mai più ripetuti, rimanendo unici, supremi ed intoccabili. Raramente si è coscienti di simile paradigmaticità nel trascorso della propria esistenza, ma tale caratteristica non sfuggiva alla percezione dei nostri personaggi.

Se per Bruce era stato l'apice del dilettevole e l'apogeo di ogni aspirazione umana, per Fior di Loto costituiva semplicemente un appagamento emozionale ed affettivo, mai agognato o ricercato in se stesso. La sua meta ultima, quella che avrebbe colmato ogni sogno ed aspettativa, causandole un godimento né carnale o strettamente personale, era il ritrovamento di sua figlia. Il vederla e l'abbracciarla anche per un solo momento, per sfuggevole che fosse, avrebbe soddisfatto appieno il suo istinto materno, che s'elevava gigante sopra qualsiasi altro istinto. La sola memoria della figlia la sconvolgeva internamente, aprendole una ferita mai cicatrizzata.

Nonostante la grandiosità irrepetibile della loro donazione mutua, la vita doveva continuare e doveva in qualche modo crescere per poter chiamarsi tale. Le circostanze avrebbero determinato volta per volta i passi da prendere. Nessuna programmazione era immutabile, e qualsiasi piano per razionale e logico che fosse perdeva ogni carattere di obbligatorietà davanti a intuizioni spontanee e slanci interiori. L'improvvisazione creativa doveva primeggiare sopra calcolazioni e dettati astratti di una religione culturale o di una cultura pseudo religiosa.

Con una pace interiore invidiabile si accinsero a riprendere le attività quotidiane, come se nulla fosse successo. Appena messo piede fuori della porta, s'accorsero che il cielo era limpido, l'aria fresca e tutto invitava a vivere nella pienezza delle proprie capacità.

Noleggiarono una macchina, e seguendo il percorso trovato in un foglietto di una informazione turistica, si diressero verso una "estancia modelo", che offriva un quadro quasi perfetto della vita del "gaucho" argentino della pampa. Durante il cammino, osservarono steccati, che si perdevano nel lontano orizzonte e servivano a delimitare le vaste praterie patagoniche, dove pascolavano un numero incalcolabile di bovini e greggi sterminati di pecore. Di quando in quando uccelli rari, dal piumaggio macchiato, si levavano in volo lanciando gridi laceranti, altre volte erano specie di lepri che fuggendo attraversavano la strada. Si vedevano uomini, montati a cavallo, e avvolti nei loro "ponchos" che vigilavano le mandrie, rincorrendo, accompagnati dai loro cani, gli elementi sbandati.

Alcune vacche, al rumore della macchina, smettevano di brucare l'erba, e con i loro occhi spalancati osservavano la polvere che si sollevava al passaggio, mentre i vitelli, indifferenti a ciò che accadeva attorno a loro, si sbizzarrivano alla guisa di giovinastri alle prese con gli impulsi di una gioventù prorompente. Gli agnellini salterellavano gioiosamente non lontani dalle loro mamme, sotto la magica verga della natura, che rendeva affascinante ogni piccolo oggetto che cadesse sotto il loro sguardo.

Il tutto era un insieme bucolico dalle caratteristiche sconfinanti la semplice immaginazione di quegli occhi orientali, che sbalorditi osservavano la vastità delle praterie popolate da animali, la cui storia rimaneva sconosciuta persino a quei "vaqueros", cesellati dal tempo inclemente.

Ci vollero alcune ore prima di arrivare a destinazione. L'entrata, dai cancelli di ferro battuto, oltre al nome, mostrava due enormi teschi bovini, muti testimoni del futuro ultimo di ogni creatura.

Alcune donne di mezza età accompagnarono i due nuovi arrivati in un cortile interno, con un pozzo nel mezzo, dove potevano rinfrescarsi e accingersi al tour della vasta proprietà. Come in un esotico campo di diversione, avrebbero presenziato alla messa in scena dei momenti più significativi della vita dei mandriani della pampa argentina.

Finita la ricreazione della vita del guardiano solitario delle praterie patagoniche, avrebbero servito un "asado con cuero" a tutti i visitanti, specialità di quelle religioni. Se l'immagine del cowboy americano è stata universalizzata dalla cinematografia di Hollywood, quella del gaucho argentino, sebbene immortalata nel poema nazionale "Martin Fierro", rimane un mistero per il resto del mondo.

L'uomo a cavallo è sempre stato, nel corso della storia, un simbolo di potere, conquista e supremazia, qui invece era l'immagine di un essere solitario, triste e sconosciuto.

La crudezza di certe realtà impressionò profondamente i nostri turisti, che d'improvviso sembravano caduti in un angolo sconosciuto dell'universo, dove la forza fisica significa violenza, e la violenza si trasforma in norma di condotta.

Senza capire molto di quello stile di vita, nonostante le spiegazioni chiare delle guide, Bruce e Fior di Loto si guardarono in faccia, chiedendosi mutuamente "Avremmo fatto bene a venire a visitare questo posto?".

Al disagio psicologico si aggiungeva il fastidio fisico dovuto alle mosche persistenti, ai moscerini che volteggiavano in sciami ed alle immancabili zanzare che non perdonavano anima vivente.

Incerti sul da fare, si rivolsero a una giovane coppia di turisti che formava parte della loro comitiva e che, come loro, davano segni di insofferenza. Nonostante le difficoltà nella comunicazione, vennero a sapere che si trattava di un matrimonio misto, lei era di origine vietnamita e lui italiano. Ambedue vivevano nella città di Firenze e si trovavano nella loro luna di miele. La giovane era attraente, delicata e di una cortesia estrema. Il ragazzo da parte sua, di certa cultura ed educazione, dava segni di riservatezza e non sembrava molto propenso alla conversazione.

Le due donne non tardarono a stringere amicizia tra di loro, mentre che gli uomini si mantennero su temi generali. La conversazione delle prime divenne tanto interessante, che si dimenticarono totalmente di ciò che stava succedendo attorno a loro, e senza accorgersene si trovarono sedute alla stessa tavola, compartendo il gigantesco arrosto, preparato all'aperto, sotto i loro occhi sbalorditi.

I pezzi più svariati di carne, dal sapore delizioso, il vino abbondante servito in caraffe di vetro, e l'atmosfera conviviale scongelò l'atteggiamento secco ed asciutto dei due uomini e fece scordare i disagi fisici. Le due coppie, trasformate dalla cordialità reciproca e dall'abbondanza del cibo, non trovarono difficoltà nel sentirsi accomunati e nel provare un'ammirazione reciproca.

Bruce e Fior di Loto vennero a sapere che la ragazza era una disegnatrice per una casa di moda fiorentina, e lo sposo si era appena laureato in legge, ed avrebbe intrapreso la carriera di avvocato.

Alla fine di quella giornata memorabile, contrassegnata da una realtà allo stato naturale e da una sofisticazione e raffinatezza non comune, ritornarono assieme a San Carlos de Bariloche. Non esitarono a scambiarsi nomi ed indirizzi, e soprattutto ad estendersi l'invito a visitarsi, qualora uno di loro si trovassero nel paese dove l'altro dimorava.

I due giovani italiani sarebbero ripartiti il mattino seguente per Valparaiso, in Cile, e di lì si sarebbero diretti verso le isole Galápagos. Con una stretta al cuore si salutarono, ignari se alcun giorno si sarebbero mai rivisti e ritornarono alle proprie abitazioni.

Fior di Loto aveva provato una scossa emozionale in compagnia di quella ragazza straordinaria, che di orientale aveva solo le fattezze fisiche. Si era immaginata di trovarsi in presenza di sua figlia, che dovrebbe avere la stessa età, e di godere per la prima volta di un sorriso e di una dolcezza filiali. Non sapeva se piangere e dimenticare quell'incontro, o fare l'impossibile per trattenere con sé quella giovane. Capiva che tali sentimenti e desideri erano del tutto insoliti.

Il destino li aveva congiunti per pura casualità e la sorte li separava con altrettanta sconsideratezza, noncurante dei loro desideri.

Un velo di tristezza soffuse il volto di Fior di Loto, mentre Bruce osservava con sorpresa quel cambio improvviso. Non volle con qualche domanda indiscreta aggiungere maggior disagio a quella situazione, al suo parere incresciosa. Ma la sposina, perspicace nel cogliere intuitivamente il sottofondo inquisitivo dello sposo, gli rivelò il suo turbamento e l' agitazione provati al congedarsi dai due giovani italiani.

Bruce la strinse forte al suo petto e con la solennità di chi sta facendo un giuramento sacro le disse "Appena ritorniamo in patria, faremo l'impossibile per rintracciare tua figlia, qualsiasi siano i costi". Lei, sollevò la sua fronte, e con un sorriso appena pronunciato sulle sue labbra, aggiunse "Mi basta la tua comprensione ed il tuo appoggio. Ti voglio tanto bene".

Era tanto carina quando era seria, ma ciò che la rendeva ancor più attrattiva ed irresistibile era il suo carattere pacato ed arrendevole, privo di ogni esigenza egoista. Dopo un pasto leggero, percorsero alcune vie solitarie del centro città, dialogando sulle diverse possibilità escursionistiche del giorno seguente. La temperatura stava scendendo rapidamente, e la luce del giorno lasciava posto alla progressiva oscurità della notte. Le condizioni atmosferiche invitavano ad una speciale intimità affettiva. Stringendosi teneramente l'uno contro l'altra, fecero scivolare la loro conversazione verso ricordi personali della gioventù e dell'infanzia, tanto dissimili tra di loro.

Fior di Loto non poteva scordare la lotta contro la fame ed il freddo, ma quello che più l'affliggeva era la derisione e scherno dei compagni di scuola, per il modo con cui vestiva, e per l'aspetto fisico dei suoi genitori. Il dileggio dei suoi coetanei era ancora così vivo nella sua memoria, che stentava a sopprimere il forte desiderio di piangere. Come dimenticare il gesto crudele di una compagna di scuola, il giorno in cui apparve con un paio di scarpette nuove, comprate dal papà con tanto sudore della fronte? Appena vide Fior di Loto, s'avvicinò con una smorfia in faccia e facendo finta di inciampare, le calpestò le calzature lucide e belle, rovinandone la punta.

La povera bambina ruppe in un pianto dirotto, e non ci fu verso di consolarla. Le sue scarpine nuove fiammanti, che indossava con tanto orgoglio, erano state rovinate da uno screzio invidioso di un genietto perverso.

Da parte sua Bruce rammentava le sue frequenti scappatelle tanto scolastiche come sociali che avevano causato dolore alla sua mamma, molto sensibile. Riconosceva ora che si era comportato da bambino viziato e da ragazzo sconsiderato, sperperando soldi ed il buono nome della sua famiglia.

Nessuno dei due poteva vantare un passato glorioso, ma il contrasto e le differenze tra loro erano abissali. Lei era stata una vittima di circostanze sfortunate, mentre che lui, da aguzzino privilegiato, aveva brandito la frusta, castigando coloro che si trovavano sul suo cammino. Come sarebbe stato gratificante cancellare con una pennellata quel macchione nero, che ancora imbrattava il loro ambiente psicologico

In mancanza di ciò, il fatto di riviverlo assieme, costituiva in qualche modo un disinfettante salutare ed un forte analgesico, che attutiva il dolore, ridando fiducia e speranza in un futuro diverso.

Stavano ancora deambulando per la vie della città andina, quando s'accorsero che s'era fatto deserto attorno a loro. Non si scorgeva un'anima vivente, tutto era sparito come per incanto, piombando nel silenzio.

Uno strano timore li colse, spingendoli ad accelerare il passo, anche se nessuno li inseguiva. In un tempo brevissimo arrivarono ansimando alla loro abitazione, e tirando un sospiro di sollievo si accinsero ad aprire la porta. Quale non fu la loro sorpresa al distinguere nella semioscurità i due sposini italiani, che prima di partire al mattino seguente erano venuti a consegnare un regalino, come suggello della loro amicizia e un portafortuna per il resto delle loro vacanze.

Fior di Loto si commosse e con gli occhi inumiditi dal pianto strinse a se quella ragazza, che offriva il dono, ma che in realtà era un dono in se stessa, riportando in vita, parte della sua vita, la figlia perduta.

I due declinarono amabilmente l'invito ad entrare, dovuto alla fretta dei preparativi e per seconda volta si salutarono, lasciando nuovamente un mare di tristezza dietro di loro.

Con la curiosità di un bimbo, davanti ad un regalo inatteso, aprirono quel pacchetto, avvolto in carta con fiori ed uccelli, e vi trovarono una bambolina dai lineamenti indigeni, con una chioma nera che le scendeva sulle spalle e due labbra rosse che invitavano i baci. V'era una scritta che diceva "Ai nostro amici cinesi, con gli auguri più sinceri, per un futuro prospero e felice. La famiglia Cavalcanti".

Quel prodotto artigianale locale, con poco a nessun valore artistico, si convertì istantaneamente nell'oggetto più prezioso per Fior di Loto, rammentandole la figlia scomparsa e allo stesso tempo la nuova amicizia.

Spossati per le fatiche e le intense emozioni di quella giornata indimenticabile, si rifugiarono sotto le coperte. Ebbero appena le forze per un abbraccio ed alcuni baci. Senza difficoltà si sprofondarono in un sonno tonificante, popolato da corse di cavalli nella polvere, incontri con persone sconosciute, arrosti giganteschi e numerosi regali che sembravano piovere dal cielo, come stelle cadenti in una notte d'agosto.

Bruce, quando si risvegliò il mattino seguente, si riempì di gioia al vedere accanto a sé quell'angelo di ragazza, la cui esistenza sembrava essere stata nullificata dallo stato irreale del sonno.

Al momento d'alzarsi, sentì in tutte le sue membra una pesantezza insolita, mentre un leggero dolore di testa offuscava la chiarezza della sua mente. L'articolazione delle membra si era fatta penosa ed un certo malessere inspiegabile pareva aver preso possesso tanto dello spirito come del corpo. Non sapeva a che attribuire quello stato di avvilimento e prostrazione, e sospese ogni analisi e giudizio. Senza farne menzione alla sua cara compagna, ne avrebbe seguito lo sviluppo, perseguendone le cause.

Fior di Loto, con una grazia modesta, scese dal letto, ed aggiustandosi i capelli arruffati si vestì e avvicinandosi a Bruce, lo strinse affettuosamente e lo baciò con una dolcezza insolita. Lui, contraccambiò le affezioni, ma non con lo slancio abituale. Ciò che normalmente lo colmava di buoni sentimenti, questa volta gli stava causando una leggera irritazione. Rimase più che sorpreso a quella strana risposta, e fece il possibile per coprirla con una gentilezza forzata.

Anche l'appetito straordinario di ogni mattina davanti a una colazione con uova, pane tostato, marmellata e burro sembrava cosa di un passato lontano. Si sforzò per ostentare normalità e disinvoltura, ma fino a quando sarebbe durata quella finzione, tanto contraria al sua carattere spontaneo ed aperto?

La cose più normali e piacevoli non riuscivano a risvegliare in lui sentimenti gradevoli, al contrario gli causavano ripugnanza, e lo irritavano al punto da renderlo insofferente.

A Fior di Loto, con un spirito d'osservazione profondo, non sfuggì la disposizione in tono minore dello sposo, e la mancanza di quell'ottimismo contagioso con cui condiva le attività giornaliere. Con la delicatezza, che le era propria, chiese "Come ti senti oggi?". "Non troppo bene" rispose Bruce candidamente. "Un persistente mal di testa, ed uno strano malessere generale mi ha tolto la usuale giovialità, prostrandomi mentalmente. Non so proprio di che si tratta". Lei rimase pensierosa alcuni istanti e poi aggiunse "Vuoi che vada a comprarti qualche calmante?".
Lui, senza convinzione, rispose "Provati, e vedremo cosa succederà".

La povera donna, sconcertata da quell'inatteso contrattempo, si diresse frettolosa verso il supermercato più vicino e dalla sezione dei medicinali scelse un analgesico prescritto per i dolori di testa. Era sicura che si trattava di un malessere transitorio, dovuto possibilmente alla giornata precedente, quanto mai estenuante.

D'accordo alle indicazione, gli diede due pastiglie con acqua. Il tutto fu accompagnato da un tè caldo e qualche ora di riposo. Poi per distoglierlo da quello stato di incertezza, noia e depressione, gli chiese se si sentiva di fare un giretto in barca sul lago. Sembrava un'idea eccellente, dato che non implicava uno sforzo fisico e per giunta la varietà del panorama, il movimento dell'imbarcazione e la freschezza dell'aria avrebbero probabilmente realizzato il miracolo di riportarlo alla normalità.

Bruce accettò la proposta, e con un sorriso non tanto sincero, dove la forza della volontà primeggiava sull'inclinazione fisica, prese la mano del suo angelo, e a passi marcati da un lento cronometro invisibile, infilarono il viale che conduceva verso la piccola insenatura.

Montarono sul traghetto, che già carico di passeggeri, stava a punto di lasciare il lido, per inoltrarsi in quella vasta distesa ondulata, che suggeriva una continuità in movimento, un viaggio senza ritorno, l'abbandono della madre terra, e l'addio ad ogni certezza e stabilità.

Era quella una riproduzione grafica del suo futuro, o una morbida immaginazione del suo stato d'animo? La brezza che gli sfiorava il viso, priva di ogni delicatezza, le risate che giungevano ai suoi orecchi, con tonalità stridenti, e l'ondeggiamento sussultante del lago, invece di cullarlo sommergendolo in un mondo diverso, la riportavano alla realtà del suo dolore fisico più persistente che mai.

Si strinse incoscientemente alla sua ragazza e sembrava la implorasse per protezione e sollievo. Addossati l'uno all'altra, come amanti timorosi di essere derisi, commentavano, con frasi pausate, la meraviglia del paesaggio, la moderata agitazione delle acque, e le nuvole pellegrine che costellavano il cielo azzurro.

Il forte martellio alle tempie, che a tratti gli aveva strappato un sommesso digrignare dei denti, sembrava diminuito d'intensità, fino a convertirsi in una incomodità del tutto tollerabile.

L'aspetto sofferente aveva lasciato posto ad un pacato atteggiamento ed il respirare profondo e stentato si era normalizzato. Era giunto il momento di godere di quel panorama o era semplicemente un'illusione?

Mentre il personale di servizio li dilettava con un rinfresco di bibite e dolciumi si permisero di fare qualche passo sul ponte, ascoltando una musica melanconica trasmessa da un altoparlante di bordo. Erano canzoni di Carlos Gardel, che inneggiavano all'amore perduto, al dolore represso, ed ai desideri stroncati dell'uomo comune.

Fior di Loto non riusciva a formare un quadro coerente di ciò che stava succedendo fuori di lei, e molto meno nel suo spirito, agitato come una pagliuzza da correnti opposte e minacciose. Le emozioni più intense dei primi giorni avevano lasciato posto ad una incertezza paurosa che la paralizzava fin dalle prime ore di quel giorno burrascoso. Sembrava che il suo mondo si fosse capovolto per ritornare alla sua posizione normale, senza preavvisi. Si sarebbe rovesciato nuovamente, seminando sconcerto e panico?

Verso sera ritornarono a casa e Bruce dava segni di un'afflizione pronunciata. Se il giorno seguente il suo stato fisico non fosse migliorato, sarebbero ritornati in patria, senza poter visitare Punta Arenas e la base scientifica cinese nell'Antartide.

La notte fu lunga e dura per il povero uomo, che riuscì a dormire solo poche ore, dovuto all'intensificarsi del dolore. Al mattino decisero di far le valigie e riprendere il volo di ritorno, seguendo però un'altra rotta. Avrebbero fatto sosta a Los Angeles, dove Bruce conosceva uno specialista in oncologia. Si sarebbe sottomesso agli esami del caso per determinare la causa del suo malessere.

Era un passo coraggioso, ma necessario. Non si poteva più seguire con gli occhi bendati, sperando che il male svanisse da solo.

L'addio a quella terra incantevole che li aveva accolti con le braccia aperte, offrendo il meglio di se stessa, non fu facile. Anche se non si osservavano lacrime calde scendere dalla guance, v'era un pianto interno provocato da quell'insieme di circostanze così contrastanti tra di loro. Dalla gioia più profonda e sincera dei primi giorni, si era piombati d'improvviso nella paura più paralizzante per un futuro incerto.

Fior di Loto, abituata alla perdita delle cose più care al suo cuore, in questa occasione trovava duro rassegnarsi ed accettare le eventualità dell'esistenza umana. Avrebbe desiderato che la felicità nella comunione di vita si prolungasse per sempre, come nei racconti delle fiabe infantili.

Il lungo volo da Buenos Aires alla grande metropoli californiana, dove la razze umane s'incontrano per fondersi riproducendo nuovi prototipi, fu lungo, e senza novità di rilievo per il povero paziente.

Giunti all'aeroporto internazionale di Los Angeles, si diressero verso Westwood, cittadina opulenta sulle colline di Santa Monica, dove attori e magnati avevano la loro residenza e dove si trovava la prestigiosa Alma Mater di Bruce (UCLA).

Mentre cercavano alloggio in un hotel, la prima cosa che notarono fu la differenza dell'aria che respiravano. A San Carlos di Bariloche era pura, fresca, incontaminata, a Los Angeles, invece, nonostante la vicinanza dell'oceano, era pesante, ed impura. Una coltre di un colore semioscuro indefinito, formata dai pulviscoli delle emissioni di benzina, offuscava il cielo ed imbruttiva l'orizzonte. Il traffico, reso infernale dalla moltitudine inimmaginabile di macchine, costituiva il pollutore principale, rovinando le bellezze panoramiche di quel pezzo di paradiso, e soprattutto la salute fisica dei suoi abitanti.

Ciò che la natura aveva creato in millenni di evoluzione lenta e sapiente, l'ingordigia umana, basata sul progresso e la tecnologia, lo stava deturpando al punto da renderlo irriconoscibile.

La salute ambientale e la sensibilità verso le risorse naturali non costituiva certo una priorità per i nostri visitatori, che prigionieri del loro dramma familiare, avevano appena il tempo di notare le caratteristiche salienti della loro nuova destinazione.

Dopo due giorni di una logorante attesa, poterono finalmente essere ammessi nel consultorio del rinomato esperto di oncologia. La visita durò più di un'ora, dove domande di natura generale e specifica si alternarono, non lasciando inesplorato nessun aspetto della vita di Bruce. L'amico dottore prescrisse analisi di sangue ed esami radiologici di diversa natura. Appena avesse ricevuto i risultati, li avrebbe convocati, discutendo le possibilità di trattamenti, nel caso che fossero necessari.

Fior di Loto e Bruce trascorsero quei giorni interminabili in un clima psicologico surreale. Non avevano punti di riferimento per il loro futuro, solo ansie, timori e nervosismi malcelati. Visitarono alcune destinazioni famose, come Disneyland, Universal Studios, Hollywood e luoghi d'interesse panoramico (Malibu, Santa Monica, Griffith Park), ma nulla riusciva a distoglierli da quel persistente mal di testa che tormentava il povero Bruce.

Finalmente arrivò il momento della rivelazione fatidica. Avevano la netta impressione di essere sotto giudizio e che la giuria avrebbe presto determinato il loro destino. Appena entrarono nel consultorio dell'oncologo, osservarono immediatamente un'aria cupa nel suo volto, nonostante l'estrema gentilezza nel riceverli. Li fece sedere, li guardò a lungo e poi con una voce tenue, quasi impercettibile, premesse alcune osservazioni sulla non infallibilità degli esami e la possibilità di errori. Nonostante la mancanza di certezze assolute, diede a conoscere la sua opinione, basata sui risultati ottenuti. Si trattava di un tumore maligno, in fase avanzata, che rendeva non solo impossibile, ma assolutamente non consigliabile qualsiasi intervento chirurgico o terapeutico. Consigliava di tornare in patria, e di sottomettersi a nuovi esami. Offriva loro il suo appoggio tanto morale come scientifico, e accomiatandosi da loro li abbracciava con affetto.

Fior di Loto e Bruce, sembravano aver perso il contatto totale con la realtà terrestre che li circondava. Camminavano per terra, ma avevano la sensazione di non toccare il suolo. Si comunicavano tra loro con frasi sconnesse e le parole si perdevano in un vuoto infinito, dove non c'erano né echi né rumori. Si muovevano ed agivano come marionette guidate da un direttore invisibile.

Arrivarono alla loro abitazione, senza quasi accorgersene. Si sedettero sul letto, si abbracciarono fortemente e incominciarono a versare lacrime silenziose ed amare. Quello che avevano vissuto era stato un sogno ed ora si stavano risvegliando. Un destino crudele li aveva colpiti, lasciandoli tramortiti, privi di ogni senso fisico e spirituale.

Ebbero bisogno di una giornata per riprendersi e funzionare come persone normali, anche se la normalità era svanita per sempre. Bruce tremava al solo pensiero di essere un condannato a morte, che nessun perdono o grazia umana potevano salvare. Nulla gli sembrava più doloroso che dover abbandonare nella pienezza degli anni il grande amore che aveva scoperto tempo addietro e nel quale si era immerso con fiducia assoluta solo recentemente. Come, poi, dimenticare la morte di suo padre, causata dalla stessa malattia?

Fior di Loto, mentre cercava, con una fortezza impareggiabile di sostenerlo ed animarlo, singhiozzava di nascosto. Non malediva quel destino crudele che l'aveva schiantata, come fa l'uragano con piante secolari, cercava invece di temprarsi per affrontare battaglie più difficili che certamente il futuro le avrebbe riservato.

L'irto cammino che si profilava davanti ai loro occhi sbalorditi dava la sensazione di essere a senso unico, come unidirezionale era il loro volo di ritorno in patria.

CAPITOLO 9

Angelica, la ragazza dai modali provinciali, in pochi anni si era trasformata in una signorina sofisticata ed elegante. Come una crisalide uscita dal bozzolo, illumina con i suoi svariati colori il paesaggio campestre, così la giovane torinese affascinava con la sua presenza qualsiasi persona l'avvicinasse.

Il leggero accento che si notava nel suo parlare la rendeva più attraente e carina, concedendole una internazionalità invidiabile ed una superiorità dignitosa.

Aveva terminato i suoi studi al "London School of Economics" ed era stata assunta da una prestigiosa ditta, importatrice di oggetti rari e preziosi dai quattro angoli del pianeta.

I contatti con la sua famiglia, in modo speciale con il padre, al quale era stata legata per motivi di sussistenza, erano quanto mai sporadici. Il legame affettivo con la madre era scomparso e con la sorellastra si manteneva vivo come un lucignolo fumigante.

Viveva in un modesto appartamento nella periferia londinese, dove il filo ininterrotto e monotono di case, la seppelliva in un anonimato indecoroso. Possedeva una macchina di seconda mano, utilizzata per il trasporto diario. Era priva di lussi, anche se le sue aspirazioni la catapultavano sovente fuori del reale, nel bel mezzo di scenari immaginari, dove, al semplice tocco di un bottone magico, apparivano stanze ripiene di ogni modernità.

Rifuggiva deliberatamente da amicizie maschili troppo strette, anche se gli ammiratori, talora persistenti, non mancavano. Parecchie volte nel passato era stata abbindolata da ragazzi addetti alle novità sessuali, che professavano amori irreali e sapevano produrre solo briciole infingarde di ciò che promettevano

La sua infatuazione con Brigitte si era smorzata tempo addietro, ed al presente manteneva una tenue comunicazione epistolare, portata avanti più per cortesia sociale che per convinzione personale.

Il suo cuore si era incapsulato in una fortezza inespugnabile di distacco e freddezza, quasi volesse proteggersi dalle crudeli disillusioni familiari, dalle esperienze deludenti ed ingannevoli delle amicizie e dalle mille frivolezze della vita.

Gli orizzonti attorno a lei si erano rimpiccioliti a tal punto che sembravano identificarsi con le pareti domestiche. A volte la sua fantasia galoppante, martellata dagli ambienti ristretti quotidiani, non riusciva a superarli per volare nelle immensità dei suoi sogni prediletti. Le giornate si appesantivano a guisa di vestiti imbevuti da una pioggia uggiosa e prolungata tanto tipica in quel clima londinese.

Nel lavoro, la sua attribuzione principale era quella di tenere la contabilità della ditta, di presentare il bilancio annuale e formulare progetti di espansione, compatibili con la liquidità dell'impresa. Sotto la sua esperta programmazione e previdente proiezione, gli affari erano aumentati non solo in volume, ma soprattutto in qualità e reputazione, riscuotendo il consenso degli azionisti.

Il conoscimento teorico acquisito sui banchi universitari, per mezzo di sagaci intuizioni pratiche, si era arricchito di risvolti tecnici sorprendenti, convertendola in una vera esperta. I dirigenti non avevano parole adeguate per descrivere i tesori di quella giovane, che senza pretese, aveva raggiunto l'apice della stima ed ammirazione.

Un fine settimana, mentre centellinava una tazza di tè e seguiva un po' svagata una partita di calcio per televisione, ricevette una telefonata, che mentre la sprofondava in una confusione inquisitiva, la collocava in un bivio esistenziale.

Uno dei fondatori della compagnia per cui lavorava, già anziano e malaticcio, aveva sofferto un ennesimo attacco cardiaco, rimanendo semi paralizzato. Solo e senza familiari era assistito notte e giorno da una infermiera che accudiva a tutti i suoi bisogni con un'attenzione ineccepibile.

Prostrato com'era, avrebbe desiderato qualche cosa di più di un semplice servizio professionale. Sentiva la necessità di una persona giovane, intelligente e comprensiva con cui compartire il mondo interiore, immensamente trascurato durante la sua affannosa carriera d'affari.

Gli sovvenne alla memoria la presenza distinta ed il sorriso sincero di quella giovane impiegata che l'aveva colpito favorevolmente il primo giorno che l'aveva vista.

Al suono di una munifica remunerazione pecuniaria, l'aveva invitata a fargli compagnia, abbandonando quell'impiego che non le offriva nessuna sicurezza di avanzamento nella sua carriera.

Di qui il dilemma di Angelica. Da una parte, un posto di lavoro sicuro, che le dava stabilità, anche senza grandi prospettive, dall'altra, un salto nel buio, con il timore non infondato di perderlo tutto, solo per il luccichio di una ricompensa riguardevole. Era uno scenario da racconti d'oltre oceano, dove l'arricchimento improvviso aveva cambiato l'esistenza di molti esseri sconosciuti, convertendoli a volte in soggetti da romanzi con svolte paurose, macchiate da tradimenti, scandali e crimini. Aveva Angelica lo stomaco per simili evenienze? Il solo pensiero le causava vertigini.

Dopo ore di un'agonia angosciosa, tremando e in preda ad una strana agitazione, accettò l'offerta, colmando il cuore di quell'anziano moribondo di un'emozione genuina.

Il novello benefattore, di nome Peter, viveva in una mansione seicentesca nei dintorni di Londra. La vasta proprietà, che ricordava i tempi dell'impero, aveva perso la regolata attività di una servitù sempre obbediente e sommessa agli ordini del signore, ma contava tuttavia con un numero, non certo spregievole, di impiegati. Le loro funzioni variavano grandemente, dall'amministratore generale dei beni, al semplice giardiniere.

Il giorno designato, Angelica, vestita graziosamente per l'occasione, fu ammessa alla presenza dell'anziano. Questi, steso nel letto del suo dolore, le strinse affettuosamente la mano e con una velata commozione e con voce tremula, le diede il benvenuto. La guardò a lungo e con un compiacimento orgoglioso, simile a quello di un padre che da tempo non vede una figlia. La fece sedere amabilmente accanto a sé.

Dopo aver bevuto un sorso d'acqua, e dopo essersi schiarito la voce, la ringraziò per aver accettato l'offerta e le spiegò ciò che si attendeva da lei. Non v'era nessun contratto da firmare che la obbligasse a disimpegnare servizi particolari. Lei rimaneva libera di andarsene in qualsiasi momento.

L'anziano era ben cosciente che la libertà di scelta doveva essere difesa e protetta, preservata e tramandata a qualsiasi costo. Il poter scegliere, secondo lui, rendeva l'uomo responsabile e maturo. Angelica non aveva proprio bisogno di una lezione di etica in quel momento. Ma quelle insolite espressioni, uscite dalla bocca di una persona, con una capacità di scelta molto ridotta, assumevano un significato speciale.

Adesso Peter, quello che rimpiangeva di più non era la perdita della sua mobilità fisica, o la possibilità di godere le cose più ordinarie, ma l'impossibilità di esercitare la sua volontà a piacimento, come aveva fatto durante i suoi anni di potere. Per lui la vecchiaia, in particolare la sua, era uno stato degradante della dignità umana, dove uno rimbambiva doppiamente. Come un bimbo, era alla mercede degli adulti tanto fisicamente come decisionalmente. Aver bisogno degli altri per compiere i bisogni più elementari, e sentirsi ripetere cosa fare e come farlo giorno dopo giorno era davvero umiliante.

Qui radicava la sofferenza più crudele del suo vivere. Ma la ragazza appena arrivata, gli apriva una finestra, da dove entrava la primavera, l'energia e soprattutto i sogni. La sua presenza, la sua conversazione ed una certa simpatia lo sollevava dalla prostrazione in cui era piombato da tempo.

Sebbene imprigionato in un corpo in disfacimento, con Angelica si sentiva libero di spaziare nell'infinito, alla scoperta di nuovi mondi. Lei era la chiave magica che apriva le porte di una nuova dimensione, dove l'incapacità fisica si trasformava in una percezione superiore di realtà immateriali, riempendo l'animo di soddisfazioni spirituali.

Riprendendo il filo del suo discorso, interrotto dalle silenziose riflessioni, Peter l'assicurò che la sua presenza e la sua compagnia erano un balsamo, che smorzavano l'ardente sofferenza del suo essere martoriato. Non aveva bisogno di una carità salariata o di una benevolenza comandata, il suo cuore bramava solo una simpatia coraggiosa e disinteressata.

Angelica, impensierita, lo fissò a lungo, ed in un atteggiamento un po' schivo e ritroso, disse "Non sono sicura di essere all'altezza del compito che mi assegna, né di poter soddisfare le aspettative riposte in me. Forse solo un angelo o Madre Teresa sarebbero in grado di rispondere a tale chiamata. Disgraziatamente io non sono né l'uno né l'altra. Lavoro per guadagnarmi la sussistenza ed il mio altruismo non è certamente disinteressato".

Vi fu una pausa lunga e meditabonda, dopo della quale l'anziano con fermezza l'assicurò così "Non temere. Ammiro la tua schiettezza e mi commuove la tua sincerità. Il tuo sorriso e la tua pazienza saranno la medicina più appropriata per il mio cuore e spirito dolenti".

Seguirono altre considerazioni su topici meno generali e si lasciarono momentaneamente con la convinzione da ambe le parti di aver trovato un rimedio sicuro per le loro necessità.

I primi giorni passarono lentamente ed Angelica, alle prese con una missione dai risvolti impensati, non voleva apparire come un fiore che si ammira e si gode e poi si scarta. Il suo magnetismo non proveniva da una presenza esteriore avvincente, ma dalle dovizie inesauribili del suo spirito, sempre proteso verso la conquista delle vette più ardue.

Peter, nelle loro prolungate conversazioni, amava conoscere i dettagli della vita di Angelica, e lei a sua volta, si arricchiva con il cumulo d'esperienze di quella straordinaria figura d'impresario.

Il contrasto tra i due non poteva essere più stridente. Lui attaccato alla famiglia, alle tradizioni e ad uno stile di educazione, propria delle classi agiate, lei invece, con una famiglia che non era la propria, senza radici culturali, che si inserissero nella propria origine etnica, e con una educazione sofferta e mai accettata completamente.

Ma quello che più li separava era l'affetto verso i genitori, incondizionato in Peter, spurio in Angelica.

L'uomo, con un piede nella fossa, percepì il gemito nascosto di quella giovane dal cuore generoso, ed in qualche modo, quasi impercettibilmente si era prefissato di colmare quel vuoto, assumendo le veci di un padre.

Se durante la sua lunga carriera professionale aveva portato a termine con successo progetti di difficile realizzazione, ora era giunto il momento di dar mano al capolavoro più sublime, quello di bilanciare l'instabilità emotiva della sua protetta, dandole consistenza e sicurezza. Questa sarebbe stata l'opera umanitaria per eccellenza, un sogno degno di ogni ammirazione, un suggello imperituro ad una esistenza dedicata ai guadagni economici.

Più volte al giorno, Peter le chiedeva se si trovava a gusto, se aveva bisogno di qualche cosa, e se poteva aiutarla in qualche modo. La missione sembrava invertirsi davanti agli occhi meravigliati di Angelica. Alla menzione di una macchina vecchia, diede ordine al suo amministratore che provvedesse immediatamente la sua amabile assistente, con una nuova. Alla mancanza di un guardaroba, con abbondanza di vestiti e calzature all'ultima moda, sostituì una quantità meravigliosa di abiti e scarpe di alta qualità.

La sua sollecitudine amorosa e la sua generosità sconfinata colse di sorpresa Angelica, che non riusciva a spiegarsi il motivo ultimo di quei gesti magnanimi. Fece del suo meglio per rendersi utile nei settori più svariati delle occupazioni ordinarie, dalle pulizie al lavoro nella cucina, e soprattutto si sforzò nel tratto amabile con tutti gli impiegati, dai più umili ai più altolocati. Temeva infatti, che il tratto preferenziale ricevuto dal padrone, suscitasse gelosie e fomentasse rancori.

Peter, se da una parte la dissuadeva, a volte con certa veemenza, dall'insozzarsi le mani con i lavori domestici, dall'altra ammirava quella disponibilità, priva di ogni pretesa di superiorità, che la rendeva davvero invidiabile.

La comunanza quotidiana, a lungo andare, stava producendo un sottile cambio in entrambi. Peter si sentiva sempre più vicino a quell'essere del tutto speciale, ed Angelica s'era accorta che ad una leggera indifferenza iniziale era subentrata un' affezione tenera. Quell'uomo sconosciuto si stava convertendo in un padre providente e lei in una figlia riconoscente. Nessun atto giuridico avrebbe potuto tradurre quella trasformazione sentimentale ed affettiva.

Se prima, agli occhi di Peter, la ragazza emanava una sensualità straordinaria, ora invece sprigionava dal suo essere una bontà cattivante e tenera, che attutiva la stretta tenace del dolore, rallentava l'avvicinarsi dell'ultimo respiro e addolciva le pillole più amare. Non era più pauroso, per l'anziano paziente, traghettare il fiume della morte, anzi era bello sentirsi inondati d'amore e forse spirare tra quelle braccia femminili.

S'immaginava gli ultimi momenti della sua esistenza come un tramonto radioso, la cui serenità e pace invitano all'abbandono totale, senza rimpianti. Si sarebbe spento dolcemente, lasciando dietro di sé un concerto armonioso di voci inneggianti al riposo notturno, tanto misterioso come eccitante.

Il passaggio avrebbe generato una vita nuova o sarebbe terminato nel nulla della mutazione cosmica? Sebbene religioso, Peter non possedeva più sicurezze totali sull'aldilà, anzi dubbi di natura diversa l'assillavano con insistenza demolitrice. Nonostante ciò, guardava sereno verso l'ignoto assoluto, perché Angelica vicina a lui, sostenendogli la mano, l'avrebbe accompagnato, ed in quella compagnia, nessuna nebulosità filosofica, scientifica o teologica l'avrebbe sconcertato, tutto sarebbe sparito nella magnifica esplosione di colori di un tramonto eternamente tranquillo. Avrebbe cavalcato, con la sua valchiria, verso il lontano orizzonte, spegnendosi silenziosamente come il sole, che si sommerge rossastro nell'oceano. Più che una sconfitta, la sua partenza avrebbe segnato il momento più gioioso della sua esistenza terrena.

Con questa visione da novello illuminato, Peter assaporava ogni istante trascorso in compagnia di Angelica che gli offriva a mani piene l'elisir di una nuova vita. Le alterne vicende della sua salute non incidevano più nella sua psiche e se a volte il lento deterioramento lo sfibrava, il suo animo riusciva ancora a sovrapporsi in modo che nulla trasparisse dal suo viso.

Non così per Angelica, che da qualche giorno mostrava un volto offuscato ed un atteggiamento tentennante. Simile mutamento non sfuggì al suo benefattore, sempre pendente dalle novità di quella incantevole assistente. La ragazza cercò di schivare le prime domande, ma, alla premurosa insistenza dell'anziano, ben presto dovette cedere, rivelando la situazione scabrosa in cui si dibatteva.

Un giovanotto, dall'aspetto muscoloso e la faccia rubiconda, addetto alle provviste, s'era pazzamente invaghito di lei, rendendole la vita impossibile. Ogni momento libero a sua disposizione, lo utilizzava per spiarla, seguirla ed invitarla ad uscire con lui. Imbrogliando ancor di più la faccenda, aveva rotto la relazione anteriore con una giovane impiegata. Questa, brutalmente ferita nei suoi sentimenti più intimi, aveva iniziato una campagna calunniosa contro Angelica, diffamandola a destra e a sinistra, senza ritegno alcuno.

Peter, venuto a conoscenza di questa incresciosa vicenda amorosa, con un taglio netto pose fine a quegli intrighi indecorosi. Tanto il giovane dongiovanni come la sua sedotta ed abbandonata furono licenziati immediatamente. Questo smorzò l'incendio che stava per scoppiare, ma non fu sufficiente ad eliminare la impercettibile avversione e la malcelata gelosia suscitata da Angelica.

Sembrava che tutto il personale di servizio si fosse unito in una crociata di eliminazione dell'intrusa, che con il suo arrivo aveva destabilizzato l'equilibrio sociale di quella piccola comunità.

Non scappò al fiuto dell'anziano il clima surgelato creatosi attorno alla sua protetta, e con una decisione fulminea, chiamò uno dei suoi più fidati avvocati. Impartì ordini precisi di aprire un conto personale in Svizzera a nome di Angelica, depositando in esso una quantità enorme di sterline inglesi. Dispose inoltre che si vendesse ad Angelica una villetta che possedeva nei dintorni di Oxford, e lei l'avrebbe comprata con una parte del denaro appena depositato.

In questo modo nessun futuro pretendente avrebbe osato privare la sua ragazza di ciò che possedeva a titolo legittimo ed a nome proprio. Con questa mossa, degna di un avveduto amministratore, aveva assicurato la sussistenza economica di Angelica, che liberata da strette finanziarie, avrebbe potuto dedicare la sua vita a qualsiasi attività le fosse piaciuto applicarsi.

Tutti questi passi si erano realizzati nella segretezza più assoluta, evitando così ulteriori risentimenti e possibili rappresaglie.

Angelica non sapeva come ringraziare quell'uomo, che aveva cambiato per sempre il suo destino. Si sentiva così legata a lui, che nessun incidente, per increscioso che fosse, l'avrebbe forzata ad abbandonarlo, ripiombandolo nella tristezza spirituale. Non importava la quantità di anni che il destino gli riservasse, sarebbe rimasta al suo fianco fino a che esalasse l'ultimo respiro.

Sfortunatamente l'occaso per lui era già alle porte, e stava bussando impertinentemente, non nel modo che aveva sognato o desiderato. Erano passati pochi giorni dagli ultimi incidenti, quando Angelica s'accorse che Peter non rispondeva più ai suoi richiami. Il suo sguardo smarrito non l'osservava più con compiacenza e devozione paterna, e le sue labbra non proferivano più dolci parole di incoraggiamento. S'accorse che aveva perso il conoscimento, e che una paralisi quasi totale l'aveva immobilizzato. Solo un tenue respiro teneva in vita quello scheletro vivente.

Una tristezza profonda s'impossessò di lei. Si sentì scossa nelle profondità del suo spirito. Per la prima volta nella sua breve esistenza, versò lagrime amare per un essere umano. Incoscientemente si rese conto che s'era formato un forte legame affettivo tra lei ed il suo benefattore. Stava perdendo l'unica persona che l'aveva amata, protetta e rimunerata nel modo più munifico che si potesse immaginare.

Alla notizia dello stato vegetativo di Peter, una valanga di decisioni ed attività s'abbatté su quella piccola comunità.

L'amministratore generale licenziò il personale addetto a certe attività non essenziali, e tra esse la funzione di Angelica.

A nulla valsero le sue proteste e la sua solenne promessa di rimanere accanto al povero paziente fino all'ultimo momento. Non v'era più bisogno della sua presenza, inoltre, le fu spiegato con certa crudezza, con il suo allontanamento il clima di tensione e scontento sarebbe svanito. Era meglio per tutti che facesse immediatamente le valigie e che se ne andasse senza sollevare proteste.

Se il suo arrivo era stato contrassegnato da trepidazione ed incertezza, la sua partenza assunse le caratteristiche di una pugnalata alle spalle. Che terribile umiliazione andarsene senza un sorriso od un ringraziamento e che dolore lasciare in quel modo il suo benefattore. Il destino le aveva fatto toccare le altezze sublimi della bontà umana, per sprofondarla poi nel disprezzo e dileggio dei suoi avversari.

No scorderà mai questa lezione, e alla luce di tali insegnamenti riaggiusterà la sua condotta e scoprirà una missione, che darebbe qualche significato al suo travagliato pellegrinaggio.

Sebbene allontanata come indesiderabile, seguiva da lontano le ultime vicende di quella tragedia umana, grazie alle informazioni dell'avvocato che aveva eseguito gli ordini per la sua sistemazione economica.

Quando seppe della morte di Peter, pianse a lungo e sconsolatamente. Con un coraggio dignitoso partecipò ai funerali, depositando sulla bara del defunto una bellissima corona di rose profumate con la semplice scritta in italiano "A Peter da Angelica. Amore e Pace".

Portò il lutto esterno per qualche settimana, ma quello interno si prolungò per anni, illuminando il suo cammino difficile e tortuoso.

La prima cosa che fece, dopo i funerali, fu vendere l'appartamento nella periferia di Londra, trasferendosi nella regione di Oxford. La villetta, donatale da Peter, era ben mantenuta, spaziosa e abbellita da terreni ricchi di piante e di verde. Era ideale per trascorrere una vita tranquilla e dedicarsi allo stesso tempo ad attività compatibili con il proprio carattere.

Angelica aveva tutto il tempo a sua disposizione per meditare e pianificare il suo futuro. Inoltre la dura necessità di lavorare per sussistere era sparita. Ritirata nel suo splendido isolamento, sentì nostalgie di un passato non lontano.

Agognava la presenza di qualche familiare, forse il papà o la sorella; sentiva la mancanza di un sostegno spirituale, di una religione assorbita sin dall'infanzia, ma senza troppa convinzione.

Nei giorni festivi incominciò a frequentare la parrocchia cattolica più vicina. Non volle iscriversi ufficialmente ma solo assistere, come passiva spettatrice, alle funzioni religiose, specialmente alla santa messa dominicale. All'inizio si sentì estranea a quella nuova comunità, quasi un muro invisibile la separasse da ognuno di quei partecipanti. Una certa ostilità emanava dai settori più anziani e conservatori, specialmente femminili, che la tenevano a distanza, quasi si trattasse di una persona di dubbia reputazione.

Angelica trattò d' ignorare quell'atteggiamento poco cristiano e fece ogni sforzo per apparire non solo innocua, ma potenzialmente benefica per quella comunità anchilosata in una mentalità preconciliare.

Si sentì incoraggiata a partecipare con un compromesso più tangibile dall'assistente parroco, un giovane sacerdote, che mentre svolgeva funzioni pastorali nella parrocchia, assisteva a corsi universitari in città.

Il suo dinamismo giovanile unito ad un ottimismo contagioso conquistò la ritrosia della nuova parrocchiana, che poco a poco, all'ammirazione iniziale aggiunse una carica affettiva pericolosa. Si sentiva stranamente attratta da quella persona dalle apparenze normali, che trasudava da tutti i pori del suo corpo una vivenza vocazionale avvincente. Era tanta la convinzione nei suoi sermoni, che nessuno poteva rimanere insensibile ai suoi richiami ad una azione pastorale a favore dei meno fortunati tra i fratelli.

Sciorinava dal pulpito una teologia molto semplice, che non aveva nulla di accademico e molto meno possedeva le sottigliezze del Dottore Angelico, San Tommaso d'Aquino. Si basava su una premessa filosofica "Bonum diffusivum sui" e su alcuni concetti basici del Concilio Vaticano II.

I cristiani possiedono il Bene Supremo, il vero ed unico Dio, ed hanno come missione inerente al proprio carattere di battezzati, il predicarlo con l'esempio e con la parola a tutti i popoli della terra.

Con questi concetti basici spronava i propri fedeli a convertirsi in autentici messaggeri dello spirito evangelico.

Angelica sulle prime tentennò, ma poco a poco, affascinata da quelle verità mai applicate alla propria vita e dal fervore savonaroliano dell'assistente parroco intraprese un periodo di meditazione profonda sulla propria vocazione come donna.

A imitazione di Santa Chiara d'Assisi, infuocata dalla predicazione e soprattutto dall'affascinante e sconcertante esempio del poverello Francesco, dimenticò i sogni mondani di successo, abbandonò l'atteggiamento intellettuale di boria, sprofondandosi per la prima volta nella lettura del Vangelo.

La noncuranza e la neutralità non avevano più posto nel complicato intreccio delle sue attività ed era imperativo delineare chiaramente il percorso a seguirsi. Ancora sotto l'influenza dell'esperienza appena conclusasi di dedicare le sue energie ad un povero sofferente, ed infuocata dalle prediche e direzione spirituale del giovane sacerdote, credette che l'unica via degna di essere percorsa era assistere, incamminare e proteggere i bambini orfani.

Considerava questa più che una vocazione di origine divina, una irresistibile chiamata umanitaria, che forse avrebbe dato senso ad un'esistenza fino al presente vissuta sotto il soffio capriccioso delle circostanze, che l'avevano immersa in odissee familiari e romantiche, non tutte degne di essere ricordate. Sarebbe stata capace di trovare le energie sufficienti per dedicarsi senza rimpianti ad una impresa così umanitaria e delicata allo stesso tempo?

Mentre si dibatteva in un mare di dubbi, una notizia del tutto sorprendente la sprofondò in una confusione lamentabile. Il giovane sacerdote, ispirazione sublime, che l'aveva riscattata dalla sua deriva esistenziale, senza preavviso alcuno, era scomparso dalla scena parrocchiale. Si seppe più tardi che aveva supplicato il suo vescovo che gli permettesse di andare in una missione africana del Kenya. Avrebbe voluto avallare con il suo esempio ciò che predicava, o motivi meno nobili avevano ispirato la sua fuga improvvisa?

Angelica, sconcertata da quella partenza, incominciò a traballare, come se il suolo sotto i suoi piedi avesse ceduto improvvisamente. Era possibile rassegnarsi davanti a simile perdita? La sua risposta immediata sembrava di disperazione. Ma dopo alcuni giorni di furia tacita, si convinse che il rinchiudersi in se stessa, imprecando contro la sua cattiva stella, non avrebbe risolto nulla.

Se aveva imparato qualche cosa dalle esperienze anteriori era che la vita doveva continuare. Perso l'appoggio ispiratore e la guida spirituale, pensò bene sospendere temporaneamente l'inizio dell'opera progettata e dedicarsi totalmente alla ricerca di quell'uomo che le aveva dato ali per intraprendere il viaggio migratorio da un egoismo personalista ad un altruismo sociale.

Ottenuto l'indirizzo dalla curia diocesana, sotto il pretesto di voler aiutare economicamente la missione cattolica africana, si accinse a preparare la valigie per recarsi sul posto, dove il coraggioso sacerdote aveva scelto di dedicare tutte le sue energie.

Il volo da Londra a Nairobi fu lungo e penoso, non tanto per la ristrettezza ambientale e gli sconforti fisici, ma per la solitudine affettiva e la nebulosità intellettuale in cui d'improvviso si era ritrovata. Come avrebbe giustificato il suo arrivo ed il suo cambio di rotta? Sarebbe stata capace di convincere il sacerdote della purezza delle sue intenzioni umanitarie? Lui, l'avrebbe accettata con un sorriso o indispettito dalla sua presenza l'avrebbe rigettata, come se fosse un frutto nocivo o un animale contagioso?

Dopo ore di viaggio in una veicolo assoldato per l'occasione, Angelica si ritrovò in un piccolo villaggio africano, sperduto nella vastità di una pianura leggermente ondulata, dove si ergeva una chiesetta con un campanile, sottilmente allungato che puntava il suo dito verso il cielo. Quale non fu il suo rammarico, quando le comunicarono che il sacerdote si era recato in città per un corso di Esercizi Spirituali.

Avrebbe atteso una settimana, o si sarebbe precipitata in città? Pensandolo bene, si rese conto che anche se avesse voluto, il sacerdote non avrebbe potuto riceverla, dovuto alla totale reclusione in cui si trovavano i participanti in quel ritiro. Era giocoforza attendere. Nel frattempo avrebbe studiato la situazione di quella parrocchia, vagliandone le necessità più urgenti.

Trattò di spiegare i motivi della sua presenza alle famiglie più prominenti del villaggio, procurando, con la sua generositá e beneficenza, di guadagnare la loro simpatia. Prese alloggio in una modesta abitazione ed attese impaziente il ritorno del Padre Oliver, questo era il nome del suo segreto motivante.

Nessuno può immaginare anche lontanamente la faccia di sconcerto al suo apparire nel villaggio e trovarsi fra i primi a salutarlo la giovane donna, dalla quale pensava essersi allontanato per sempre. Il vero motivo della sua fulminea vocazione missionaria radicava proprio in Angelica, che con la sua presenza aveva seminato zizzania nel cuore del giovane sacerdote.

Era stato tale l'impatto sentimentale della sua presenza nella parrocchia, che spaventato dalle possibili tragiche conseguenze di un attaccamento affettivo, aveva seguito l'antica dottrina sulle tentazioni della carne. L'unica maniera per debellare il demonio impuro era non confrontandolo direttamente, ma rifuggirlo con tutte le forze di cui era in possesso.

Per questo aveva chiesto al suo vescovo che l'assegnasse ad una missione nel continente africano, sicuro che l'enorme distanza geografica l'avrebbe salvato dall'abisso di una incombente perdizione.

Al vedersela ora, dopo giornate di preghiera e purificazione, davanti agli occhi, rimase pietrificato. Non sapeva se si trattava di un sogno, di una visione o di un crudele gioco del destino. Cosa fare? Salutarla, ignorarla o fuggire nuovamente e nascondersi in una fortezza impenetrabile?

Angelica s'accorse dell'atteggiamento preoccupato e quasi irritato del suo idolo, e facendo caso omesso delle vibrazioni negative suscitate da quell'incontro, s'avvicinò con un viso sorridente e stringendogli la mano, lo salutò con una straordinaria carica affettiva. Oliver rispose a quella stretta di mano senza entusiasmo, e continuò accettando le mostre di simpatia dei suoi fedeli. Finalmente entrò nella chiesa, lasciando dietro a sé un cuore che palpitava solo per lui.

Ambedue trascorsero una notte insonne, Angelica escogitando un modo per poterlo avvicinare in privato ed Oliver, ripassando tutti i manuali di ascetica per poter scovare la formula vincente in quel duello micidiale.

Non era facile per nessuno dei due mantenere la loro rispettabilità senza rompere le regole della cortesia sociale. Il Padre Oliver, accedette con molta riluttanza ad una intervista privata. In essa, con una sincerità fuori del comune, rivelò ad Angelica il vero motivo della sua partenza. Lei aveva esercitato un fascino tale su di lui che con ragione aveva temuto della sua eterna salvezza.

A questa inattesa rivelazione, Angelica si sentì profondamente scossa ed una confusione enorme s'impossessò della sua mente. Non si sarebbe mai immaginata che la sua persona esercitasse un simile influsso negativo nella persona di un ministro di Dio. Incapace di proferire una qualsiasi parola che facesse senso, arrossì più per dentro che per fuori, e abbassando il suo sguardo verso il suolo in un atteggiamento smarrito, chiese umilmente scusa. Avrebbe accettato qualsiasi decisione che lui credesse conveniente e si sarebbe allontanata immediatamente dalla sua presenza.

Il giovane sacerdote non si sarebbe mai aspettato una simile arrendevolezza e quasi pentito della sua durezza ed insensibilità nei riguardi di quell'anima delicata, tanto bisognosa di appoggio e comprensione, scese ad un compromesso.

Le chiese con bontà quali fossero le sue intenzioni. Angelica espose senza ambiguità o sotterfugi il suo immenso desiderio di dedicare la sue energie in favore dei poveri orfanelli della parrocchia, senza interferire minimamente nel suo ministero sacerdotale. La sua presenza e consiglio sarebbero stati più che sufficienti per sostenerla spiritualmente.

Oliver si rese conto che non v'era nessun attaccamento morboso in Angelica, solo una stragrande ammirazione ed una specie di adulazione adolescenziale verso la sua persona, come rappresentante di Dio.

Se le acque erano chiare e trasparenti nel campo di Angelica, non così in quello del sacerdote, che non riusciva a togliersi dalla mente quella figura femminile, piena di semplicità e grazia.

Le chiese, come favore personale, che iniziasse la sua opera fuori dei confini della parrocchia, evitando il più possibile contatti fisici. L'avrebbe consigliata ed incoraggiata da lontano, per mezzo di telefonate, lettere e comunicazioni elettroniche.

Angelica, che sentiva la necessità di una guida paterna, accettò umilmente le condizioni e senza dimostrazioni affettuose o sorrisi seduttori, prese commiato in uno stato di vero subbuglio interiore. Un solo istante di sincerità era stato sufficiente per capovolgere il suo piccolo mondo di idee, credenze e volontà operative.

Di ritorno alla sua dimora, mentre l'imbrunire prolungava le ombre ed intensificava l'oscurità, la sua mente cercava di far luce sul suo passato, per ricavarne un filo conduttore, un significato nascosto, un qualche cosa di razionale tra il groviglio di vivenze di una infanzia spensierata e di una gioventù un tanto sregolata.

Era stata adottata da una famiglia che rispondeva a tutti i criteri di normale, ma che improvvisamente si era sfasciata. Alla mancanza di un vero affetto paterno e materno aveva sostituito una relazione sensuale e libidinosa con Brigitte. Ma anche questo intenso sostegno amoroso si era spappolato sotto i colpi puritani dell'istituto educativo svizzero. La sorte gli aveva assegnato un benefattore provvido al quale si era afferrata, come una bimba al collo di un padre, ma pur qui la stessa sfortuna la rigettò nelle gelide acque della solitudine. Finalmente quando credeva di aver trovato l'ancora di salvezza nel giovane sacerdote e aveva scelto con coraggio di dedicare la sua vita agli orfani, assiste impotente allo sfasamento totale della sua missione. Deve allontanarsi dal sacerdote, per costituire un pericolo mortale per la sua vocazione sacerdotale.

L'unica costante che riesce a discernere in questa notte oscura è la disgrazia ed il fallimento. Dal momento della nascita, quando è abbandonata dalla madre, fino al presente, in cui si sente rigettata in qualche modo da Oliver, non v'è continuità e non si registrano trionfi. La sua vita si assomiglia ad un impasto di rotture, sconfitte e disorientamenti.

Arrivata a casa, accende la luce tremula di una candela, perché l'elettricità era venuta meno piombando il villaggio nelle tenebre e, con le lagrime agli occhi a tra sospiri angosciati, si chiede se quello è il vero significato della sua esistenza? Se ciò fosse vero, non varrebbe la pena intraprendere nulla, per nobile che fosse, perché fracasserebbe inevitabilmente. Una crisi esistenziale la sbatteva da una parte all'altra della vasta gamma della depressione e del suicidio, ed incominciò ad aver paura di sé stessa, temendo di perdere il senno.

Al guardarsi per la prima volta nello specchio intriso di sangue della sua anima ferita, scoperse il fascino travolgente che possedeva come donna, rendendosi conto allo stesso tempo della debolezza innata che aveva ereditato come figlia di Eva.

Tale immagine di sé stessa, rassomigliantesi ad una mitologica divinità bifronte, la tormentava, stroncando ogni spinta innovativa e di superamento. Aveva tanto bisogno di un padre, che fosse al di sopra di ogni richiamo della carne e di una madre, suscettibile ai suoi sentimenti e debolezze.

Avrebbe mai incontrato i suoi genitori biologici? Nell'eventualità positiva, l'avrebbero accettata com'era o la barriera creatasi in tanti anni di separazione li avrebbe mantenuti separati nonostante il rincontro fisico?

Esisteva qualche formula magica che la preservasse da una abisso preparato per lei fin dall'inizio dei tempi o doveva sperare contro ogni speranza? Sarebbe stato meglio lasciarsi portare dalla corrente come aveva fatto nel passato e accettare un destino, ignoto a tutti, eccetto alla cecità del processo storico?

Angelica era entrata decisamente nella fase più critica della sua marcia esistenziale e quello che era peggio, non aveva nessun presentimento, non possedeva nessuna fede, aspettativa o sogno. Tutto era piatto, incolore, quasi banale. La disperazione e la tragedia sembravano le sole uscite per quella ragazza che lo possedeva tutto, ma che aveva smarrito il senso della direzione ed il gusto di vivere.

CAPITOLO 10

I due, reduci dalla straordinaria avventura argentina e dalla dolorosa scoperta californiana, appena scesi dalla scaletta dell'aero, si resero conto che un sogno era appena terminato ed un altro, troppo vero, stava per iniziare.

Accolti con un abbraccio affettuoso dalla madre di Bruce, stentavano ad imbastire una conversazione che inevitabilmente li avrebbe portati a rivelare il terribile segreto che da qualche giorno li affliggeva.

Il giorno seguente, dopo essere svanite le emozioni del rientro in patria, e con un comprensibile senso di timore ed incertezza, Fior di Loto e Bruce si abboccarono con la mamma, facendola partecipe del matrimonio privato e della malattia incurabile. La povera donna rimase profondamente scossa, incapace di sorridere, piangere o lamentarsi. Un lungo silenzio interruppe quel dialogo, convertitosi in monologo, e poi con gli occhi lucidi d'un pianto che non riusciva a materializzarsi, incominciò ad emettere suoni che sembravano lamenti, che poco a poco presero la forma di frasi sconnesse, ma piene di una umanità profonda.

Sarebbe rimasta senza figlio, non avrebbe conosciuto la dolce tenerezza dei nipoti e forse sola ed abbandonata avrebbe varcato le soglie tenebrose della morte. Ma prima che tutto ciò avvenisse si sentiva investita di una missione che avrebbe svolto con la dedicazione di una madre. Promise a Bruce che sarebbe stata costantemente al suo fianco, accompagnandolo e sostenendolo con una premura materna.

Si abbracciarono teneramente, come se fosse l'ultima dimostrazione d'affetto prima di partire per una guerra sconosciuta, e ripresero con serenità le attività normali, senza manifestare ad anima viva la spada di Damocle pendente su Bruce.

Non v'era tempo da perdere. Il primo passo importante fu regolarizzare il proprio matrimonio per mezzo dell'atto civile. Posteriormente, d'accordo ai suggerimenti dell'oncologo californiano, consultarono un rinomato specialista di tumori in Hong Kong. Senza attendere i risultati degli esami, Bruce, con l'aiuto di un avvocato di famiglia, fece il suo testamento, lasciando metà dei suoi beni alla madre e l'altra metà alla sposa. Tuttavia Fior di Loto sarebbe rimasta l'amministratrice giuridica della catena di hotel e la direttrice generale di tutte le operazioni economiche.

Mentre attendevano con impazienza il diagnostico dello specialista di Hong Kong, tennero importanti riunioni con i principali dirigenti e con il personale amministrativo, posero fine a certi abusi che si erano introdotti durante la loro assenza, e cosa veramente strabiliante nella loro situazione, infusero una dose di entusiasmo con la prospettiva di raggiungere le quattro stelle nella qualificazione internazionale.

Un entusiasmo contagioso diede origine a molteplici iniziative di rinnovamento e adeguamento alle cambianti situazioni del mercato turistico ed una nuova vita sembrava fosse stata infusa in quell'industria stazionaria.

Simile rinascita alberghiera, così promettente e fiduciosa nel futuro, non corse parallela con la sorte personale di Bruce. Se da una parte si segnava l'alba gloriosa di un meriggio radiante, dall'altra si annunciava l'inevitabile declino di un essere umano, che aveva sognato con una carriera piena di successi. I nuovi esami infatti non fecero altro che confermare la diagnosi californiana con l'aggiunta di una accelerazione del tumore cerebrale. Grazie alla discrezione del dottore, quest'ultima specificazione rimase occulta a tutti gli interessati, creando un clima d'illusione ed una speranza di poter postergare l'inevitabile. Quante volte infatti la scienza medica si era sbagliata, sconfessando i metodi scientifici e rivalutando le forze nascoste del corpo umano. La scienza aveva i suoi limiti e probabilmente questi si sarebbero fatti visibili nel caso specifico di Bruce. Con queste autosuggestioni tanto la mamma come la sposa speravano in qualche miracolo naturale, sconfessato a diario dall'aggravarsi del dolore. Il povero paziente, nonostante il suo carattere pacifico e paziente, a volte non riusciva a sottrarsi alla morsa del dolore, che lo attanagliava sempre più strettamente, non lasciando alcun momento di intermissione.

Anche per lui l'illusione e l'autosuggestione era l'unico veicolo a sua disposizione per varcare i confini della realtà e sprofondarsi in sogni spregiudicati. Era bello volare sulle ali di una immaginazione sbrigliata, sfondando le barriere di quella malattia crudele, per spaziare nel regno proibito di desideri mai raggiunti e voglie innate di un qualche cosa di migliore e superiore. Era possibile torcere il filo di una storia insensata per farlo passare attraverso la cruna di un ago magico, che potrebbe aprire le porte a una creazione diversa, dove fosse abolita la legge del più forte e la competenza per la sopravvivenza fosse ridotta all'aiuto mutuo?

Perché non dedicarsi alla creazione di mille mondi diversi, capaci di soddisfare l'anelo di ogni creatura di regnare? Non esistevano forse quantità infinita di stelle e pianeti disposti ad accettare l'umanità assetata di potere e dominio? C'era posto per tutti, dai Cesari e Napoleoni di tutti i tempi, agli ignoti, dimenticati, calpestati e massacrati di ogni epoca.

Il dolore ed il progressivo annebbiamento delle sue capacità mentali, lo sospingevano verso irrealtà inebrianti, fabbricazioni scapigliate e chimere irraggiungibili. La loro assurdità inerente, invece di scoraggiarlo, lo rivitalizzava, ridandogli quelle energie che la natura gli stava ineluttabilmente essiccando. Contraddizione del destino e follia della vita, gli estremi al toccarsi, producevano effetti opposti.

I giorni di Bruce trascorrevano tra disperazione ed esaltazione, tra fitte di dolore ad alta tensione ed immaginazioni rigogliose, tra decomposizione e ricomposizione, tra morte amara e risurrezione gloriosa. Le uniche fantasie tangibili erano la bontà sovrabbondante della madre e la affettuosa tenerezza della moglie, tutto il resto era un gioco perverso di una natura che lo stava sprofondando nell'oblio e dissoluzione.

Se da una parte faceva l'impossibile per rifugiarsi in un groviglio onirico di inconsistenze, dall'altra s'aggrappava con la disperazione d'un bimbo sull'orlo dell'abisso alle uniche ancore che lo trattenevano in porto, la mamma e Fior di Loto.

Più i giorni s'alternavano alle notti, in una macabra danza di lentezza ed esasperazione, meno lucidità mentale ed energia di sopravvivenza rimanevano nel serbatoio bucato di quella macchina umana, che sbuffava disperatamente per percorrere l'ultimo frammento di un viottolo stroncato da una frana improvvisa.

Fior di Loto, si sentiva emozionalmente ammanettata. Stentava, nonostante gli sforzi sovrumani, a soddisfare le esigenze del suo ufficio. Non si riconosceva più. Dov'erano andate le sue qualità superiori di carattere, l'equanimità spontanea, la sicurezza di credenze ed il tatto invidiabile? Caricava sulle sue spalle un fardello così pesante che la incurvava, dimezzando quella nobile statura che l'aveva resa fino a quel momento invidiabile anche agli occhi dei suoi avversari.

Si rendeva conto che a volte nella vita, le circostanze avverse e non la cattiva volontà, spezzano in due le persone più rispettabili, riducendole ad esseri abietti e spregevoli. Anche la mamma di Bruce, che aveva condotto un'esistenza senza troppi grattacapi, così comuni tra i mortali, in poco tempo aveva aggiunto parecchi anni alla sua età, invecchiando prematuramente, come un albero che in una giornata autunnale con venti impetuosi, viene spogliato del suo fogliame, apparendo il giorno seguente nudo e stecchito.

Ora Bruce era costretto a letto con l'uso parziale delle sue membra, e quello che era peggio con la mente così annuvolata che confondeva le cose e persone, dimenticando i momenti più salienti della sua esistenza, e non riconoscendo più le giornate ed i personaggi del momento.

S'udiva in lontananza il tocco lugubre delle campane che suonavano inconfondibilmente a morto. Tutti attorno a lui udivano quel suono triste, meno lui, che si trovava sprofondato in un gelido lago, che attutiva ogni suono, smorzava ogni sentimento, affogandolo in un tragico oblio oscuro.

Quando la morte sarebbe arrivata, non se ne sarebbe neppure accorto, perché ormai tutto era già morto in lui, risparmiandogli l'amarezza del distacco, e privandolo della visione piangente dei due esseri più cari al suo cuore. Non addii commoventi, non ultime parole con la solennità di un testamento, non rimpianti per un'esistenza che si stava spegnendo. L'indegnità avrebbe steso un velo nero su quello scheletro che aveva proiettato un'ombra passeggera, non lasciando traccie notevoli. Un vago ricordo sarebbe rimasto in due cuori straziati dalla disgrazia, qualche lagrima si sarebbe sparsa al suo funerale, e poi qualche fiore, nella ricorrenza dell'anniversario, avrebbe avvertito i passanti del suo fugace pellegrinaggio.

Finalmente, un mattino gelido d'inverno, la madre s'accorse che il figlio aveva perso ogni movimento, rimanendo immobile, con lo sguardo perso nell'infinito. Gli toccò la mano e la fronte e la freddezza di quel contatto l'avvertì che l'uomo a cui aveva dato l'esistenza se n'era andato per sempre. Chiamò Fior di Loto, fece avvertire il medico di famiglia e poi s'accasciò su una sedia, in un atteggiamento sconsolato.

Era l'immagine vivente del dolore umano, una nuova pietà senza fede o religione, un singhiozzo perduto nell'immenso sconcerto universale. Senza farsi notare, la morte era giunta, falciando via un filo sottile nella sconfinata ragnatela esistenziale, lasciando dietro di sé non l'odore penetrante di una falciatura primaverile, ma l'amaro pungente di un veleno sconosciuto.

La giovane Fior di Loto, l'unica con qualche energia dopo l'estenuante malattia dello sposo, invece di rinchiudersi in sé stessa, si prodigò con bontà verso la suocera, e con molta delicatezza fece i preparativi per la veglia ed il funerale. Quest'ultimo era solo per una ristretta cerchia di amici e dignitari, mentre che la prima era aperta a tutti coloro che desiderassero dare l'estremo addio al corpo imbalsamato del defunto.

Bruce, in conformità con una volontà testamentaria espressa qualche mese prima, giaceva in una modesta cassa da morto, su un catafalco circondato da lumicini accesi, con qualche simbolo religioso della sua terra. Possedeva un'espressione mite, quasi gioiosa, in contrasto con il lutto dell'ambiente e dei visitanti. Una musica funebre riempiva l'ambiente, suscitando strane emozioni di separazioni involontarie.

Il giorno del funerale, una ristretta colonna di macchine nere si diresse verso il cimitero sotto una pioggia persistente. Con l'ombrello aperto, madre e sposa assistettero all'ultima cerimonia religiosa, baciarono quel volto un tempo amoroso ed ora gelido, quasi pietrificato, poi mute nella loro sofferenza, ripresero la via del ritorno. Nessun sorriso familiare le attendeva sulla soglia di casa, nessun abbraccio affettuoso le stringeva al cuore, per sollevarle dalla loro miseria. Quel momento di vuoto e solitudine rimarrà per sempre scolpito nella mente di entrambe, facendole paventare il futuro. Sembravano due orfanelle, lasciate di fronte alla porta di un orfanotrofio, sconosciuto ed austero. Si strinsero l'una all'altra e con un passo esitante entrarono in una nuova dimensione della loro esistenza.

Fior di Loto, strapazzata come un ramoscello verde da un ciclone impietoso, si ritrovò d'improvviso sola alla testa di una catena di alberghi, con una missione che non l'allettava minimamente. Anche il movente principale, di ritrovare la figlia, che l'aveva ispirata e motivata per tanti anni, sembrava aver perso la sua energia propulsiva, privandola della direzione generale.

Dubbi seri scuotevano le certezze anteriori, e domande sempre più insistenti questionavano il senso stesso della sua attività. Era necessaria una pausa qualitativa per raccogliere le proprie forze e indirizzarle verso un'obiettivo, che avesse consistenza e fosse capace di soddisfare le esigenze più intime della sua travagliata esistenza.

Se tutto attorno a lei pareva invitarla a questa pausa di transizione, era convinta che le nuove mete si scoprirebbero solo nell'azione e non nella immobilità della meditazione. L'attività ripensata e non l'ozio infecondo l'avrebbero resa sensibile alle nuove realtà, portandola alla maturazione di esigenze sentimentali e allo schiarimento di richiami interiori.

Con l'assillo della donna d'affari, s'infrascò più che mai nel dedalo delle obbligazioni amministrative e con mano sapiente cominciò a potare e sfrondare la ramaglia superflua, cresciuta abusivamente, snellendo le operazioni, e semplificando l'andamento generale.

Ben presto l'industria si ritrovò in un terreno competitivo sommamente favorevole, raddoppiando i guadagni ed estendendo i suoi tentacoli in regioni altamente sofisticate nel terreno alberghiero.

S'invaghì del triangolo d'oro del turismo europeo, Italia, Francia e Spagna, e si propose per mezzo di contatti personali, di studiarne la struttura da vicino. Da tanti anni aveva coccolato il sogno di recarsi in Italia, alla ricerca dell'uomo, che per bene o male, aveva cambiato la rotta della sua vita.

Questa occasione, all'insegna dello studio e dell'adeguamento alle esigenze internazionali, le avrebbe probabilmente spalancato la porta misteriosa di una realtà temuta ma sempre anelata. Avrebbe ritrovato l'uomo, che in un momento cieco di debolezza, l'aveva violata, abbandonandola con una creatura in grembo?

In compagnia di un' assistente personale, giovane e dinamica di nome Guo, e con l'approvazione della suocera, unica persona vivente alla quale si sentiva affettivamente vicina, intraprese il volo, che l'avrebbe portata in Italia, e più precisamente a Roma e poi a Firenze.

In quest'ultima città, sarebbe stata ospite degli sposini Cavalcanti, Luciano e Simonetta, conosciuti durante la sua permanenza in San Carlos de Bariloche (Argentina), e la cui amicizia era ancora viva. Si era mantenuta in contatto epistolare ed aveva comunicato loro il decesso di Bruce, ed ora era giunto il momento di rivederli.

Durante il viaggio, il cuore le palpitava forte, non tanto per le sorprese che le avrebbe riservato il contatto con il mondo d'affari europeo, quanto per gli sviluppi imprevisti delle sue ricerche personali. Avrebbe avuto il coraggio di andare fino in fondo, o si sarebbe fermata davanti alle prime difficoltà? Nel caso di rintracciare l'uomo sconosciuto, si sarebbe azzardata a rivelargli lo struggente segreto che la tormentava notte e giorno?

Pensava alle infinite possibilità di un incontro rischioso per lei e scomodo per lui. La sola eventualità la faceva tremare. Mentre Guo si eccitava di fronte a qualsiasi novità del viaggio, come una bimbetta ingenua nel paese dei balocchi, Fior di Loto si sforzava per riordinare il calendario ingarbugliato dei possibili contatti necessari per portar a termine la missione della sua carriera come imprenditrice e come donna.

Il lungo volo aereo, la cui monotonia era interrotta a tratti da scosse violente, dovute alla instabilità delle condizioni atmosferiche, riuscì ad assopire le ansie e le trepidazioni, aggiungendo uno stato d'attesa con chiaroscuri imprecisi.

Le assistenti di volo, sollecite e gentili, costituivano per un settore ben determinato dei passeggeri, una potente attrazione, capace di cancellare distanze temporali e geografiche. Con il loro visino sorridente e la figura minuta e snella, si assomigliavano a figurine di cera, clonate da uno stesso stampo genetico, la cui uniforme immacolata, rendeva più suggestive che mai, quasi irresistibili. Le immagini femminili di attrici occidentali, proiettate sullo schermo di bordo, impallidivano di fronte alle piccole dive in carne ed ossa, che al loro passaggio facevano frusciare quelle gonnelle sensuali, dalle quali sembrava emanare un profumo intossicante di genziane alpine e fiori di lavanda.

Guo, dagli occhi attenti e lo spirito irrequieto, ne studiava i movimenti e le cadenze, desiderosa di ingentilire il suo tratto e sprovincializzare i suoi gesti. Voleva lasciare un'impressione gradevole nella terra di Marco Polo, e attirarsi l'ammirazione della gioventù fiorentina. Fior di Loto, indovinando le intenzioni, non sempre palesi, della sua inesperta assistente, l'ammonì sui pericoli di certi comportamenti, che avrebbero potuto comprometterla seriamente. L'essere educata non comportava far sfoggio della propria femminilità e meno ancora usarla come un'arma di suggestione e conquista. Atteggiamenti permissivi avrebbero potuto compromettere l'integrità morale e persino quella fisica.

Messa in guardia dalla sua dirigente, una vera madre per lei, smorzò un poco il suo entusiasmo giovanile, imbrigliando la sua immaginazione che galoppava in una maniera sfrenata nel nuovo mondo, pieno di promesse ed opportunità.

Era un mattino glorioso, pieno di sole e di azzurro, quando atterrarono all'aeroporto internazionale di Fiumicino (Roma). Ad attenderle, vi era una piccola delegazione dell'industria alberghiera e turistica italiana. Grazie ai buoni uffici di una interprete, Fior di Loto espresse il suo ardente desiderio di stabilire contatti vantaggiosi tra la sua industria e quella italiana. Giunti all'hotel in Piazza di Spagna, fissarono un calendario di riunioni, che avrebbero permesso loro di tracciare linee d'azione, per una mutua campagna di agevolazioni e promozioni.

Gli incontri e le discussioni procedettero senza inciampo, e alla fine di alcune giornate di lavoro, ambedue le parti manifestarono un'aria di soddisfazione per i risultati raggiunti.

Sarebbe stato imperdonabile lasciare la Città Eterna, senza visitare i monumenti più famosi, dal Colosseo a San Pietro, dai Musei Vaticani alle Terme di Caracalla, dal Panteon alla Bocca della Verità. Guo inoltre, con certa tenacia, che rasentava l'ostinazione, convinse Fior di Loto a recarsi alle Catacombe di S. Callisto, perché voleva vedere con i propri occhi, ciò che aveva letto in un romanzo storico, e che l'aveva colpita profondamente.

La vista di quei cunicoli sotterranei, illuminati da una pallida luce, le cui pareti incavate, al presente vuote, ma originariamente contenenti i resti mortali dei primitivi cristiani, la impressionò grandemente, suscitando nella sua anima delicata sentimenti di venerazione. Una fuggevole visita al Cimitero dei Cappuccini (Piazza Barberini), con molteplici cappelle, decorate da centinaia di scheletri umani, appartenenti ai membri defunti dell'ordine, soddisfò la sua strana sete dell'aldilà, così in contrasto con la leggerezza e mondanità dimostrate in svariate occasioni.

Fior di Loto non sapeva proprio come spiegare quella antitetica polarità nell'atteggiamento della sua assistente, ma si convinse più che mai della complessità dell'essere umano, che non va giudicato superficialmente, né catalogato alla leggera per comodità personale. Nel fondo, Guo era una persona profondamente religiosa, affascinata dai fenomeni paranormali, e dalla molesta realtà dell'oltretomba. Come contropartita ostentava un temperamento estroverso e mondano, riposta inconscia della vita davanti allo spettro della morte.

In seguito, infatti, si diresse verso la via della moda (via Condotti), dove ammirò i negozi di borsette, calzature, e vestiti dai prezzi astronomici. Sembrava insaziabile nell'apprezzamento di quegli oggetti, prodotti individualmente dalle mani di un artista geniale e con un gusto raffinato. Non poté resistere alla tentazione di acquistare qualche effetto personale che non avrebbe mai incontrato nella sua patria. Il profluvio di parole che scaturirono improvvisamente dalle sue labbra fecero strabiliare Fior di Loto ed allo stesso tempo palesarono l'immensa contentezza di quella creatura semplice, che godeva con una freschezza invidiabile ogni novità che si presentava ai suoi occhi.

Giunta nella stanza dell'hotel, saltellava di gioia, batteva le mani e si accingeva a provare i capi di vestiario appena comprati. Domandava a Fior di Loto se le stavano bene, se faceva bella figura, e se proprio aveva fatto un buon acquisto. Era tanta l'allegria esuberante alle risposte positive della sua padroncina, che in un momento di trasporto spontaneo, l'abbracciò con effusione, stampandole un bacio sonoro su una delle guance.

Fior di Loto rimase profondamente scossa da quella dimostrazione affettuosa e per un'instante si sentì madre, dimenticando tutte le amarezze del passato e le inevitabili difficoltà del futuro.

Durante la notte stentò a dormire. Nella sua immaginazione incominciarono a scorrere le scene sepolcrali delle catacombe e soprattutto del cimitero cappuccino. Quei teschi pendenti dalle pareti le fecero rivivere le ultime ore angosciose di Bruce, e le spaventose esperienze della morte del padre e della madre, unendosi in un miscuglio pauroso alla scomparsa della figlia. Ciò che era stato latitante e coperto dalla polvere del tempo riemerse ora con una nitidezza incredibile. Tutto sembrava così fresco e presente, come se lo stesse vivendo per la prima volta. Quando riuscì ad addormentarsi, si ritrovò in una sconfinata distesa ricoperta da scheletri umani. Si assomigliava ad un immenso ossario, raccogliente tutta l'umanità passata. Lei, disperatamente si accinse alla ricerca dei resti dei suoi cari. Più si disperava in quel vano intento, più quella infinita moltitudine di ossa sembrava eluderla ed ingannarla. D'improvviso, una danza macabra di scheletri paurosi si formò attorno a lei. Impaurita, indietreggiò, ma i suoi piedi sembravano inchiodati al suolo. Uno scheletro, ricoperto d'un manto reale tutto stracciato, con le mandibole battenti da cui pareva uscirne un ghigno infingardo, e con le cavità degli occhi, sprigionanti minacce, l'additò, invitandola ad unirsi a quella sarabanda infernale. Si trovò immersa in quel frastuono di resti umani, inneggianti alla superiorità della morte sulla vita, alla vanità delle vanità, alla fine di ogni sogno. Ogni movimento, ogni suono riproduceva lo scoccare dei secondi di un fatidico orologio cosmico, che non cessava di martellare il suo tempo, inesorabile, devastatore. Era una scena infernale, dalle caratteristiche dantesche, dove la pace ed il riposo dell'oltretomba, si erano convertiti in una disperazione irrazionale, in una frenesia inarrestabile.   Sopraffatta dall'irruenza tumultuosa di quella visione infernale, si svegliò con la fronte bagnata da un sudore freddo e con il cuore che le balzava fuori dal petto. Una luce tenue penetrava dalle finestre, annunciando un nuovo giorno. Nel letto accanto a lei, Guo, con una serenità invidiabile nel volto, seguitava a dormire, come un bimbo nelle braccia della madre.

Il contrasto non avrebbe potuto essere maggiore, l'aldiquà soffuso di tranquillità e dolcezza, l'aldilà sprigionante orrore e raccapriccio. Era stato un brutto sogno o raffigurava in qualche modo la sua travagliata esistenza? Inoltre, stava raffigurando ciò che le sarebbe accaduto o ciò che le stava accadendo? Probabilmente, le così decantate bellezze della vita, non erano altro che foglie lussureggianti ed ingannevoli, che occultavano agli occhi dell'umanità distratta la brutalità di un destino ignoto. L'autunno sarebbe arrivato, rivelando il tronco nudo di ogni pianta.

Fior di Loto, s'inchinava istintivamente verso la vita, magnificamente ritrattata dalla sua assistente, serena e graziosa, rincorrendo incoscientemente i sogni della gioventù. Sentì un impulso irruente d'abbracciarla, come un naufrago che si aggrappa all'ultima tavola di salvezza ancora galleggiante tra i rottami scomparsi della sua nave, disfatta dalla tormenta.

Con uno slancio rinnovato ed un sorriso affettuoso la svegliò, presentandole il programma della giornata. Guo, aprì gli occhi pigramente, si stiracchiò nel letto, come un gatto ozioso in un tardo pomeriggio d'estate, e con uno sbadiglio impacciato, la salutò augurandole il "Buon giorno". Si vestì frettolosamente con una maglietta e gonnella in perfetta armonia con la sua figura slanciata e soprattutto con la moda di quei giorni. Tutte e due erano belle ed attraenti, ed al loro passaggio, tanto nei corridoi come nel salone d'attesa dell'hotel, attraevano l'attenzione del personale di servizio e degli ospiti, non tanto per il delicato profumo che emanava dalla loro persona, quanto per la grazia e finezza che traspariva dal loro contegno dignitoso.

Nel trambusto della vita moderna, dove il movimento è incessante e compulsivo, rinfrescava lo spirito ritrovarsi con quelle due creature, scaturite da un'altra dimensione di pura bontà e cattivante femminilità.

Si diressero in un taxi alla stazione Termini, e di lì in treno verso la città di Firenze, dove l'amica Simonetta le stava attendendo. Passata la campagna romana, il panorama offriva un susseguirsi di montagne, tunnel e villaggi pittoreschi accoccolati su pendii rocciosi, muti testimoni di infinite scorribande di guerrieri romani e medioevali.

Sottovoce, perché timorose di essere notate, si scambiarono alcune impressioni del loro soggiorno a Roma. Anche se a breve distanza, era piacevole ritornare su quei ricordi, che avevano lasciato una traccia indelebile nella loro anima. V'erano tante immagini carine, troppe forse per riviverle con l'intensità del primo momento. Una, in particolare, ritornava insistente a perturbare la serenità di Guo. Era la figura di un giovane, quanto mai seducente ai suoi occhi, nel quale si era imbattuta per pura casualità in Piazza Navona. L'aveva salutata con un inchino, mentre lei arrossendo si era allontanata senza poterlo contraccambiare. Quanto avrebbe voluto ritornare sui suoi passi, rivolgergli la parola ed ammirarne per qualche istante in più quelle fattezze che tanto fascino avevano esercitato su di lei e quello sguardo che l'aveva ammaliata. Era stato un istante con una carica d'eternità, un incontro che le aveva tolto il respiro. Eros non avrebbe potuto tenderle una trappola più insidiosa e sconcertante, sotto le apparenze più innocenti ed ordinarie.

Che sollievo avrebbe provato al compartire quell'esperienza e quei sentimenti con Fior di Loto. Sfortunatamente, non s'azzardava, anzi rifuggiva dall'idea di palesarla a qualsiasi essere vivente. Era il suo segreto personale. Giammai l'avrebbe rivelato, per non privarlo di quell'incantesimo superiore, che lo rendeva unico.

Al modo che i casolari sparivano in lontananza, e pittoreschi panorami s'alternavano uno dopo l'altro, così si avvicendavano nelle loro menti memorie recenti accompagnate da piccoli spasimi e sordi rimpianti.

Quella specie di estasi fu interrotta improvvisamente da un venditore ambulante e poi da un serio altercato scoppiato tra due passeggeri. Dopo uno scambio d'insulti ed improperi, ritornò la calma.

Nel frattempo, mentre il treno decelerava, si poteva intravvedere la magnifica cupola del duomo di Firenze, che s'ingigantiva a misura che si avvicinavano alla stazione di Santa Maria Novella.

Una folla multietnica dal comportamento impaziente attendeva quell'arrivo. Fior di Loto osservò curiosamente quei visi dall'aspetto insolito, cercando di intravvedere la persona, che tempo addietro in un altro continente, aveva causato in lei un impatto tutto particolare.

Scesa con la sua accompagnante sulla piattaforma si guardò attorno, mentre la gente si diradava. Non lontano, scorse un cappellino color castano e sotto un visino orientale che si muoveva nella sua direzione. La giovane, che con il gesto della mano richiamava la sua attenzione, era vestita così elegantemente che stentò a riconoscerla. Finalmente si rese conto che era Simonetta. Dopo un abbraccio inatteso Fior di Loto presentò la sua assistente. Le due, sorridendo si strinsero la mano. Scambiati alcuni convenevoli, s'avviarono verso la stazione delle corriere.

Giunti all'appartamento, modesto ma arredato con gusto, si sedettero a conversare, con immensa soddisfazione di Fior di Loto. Verso sera, arrivò Luciano, e tutti assieme uscirono per la cena. Fu un incontro gioioso, con un calore umano speciale. Dava l'impressione di una famiglia separata da lungo tempo e che finalmente si riuniva dopo innumerevoli peripezie.

Le due ospiti apprezzarono molto la cucina fiorentina e ringraziavano la loro buona stella per l'accoglienza ricevuta.

Di ritorno a casa, Fior di Loto ebbe l'opportunità di spiegare a Simonetta che oltre alla finalità d'affari, il suo viaggio aveva un altro scopo, che le stava molto a cuore. Avrebbe voluto rintracciare un signore italiano che aveva conosciuto brevemente, molti anni addietro nella sua città natale. Appena le proporzionò il nome e cognome e la ditta per la quale lavorava, notò un'espressione di sorpresa e quasi di sbalordimento nel viso della sua interlocutrice. Questa infatti la guardò a lungo e con il fiato sospeso e le labbra semiaperte stentò ad emettere alcune parole, perché non sapeva come formulare la sua risposta. Colta di sorpresa da quella reazione, riesaminò la sua domanda, per vedere se l'avesse formulata in maniera sgarbata, o se il contenuto fosse irriguardoso. Ma nulla di imprudente saltò alla vista, sembrandole tutto legittimo e cortese.

Vi fu un lungo momento di un silenzio disagevole, poi Simonetta, senza ricuperare la postura anteriore o la giovialità spontanea che irradiava da tutto il suo essere, formulò una risposta, che possedeva una carica emotiva fuori del comune.

"Il cognome che lei ha menzionato, anche se molto comune in Italia, accompagnato dal nome Giorgio e da quella ditta particolare, non solo mi è noto, ma è parte della mia famiglia adottiva. Sono certa che si tratta di mio padre. Prima di sposarmi, infatti, io mi chiamavo Simonetta Rossi ed abitavo a Torino".

Un fulmine probabilmente avrebbe causato meno sconcerto e turbamento di quella rivelazione. Fior di Loto faticò non poco a ricomporsi e poi con un sorriso affettato, disse " Oh mio Dio, non avrei mai immaginato che la mia ricerca fosse così breve e che il destino mi guidasse per mano verso l'adempimento di questa mia aspirazione".

Simonetta, giudicò totalmente indiscreto investigare ulteriormente i motivi che spingevano Fior di Loto ad abboccarsi con suo padre, e questa fece il possibile per sdrammatizzare il suo interesse nella vicenda. Tuttavia un spina rimase nel cuore della giovane sposina, ed una nube ricoperse l'azzurro della sua anima. Rimuginando nel suo interiore si chiedeva che tipo di connessione esistesse tra i due.

Si sforzò per mantenere la giovialità ed il calore iniziali, ma si poteva osservare una mancanza di spontaneità ed un annaspare in un vuoto psicologico. D'altra parte, Guo e Luciano alla freddezza dei primi convenevoli, avevano sostituito una familiarità che lasciò perplesse le altre due donne, già allarmate nel loro interiore.

Quando si lasciarono per andare a riposare, Simonetta era rimasta con molti interroganti in sospeso, e Fior di Loto con una colpa occulta di aver turbato la serenità di una cara amica, e la stabilità di un giovane matrimonio. Anche Guo, al rifletterci bene, s'era accorta di aver oltrepassato i limiti della socievolezza e buone maniere. Sfortunatamente non c'era spazio o ragione sufficiente per una marcia indietro, ma neppure esistevano parole o gesti capaci di ricucire i piccoli strappi invisibili nel tessuto delle loro relazioni.

Tormentate dal dubbio e scomode per la situazione in cui si erano venute a trovare improvvisamente, le tre donne stentarono a prendere sonno, ed una volta addormentate, furono preda di visioni inquietanti.

Il giorno seguente, come se nulla fosse successo la notte anteriore, voltarono pagina, ed incominciarono a riscrivere le loro relazioni con una cauta trasparenza ed una avvedutezza quasi diplomatica.

Visitarono alcuni dei monumenti artistici più rinomati della città e, nonostante le spiegazioni vivaci della guida, Fior di Loto non riusciva ad essere trasportata con la immaginazione nella splendente epoca del Rinascimento, perché il suo cuore sembrava inseguire ombre di un passato, privo di estetica e intriso di violenza.

Perduta in un mondo irrecuperabile, rispondeva agli stimoli esteriori, come una marionetta nelle mani di un burattinaio. Alla statua del Davide solenne nel suo atteggiamento di esemplare maschile, sostituiva il fisico possente e virile di Giorgio Rossi. Agli angeli eterei e alle madonne dai visi soffusi di grazia una impressionante disparità di esseri imbruttiti dalla melma dell'immoralità. L'affascinante si convertiva in volgare, e la bellezza delle forme in un mucchio di immondizia e rifiuti. Che genio diabolico s'era impossessato di lei? Scuotendo il capo e scrollando le spalle voleva rituffarsi nel momento presente ma faticava enormemente a porre argine a quella valanga di fanghiglia. Era un brutto sogno ad occhi aperti ed in pieno giorno.

Solo la spensieratezza di Guo mescolata con la bontà di Simonetta riuscirono a riequilibrare il suo stato d'animo e riportarla alla piacevolezza di vivere l'attimo fuggente di una giornata fiorentina.

Le meravigliose opere d'arte dei musei, lo spettacolo degli edifici dalla perfetta linea architettonica, i panorami delle suggestive colline toscane e finalmente la cordialità della gente e l'irresistibile profumo della cucina effettuarono il miracolo.

Fior di Loto non paventava più il futuro, né fremeva angosciosa davanti ad una accozzaglia di immagini deprimenti. Era pronta ad intraprendere la marcia, con la fronte alta, ed il passo sicuro.

CAPITOLO 11

L'Africa non era certo il paese delle meraviglie, anche se Nairobi e le sue vicinanze potessero suggerire il contrario. Angelica, sbolliti gli entusiasmi della fuga religiosa e filantropica, e atterrata dai sentimenti di Oliver, si ritrovava tutta sola in una terra straniera, priva di ogni struttura sociologica o morale e senza una linfa vitale.

Il sacerdote che l'aveva lanciata in un corsa nobile e promettente, non solo era precipitato dal piedistallo in cui un'ammirazione cieca l'aveva collocato prematuramente, ma aveva rivelato anche le filacce di una personalità paurosa del sesso.

D'improvviso, Angelica si autocatalogava lebbrosa la cui vicinanza causava rovina e distruzione. La sua dolce femminilità invece di sostenere ed invigorire l'uomo apostolico che adorava, lo trascinava ineluttabilmente nelle sabbie mobili di una sensualità morbosa.

Sguarnita di ogni difesa familiare o sociale e priva di lumi speciali che la guidassero in simile crocevia esistenziale, si disperava, si dibatteva nell'incertezza e si lasciava sopraffare da cariche depressive. Più cercava d'imbastire la sua vita su principi nobili, più si sentiva lacerata interiormente dalla percezione di un destino malvagio che la trascinava verso l'abisso.

Si rendeva conto per la prima volta delle difficoltà insormontabili di molte giovani ragazze, che davanti ai soprusi e disgrazie immeritate della vita, sceglievano il cammino della dissolutezza e della mala vita. Non le giustificava, ma le capiva in profondità e provava una certa simpatia per quelle povere anime.

Ecco, quindi, che sentiva nuovamente il richiamo verso le più indifese. Le orfane, facile presa dei bassi istinti umani, costituirebbero la priorità massima nella sua opera di beneficenza. La protezione e la salvezza anche di una sola di loro, avrebbe costituito una vittoria. Probabilmente nessuno se ne sarebbe accorto ed i mezzi di comunicazione l'avrebbero ignorata, perché carente di risvolti spettacolari, ma ciò nonostante avrebbe costituito un salto qualitativo per Angelica, che vedeva con orrore la sua vita scorrere nel vuoto, quasi nel banale.

Per mezzo di benefattori della parrocchia, venne a conoscenza di un orfanotrofio, gestito da una congregazione di suore dedicate totalmente ad opere di beneficenza. S'interessò senza indugio di quella istituzione e manifestò alla superiora la sua intenzione di far parte del personale laico. Era suo ardente desiderio conoscere la filosofia che stava alla base di quell'opera ed il metodo utilizzato nell'educazione di quei poveri essere umani.

Sarebbe stato imprudente e probabilmente controproducente intraprendere un'opera, senza possedere gli strumenti adatti. Un tirocinio basico era essenziale per portare avanti con successo qualsiasi impresa in quel campo tanto delicato. La sua preparazione universitaria, sommata all'esperienza acquisita nel mondo degli affari, più il conoscimento di diverse lingue, costituivano una chiave sicura per aprire qualsiasi porta nel mercato degli impieghi.

La madre superiora non solo le aprì le braccia assumendola come assistente e maestra, ma presentandola a tutto il personale dell'orfanotrofio, ne elogiò le qualità umane e la disposizione veramente ammirabile. Nonostante la gioventù, Angelica dimostrava una maturità, difficilmente riscontrabile in ragazze della sua età.

Durante i primi mesi, assistette a tutte le conferenze ed incontri di orientamento generale e professionale, assorbendone con intelligenza lo spirito che animava quella istituzione di beneficenza. La pedagogia era il soggetto che la interessava più da vicino, perché il meno familiare al suo mondo culturale. Infatti, con i giovani orfani, non era sufficiente possedere una grande bontà e comprensione, ma bisognava saperli orientare nell'intricato universo delle emozioni e dei valori, per dar loro una stabilità, mai conosciuta durante la loro infanzia.

Ogni giorno, Angelica si trovava davanti ad una turba di orfanelli, assetati d'affetto. Con ogni mezzo a loro disposizione, ricercavano l'attenzione individuale dei loro educatori. A volte s'impegnavano nella ricerca egoista di una amicizia particolare, di un trattamento speciale, o di piccoli privilegi. Solo una persona, dalla stabilità affettiva e giudizio imparziale, poteva evitare gli scogli di comportamenti preferenziali, tanto dannosi nel campo educativo.

I favoritismi degli educatori con gli educandi non sono un fenomeno proprio di una determinata zona geografica o di un particolare periodo storico, ma bensì un'occorrenza universale tanto nel tempo come nello spazio. Angelica lo sapeva troppo bene e per esperienza propria, essendo stata oggetto e soggetto di tendenze di favoreggiamento durante il suo periodo come alunna. Come dimenticare la relazione morbosa con Brigitte, che ultimamente provocò il suo allontanamento dall'internato svizzero? Vivide erano pure le immagini di suore tolleranti con certe compagne un tanto discole, e puntigliose con altre meno simpatiche, durante la sua adolescenza.

Questo bagaglio di vivenze, rivedute alla luce critica dell'indirizzo pedagogico che le era proporzionato, le aprivano un orizzonte nuovo. Il delicato compito di educatrice, che assumeva come una missione, la impegnava in profondità, lasciando poco spazio per altre attività.

Tuttavia qualche cosa di peculiare stava per accadere. Un giorno mentre assisteva gli orfanelli durante una ricreazione, vide entrare dal cancello principale una coppia ben vestita, e tra loro un ragazzino, che faticava a tenere il passo. All'avvicinarsi, s'accorse che parlavano italiano. Sul principio non ci fece caso, ma posteriormente, ripensandoci, chiese alla madre superiora chi fossero. Questa le disse che erano benefattori dell'opera, originari della Svizzera italiana, e che possedevano una estesa piantagione di caffè.

Al momento di lasciare l'orfanotrofio, il ragazzino quanto mai vivace, con un gesto carino della mano disse "Ciao, signorina". Angelica, sorpresa, lo guardò e spontaneamente rispose "Arrivederci, simpatico".

Udite quelle parole magiche, il fanciullo saltellando come un passerotto che insegue brioline di pane, lasciò la mano dei genitori, s'avvicinò ad Angelica, e con un sorriso innocente la interpellò con una disinvoltura inconsueta. "Parli italiano?" le chiese. E lei con una postura signorile "Sì parlo italiano, e sono italiana. E tu sei italiano?" "No, io sono svizzero, del cantone italiano. E questi sono i miei genitori. Posso venire a parlare con te?". "Se i tuoi genitori te lo permettono", spiegò Angelica, che non riusciva ad uscire dallo stupore causato da quell'incontro. Poi aggiunse "Come ti chiami?". "Mi chiamo Pietro. E tu come ti chiami?". "Il mio nome è Angelica. Posso chiamarti Pierino?". Il ragazzo senza battere ciglio rispose "Nessuno mi ha mai chiamato così, però se a te piace, fallo pure" e dopo una breve esitazione e senza la sicurezza anteriore, proseguì dicendo "Mi piace il tuo nome, mi fa ricordare gli angeli".

I genitori, un tanto sbigottiti da quella conversazione, incominciarono a dirigere la parola alla giovane educatrice, facendo con molta delicatezza le introduzioni. Il calore umano da ambe le parti cimentò istantaneamente un'amicizia, che avrebbe beneficiato tanto la famiglia come la solitaria Angelica. Al lasciarsi, fissarono la data ed il luogo per il prossimo incontro, più intimo e prolungato. Il ragazzino era fuori di sé dalla contentezza, come se avesse trovato una sorella maggiore, la cui mancanza si era fatta sentire incoscientemente nel suo piccolo mondo di relazioni transitorie.

Ritornata a casa verso sera, dopo una giornata estenuante all'orfanotrofio, Angelica si guardò nello specchio, e tirando un respiro profondo, atteggiò le labbra ad un sorriso, cosa che non aveva fatto in tanto tempo. Quella terra straniera, sul principio un po' ostica e sgradevole, si stava rammollendo.

Aveva trovato l'appoggio morale, di cui tanto aveva bisogno o s'era invischiata nuovamente in una relazione che alla fine l'avrebbe lasciata più vuota e delusa? Solo il tempo l'avrebbe rivelato. Esultanza da una parte e trepidazione dall'altra, un'altalena di sentimenti troppo comuni nella sua esistenza.

Nonostante la precarietà di ogni avventura umana, Angelica anelava il giorno in cui si sarebbe rivista con quella famiglia e soprattutto con quel vispo rampollo di Pierino, soffio di primavera in uno squallido deserto esistenziale. Non si presagivano attaccamenti affettivi o tendenze infantili di natura morbosa, solo compagnia e novità, allegria e sano divertimento. Nessuno dei due aveva bisogno di cose materiali, e nessuno dei due speculava su guadagni monetari, perché lo possedevano tutto. Però in entrambi v'era un vuoto nel cuore, che anelava essere colmato.

Il giorno fissato, la famiglia svizzera, venne in macchina e prelevare Angelica. La spontaneità di Pierino con il suo atteggiamento intriso di calore e sincerità, sgelò l'ambiente, e facilitò la comunicazione.

La famiglia Hanz, questo era il cognome di quella giovane coppia, aveva preparato una vera festa per quella graziosa educatrice, di cui il figlio si era talmente infatuato, da dimenticare per alcuni giorni i suoi svaghi preferiti.

Possedevano una bellissima abitazione di stile europeo ad una cinquantina di chilometri dal villaggio dove risiedeva Angelica. Era circondata da una estesa piantagione di caffè, fonte principale degli ingressi della famiglia svizzera. Il luogo era quanto mai pittoresco e avrebbe fatto invidia a qualsiasi coltivatore di quel prodotto tanto in Colombia come in Brasile.

Da coltivatori diretti in Kenya, gli Hanz si convertivano in importatori e finalmente in torrefattori e raffinatori in patria, il cui prodotto finale, l'espresso Hanz, circolava in tutta l'Europa. Il suo aroma ed il suo gusto erano inconfondibili.

La loro ricchezza era ingente, anche se il loro stile di vita, lontano dalle stravaganze esibite da molti membri di quel club esclusivo di grandi miliardari, era improntato ad una austerità francescana. Preferivano fare opere di beneficenza, piuttosto che sperperare i soldi in lussi smodati e comodità superflue.

Al ragazzino, che era stato adottato e che era ignaro della sua condizione, cercavano con tutti i mezzi di inculcare la regola d'oro del successo. Solo il lavoro duro e persistente è l'origine del benessere. Quindi con il sudore della propria fronte si guadagna un posto nella società moderna, che trascina facilmente nel baratro della miseria, coloro che non possiedono principi morali e forza di volontà, temprata nell'avversità. Se quello era l'indirizzo pedagogico dei genitori, era incerta l'assimilazione da parte di quel rampollo, nato all'insegna della ricchezza e del successo.

Pierino, dall'aria sveglia e l'atteggiamento curioso, se amava i genitori con una tenerezza delicata, non significava che fosse totalmente succube dei loro indirizzi educativi e delle loro visioni della società. Anche se imbevuto di precetti religiosi, quanto mai giansenistici, respirava ancora un'atmosfera semi puerile di sogni, desideri, e mondi irreali, dove le fate convertivano i sassi in gioielli ed i folletti erano sempre attenti ai minimi cenni di un comando del padrone.

L'incontro con Angelica cadeva in questa categoria fantasiosa e prometteva rompere il circolo coibente della famiglia per introdurlo in un giardino fatato, senza muri, spazioso, dove le novità si moltiplicavano e la gioia prorompeva da tutto il creato.

Lungo il percorso, nonostante i sussulti della macchina, la conversazione tra Pierino ed Angelica, era fresca, gioiosa e piena d'infantilità, alla quale la giovane non era assuefatta. Il ragazzo era ansioso di conoscere i minimi dettagli della vita della sua fatina incantatrice, e proporzionava i suoi a piene mani. I genitori con gli occhi sbarrati e le orecchie tese non perdevano una sillaba di quel dialogo, che aveva tutte le caratteristiche di una comica messa in scena.

Quello che particolarmente stupiva Pierino era il maneggio perfetto di tre lingue da parte di Angelica. Dall'accento inglese alla erre moscia francese ed alla doppia zeta italiana, era un tesoro d'inesplorata bellezza linguistica e novità culturali. La giovane piemontese, dal volto indefinito, e dal sorriso affabile e cattivante, così educata e delicata allo stesso tempo, superava tutte le aspettative e lasciava con il fiato sospeso anche le persone più meticolose e pedanti.

Sarebbe stata per quel giovanetto la pedagoga ideale, capace di stimolarlo verso le altezze irraggiungibili della perfezione, tanto nelle lingue moderne, come nel comportamento sociale e nelle raffinatezze delle classi privilegiate.

Aveva tante pesone al suo servizio, che una in più non avrebbe inciso nell'economia familiare. Se non proprio in quel momento, certamente più tardi ne avrebbe parlato con i genitori, e li avrebbe convinti ad assumerla come governante e supervisora generale del personale assegnato al suo servizio.

In mezzo a questo turbinio d'interazione e progetti segreti, d'immaginazioni e fantasie, di sentimenti sbrigliati e capricciosi, non s'accorsero che la macchina si era fermata e che erano giunti alla sontuosa abitazione degli Hanz.

La servitù, vestita impeccabilmente con un'uniforme variopinta, venne ad accoglierli ed in una maniera premurosa aprì la porta del veicolo, assistette Angelica nello scendere ed aprì il passo verso l'entrata.

Appena pose piede nell'interno, Angelica rimase altamente stupita dalla ricchezza di quella dimora. Dal modo di vestire dei suoi invitanti non avrebbe mai indovinato che quella non era una famiglia benestante, ma bensì un centro di potere economico, raramente riscontrabile tra i comuni mortali.

Non sapeva se stava sognando, o se un'illusione s'era impossessata di lei, o se era caduta in un nuova trappola.

Stringendo la mano di Pierino, quasi cercasse incoscientemente un punto d'appoggio, s'inoltrò nel corridoio che conduceva alla sala di ricevimento. A questo punto le mancarono le parole adatte, ed ammutolì, seguendo ciecamente le indicazioni che le erano rivolte.

Senza fare sfoggio di opulenza eccentrica, gli Hanz sapevano come intrattenere i loro ospiti ed Angelica si rese conto immediatamente del banchetto sontuoso che avevano preparato per lei. Non aveva memoria di una simile accoglienza in tutta la sua corta esistenza. Era una novità assoluta. Tra un aperitivo e l'altro, il padre di Pierino la mise al corrente della loro produzione di caffè e delle attività concomitanti. Lei non mancò di rispondere alle domande riguardanti la sua famiglia ed il suo passato. Anche la sposa si interessò con molta sollecitudine della sua educazione, e delle sue aspirazioni, rimanendo attonita quando apprese che Angelica si era diplomata alla scuola di economia di Londra.

Al lasciarsi, le due parti si resero conto che avevano scoperto un qualche cosa di meraviglioso, una specie di tesoro nascosto. Il problema radicava nel come fomentare quella incipiente amicizia. Solo Pierino sembrava possederne la soluzione. Sarebbe stata accettata dai genitori e quello che più contava dalla giovane Angelica?

Nella tranquilla attività dell'orfanotrofio, anche se cosparsa da piccoli drammi a volte intrisi di sguardi languidi, sospiri repressi e lacrime cocenti, Angelica aveva trovato un nido accogliente. Là poteva maturare il suo sogno, rinvigorendo la fragile personalità, piena di sentimenti contrastanti, e irrobustendo una volontà vacillante sotto la raffiche di circostanze a volte roventi.

Era trascorsa una settimana dal suo incontro con gli Hanz, quando, senza preannuncio alcuno, la vennero a visitare. Portavano con loro una proposta che la lasciò sconvolta. Le offrivano infatti il posto di tutrice principale nell'educazione del loro figlio. Per lo stipendio non c'era problema. Qualsiasi offerta ragionevole sarebbe stata accettata.

Angelica, anche se sommamente lusingata dalla quella munifica proposizione, che implicava un voto di fiducia nelle sue qualità di educatrice, chiese qualche giornata di riflessione, per poter dare una risposta matura ed in linea con le esigenze della sua persona e del suo futuro.

L'aspettativa di Pierino era difficile da caratterizzare, perché nella sua piccola mentalità da fiaba, dove tutte la vicende avevano un lieto fine, non c'era posto per dinieghi o per tortuosità umane. Tutto era limpido, coerente e con un luccichio speciale.

Quale non fu la sua amarezza quando apprese dai genitori che Angelica, per motivi personali, aveva declinato la proposta. Si rammaricava profondamente di non poter accedere ai desideri di Pierino, che stimava immensamente. Tuttavia li assicurava che il ragazzo avrebbe occupato sempre un posto privilegiato nel suo cuore e giammai avrebbe rifiutato la sua amicizia e compagnia.

I nobili sentimenti espressi nella sua lettera di rifiuto non bastarono per Pierino, che cadde in uno stato di prostrazione e depressione così profonde, che i genitori temettero seriamente della sua sanità emotiva.

Angelica, prima di formulare il gran rifiuto, aveva esaminato la sua coscienza. Al contemplare la sua immagine nello specchio delle molteplici vicissitudine della sua vita passata, aveva scoperto una traiettoria costante. Nel passato non aveva mai imposto la sua visione e la sua volontà. Era stata sempre succube di persone e vicende. Era giunto il momento di stroncare quella perniciosa tendenza, e di forgiare il proprio destino, indipendente dalle forze esterne che la sospingevano. Senza la certezza di essersi collocata sul cammino giusto a questo nuovo bivio, per lo meno sapeva che era lei a determinarlo, e non avvenimenti alieni alla sua volontà.

Per la prima volta osava piantare i piedi per terra e erigersi come artefice ed arbitro del proprio futuro. Nel farlo aveva usato i modi più delicati. Metteva in luce il suo apprezzamento per la famiglia, la sua ammirazione e simpatia per il giovanetto, ed il grande onore che le era stato fatto. Giustificava il suo diniego affermando che Pierino era stato dotato dalla natura di doni meravigliosi e di genitori speciali. Si trovava immerso in una dovizia di beni materiali e opportunità esistenziali che superavano ogni umana aspettativa, mentre migliaia e migliaia di altri bimbi languiva nella miseria, povertà e abbandono. Il migliorare anche una sola di queste povere vite sarebbe stato un contributo incalcolabile alla società e soprattutto avrebbe soddisfatto le esigenze della sua coscienza. Solo per questa ragione lamentava non sentirsi in grado di accettare quella proposta tanto onorifica ed allettante.

Se le famiglia Hanz comprese le ragioni messe avanti dalla giovane Angelica, non poté nascondere il proprio disappunto. Nonostante tutto, dimostrarono una grazia superiore ed una magnanimità poco comune quando le assicurarono la loro sincera gratitudine. Inoltre la invitarono a rivolgersi a loro in qualsiasi momento di difficoltà e prova, promettendo la loro assistenza.

Angelica, piena di confusione, non trovava parole per esprimere i suoi sentimenti e la sua ammirazione e come contropartita prometteva essere sempre a loro disposizione per qualsiasi necessità.

Quando si lasciarono non si salutarono con un "addio" ma con un affettuoso "arrivederci". Angelica, con un trasporto poco usuale, baciò Pierino che singhiozzava ed abbracciò i genitori che la strinsero teneramente tra le loro braccia.

Per il ragazzo, dal cuore infranto, era doppiamente doloroso quel momento, perché non solo doveva rinunciare al sogno di una fatina al suo fianco, ma doveva pure lasciare il Kenya. Le sue vacanze infatti erano terminate e doveva ritornare in Svizzera per incominciare un nuovo anno scolastico. I suoi genitori facevano la spola tra Lucerna e Nairobi, mentre lui spendeva in Africa solo i mesi estivi, lontano dalle preoccupazioni scolastiche, dalle discipline europee e dalle convenzioni di una società molto attaccata alle proprie usanze. In quella piccola reggia africana, nel bel mezzo di una immensa piantagione di caffè, respirava aria di privilegio e libertà, dava sfogo alle proprie inclinazioni e sognava orizzonti sconfinati. A Lucerna, invece, dove tutto era più piccolo e limitato, senza visioni di estensioni smisurate, soffriva incoscientemente una imbrigliatura psicologica, che raffreddava i suoi sentimenti e coartava le sue aspirazioni.

Con un solo pensiero assillante, Pierino si chiedeva se avrebbe mai più rivisto l'anima bella e la gentilezza seducente di quella donna incorniciata permanentemente in quell'estate africana, se avrebbe mai più ascoltato quella voce dolce che l'aveva sconvolto durante il suo primo incontro, o se piuttosto l'inverno della sua patria natale avesse steso un candido mando di neve, seppellendo per sempre quell'esperienza sublimata e quasi divinizzata dalla sua innocenza di ragazzo.

Mentre l'aereo l'allontanava dalla culla dorata delle sue fantasie, lo sguardo si rattristava, gli occhi s'inumidivano nuovamente e gocce di sangue macchiavano il suo spirito ansimante. Addio Africa, addio Angelica, addio amicizia. Il rombo dei motori si faceva assordante, il vuoto intorno a lui s'ingigantiva. Era inghiottito dal nulla. Dall'aeroporto, occhi ansiosi, lo seguirono, fino a quando si perse tra le nubi oscure e minacciose di quella giornata crudele.

Angelica, ritornata alla sua modesta occupazione nell'orfanotrofio, aveva sentito una stretta pungente, un vuoto strano, un malessere inqualificabile. Stupita, si raccolse in una riflessione pacata per esaminare quello strano stato d'animo. Con un certo rammarico si rese conto di un attaccamento involontario, di un legame invisibile stabilitosi tra lei e Pierino. Simile risultato oscurò d'improvviso la chiarezza cristallina della sua futura missione.

Era possibile dedicare la propria vita all'educazione di orfani, mantenendo una distanza affettiva ed un'equanimità imparziale? Il suo passato non era certamente un termometro sicuro, ed il presente offriva segni di valenza opposta.

Più si tormentava nell'assicurare la nobiltà, e validità della sua futura missione, più s'oscurava la luminosità d'intenti. La confusione e l'incertezza facevano strage della sua determinazione. Tremava al solo pensiero di un incespicarsi quotidiano, di una caduta fatale dovuta alla tenerezza di cuore e instabilità d'emozioni. Il meraviglioso castello di una pedagoga immacolata aveva le sue fondamenta su sabbie mobili.

La paura, il dubbio e la vacillazione troncavano sul nascere ogni aspirazione, paralizzando quell'essere che aveva bisogno di consistenza e fermezza. Senza radici culturali e familiari in quella terra ignota non sapeva a che appigliarsi. L'unica ancora di salvezza, in quel mare agitato e minaccioso, era il reverendo Oliver, dal quale si era allontanato per delicatezza umana, ma non per convinzione profonda. Per vantaggio personale, Angelica scordava che era stato lui ad abbandonarla per primo, a rifuggire da lei come il diavolo dall'acqua benedetta.

Senza apprezzarne i rischi e le conseguenze, una sera mentre si trovava sprofondata in uno stato di depressione, s'avvicinò al telefono e con la mano incerta marcò i numeri della parrocchia. Dall'altro estremo, una voce vellutata rispose: "Pronto, qui la parrocchia. In che posso servirla?". "Padre, rispose la ragazza, sono io, Angelica. Vorrei un consiglio". All'udire quelle parole, la voce del sacerdote, cambiò d'intonazione. Con lentezza, quasi balbettando "Vorrei aiutarti, ma ultimamente mi trovo molto occupato".

La giovane intuiva che il suo idolo non era per nulla propenso ad abboccarsi con lei, ma allo stesso tempo notò un certo vacillamento nella sua risposta. Nel suo scudo protettore si poteva intravvedere una piccola spaccatura. Con un po' di tenacia era possibile sfondare la linea difensiva. "Sto attraversando –aggiunse Angelica- un periodo di smarrimento e depressione e le sarei molto grata se lei potesse far luce sulla mia futura missione". Con candore Oliver rispose "Ho i miei dubbi sull'efficacia di un incontro personale. Anch'io da tempo mi sto dibattendo in una oscurità paurosa". Cogliendo la palla al balzo, la ragazza fiutò la traballante situazione di quel cuore ardente, consacrato alla salvezza delle anime. Il ministro di Dio, crociato intrepido e fiero che aveva saputo tagliare le radici di una insidiosa tendenza affettiva, si trovava in una tremenda aridità spirituale ed in un abbandono compassionevole. Ciò che sul principio lo stimolava all'azione apostolica più intensa ed abnegata, come la mancanza di famiglia, di appoggio culturale e di sostegno strutturale, ora lo ricacciava in uno stato di desolazione, implorante soccorso da tutti gli ambiti dell'universo razionale.

Angelica, con una intuizione femminile senza precedenti, assunse le funzioni di una madre tenera verso un figlio travagliato e con un tono di voce protettivo, osò proseguire "Forse reverendo, anche lei ha bisogno di un po' di calore umano, più che di direttive spirituali disincarnate e di precetti astratti. Ogni pianta, per robusta che sia, ha bisogno dell'humus attorno a sé per poter sopravvivere".

Il giovane sacerdote, al tono di quella voce e soprattutto al semplice concetto della necessità di calore umano, spalancò gli occhi e fece crollare l'ultima barriera difensiva. Senza concedere nulla, assunse una posizione di tacito compromesso e l'assicurò che averebbe fatto il possibile per fissarle un appuntamento, appena i suoi impegni pastorali l'avessero permesso. Angelica lo ringraziò profusamente promettendogli riconoscenza eterna.

Oliver, da tempo non aveva udito simili parole di apprezzo e comprensione, inoltre la persona dalla quale provenivano, gli provocava un turbamento viscerale ed un subbuglio intellettuale senza precedenti. Chi avrebbe mai immaginato che una affermazione tanto innocente potesse iniziare una rivoluzione qualitativa nel suo tratto personale con Angelica, e nel suo atteggiamento verso la donna in generale?

Sarebbe difficile captare la sua inflessibile postura manichea nei riguardi del sesso senza un conoscimento approfondito dell'educazione cattolica nei seminari. Però non è questo né il momento né il luogo appropriato per una digressione sul tema. Basta solo ricordare che il sesso debole, per usare una caratterizzazione corrente nei manuali di spiritualità del tempo, doveva essere evitato ad ogni costo. Nessun beneficio ne sarebbe mai derivato da qualsiasi contatto con esso per sporadico che fosse.

L'intransigenza del giovane sacerdote oltre che nell'educazione ricevuta affondava le sue radici nella sua situazione familiare. Da bimbo era cresciuto in un ambiente non certo ideale. Il papà, operaio in una fabbrica di acciaio, spendeva il suo tempo libero ubriacandosi con gli amici. Induritosi nell'alcool, come l'acciaio che lavorava, si rendeva impenetrabile alle lamentele della moglie e alle necessità dei figli. S'infastidiva facilmente e quando perdeva le staffe, abusava verbalmente e fisicamente tanto la moglie come gli altri membri della famiglia.

La moglie, donna di lingua facile e costumi leggeri, s'inviperiva e per vendetta lo tradiva segretamente. Oliver, cresciuto nel timore panico di un padre violento e nel disdegno di una madre sgualdrina, proiettava la sua esperienza infantile nella ricostruzione dell'immagine del suo Dio, che quadrava più con le caratteristiche del Guerriero vendicativo e sterminatore del Vecchio Testamento che con la figura del Padre misericordioso del Vangelo.

Il giovane sacerdote si sentiva più a suo agio con un Dio Giudice e Padrone, che con un Dio Padre e Fratello. Disgraziatamente accadeva in lui ciò che suole accadere con il resto dei mortali. L'uomo forgia Dio a sua immagine e somiglianza, proiettando in Lui la propria esperienza. Se qualche traccia divina rimane ancora nel sembiante umano, questa è obliterata dagli orrendi graffiti culturali e religiosi che si sovrappongono quotidianamente.

Questa costruzione che appariva granitica ed incrollabile oscillò paurosamente al suono gentile di una donna. Angelica, dal canto suo, con la promessa di un colloquio, vide aprirsi una finestra, che pensava chiusa definitivamente. Si sentiva terribilmente responsabile delle decisioni e della situazione di Oliver. In qualche modo avrebbe voluto cancellare quel ricordo ignominioso. Lei non era una pietra di scandalo per il sacerdote puritano, ma una solida piattaforma affettiva, sulla quale poteva contare ogni giorno della sua vita. Se questa era la sua onesta intenzione, le circostanze concrete l'avrebbero materializzata e resa fruttifera, o si sarebbe piuttosto convertita in un trabocchetto letale per entrambi?

Non era ancora trascorsa una settimana, quando Angelica ricevette l'agognata chiamata telefonica, specificando il giorno e l'ora dell'incontro. Avrebbe rivisto quel giovane apostolo, che aveva sacrificato vita ed energie per il bene degli altri. Per lei rimaneva il modello insuperato e l'ispirazione più genuina, nonostante quella riluttanza, un tanto incomprensibile, verso le donne.

Il pomeriggio del colloquio, si preparò con una ricercatezza particolare, scegliendo un vestitino semplice e senza scollature, evitando qualsiasi trucco pronunciato nel viso, e mantenendo i capelli sciolti sulle spalle. Guardandosi nelle specchio appariva ben presentata, ma dignitosa. Avrebbe controllato il suo sorriso ed il suo sguardo, ed ogni movimento del suo corpo avrebbe ispirato rispetto.

Da parte sua Oliver si proponeva totale riservatezza nel suo dialogo, individuando immediatamente il nocciolo del problema, e raggiungendo, senza divagazioni inutili, una soluzione equilibrata.

Quando s'incontrarono, un brivido fisico-affettivo assalì il povero sacerdote, che al porgerle il saluto di "benvenuta", s'accorse che non riusciva a controllare il suo parlare e che stentava a pronunciare le sillabe. Anche lei , un po' impacciata, stava provando un turbamento interiore ed un subito rossore esteriore ricoperse le sue pallide guance.

Si sedettero, l'uno di fronte all'altra, mantenendo una distanza considerevole. Sul principio lo sguardo di entrambi si mantenne abbassato, evitando il contatto diretto. Pian piano però, mentre la conversazione s'avvicinava al tema centrale dell'attaccamento affettivo di Angelica ai soggetti da educare, i due interlocutori incominciarono a fissarsi direttamente. Oliver, più che dalle parole della ragazza intuì dalla dolcezza dei quegli occhi, la bontà del suo cuore e la generosità delle sue intenzioni. Tutto quell'atteggiamento pacato lo stava soggiogando potentemente, non permettendogli respirare normalmente. Anche Angelica, dalle osservazioni non certo infuocate del suo consigliere, ma piuttosto spassionate, percepì un animo ben intenzionato, con un dolore nascosto ed un grido stroncato.

Oliver le stava spiegando che le emozioni umane sono incontrollabili nel loro nascere, ma, a dispetto dello loro virulenza, possono essere dirette verso fini nobili. L'uomo è responsabile per l'uso che ne fa, non per la loro tumultuosa presenza o per la loro accanita persistenza. Se propriamente indirizzate o sublimate, si convertono in stimoli potenti che propellono l'individuo a compiere azioni eroiche.

Angelica, rassicurata che il peccato radicava fondamentalmente non nel sentire, ma nell'acconsentire e nella sua conseguente materializzazione, provò un grande sollievo, come se un macigno enorme fosse stato rimosso dalla sua coscienza. La sua contentezza aumentò quando Oliver la incoraggiò ad intraprendere un'azione benefica a favore degli orfani e le offrì il suo appoggio e la sua consulenza. Che enorme differenza dall'ultimo incontro, dove si era sentita rigettata e ostracizzata. Non solo era riuscita e vederci chiaro nel groviglio tenebroso dei suoi sentimenti, ma aveva ricevuto una preziosa conferma per la sua missione in germe.

Desiderosa di non sprecare il suo tempo prezioso, lo ringraziò non priva di emozione. Con un voce tremante l'assicurò che il suo appoggio umano non sarebbe mani venuto meno e che contasse sulla sua amicizia.

A quelle dichiarazioni, Oliver sentì uno strano impulso d'abbracciarla, come si abbraccia una mamma od una sorella, ma si trattenne, e stringendole affettuosamente la mano, la vide partire con un passo sicuro e quello che era più importante con una decisione veramente invidiabile.

Mentre ritornava a casa, Angelica sembrava toccare il cielo con il dito. Nessun tramonto era più gioioso di quello che stava osservando, nessuna brezza più fresca e profumata di quella che stava scompigliando i suoi capelli e rinfrescando la sua fronte. La natura esultava attorno a lei, ma niente si rallegrava di più del suo spirito alleggerito e rinvigorito.

Oliver, il giorno seguente, meditando silenziosamente su ciò che aveva consigliato alla sua ammiratrice, si chiese se non fosse pure applicabile a se stesso. Perché aver paura degli impulsi naturali tanti fisici come emotivi, se appartenevano al regno dell'incontrollabile? Perché non riconoscerli con umiltà e nel rispetto più profondo delle norme della convivenza umana, utilizzarli con discernimento? Non erano forze scatenate impossibili da imbrigliare, ma energie potenzialmente benefiche e costruttive. Quindi, addio al misoginismo cieco e alla tortura psicologica personale, che non faceva altro che mozzargli le ali per farlo razzolare indegnamente.

Dopotutto quella ragazza dai lineamenti indefinibili ed il sorriso enigmatico, ma con un cuore d'oro ed una generosità impareggiabile, era una luce che abbagliava senza accecare, che riscaldava senza bruciare, che stimolava senza far cadere.

Quel breve contatto, così temuto, aveva sciolto alcune incognite, seppellito molte paure e risvegliato un sentimento di ammirazione mutua.

Era giunta la primavera della speranza per entrambi? Era quello il momento soteriologico incoscientemente bramato? Valeva la pena trattenere il respiro per leggere i segni dei tempi? Era l'ora di voltare decisamente pagina per riscrivere la propria storia con caratteri trasparenti?

Angelica non riusciva a trovare una risposta univoca a quelle ed altre domande che si avvicendavano nella sua povera mente esaltata. Frugava nel passato per incespicare in momenti analoghi, ma non c'era verso di trovare neppure una lontana rassomiglianza a ciò che stava vivendo.

Tuttavia una certa perspicacia intuitiva, che possedeva come dote naturale, l'ammoniva a non lasciarsi trasportare da entusiasmi passeggeri perché le cime più nobili e le altezze più ardue erano sempre accompagnate da precipizi incommensurabili.

Dopo una cena frugale ed un bagno frettoloso si stese sul letto, e con gli occhi chiusi iniziò un viaggio inverosimile e senza destinazione che l'avrebbe condotta sulle soglie di un paesaggio inedito. S'addormentò con una gioia soffusa ed un'immensa tranquillità. Era questo il preludio d'un tempo pieno di grate sorprese?

CAPITOLO 12

L'allontanarsi dagli amici fiorentini, per Fior di Loto, non fu né straziante né commovente, a differenza di ciò che era accaduto in Argentina. Da una parte, provava un sentimento di sollievo per l'essersi imbattuta inaspettatamente nell'uomo che aveva mutato il suo destino e dall'altra, una gratitudine inconsueta per gli ospiti, che non avevano risparmiato sacrificio per rendere lieta la loro permanenza.

La sera precedente, Simonetta s'era messa in contatto telefonico con il padre comunicandogli il desiderio della sua ospite di abboccarsi con lui. Di comune accordo stabilirono il luogo ed il tempo per l'incontro. Com'era da aspettarsi, Giorgio Rossi, rimase quanto mai stupito da quell'annuncio, ma non lasciò trasparire nulla dal tono della voce. Inoltre, per evitare ogni sospetto nella figlia adottiva, accettò l'appuntamento senza fare domande, come parte di un giro d'affari.

Tale distacco emotivo e concisione di linguaggio lasciò la figlia in uno smarrimento psicologico, mai provato anteriormente e con una curiosità ingigantita dalla moderazione di linguaggio riscontrata in Fior di Loto.

Il mattino seguente, una frettolosa stretta di mano, un sorriso smorzato ed un addio al rallentatore segnò la partenza di quei misteriosi viaggiatori. Un vuoto che non sarebbe mai stato colmato rimase nell'anima della famiglia Cavalcanti, ed una riconoscenza mai verbalizzata nel cuore della nobildonna cinese.

Il treno iniziò una corsa vertiginosa, sommergendosi a tratti nel ventre degli Appennini e riapparendo come una freccia tra una valle e l'altra della regione Toscana. Fior di Loto e Guo, con una voracità insaziabile, assorbivano i fuggenti panorami, punteggiati da paesini appiccicati su quei pendii scoscesi e abbelliti da chiesette e campanili ottocenteschi. Tutto appariva e scompariva come fantasmi in una prolungata notte invernale o come miraggi nel luccichio abbagliante di un cocente pomeriggio estivo.

Il tempo s'immedesimava in quella fuga frenetica, perdendo consistenza e sbriciolandosi nel nulla. Il presente si frantumava nell'attimo fuggente, e questo scompariva nel dopo, il tutto s'eclissava senza lasciare traccia di sé. Fior di Loto non aveva mai percepito la realtà temporale in simile drammatica inconsistenza, né mai considerato la sua esistenza in simile effimera sequenza.

Nel trasfondo di tale filosofia, aveva ancora senso la sua lotta, i suoi ideali e la ricerca di un filo perduto che faceva parte del suo tessuto esistenziale?

Il suo istinto materno si sovrapponeva e quella visione nichilista, che avrebbe condannato ogni sforzo umano all'inazione, e si rafforzava al pensiero che una delle sue mete agognate era quasi giunta in porto. A tal punto il naufragio non solo era impensabile, ma del tutto inaccettabile. Si sarebbe aggrappata con i denti stretti all'ultima tavola di salvezza, avrebbe sfidato l'inclemenza della tempesta, pur di raggiungere la sponda.

Immersa in una meditazione metafisica, che superava i limiti delle sue capacità mentali, manteneva una postura rigida ed uno sguardo sperduto. Si raffigurava, con abbondanza di dettagli l'uomo che stava per affrontare, ne riconosceva i particolari più insignificanti, dal colore degli occhi, all'intensità del respiro, all'odore che emanava dal suo corpo fremente. La vividezza della scena di tanti anni addietro emergeva con una freschezza insolita, ricreando in lei l'orrore, l'impotenza e la vergogna di quel giorno lontano. Distante nel tempo e nello spazio, l'accaduto era stato immortalato nel suo povero cuore.

Aveva una voglia immensa di piangere, di nascondersi, di scomparire per sempre. Aveva paura di se stessa e della sua missione. Avrebbe retto al confronto, o sarebbe crollata, incapace di formulare una domanda o concludere una frase?

Più s'avvicinava alla citta' di Torino, più un fremito incontrollabile s'impossessava della sua persona ed una paura ignota le minava le certezze che fino a quel punto l'avevano sostenuta e guidata. Il sogno che aveva accarezzato per tanti anni stava convertendosi in un incubo. Momenti d'angoscia s'alternavano a dubbi inspiegabili. Tutto d'un tratto, con un gesto inconsueto, afferrò la mano di Guo che stava sonnecchiando e le chiese se desiderasse qualche cosa da mangiare. La giovane la ringraziò dicendole che non aveva bisogno di nulla.

Nessuno le attendeva alla stazione Porta Nuova di Torino. Con l'aiuto di un bagagliere, presero un taxi e si diressero verso l'albergo Principi di Piemonte, dove avevano prenotato tre notti. Era verso l'imbrunire, ed una pioggerellina persistente stava cadendo da qualche ora. Le vie erano semi deserte e qualche luce appariva quà e là nei negozi. La città aveva un aspetto austero e signorile.

Giunti all'albergo, presentarono i loro passaporti e un cameriere le introdusse nella loro camera, lussuosa e con tutti gli agi moderni. Guo avrebbe ordinato la cena e sarebbe rimasta nella stanza, mentre Fior di Loto, dopo una doccia, si sarebbe incontrata con Giorgio Rossi. L'appuntamento era stato fissato alle otto di sera nel ristorante dell'albergo.

Giorgio, puntualissimo, senza tradire la curiosità e l'impazienza che lo mordevano, aveva preso posto in un tavolo, quanto mai isolato dagli altri, ed aveva ordinato un aperitivo. Osservava con una malcelata attenzione ogni singola persona che metteva piede nel locale, seguendo allo stesso tempo un programma televisivo proiettato in uno schermo nella parete opposta.

Fior di Loto, da parte sua, lasciava le ultime istruzione alla sua assistente, e si dirigeva verso l'uscita. Non appena chiusa la porta dietro di sé, s'accorse che aveva dimenticato qualcosa. Rientrò e incominciò a frugare nella sua valigia. Trovato il pezzettino di carta, dove anni prima aveva scritto il nome dell'uomo che l'aveva aggredita sessualmente, se lo mise nella borsetta e ripartì verso l'ascensore.

Mentre scendeva, un' esitazione inqualificabile l'assalì ed uno scoraggiamento paralizzante sembrava inchiodarla al suolo. Giunta al pian terreno, stentò ad uscire dalla porta automatica che si apriva di fronte a lei, quasi si vergognasse di essere vista. Tra tentennamenti e timori, lentamente si diresse verso il salone del ristorante, ignara di cosa sarebbe successo o di che cosa avrebbe detto.

Nel frattempo il signor Rossi che aveva terminato il suo aperitivo e stava per abbandonare il suo tavolo, s'accorse che un'elegante signora orientale stava facendo il suo ingresso. Fior di Loto, da parte sua, lanciando uno sguardo fugace attraverso la sala, posò brevemente il suo sguardo nell'angolo dove si trovava Giorgio, poi con il cuore in sobbalzo ed un'emozione che le offuscava l'intelletto, perfetto ritratto del suo stato d'animo di anni addietro, marciò verso quell'uomo, i cui lineamenti fondamentali erano rimasti intatti, nonostante il logorio provocato dalla famiglia, dal lavoro e dagli anni.

Giunta nelle sue vicinanze, senza stendere la mano, od abbozzare un sorriso, con le labbra secche e la lingua attorcigliata dal panico, chiese con delicatezza "E' lei il Signor Rossi?". "Sì, rispose Giorgio", con il fiato mozzato. "Non so se mi riconosce", aggiunse Fior di Loto. "Al momento, le giuro che non so chi sia".

"Mi dispiace disturbarla. Da molto, molto tempo ho desiderato questo incontro. Il motivo non è certo facile da spiegare. Se lei ha la bontà di ascoltarmi, cercherò brevemente di rivelarle il segreto che mi ha spinto a rintracciarla".

"Sono tutto orecchi. Spero non sia niente di sgradevole".

"Più di vent'anni fa, lei con altri compagni della sua ditta, si trovava nella città di Linping, in Cina. Si alloggiarono nell'hotel Principessa e trascorsero lì alcune notti.
Il pomeriggio prima di partire, lei chiese da bere, perché la bottiglia che teneva sul suo comodino era vuota. Al suo segnale elettrico, io

m'affrettai verso la sua camera e ritornai con la bibita richiesta. Fu allora che lei mi afferrò alle spalle e..."

Con un pallore mortale sul viso, Giorgio l'interruppe. "Ti supplico, non continuare. Non ho mai dimenticato quell'atto incosciente e bestiale. Mi è rimasto come un macigno sulla coscienza. Mille volte mi sono pentito, e mille volte avrei voluto riparare con la mia stessa vita, quell'atto vergognoso. Se mi concedi la grazia, farò di tutto per rimediarlo".

Fior di Loto non si sarebbe mai aspettato un simile atteggiamento dove colpevolezza, pentimento e riparazione s'univano in un solo amplesso, e lasciavano intravvedere un uomo sincero e disposto a riparare il danno provocato. Con una calma, che aveva tutto del surreale, non riusciva infatti a distinguere se si era immersa in una realtà o in un sogno, continuò il suo discorso. "Non sono venuta per cercare giustizia o riparazione, per vendicarmi od umiliarti, o per altri motivi meno nobili. Il mio unico intento è rivelarti qualche cosa che mi sta molto a cuore. Non nutro sentimenti di odio o disprezzo nel mio seno. Sento il bisogno di farti sapere che mi hai lasciata incinta.
Il risultato è stata la nascita di una bambina che disgraziatamente non ho potuto allevare. L'affidai temporaneamente ad una coppia di conoscenti. Questi perirono in un accidente automobilistico, e la bimba terminò in un orfanotrofio. Quando andai per ricuperarla, mi dissero che era stata adottata e che non potevano rivelarmi il nome dei genitori adottivi". Dopo un lungo sospiro, con un rammarico che traspariva da ogni sillaba che pronunciava, aggiunse "Da quel momento in poi un'unica finalità ha guidato la mia esistenza, quella di rintracciare mia figlia".

Fece una lunga pausa, mentre Giorgio tra esterrefatto e sorpreso, la guardava senza poter imbastire una qualche frase che potesse far senso. Finalmente, come chi conclude una storia infelice, Fior di Loto disse "Quando consegnai la mia creatura a quei conoscenti, le misi tra le manine una statuina di alabastro, rappresentante una tigre, ed una camicetta rosa, con le iniziali del mio nome, significando che apparteneva a me, e che l'avrei difesa e protetta come una tigre".

Non aveva ancora terminato di proferire le ultime parole quando s'accorse che gli occhi di Giorgio si erano inumiditi ed una lagrima silenziosa scendeva sulla sua guancia. Inoltre tutta la sua persona si era come sciolta. La postura eretta, si era incurvata leggermente, le spalle inarcate, e tutta la persona accasciata sulla sedia.

Non era stato difficile per Giorgio collegare quei dettagli, per altri insignificanti, ma per lui così determinanti, e giungere alla conclusione che la bimba che aveva adottato era sua figlia.

Se la prima rivelazione di Fior di Loto l'aveva totalmente scombussolato, questa seconda l'aveva tramortito, privandolo d'ogni forza, emozione e dello stesso respiro.

Al vederlo in quella condizione pietosa, la povera donna, le chiese se si sentisse male, e se avesse bisogno d'un medico.

Giorgio, le afferrò delicatamente la mano, se la pose sul viso, asciugandosi le lagrime che ora gli scendevano abbondantemente, e baciandola ripetutamente tra un singhiozzo e l'altro, le disse "Il tuo segreto mi ha sconvolto ed allo stesso tempo mi ha svelato una realtà straziante e commovente. Dai dettagli che mi hai proporzionato sono arrivato alla conclusione che la bimba che adottai in Linping è nostra figlia".

Fior di Loto, sul principio non percepì la portata di quella affermazione, ma poi man mano che Giorgio fornì i dettagli dell'adozione e degli oggetti che possedeva la bambina, capì che si trattava veramente della creatura che lei aveva dato alla luce.

Un terremoto d'emozioni la lasciò totalmente frastornata e sconvolta, si sentì svenire, ma invece di perdere i sensi e cadere incosciente al suolo, ebbe la sensazione di galleggiare nel vuoto, libera da ogni legge fisica ed immune da ogni sofferenza. Se qualcuno in quell'istante le avesse trafitto il petto non avrebbe provato nessun dolore e forse non se ne sarebbe neppure accorta.

Com'era possibile che l'uomo che l'aveva violata, si fosse preso cura della sua creatura perduta? Si trattava d'un destino maligno o di una provvidenza nascosta? Era la beffa più umana che un genio maledetto avesse mai divisato. Un silenzio sepolcrale cadde sulle quelle due persone, che incontratisi per seconda volta, si erano scioccati mutuamente.

Per tutti e due, stravolti dalle inattese rivelazioni, un mondo nuovo s'era aperto davanti ai loro occhi, con implicazioni di incalcolabili conseguenze. Il mondo reale che li attorniava era scomparso. S'erano scordati totalmente della cena, e quando venne il momento di ordinare, avevano perso l'appetito per qualsiasi cibo.

Con una riluttanza comprensibile, Fior di Loto indicò al cameriere un risottino leggero, mentre Giorgio scelse una minestrina di verdure. La conversazione che si era interrotta, faticò a riprendere l'avvio. Sembrava che i due interlocutori avessero paura di nuove scoperte che li facessero sentire più inadeguati per il cammino che li attendeva.

Finalmente, l'ansiosa madre, che non stava più nella pella per la curiosità di sapere qualche cosa di sua figlia, pregò l'inconsapevole padre, di fornirle qualche notizia della loro creatura.

Giorgio, che aveva tremato dalla paura al ricordo del suo atto infame e che ora fremeva di una gioia contenuta al pensiero di una paternità sempre desiderata e mai ottenuta, le disse che ultimamente aveva perso contatto con Angelica. Dopo essersi diplomata alla Scuola di Economia di Londra, aveva iniziato la sua vita, lavorando per una compagnia che importava oggetti rari da tutto il mondo. Dal momento che si era resa autosufficiente, non si era più comunicata con la famiglia, perdendosi così ogni traccia della sua attività. Aveva il presentimento che non sarebbe stato difficile rinvenirla.

Fior di Loto, nel massimo dell'esaltazione per la possibilità di vedere sua figlia per la prima volta, cadde in un nuovo stato di abbattimento esanime che la rendeva insensibile a qualsiasi percezione all'infuori della sua sfera di emozioni.

Tuttavia al fissare profondamente quella statua accasciata d'uomo responsabile delle sue estasi più sublimi e delle torture spirituali più raccapriccianti, non le sfuggì che proprio lui rimaneva la sua ultima speranza, per rintracciare il suo gioiello perduto, la ragione del suo vivere, l'unica aria che l'ossigenava in quello strano paesaggio extraterrestre.

Con una forza e determinazione d'eroina classica e con un accento rafforzato da una disperazione invisibile gli rivolse la parola "Signor Rossi, sono disposta a spendere tutti i miei soldi, a cadere nella povertà più spaventosa, a percorrere i meandri più tenebrosi dell'universo, pur di rintracciare mia figlia. La supplico mi assista in questa impresa con le informazioni pertinenti ed i dettagli anche più insignificanti".

"Non solo porrò a tua disposizione fotografie, indirizzi ed ogni altro oggetto od informazione utili, ma ti accompagnerò personalmente. L'unico desiderio che mi rimane è poterla riabbracciare con la coscienza e conoscenza mutua di padre e figlia. Voglio sentirla vicina al mio cuore. Voglio che mi perdoni e mi accetti".

"Sì, tutte e due, aggiunse Fior di Loto, abbiamo bisogno di perdono ed accettazione. Voglia Dio che ci siano concessi prima di morire".

Suggellarono così un patto straordinario di cooperazione e prima di lasciarsi si strinsero l'uno all'altro, non come amanti o marito e moglie, ma come amici e protagonisti di un'avventura umana senza precedenti.

Tanto per l'impresario torinese come per la donna d'affari cinese la notte fu lunga, ed agitata. Né incubi sanguinosi, né visioni d'oltretomba, né agitazioni convulsive, solo un assillo imprecisabile, senza contorni o colori, punteggiò il loro riposo faticoso.

La pioggia fina e persistente era cessata ed un'umidità pronunciata rendeva gli oggetti appiccicaticci, creando un disagio ed incupendo gli animi.

All'indomani, Giorgio con ancora i segni di una stanchezza e consunzione, propria d'un essere agitato da potenti stimoli interiori, fu all'albergo per prelevare Fior di Loto e Guo. Ambedue erano pronte ed in attesa. Salirono sulla macchina e senza alcuna conversazione significativa sfrecciarono per la vie del centro, per arrivare al lussuoso appartamento, nella periferia Nord di Torino. Circondato da piante secolari, dava l'impressione di una tenuta reale o di un club esclusivo.

Appena varcata la porta d'ingresso respirarono un'aria pesante con un suo odore tutto particolare. Se non vi fossero stati altri segni, questo sarebbe stato sufficiente per indicare che l'uomo che vi abitava era singolo. Giorgio si scusò per l'apparente disordine che regnava un po' ovunque. Non era certo la persona più ordinata, e la mancanza di una presenza femminile si notava chiaramente. Le introdusse nel salottino, e preparò un profumato caffè espresso. Mentre l'assorbivano con alcuni biscotti, una vera specialità locale, il sollecito padrone di casa trasse alcuni album di fotografie. Le due donne incominciarono a sfogliarli lentamente, ascoltando allo stesso tempo le spiegazioni concise proporzionate da Giorgio.

Fior di Loto, al contemplare il visino della sua piccola, ritrattato all'età di tre anni in dimensioni quasi naturali, non riusciva a staccare i suoi occhi da quella fotografia. La toccava, l'accarezzava e la baciava con tenerezza, come se si trattasse di una persona in carne ed ossa.

Poi, trattenendo il singhiozzo, spiegò a Guo come il loro ospite aveva adottato la sua creatura, occultando naturalmente il fatto della violazione. Evidentemente anche la giovane assistente rimase fortemente scossa, ed ignara dei mille pericoli di quella sfortunata famiglia, chiedeva dove si trovasse la ragazza.

Aggiornata sulle vicende di Angelica, continuarono a sfogliare l'album, dove si contenevano numerose foto della sua fanciullezza e gioventù. Sgranarono gli occhi in presenza delle fotografie della prima Comunione, dove la giovinetta, vestita di bianco, con una candela ed un libretto, riceveva l'Ostia Santa dalle mani del sacerdote. L'innocenza degli occhi, la grazia del suo atteggiamento ed il candore del vestitino la trasformavano in un vero angelo.

Fior di Loto poteva rivivere quei momenti speciali della sua bimba solo in un rimpianto interiore, occulto a qualsiasi essere vivente. Quanto avrebbe pagato per essere stata presente in quella solenne occasione. Un desiderio immenso la struggeva per dentro. Avrebbe voluto baciare a stringere a sé quell'essere adorabile.

L'emozione la costrinse a fare una pausa, non riusciva infatti a concentrarsi o ad assorbire le spiegazioni che accompagnavano ogni ritratto. In quella rassegna, aveva visto la sua bimba trasformarsi in una fanciulla gradevole, dal sorriso sincero. Le caratteristiche della sua orientalità, occhi a mandorla, capelli oscuri e corpo piccolo, non erano accentuate, e si fondevano in una fisonomia occidentale, dando come risultato ultimo un tipo di bellezza tutto particolare, che la rendeva attrattiva e carina.

Non se la sarebbe mai raffigurata come tale. Si distanziava infatti da ogni prototipo suggerito dalla sua esperienza. Dopo una prolungata interruzione, dove i commenti si riducevano ad espressioni di sorpresa e gradimento, Fior di Loto, ritornò a sfogliare le pagine di quell'album, con una rinnovata curiosità. Era impaziente, quasi si trattasse di vedere la continuazione di una proiezione cinematografica, che preannunciava un finale inusitato.

Non è di tutti i giorni, infatti, vedere la propria creatura da bimba farsi signorina nel giro di qualche ora, ed assistere ad una trasformazione che nella realtà era durata una ventina d'anni.

Se nella vita reale la madre non trova difficoltà nel riconoscere la propria figlia, anche se trucchi, fogge svariate nel vestire, e strane acconciature di capelli possono introdurre il dubbio e lo smarrimento, qui Fior di Loto passava da un'immagine sconosciuta ad un'altra più ignota, incapace di farla totalmente sua e ritenerla come unica ed inalterabile. La sua figlia s'assomigliava ad un miraggio, una chimera, che appena raggiunta, sfuggiva velocemente per mutarsi in una nuova illusione ed in un altro sogno.

Un desiderio strapotente di fermarla, trattenerla, osservarne i contorni, i dettagli, l'assaliva alla vista di ogni nuova foto, però non c'era verso di assoggettarla e farla sua, di goderne per un istante la presenza filiale, di sentirne il battito del cuore ed osservarne il colore di quelle pupille vivaci.

Le ultime rappresentazioni, quando diciottenne con il padre e la sorella scalarono il Cervino, rivelavano una giovane atleta, con ambizioni di alpinista. Fior di Loto osservava quel corpo non robusto ma neppure esile, in una posizione classica di sosta, tra le mani una piccozza ed una corda, zaino alle spalle, scarponi ai piedi, pantaloni corti e berretto appuntito, il tutto illuminato da un sorriso che avrebbe scongelato qualsiasi ghiaccio per eterno che fosse.

La carrellata di foto giunse al suo termine con una foto molto ordinaria di Angelica, presa dal padre, mentre nella città di Ginevra s'allontanava dal treno. Da quel momento la ragazza si era fatta sempre più piccola, fino a sparire completamente dall'esistenza di Giorgio.

Al chiudere l'ultima pagina di quell'album, nessun sospiro di sollievo o commento benevolo uscì da quelle bocche. Rimasero sigillate da un silenzio pesante, simile a quello che regna dopo la sepoltura di una persona cara. Solo Guo, presa da un subito balzo di ammirazione, esclamò "Come sarebbe bello ritrovarsela qui di fronte, rivolgerle la parola ed ascoltare il suono della sua voce".

"Sì sarebbe molto bello", risposero all'unisono i due genitori, sopraffatti da una valanga di sentimenti contrastanti. Disgraziatamente una riunione familiare non sarebbe stata imminente, anzi si convertiva in dubbiosa, data la mancanza d'informazioni sul luogo di dimora di Angelica e la carenza di contatti negli ultimi anni.

Giorgio, al pensarci bene, si vergognava di aver trascurato la figlia adottiva, nonostante le buone ragione che militavano a suo favore. Tra le principali, la perdita del figlio, il divorzio dalla moglie infedele, il matrimonio di Simonetta e non ultimi gli impegni assillanti del suo lavoro.

Nel fondo non c'era giustificazione plausibile per giungere a tal punto, ma una certa trasandatezza, unita alle accennate circostanze della vita l'avevano fatto scivolare incoscientemente nel terreno del distacco e della insensibilità. Ma tutto ciò stava a punto di cambiare per il rinato senso di paternità e per il suo debito verso Fior di Loto. La situazione presente non era certo la miglior raccomandazione del suo carattere di uomo e forse la donna orientale, soppesati i pro e i contra, e postolo sulla bilancia, lo troverebbe deficiente in molte aree.

Ma cosa contava la sua reputazione, il suo passato, se la questione da risolvere era la propria figlia? Anche se agli occhi di tutto il mondo, Fior di Loto compresa, fosse apparso come la persona più negligente ed infingarda, anche se nessuno avesse posto la sua fiducia in lui, Giorgio, a testa alta, avrebbe affrontato la bufera delle critiche, e facendo ricorso ai sentimenti più genuini che ancora sopravvivevano in lui, avrebbe dimostrato che non prendeva alla leggera la sua ritrovata paternità. Senza molte parole, ma con azioni inequivocabili avrebbe fatto mostra della sua nuova tempra di genitore sollecito e preoccupato.

La volontà era ferrea e la determinazione irrevocabile. Non v'era luogo per tentennamenti irresponsabili.

L'atmosfera nel salotto era rimasta saturata da forti cariche emotive, quasi passionali ed i due personaggi principali, dopo aver chiuso l'album di fotografie, sembravano smarriti in due pianeti diversi.

Fior di Loto, sollevò lo sguardo, emise un sospiro prolungato, ed espresse il desiderio di aver qualche tempo di raccoglimento e meditazione. Quel viaggio, muto testimone dello sviluppo di sua figlia, l'aveva spossata. La creaturina, abbandonata in quell'orfanotrofio, era cresciuta senza l'aiuto di una mano materna. Esisteva ancora qualche legame tra di loro, o tutto s'era spezzato in quel malaugurato giorno?

Mentre si dibatteva in questi ed altri dilemmi, Guo la richiamò alla realtà offrendole un bicchierino di un liquore prelibato. La giovane donna si sentì miracolosamente animata ed ottimista e reintegrandosi agli altri due, s'accordarono sul luogo del pranzo.

Era una trattoria, tipicamente piemontese, poco frequentata, ma piena d'intimità e quello che più contava di piatti squisiti. Mentre raggiungevano la loro destinazione, conversarono con una certa vivacità su temi del momento, accantonando il tema centrale della figlia.

Alcuni affettati, tra essi prosciutto e porchetta, aprirono la sfilata gastronomica, seguiti da pasta, arrosto, frutta, dolci e caffè. L'appetito non mancava. Un vino generoso contribuì ad arricchire l'ambiente di giovialità e buon umore. Soddisfatti, lasciarono quella locanda con uno spirito molto diverso. Si diedero l'appuntamento per il giorno seguente, con una sottintesa voglia di completare il quadro malamente abbozzato della loro storia personale.

Avrebbero avuto il tempo sufficiente per aggiungere pennellate essenziali, o avrebbero preferito lasciare l'immagine difettosa e manchevole, per timore di far risaltare aspetti riprovevoli?

Giorgio, appena mise piede nel suo appartamento, sperimentò una sensazione, che pensava aver lasciato definitivamente alle spalle. Si trattava di un vuoto enorme, di una necessità primaria. Abituato ad avere una famiglia, aveva faticato ad aggiustarsi alla solitudine, ed ora con due brevi incontri con due donne sconosciute, una delle quali era parte integrale del suo passato, ritornava ad agognare la loro compagnia, sentendo un'acuta nostalgia nella loro assenza.

Fior di Loto, dallo sguardo sereno ed a tratti dolce, dalla modalità gentile ed a volte amorosa, s'era infiltrata nelle cavernosità del suo cuore impietrito dalla perfidia dell'amore umano, costruendosi una nicchia e reclamando una residenza permanente.

Era questo un sogno delirante, una pura illusione? Quanto avrebbe pagato per conoscere se v'era qualche sorta di corrispondenza dall'altra parte! Si sarebbe azzardato a chiederle nel segreto e rispetto reciproco o si sarebbe pusillanimemente impappinato retrocedendo al suo cospetto? Non sarebbe stato presuntuoso pretendere anche una minima corrispondenza da quel cuore trafitto ed ancora sanguinante?

Soffermarsi su simili fantasticherie, non era solo irragionevole, ma soprattutto ingiusto. Quella che meritava attenzione immediata ed indivisa era la ricerca di Angelica, la figlia che non aveva mai immaginato di possedere. La sua persona, come oggetto di pietà e compassione doveva occupare una priorità declassata, anche se a guisa di una barca malmenata dalle tempeste marine, avesse bisogno di ripari urgenti.

La sua personalità infatti, aveva sofferto uno sdoppiamento che lo lacerava internamente. Da una parte il Giorgio tradito e sofferto, che compensa le amarezze con scappatelle per nulla tollerabili, dall'altra un Giorgio inedito, assalito dalla compunzione più sincera, ed inondato da emozioni paterne che lo strappano dalla sua comodità per indirizzarlo verso una nobile ricerca altruista.

Simile dissociazione di personalità, che in altre persone avrebbe potuto provocare pericolose deviazioni patologiche, per Giorgio si convertiva in una carica positiva di adrenalina che raddoppiava le sue energie e lo abilitava per la lunga maratona che l'attendeva.

Il panorama, nella sponda opposta, non si presentava meno complicato. Fior di Loto si era sempre sentita madre, ma ora in presenza del frutto delle sue viscere, si sentiva quasi estranea. Curiosamente, ciò che era stato per anni il faro luminoso che l'aveva guidata e sorretta, stranamente s'era spento d'improvviso. Quel volto angelico nelle foto della prima comunione, e quell'attraente figura di giovane alpina, l'avevano lasciata perplessa. Se così grande era stato il cambio fisico, cosa si sarebbe potuto attendere dalla configurazione affettiva? Ci sarebbe ancora stato un piccolo spazio per lei in quel cuore, che non aveva mai ricevuto il calore materno? Sarebbe stato un miracolo se nel deserto dell'abbandono fosse sbocciato il fiore dell'affetto filiale.

Fior di Loto si dibatteva nel dubbio più feroce e umilmente si chiedeva se sarebbe stato legittimo introdursi nel mondo di Angelica per sovvertirne i pilastri che lo reggevano. D'altra parte, era un obbligo inerente alle sue prerogative di madre, di fare l'impossibile per ristabilire qualche specie di contatto con la propria figlia.

L'oceano della tranquillità insoddisfatta, s'era convertito in un lago d'incertezze, dubbi, e retrocessi. Per tutte e due i genitori mancati v'era un barlume di speranza, un'aurora promettente o l'imbrunire delle loro ansie paterne e materne avrebbe segnato il tramonto definitivo di quella nobile aspirazione, che li aveva improvvisamente pervasi di una gioia irreale, d'una dolcezza quasi divina?

Il pomeriggio si stava prolungando all'infinito, e l'inattività forzata martoriava quegli spiriti incapaci d'ozio. Giorgio, lasciando cadere ogni parvenza d'uomo circospetto che cammina in punta di piedi, s'avvicina al telefono e fa il numero dell'albergo dove risiedeva Fior di Loto. Una voce soave risponde in italiano "Pronto". "Fior di Loto?"domanda Giorgio incerto. "Sì", risponde la stessa voce. E Giorgio continua "Vorrei invitarti a vedere una pellicola, se non ti spiace". Un po' d'esitazione, ed alcuni istanti dopo "Credo sia una buona idea". "Fra mezz'ora passerò a prendervi". "Benissimo, lo dirò a Guo". "Ciao".

Come buoni amici, che godono della compagnia reciproca, i nostri protagonisti entrarono nel salone del cinema dove si proiettava una pellicola francese. La storia faceva rizzare i capelli. Si trattava di una giovane araba, affidata dal padre a dei conoscenti in Francia. Costoro ben presto la obbligarono a prostituirsi. Indicibili le vicende per le quali dovette attraversare, non solo per sopravvivere abusi fisici e morali, ma per proteggere la sorella minore, schiavizzata dai propri fratelli, e per ammucchiare un bel gruzzolo e poter scegliere il proprio destino.

In presenza di certe scene pietose non poterono trattenere le lagrime, e inevitabilmente furono portati a pensare alla propria figlia. Inorridivano al solo pensiero che qualche cosa di consimile potesse succedere ad Angelica. Un'amarezza s'impossessò di loro. Senza avvedersene arrivarono alla stessa conclusione. Non v'era tempo da perdere. La ricerca doveva iniziare al più presto possibile.

Il giorno seguente spesero ore per assicurare un piano d'azione efficace. Giorgio conosceva una famosa agenzia d'investigatori privati. Angelica l'aveva menzionata parecchie volte perché una degli integranti, era stata una sua amica intima. Si chiamava Brigitte. Questa giovane investigatrice, appena informata da Giorgio, assunse l'impegno, come si trattasse di una missione personale.

La remunerazione pecuniaria, per munifica che fosse, nella estimazione di Brigitte, non costituiva per lei neppure una priorità. S'offerse, infatti, di lavorare senza stipendio, ciò che Fior di Loto e Giorgio rigettarono pienamente. Non solo avrebbero pagato la rata ufficiale dell'agenzia, ma l'avrebbero ricompensata con abbondanti straordinari.

La parola d'ordine era, non guardare alle spese o agli ostacoli. Si doveva fare l'impossibile per rintracciare quell'anima, il cui nome faceva fremere di tenerezza. Il loro angelo sarebbe riapparso nella scena familiare, e forse il miracolo di una riunione impensabile si sarebbe effettuato.

Fior di Loto, prima di ripartire per la Cina, volle abboccarsi con Brigitte. Questa, più sollecita di una madre, prese il primo aereo per Torino. Si riunirono nella casa di Giorgio. L'investigratrice francese, dinamica, intelligente e quanto mai avvenente, fece un'impressione profonda nei suoi ospiti. Multilingue, si esprimeva in una forma corta ma precisa. Con una penetrazione prodigiosa, arrivava al grano della questione, evitando qualsiasi crudezza di linguaggio. Poche domande centrate, stabilirono i parametri dell'investigazione. Richiese una delle ultime fotografie della ragazza, e per mezzo di un programma speciale del computer, l'aggiornò di cinque anni. La nuova immagine che appariva nello schermo, doveva riflettere la fisonomia attuale di Angelica. Anche se impercettibili, i cambi si potevano osservare chiaramente nei lineamenti più maturi del volto.

Brigitte in persona si sarebbe fatta carico dell'operazione "ritrovare Angelica", tale sarebbe stato il nome ufficiale nei documenti. Fior di Loto e Giorgio periodicamente avrebbero ricevuto informazioni sull'andamento della missione.

All'inizio era essenziale che nessuno dei due s'intromettesse nell'andamento dell'investigazione, infatti, qualsiasi azione unilaterale avrebbe potuto comprometterne l'esito finale. Brigitte, se avesse avuto bisogno del loro aiuto, l'abrebbe sollecitato senza reticenze od ambiguità.

Dovevano avere la certezza che se per disgrazia avesse trovato un muro impenetrabile, sarebbero stati notificati immediatamente.

Firmato il contratto, dove si specificavano le attribuzioni e i doveri di ognuno dei tre firmatari, si salutarono con l'augurio di ritrovarsi presto in migliori condizioni.

Fior di Loto con la sua accompagnante Guo s'accomiatò da Giorgio, non priva di sentimenti per lui, ma quello che più importava con una rinnovata speranza nel suo cuore. L'orizzonte non era più così oscuro e minaccioso, e se il cielo l'avesse permesso, forse si sarebbe presto riscontrata con la sua creatura.

Giorgio, rimasto solo, sentì che una nuova vita era nata nel suo cuore. Però rimanevano molte strane impressioni da setacciare, sentimenti contrastanti da smaltire, e abitudine inveterate da rettificare, se voleva indossare degnamente il manto di una paternità fino allora sconosciuta.

Tuttavia, il compito più difficile era riservato a Brigitte. Si sarebbe imbarcata in un'avventura senza conclusione, sarebbe approdata nella terra del pianto e della desolazione o avrebbe finalmente fatto risplendere il sole della vera felicità familiare in quelle anime in pena?

CAPITOLO 13

Angelica, dopo l'incontro quanto mai sorprendente e rassicurante con il sacerdote Oliver, era andata a letto con una pace e serenità incommensurabili. Le porte di un futuro glorioso s'erano spalancate, ed il cielo era a portata di mano. Bastava allungare le braccia per afferrare la cornucopia della vita.

Al mattino seguente, invece di risvegliarsi con una prorompente energia, ed un sorriso contagioso, s'accorse con sorpresa che la sua fronte era surriscaldata, le labbra riarse e tutto il suo corpo spossato e languido.

Un attacco di diarrea la costrinse a chiamare l'orfanotrofio informando che non poteva recarsi al lavoro. Si sforzò per bere e mangiare qualche cosa, ma una nausea ed una propensione a vomitare la dissuasero da qualsiasi iniziativa in quel senso.

Trascorse la mattinata in uno stato di sospensione ed indecisione. Se si eccettuano alcune influenze e raffreddori stagionali, Angelica non sapeva cosa fosse una malattia. L'attuale senso di prostrazione e languidezza, oltre che sorprenderla, la trovò impreparata. Si trattava di qualche cosa di grave, o era semplicemente il risultato di un cibo deteriorato o di un po' d'acqua contaminata o di una puntura di zanzara? O forse il suo fisico si ribellava alle nuove condizioni climatiche, implorando un ritorno a ciò che gli era consuetudinario?

Persistendo i sintomi, con l'aggiunta di crampi addominali e mal di testa, nel tardo pomeriggio, totalmente stremata di forze, si recò con l'aiuto di una vicina, all'emergenza dell'ospedale più vicino.

Non si sarebbe mai immaginata che la sala d'attesa fosse gremita di ogni sorte di individui e con le più svariate necessità fisiche.

Finalmente, dopo ore d'attesa, arrivò il suo turno. Il dottore che la esaminò, d'età e con certa esperienza, non tardò a rendersi conto che si trattava di una caso di malaria. Sospendeva il giudizio sulla gravità della situazione, e le prescriveva degli antibiotici. Se dopo alcuni giorni persistesse il malessere, la consigliava di vedere uno specialista. Le forniva alcuni nomi con il corrispondente numero di telefono.

Ritornata a casa, con la mente in subbuglio, ebbe l'avvertenza d'informare Oliver, la famiglia Hanz e la direttrice dell'orfanotrofio della sua condizione di salute. La mamma di Pierino, la signora Teresa Hanz, appena ricevette la notizia della malattia di Angelica, le mandò una delle sue assistenti, affinché l'aiutasse e si prendesse cura di lei. Appena avesse avuto un po' di tempo libero l'avrebbe visitata in persona. Commossa da questo gesto munifico, la ragazza incominciò a piangere.

Ma non era solo la bontà della famiglia Hanz che la scuoteva profondamente, il fatto di aver preso la malaria l'aveva frastornata in un modo speciale. Per la prima volta si era sentita vulnerabile, impotente e alla mercede di forze incontrollabili, capaci di sovvertire ciò che veniva accarezzando con tanto amore, il suo futuro.

Perversità della sorte e sarcasmo di una forza occulta, il sogno di una missione tra orfani ed abbandonati sarebbe svanito come un treno in un tunnel alpino o come un condor in una gola andina?

Prostrata dalla febbre, quasi esanime per mancanza di energie, delirava ad occhi aperti. L'assistente della famiglia Hanz le fece coraggio con il povero linguaggio a sua disposizione. Era certa che la sua padrona avrebbe fatto l'impossibile per procurarle le cure migliori ed i dottori più competenti. A distanza di alcune ore, le medicine prescritte dal dottore dell'emergenza, davano l'impressione di mitigare i sintomi. Era una autosuggestione od un effetto reale? A quel punto per Angelica era difficile discernere se si trattava di un'illusione o no. Ma nonostante tutte le apparenze, l'unica cosa certa era che si sentiva ancora male.

La sua mente era tormentata da fantasmi e paure irrazionali ed il suo fisico crollava sotto i colpi impietosi di virus ignoti. Quello che più l'assillava era l'incapacità in cui si trovava proprio all'avvicinarsi delle grandi festività di Natale ed Anno Nuovo. Tutto sembrava perdere senso nella sua vita ed oscurarsi, dalla salute fisica al benessere psicologico.

Era impensabile per lei, giacere in un letto, bisognosa delle cure altrui. Che dire poi di un Natale trascorso in un clima caldo, dove la società non lo celebrava ufficialmente, né lo riconosceva come giorno sacro? Non presepi, non canzoni di Natale, non regali, e soprattutto nessun spirito di famiglia, d'intimità e gioiosa appartenenza. Era il vuoto più pauroso e l'insipidezza più disgustosa della sua esistenza.

Ricordava con nostalgia i suoi natali da bimba, la messa di mezzanotte, la musica particolarmente melodiosa che la trasportava in un dimensione irreale, le luci del presepio, la faccia rosea del bambinello Gesù che attirava i baci dei meno sentimentali, e scioglieva i cuori più induriti. Il paesaggio esterno, imbiancato da una coltre immacolata di neve, in netto contrasto con l'ambiente di famiglia, dove raccolti attorno al focolare si aprivano i regali e si esultava dalla gioia e sorpresa. Come scordare gli abbracci dei nonni, sempre generosi ed affettuosi, i teneri sospiri dei genitori e tutto l'insieme festoso dei pasti, ricchi di piatti prelibati e panettoni squisiti?

Tutto d'un tratto, per un gioco misterioso di sublimazione della natura umana, momenti particolarmente forti della fanciullezza ed adolescenza, accantonati nel dimenticatoio, come giocattoli fuori uso o invecchiati prematuramente, s'affacciarono alla finestra della sua coscienza, seminando sconcerto e suscitando rammarico.

Negli anni anteriori, anche se abitava fuori dei confini geografici della terra in cui era vissuta, non aveva sentito simile nostalgia, perché i parametri culturali rimanevano sostanzialmente immutati. Ma in questa terra del continente africano, nonostante una rampante globalizzazione in corso, la diversità era così accentuata, che poco o nulla si conformava alla sua visione del mondo. Angelica si ritrovava smarrita persino nel suo piccolo universo personale di sentimenti, aspirazioni e dolori.

Udiva le parole di sostegno ed incoraggiamento della premurosa assistente, ma non avevano nessun effetto nel suo cuore, febbricitante come il suo povero corpo. Qualsiasi posizione assumesse in quel letto, dal materasso duro e le coperte pesanti, rimaneva scomoda ed a disagio. Le cose più insignificanti la irritavano enormemente. "Oh Dio −pensava tra di sé- che cosa mi sta succedendo?".

Faticava a riconoscersi, ma quello che era peggio, non riusciva a reagire. Travolta dalle acque tumultuose di un fiume in piena, era trasportata contro la sua volontà, verso il basso. Avrebbe toccato il fondo, finendo nel baratro più indegno, dove gli istinti umani, fuori d'ogni controllo culturale o religioso, spadroneggiano senza ritegno alcuno?

Mentre farneticava in un delirio confuso, una voce femminile, dai toni indistinti ed accento smorzato, pronunciò il suo nome. Era forse un angelo che veniva a stenderle la mano e a sottrarla dal risucchio di quelle acque vorticose?

Aprì gli occhi rossastri, inumiditi da un pianto involontario, e forzando un sorriso su quella labbra secche, rispose "Sono qua". Teresa, la mamma di Pierino, dall'atteggiamento affettuoso e signorile, la guardò intensamente, poi, quasi scegliesse le parole da un glossario inedito, le disse "Angelica, sono venuta a farti gli auguri di Buon Natale e Felice Anno Nuovo da parte di tutta la mia famiglia, ed in un modo particolare da parte di Pierino. Ti ho portato un regalino, che spero ti faccia piacere".

Angelica la guardò estasiata, quasi il cielo si fosse aperto d'improvviso ed una visione celestiale l'avesse avvolta, stese la mano tremando, e afferrò il regalo. L'aperse lentamente e vi estrasse una fotografia con una cornice d'avorio, finemente lavorata, dove campeggiavano due visi sorridenti, il suo e quello di Pierino. Involto in una leggera carta bianca, v'era pure un vestito dai colori sgargianti. Avrebbe voluto indossarlo per vedere se si aggiustava perfettamente al suo corpo, ma desistette dal seguire quell'impulso naturale. Ringraziò invece quella signora che in qualche modo le aveva ricreato il clima natalizio.

Teresa avrebbe voluto rimanere con lei, ma gli assillanti impegni non le permettevano una visita prolungata. S'accomiatò delicatamente, promettendole che la sua assistente avrebbe fatto il possibile per alleviare la sua sofferenza.

Rimasta sola, Angelica si guardò intorno. Lo splendore di quel momento era svanito. Prese lo specchio e vi scoprì un'immagine che a stento poteva riconoscere. Si rese conto che la sua fisonomia si era alterata notevolmente, i suoi occhi erano infossati e privi del loro magnetismo, la faccia pallida, quasi cerea, i capelli afflosciati come foglie che languiscono sotto l'arsura di un sole infernale.

Si ritrovava nell'anticamera della morte o all'inizio di un cunicolo cieco? Il solo pensiero di una fine impietosa, o di una marcia dolorosa la sconvolse, portando a galla risvolti di coscienza da lungo inumati nel pantheon del trascurabile.

Rabbrividiva davanti alla possibilità di dover rendere conto del suo operato al Giudice Supremo. In linea con la sua educazione religiosa, era imprescindibile una confessione generale.

Era da tempo che aveva tralasciato i suoi doveri religiosi e avrebbe faticato enormemente a fare il cammino a ritroso per un esame generale. Tuttavia era imperativo, nonostante le avverse condizioni fisiche, o proprio in vista di quella precaria situazione di salute, fare uno sforzo supremo ed aggiustare i propri conti.

Prese il telefono, allo stesso tempo che faceva appello al suo coraggio, e chiamò il Padre Oliver. Una voce sconosciuta rispose che il sacerdote si trovava assente dalla parrocchia e che non si sapeva quando sarebbe ritornato. Con il cuore che le palpitava forte e con le parole che stentavano ad uscire dalle sue labbra, domandò che un sacerdote la visitasse al più presto possibile.

Le dissero che al mattino seguente il sostituto parroco avrebbe ascoltato la sua confessione e le avrebbe portato la comunione. Angelica ringraziò di cuore la persona della parrocchia e si accinse, dopo una faticosa riflessione, a mettere per iscritto i punti principali che avrebbe toccato nel sacramento della penitenza.

Con l'aiuto di un libretto, conservato gelosamente sin dalla prima comunione, ripassò i dieci comandamenti ed i cinque precetti della Chiesa. L'esame si concentrò su tre comandamenti, il terzo, il quarto ed il sesto. Quest'ultimo "Non commettere atti impuri" non solo assorbì la maggior parte del suo tempo, ma la lasciò insoddisfatta per la complessità di ricostruire un passato quanto mai torbido.

I precetti della Chiesa, per usare un'espressione forte, erano stati calpestati tutti e con impudenza, eccetto per le astensioni dalle carni nei giorni prescritti. Non aveva partecipato alla S. Messa nelle domeniche e nelle feste di precetto. Non aveva confessato, secondo la specie e il numero tutti i peccati gravi almeno una volta all'anno. Non aveva ricevuto almeno una volta all'anno la Comunione durante il tempo pasquale. Non aveva digiunato nel Mercoledì delle Ceneri e nel Venerdì Santo e non aveva osservato l'astensione dalle carni nei giorni prescritti. Infine non aveva sovvenuto alle necessità della Chiesa contribuendo secondo le leggi e le usanze.

Davanti a questo panorama spirituale tanto negativo, provò un senso di confusione e smarrimento. La sua coscienza, che rispondeva più a tendenze culturali che a criteri evangelici, poneva l'accento sui precetti declassando in qualche modo i comandamenti. Il rimorso era più sincero quando si trattava della trasgressioni ecclesiastiche, e meno quando si consideravano le manchevolezze contro le imposizioni divine. Il trascurare l'assistenza alla messa domenicale era per lei più grave che l'esperienza omosessuale con Brigitte. La natura ancora una volta aveva il sopravvento sull'educazione.

Se da una parte sentiva una necessità impellente di purificare la sua anima da ogni impurità, dall'altra non riusciva a vedere chiaro nel campo della colpevolezza, del rimorso e dei propositi. Una fitta nebbia s'era posata sulle innocenti certezze della fanciullezza e non riusciva a distinguere i peccati mortali dai peccati veniali, né a far senso sulle sue obbligazioni come cristiana. Cos'era il peccato, ammesso che davvero esistesse? Le contraddizioni dell'esistenza, la mutevolezza della realtà, lo scetticismo nelle idee, avevano disintegrato il suo sistema di valori. Il tsunami della gioventù aveva lasciato rottami, rifiuti e corpi esanimi.

Si chiedeva con una certa stizza ed indignazione, se il sole seguiva il suo corso, la luna le sue fasi e le nubi compivano con la loro missione, perché lei, creatura insignificante, non poteva seguire i dettami della natura? Perché prevaricava? Perché era intelligente e libera, o perché aveva finalmente deciso di seguire gli impulsi della sua natura repressa e addomesticata?

Desolazione spirituale e abbandono familiare la sballottavano da una visione all'altra. Povera Angelica, stava vaneggiando sotto i colpi impietosi della malaria, o stava attraversando una crisi profonda? Non sapeva se questa introspezione era generata dallo stato febbrile in cui versava o da una genuina sensibilità alle nuove esigenze. Era la malattia che la faceva delirare o la mancanza di un appoggio affettivo?

Come le era difficile dissipare i miasmi di quella natura corrotta e offuscata da un nebbione impenetrabile, che non le permetteva prendere sonno. Una volta addormentata, sogni indecifrabili, spesso paurosi, s'accavallavano, tormentandola oltre il necessario.

La voce inconfondibile dell'assistente pose fine al suo riposo agitato e l'avvertì che era giunto il sacerdote per amministrarle i sacramenti. Non ebbe né il tempo né le forze necessarie per accomodarsi che l'anziano religioso era già nella stanza. Sedendosi acconto al suo letto, senza preliminari, la invitò ad iniziare la sua confessione.

Con un atteggiamento da penitente convinta, iniziò con il rituale segno della croce e "Mi perdoni Padre, perché ho peccato. E' da tanti anni che non mi confesso. Non ricordo esattamente quanti. E questi sono i miei peccati". Cominciò ad elencare con compunzione tutte le manchevolezze che ricordava e terminò dicendo "Di questi e di tutti gli altri peccati che non ricordo chiedo perdono ed imploro l'assoluzione".

Il confessore, guardandola con benevolenza, la invitò a confidare nella misericordia infinita di Dio, a promettere fermamente di fare il possibile per non ricadere ed infine a conformare la sua vita a quella del Cristo sofferente nella croce. Le diede l'assoluzione accompagnata dalla santa comunione. Prima di lasciarla proferì alcune parole di conforto e sollievo e poi la lasciò senza i convenevoli del caso.

Angelica rimase scossa non dalla brevità del rito o dalla parsimonia del linguaggio ma dal consiglio di conformare la sua vita a quella di Gesù sofferente. Era un invito a prendere la croce per essere immolata? Era quello il destino della sua esistenza o una semplice metafora senza applicazioni concrete? Invece di sentirsi sollevata e inondata da una gioia immensa come ai tempi dei ritiri spirituali, quando dopo una confessione generale saltava dalla contentezza, si sentiva leggera e pronta a spiccare il volo, ora invece si trovava appesantita ed annebbiata.

Aveva aggiustato la sua partita con l'Onnipotente ed invece di un ben meritato sollievo, riceveva un programma d'immolazione e sofferenza. Lo sbalordimento ed il malessere fisico soppiantarono ogni altro stato d'animo e di corpo e prostrarono la povera creatura, che non sapeva più a che santo appigliarsi.

Né santi né angeli, né visioni né miraggi trasformarono la modesta cameretta, avvolgendola in un alone di luce soffusa, solo le quattro pareti, spoglie d'ogni adorno, rimasero mute testimoni di un povero essere che si dibatteva nelle tenebre dell'incerto. Angelica, scaraventata senza preavvisi dal letto di rose della sua normalità nell'oscurità della confusione spirituale e fisica, barcollava, tentennava cercando di aggrapparsi a qualche speranza che potesse sostenerla.

Erano trascorse tre giornate dalla sua visita all'emergenza. A dispetto delle medicine la sua condizione fisica era rimasta incerta. Decise di chiamare uno degli specialisti indicatole dal dottore che l'aveva esaminata. Il dottore George Muhindi, che esercitava nell'ospedale Nairobi della capitale, le fissò un'appuntamento per il giorno seguente, vigilia dell'anno nuovo.

Come era da prevedersi, le ore risultarono lunghe ed insopportabili. Finalmente accompagnata dalla buona assistente Edel, così era il nome della giovane, si recò dal dottore Muhindi. Dopo aver ascoltato una breve introduzione sull'inizio del malessere e sulle prescrizioni ricevute all'emergenza, la esaminò con cura, formulando nel frattempo domande pertinenti al suo passato e alla sua condizione presente. Ordinò diverse esami, tra essi sangue, urina, feci, ecc. La sottomise inoltre ad una ecografia ed altre esplorazioni con scanner, i cui risultati l'avrebbero aiutato a formulare una diagnosi il più possibile esatta.

La esortò ad essere paziente. Appena si fosse formato un giudizio sulla sua condizione, l'avrebbe notificata senza indugi. Il dottore era cosciente che non c'era tempo da perdere, perché se si trattava di qualche infezione grave, c'era di mezzo la vita di Angelica.

Questa ritornò a casa angosciata e triste. S'apriva un cammino inesplorato e nuovo nella sua breve esistenza, e mentre attendeva, come un condannato a morte, l'ora dell'esecuzione, si comunicava con l'orfanotrofio, la parrocchia e la famiglia Hanz proporzionando loro notizie sulla sua condizione di salute.

Il verdetto non si fece attendere. Ma non era certo quello che desiderava o s'aspettava. Il dottor Muhindi infatti la informò che non si trattava di un caso di malaria ma di una possibile infezione del virus Ebola. Ma anche qui non v'era nessuna certezza, perché i risultati degli analisi e radiografie non erano conclusivi. Si presentavano indizi chiari del letale virus, ma mancavano alcune componenti essenziali come perdite emorragiche ed eruzioni cutanee.

La consigliava di recarsi senza nessuna procrastinazione a Johannesburg, in Sudafrica, e affidarsi alle cure di uno specialista, amico suo, che esercitava nell'ospedale Milpark, mondialmente famoso per le sue ricerche avanzate nel campo dell'immunologia.

Descrivere la rivelazione come un fulmine a ciel sereno sarebbe una sottovalutazione di ciò che stava succedendo in quella povera mente sconvolta. Ciò che era iniziato come una febbre passeggera, si stava convertendo in un mostro mitico dalle sette teste, pronto a divorare qualsiasi creatura trovasse sul suo passo.

Il crogiolo della sofferenza, l'incertezza dell'avvenire, e la stessa sopravvivenza avrebbero maturato quella ragazza che aveva appena messo piede sulla soglia dell'età adulta? O piuttosto quell'insieme di sfortune l'avrebbero talmente rimpicciolita, da renderla incapace di affrontare da sola la lotta contro quella atipica ed astrusa peste?

La famiglia Hanz si prestò generosamente a sopperire a tutti i costi del trattamento e per il viaggio offrì l'assistenza della giovane Edel. Angelica accettò quest'ultima ma rifiutò decisamente la sovvenzione. Al malessere fisico, per il quale non era mai stata preparata, si aggiunse la sofferenza del distacco dalle poche persone alle quali si era affezionata. A quest'ultimo si stava abituando a mala voglia.

Il padre Oliver non era presente per l'ultimo addio. L'individuo che la conosceva più a fondo e con il quale aveva stabilito un legame inesplicabile, si trovava lontano dalla parrocchia, in una missione di soccorso. La notizia gli congelò il sangue nelle vene, come se un presentimento malvagio lo inducesse a pensare il peggio per quell'angelo dalle ali stroncate.

Angelica, senza indugiare eccessivamente sulla parte emotiva di quell'evento, non poté far meno di chiedersi, se sarebbe mai più ritornata a quella terra da poco adottata, se avrebbe mai più rivisti quei panorami dai tramonti dorati ed albe sorridenti. Si sentiva una missionaria senza missione, una predicatrice senza tema, una taumaturga senza miracoli. Nulla in lei la sopraelevava sulla massa dei mediocri e degli ordinari. Neppure la sua storia personale dagli intrecci tortuosi la faceva risaltare nell'oceano sconfinato della massa umana.

Se fosse stata estirpata dalla malattia, come gramigna infestante, non vi sarebbero stati né splendidi funerali, né rimpianti di folle, né menzione nelle notizie. Era un capitolo nascosto di un essere totalmente insignificante che non avrebbe suscitato sentimenti di commiserazione o rimpianti postumi. Era stata un luccichio fulmineo, un bagliore momentaneo nell'infinita galassia di stelle abbaglianti ed astri imponenti.

Il piccolo lucignolo, spentosi d'improvviso, non sarebbe stato avvertito neppure dai propri familiari.

Ridimensionata la propria esistenza, caduca ed effimera, alla luce di queste riflessioni, represse qualsiasi nostalgia e rammarico.

Guardandosi nello specchio, stentava a riconoscersi. Mancava ogni segno di contentezza nel suo sguardo, le sue guance erano pallide ed il viso smunto. Contrariamente alle ondate depressive che l'assalivano a tratti, e alla mancanza di vigore nelle sue membra spossate da quel morbo ignoto, accelerò i preparativi per la partenza.

In tutta fretta si recò all'aeroporto di Nairobi con la sua devota accompagnante, e fatto il biglietto, s'imbarcò nel primo volo per Johannesburg.

Edel non perdeva opportunità per renderle il viaggio meno scomodo possibile, in quella situazione infatti le era impossibile convertirlo in piacevole. Angelica non cessava di ringraziarla per qualsiasi attenzione, per insignificante che fosse. Le ripeteva con angoscia ed apprensione di non disturbarsi, e di riposare, giacché nelle ultime settimane aveva lavorato oltre i limiti delle sue capacità fisiche. Edel, sempre ottimista e piena di energie la rasserenava, sussurrandole con affetto all'orecchio "Non preoccuparti, tutto andrà bene. Il Signore non ti abbandonerà mai e ti proteggerà contro i mali visibili ed invisibili".

Dopo l'assordante decollo, quando il vecchio velivolo sembrava sfasciarsi sotto i colpi sferzanti dell'atmosfera, raggiunsero pian piano una certa altezza da dove si poteva osservare la città di Nairobi allontanarsi pian piano, il succedersi di piccole comunità sparse e finalmente estese enormi tra il confine con la Tanzania. Il cielo era sereno, il sole batteva inclemente sul lato sinistro dell'aereo, e nessuna turbolenza meteorologica appariva sul radar del pilota.

Tutto faceva sperare in un viaggio privo di ogni elemento di sorpresa. Angelica, a cui piaceva volare perché le dava una sensazione di libertà sconfinata, s'assopì reclinando il suo capo sulla spalliera del sedile. Edel non si stancava di osservarla con adorazione, come una madre non stacca i suoi occhi dal parvolo che dorme al suo fianco.

Quella scena idillica, più riscontrabile in descrizioni letterarie che in realtà vissute, fu improvvisamente interrotta da uno scricchiolio prolungato. Un boato enorme fece sussultare i passeggeri ed una paurosa fiammata ingolfò uno dei motori. Il velivolo sobbalzò come un trastullo nelle mani di un gigante, sballottando i passeggeri illividiti dalla paura. Perse quota, precipitando verso il basso ad una velocità impressionante.

Il piloto ed il suo aiutante, impotenti davanti a quel disastro, ebbero appena il tempo di lanciare un messaggio di soccorso, senza la possibilità di proporzionare alcun dato sulla situazione o sul luogo.

L'areo era completamente fuori controllo, in una discesa vertiginosa che l'avrebbe schiantato contro il suolo nello spazio di pochi minuti. I passeggeri, con il terrore della morte negli occhi urlavano e piangevano abbracciandosi l'uno con l'altro. Angelica, stringendosi ad Edel, pronunciò una breve invocazione al Signore, chiedendogli di riceverla benigno tra le sue braccia.

Tutto d'un tratto uno schianto enorme, seguito da un rumore infernale ed una vampata abbagliante. Angelica credette di trovarsi alla presenza dell'Onnipotente. Si sentì precipitata nel vuoto con una violenza inaudita. Uno scossone enorme la lasciò stordita, perdendo i sensi. Non si rese conto quanto tempo durò quello stato d'incoscienza. Quando riaperse gli occhi, invece di angeli, musica ed un biancore mille volte superiore all'ordinario con un Dio maestoso, contemplò una scena umana desolante. Là nel basso, corpi mutilati, membra sparse, rottami, piccoli incendi e rantoli impercettibili. Si guardò d'attorno, e si vide seduta con la sua aiutante nel sedile dell'areo, con la cintura ancora allacciata, sospesa nell'aria, intrappolata tra i rami di un albero secolare, in un bilancio precario. Volle rivolgere la parola ad Edel, ancora tramortita dall'impatto della caduta, ma si rese conto che la lingua non ubbidiva ai suoi comandi, quasi fosse appiccicata al palato. Tardò a rendersi conto che aveva perso l'uso della favella ed era rimasta muta.

Sebbene atterrita da quella scena apocalittica, si fece coraggio e scosse dal suo torpore Edel. Sul principio credette che fosse morta perché non dava nessun segno di vita. Stava per scoppiare in un pianto sconsolato, quando un leggero movimento del corpo l'avvertì che era ancora viva. Pian piano la ragazza ricuperò la conoscenza, e come se si fosse svegliata da un incubo raccapricciante, abbracciò Angelica con tutto il trasporto di cui era capace.

Ci volle tempo e concentrazione prima di percepire la gravità della situazione, poi comunicandosi con segni, Angelica la invitò a scendere con estrema precauzione. Tenendosi della mano ed aiutandosi vicendevolmente, misero piede sul suolo cosparso di rottami, indumenti e membra umane. L'odore acre del fumo di cespugli ed alberi bruciacchiati, di parti dell'aereo incenerite, e corpi carbonizzati, permeava l'ambiente, immerso in una realtà che sfidava i sensi e agghiacciava il cuore. Qualche lamento, proveniente da alcuni sopravviventi rendeva quello scenario dantesco più truce e terrificante. Ad un primo sopralluogo superficiale solo altre cinque persone erano sopravvissute. Apparivano malconce, insanguinate ed in uno stato deplorevole. Si trattava di un giovane ufficiale della forza aerea sudafricana, di un uomo d'affari sulla cinquantina, di una signora di mezza età ancora abbracciata strettamente alla figlioletta di sei anni ed infine di una assistente di volo.

Pian piano, come in una scena a rallentamento, i pochi scampati alla tragedia si avvicinarono l'uno all'altro, formando un gruppetto. Non sapevano se piangere, sorridere o gridare. Non v'erano esperti o consiglieri che li aiutassero ad uscire da quello spaventoso shock, erano completamente soli e dovevano far ricorso a tutte le loro risorse fisiche, morali e materiali per affrontare l'ignoto.

Angelica, letteralmente senza parole, ma con una ridda di idee sconvolgenti ed un turbinio frenetico di immagini provenienti da notiziari televisivi di simili sventure, si chiedeva perché non era perita anche lei tra le macerie e perché non si era posto fine alle sue sofferenze.

Le risuonavano ancora nella mente le espressioni di sopravvissuti in circostanze analoghe che definivano un miracolo l'essere rimasti in vita. Elaborando ulteriormente sull'accaduto, vi scoprivano un disegno dell'Onnipotente, che li destinava a qualche segreta missione di bene.

Per lei invece non si trattava di salvezza miracolosa, ma di condanna crudele, che prolungava senza senso alcuno, ciò che inevitabilmente l'attendeva. La morte sarebbe stata il miracolo più meraviglioso e la ricompensa più agognata. Non credeva che la Provvidenza giocasse con la vita degli esseri umani; erano solo effetti normali di cause meramente naturali. Non v'era né destino cieco né Dio Giustiziere che come esperto burattinaio facesse danzare al ritmo dei propri colpi cose e persone.

Ingarbugliata nella sua incoerente filosofia personale, ricevette una scossa da Edel, che la riportava alla realtà del momento.

Il giovane ufficiale sudafricano, nonostante il dolore penetrante nella parte sinistra del suo fianco, s'improvvisò coordinatore dell'operazione per la sopravvivenza. Era necessario non perdere tempo, perché rimanevano poche ore di luce. Le poche persone abili dovevano fare l'impossibile per rintracciare prima qualsiasi resto di cibo e bevanda e poi qualsiasi pezzo di materiale che servisse per proteggersi e coprirsi durante la notte.

Con le poche nozioni di pronto soccorso, cercò di pulire le ferite e fasciare alla bella meglio le possibile rotture. S'ingegnò a costruire una specie di tenda e, non lontano da essa, a mantenere vivo un fuoco con l'intenzione di allontanare animali selvaggi. Edel, si sarebbe preoccupata della bimba e di sua mamma, mentre che l'assistente di volo avrebbe coordinato ad amministrato i pochi viveri che erano riusciti a rastrellare.

L'uomo d'affari appariva particolarmente depresso e pronto ad arrendersi. Non voleva infatti né mangiare né bere. Angelica, dimenticando le sue necessità, con segni e con gesti affettuosi, lo esortò a rincuorarsi, accettando la sventura e procurando ricavarne qualche cosa di positivo.

Angelica non s'accorgeva che aiutando il povero uomo, stava aiutando sé stessa. Dimenticò la sua condizione di salute e la perdita della favella, e con una carica di energia da rinata, affiancandosi all'ufficiale, s'affaccendò ad allestire quel minuscolo accampamento dove avrebbero trascorso la notte.

Le prime ore furono difficili per tutti, ma particolarmente per la ragazzina, che continuava a piangere non tanto per il dolore che provava, effetto della caduta violenta, quanto per la ferita che la mamma aveva sostenuto nella gamba destra. L'assistente di volo aveva tentato di arrestare la perdita di sangue con una bendatura improvvisata, e sembrava ci fosse riuscita.

Raccolti, sotto il tetto di quel rifugio originale, proferivano parole di conforto e d'apprezzamento. Mentre consumavano alcune vivande, cercavano di consolarsi mutuamente. V'era un barlume di speranza nelle loro affermazioni disarticolate. Presto o tardi missioni di soccorso li avrebbero scovati e riportati alle loro famiglie.

Fuori, alla luce del giorno era subentrata un'oscurità paurosa. Non v'era chiarore di luna, solo qualche stella faceva capolino tra una nube e l'altra. Il silenzio, in quello spazio selvaggio, era rotto da richiami di animali sconosciuti. Il senso percettivo di quei poveri superstiti sembrava si fosse affinato improvvisamente, perché qualsiasi rumore li faceva trasalire di paura.

La disgrazia aveva azzerato tra i sopravviventi le disuguaglianze di denaro e condizione sociale, tutti erano diventati poveri e ricchi allo stesso tempo. Non potevano contare sulle proprie risorse economiche, ma potevano valersi delle proprie capacità d'intelligenza e creatività.

Angelica non si era mai sentita così limitata ed incapace. Tuttavia, rimasta spoglia d'ogni zavorra materiale e condizionante sociale, poteva spiccare il volo più libera che mai, perché alleggerita da remore ataviche.

Se la vita le riservava un futuro, per corto che fosse, l'avrebbe modellato a suo modo. Intravvedeva la possibilità di una novità assoluta, di un originalità sorprendente e perché no, di una nuova Angelica.

Anche i timori e le paure erano scomparsi, perché quando nulla si possiede nulla si teme. L'unico gioiello che rimaneva ancora era la vita, ma dal momento che questa si era trasformata in un peso per Angelica, il perderla sarebbe stato un grosso guadagno.

La notte, ed il sonno che sopravvenne, posero fine a quella giornata infuocata, cospargendo le ferite, tanto fisiche come morali, con un balsamo dagli effetti medicinali sconosciuti.

Le visioni notturne, frutto di un subconscio che mai s'assopisce, offrivano ai poveri dormenti immagini piene di pace e di bellezze naturali. Enormi campi di girasoli dilettavano quelle menti terrorizzate, branchi di antilopi pascolavano pacificamente sui pendii verdeggianti di numerose colline e bande di uccelli variopinti solcavano l'azzurro infinito del cielo.

La natura, per un istante, si era rappacificata, e l'universo sembrava aver seppellito per sempre le ferree leggi della ferocia del più forte. Al disordine era subentrata l'armonia, alla lotta per la sopravvivenza l'aiuto reciproco e allo spargimento di sangue lo spartizione dei beni comuni.

Angelica, quale fenice, risorta dalle ceneri e rottami dell'aereo schiantato, s'elevava maestosa unendosi al concerto universale. Non v'era né passato né futuro, solo un presente eterno, capace di colmare ogni aspirazione di felicità.

Aveva oltrepassato la soglia dell'immortalità o semplicemente immortalato nel sonno l'insito anelito della sua anima in pena? Nessuna risposta l'avrebbe appagata di più di una semplice nescienza. L'ignorare diventava mille volte più prezioso del conoscere, perché prolungava uno stato d'estasi incosciente. Temeva infatti che il sogno, una volta concretatosi perdesse quell'aura di incorruttibilità ed eternità che possedeva.

"Carpe somnium" diventava il suo motto.

CAPITOLO 14

Brigette, l'istitutrice dagli occhi dolci e modalità delicate, che trasudava da tutti i pori del suo fisico classicità, nel giro di qualche mese si era trasformata in una donna pacata, inquisitiva e perspicace, che non lasciava pietra intatta pur di scovare la verità. Se prima viveva nel passato romantico e guerriero di Omero, Virgilio, ora si proiettava nel futuro esaminando impronte digitali, fibre, DNA, e banconote falsificate.

Il modo di vestire tradizionale, che tanto piaceva agli uomini, perché altamente femminile ed attrattivo, aveva lasciato posto ad un uniforme aderente al corpo. Si assomigliava ad una di quelle attrici del tipo "Star Treck", tutta tecnologia e fantascienza, e nessun richiamo all'indulgenza della carne.

Non v'era più posto per romanticismi o sdolcinature sentimentali, ma per azioni calcolate e passi guardinghi. Il tempo per sogni di un dolce far nulla meditativo o di una tranquillità prolungata all'infinito era stato sostituito da un'azione ininterrotta, piena di sorprese sgradevoli e trabocchetti impensati.

In poco tempo si era addentrata nei trucchi del mestiere, non senza inciampare a volte in ostacoli dalle apparenze insormontabili. Non poche volte la sua impazienza e precipitazione avevano causato smacchi considerevoli. Il sentiero dell'investigazione anche per lei era cosparso di disillusioni e fallimenti. Ma appunto in virtù di questi si era irrobustita le ossa.

Di ritorno da Torino, si accinse, con un desiderio interiore che le bruciava le fibre di un cuore diviso, ad intraprendere un'investigazione, che si presentava quanto mai originale. Non si trattava di un delitto, o di un atto di terrorismo, o di una frode bancaria. Non v'erano i comuni componenti di tradimento, infedeltà coniugale, comportamenti anti-aziendali e crimini contro la società. Non abbisognava di apparati elettronici sofisticati, come telecamere senza fili, ricevitori/trasmettitori, fibre ottiche, fotocamere, antenne per visioni notturne, cellulari modificati o di analisi di laboratorio. Si trattava di rintracciare una persona che non era stata sequestrata, ma che di propria iniziativa e volontà aveva scelto di percorrere un certo cammino senza notificare parenti od amici.

Di primo acchito la missione dava l'apparenza di una semplicità impressionante, quasi imbarazzante. Se fosse fallita infatti avrebbe potuto rovinare o persino distruggere la reputazione di Brigitte. Doveva quindi pianificare intelligentemente i suoi movimenti, procedere con estrema cautela, e soprattutto avvalersi del suo intuito e conoscenza personale del soggetto.

Senza mettere nulla per iscritto, formulò un profilo ben definito del soggetto, con le sue tendenze, con le sue inconsistenze e soprattutto con il suo carattere dolce e volubile allo stesso tempo. Se da una parte si poteva attendere continuità e stabilità nella vita di Angelica, d'altra parte v'erano in lei impulsi che la spingevano verso il nuovo, il non convenzionale, il totalmente originale.

La giovane, eclettica per nascita ed educazione, valutava la sua vita ed il suo futuro, ma soccombeva spesso a movimenti irrazionali che si ispiravano a un connubio di ideologie esoteriche. Brigitte doveva tenere in conto questi ed altri imponderabili e ricordare in modo particolare l'età del suo soggetto. Mancante di legami affettivi, per quanto conosceva, ed ispirata ad uno stile di vita, quanto mai libero, appreso nell'ambiente universitario londinese, poteva offrire sorprese non del tutto gradevoli.

Questa caratterizzazione di Angelica, che con il tempo sarebbe stata approfondita, costituiva una prima arma offensiva nella guerra che si apprestava a dichiarare contro la scomparsa della sua beniamina.

Non accarezzava illusioni di rintracciarla facilmente, ma nutriva certamente una speranza innata di condurre a buon termine la sua investigazione.

S'accomiatò dallo zio, e con la sua benedizione, prese il treno, che l'avrebbe portata a Londra. Era la prima volta che lasciava il continente. Si trattava quindi d'una esperienza eccitante. Possedeva un conoscimento teorico della diversità delle due culture, dovuto all'abbondante informazione dei mezzi di comunicazione, ma era carente del contatto empirico, capace di ribaltare totalmente le immagini e percezioni prefabbricate dei drammi televisivi.

Brigitte preferiva il treno all'aereo, perché il primo le permetteva di staccarsi lentamente dai luoghi conosciuti per immergersi con calma nel nuovo ambiente verso cui era diretta. Le offriva inoltre il lusso di pensare, leggere e meditare a suo agio; di esaminare i panorami e studiare il comportamento delle persone attorno a lei. Osservante scrupolosa, non voleva lasciarsi scappare nessun dettaglio della nuova realtà.

La filosofia tradizionale le aveva insegnato che per arrivare all'universale, bisognava spogliare l'individuo concreto dai suoi particolari, in termini tecnici dagli accidenti, quali colore, odore, sapore ecc. Fortunatamente l'esperienza l'aveva ammaestrata in modo diverso. Solo per mezzo degli accidenti, quali la lingua, cultura, storia, religione, il modo di vedere e pensare, il comportamento e giudizi quotidiani si arrivava ad un'immagine quanto mai ravvicinata alla realtà di un popolo o gruppo politico, etnico o religioso.

Inoltre per captare questa accidentalità o componenti imprescindibili della fisonomia di una nazione era necessario farli propri per mezzo di una prolungata convivenza. Solo così uno poteva vantare una certa conoscenza ravvicinata. Questo non si otteneva ovviamente con una settimana o mese di permanenza tra la gente che si voleva studiare, né valevano letture di esperti in materia.

Nessuna illusione, quindi, per Brigitte di poter addentrarsi nel complesso mondo anglosassone, ma solo un desiderio profondo di ascoltarne il polso per qualche momento fuggevole e respirare per qualche notte l'atmosfera nella quale la sua amica d'un tempo si era immedesimata.

Totalmente persa in queste divagazioni, non si era accorta che il treno sfrecciava veloce verso Parigi. I panorami si susseguivano, uno più attraente dell'altro. Più lontani erano gli abitati e le coltivazioni e più a lungo si potevano ammirare, mentre che i più vicini sparivano in un batter d'occhio.

Era un po' come il treno della sua esistenza. I tempi passati si potevano osservare nella pienezza dei loro dettagli, mentre che i minuti presenti si dileguavano, perdendo all'istante i loro contorni. Tipica contraddizione o peculiare assurdità dell'esistenza umana: dava più vita al passato che al presente. Meglio ancora ricostruiva il passato nel presente e sotterrava il presente nel passato.

Un rallentamento improvviso la scosse, riemergendola nell'attualità. Si guardò d'attorno rendendosi conto dei compagni di viaggio, seduti nello stesso compartimento. Una coppia di anziani, che all'apparenza non desideravano essere disturbati. Davano l'impressione di aver visto fin troppo nella loro vita, per cadere in una conversazione dai luoghi comuni. Tra un pisolino e l'altro, si guardavano mutuamente, soddisfatti di trovarsi ancora l'uno accanto all'altro e respirando. Alla sua destra un signore d'affari, sprofondato nella lettura di un giornale. Vicino all'uscita, due giovani dall'atteggiamento beatifico ed assonnato, di ritorno da un viaggio interplanetario o da una luna di miele, sembrava avessero sperimentato in profondità l'armonia cosmica insieme alla concordia somatica, esplosiva la prima, precaria la seconda. Il mondo attorno a loro non li toccava, perché loro si erano convertiti nel centro dell'universo.

Brigette, da fine auscultatrice dell'ambiente, sebbene osservasse svagatamente il microcosmo attorno a lei, percepì che nessuna connessione era possibile tra lei e gli altri compagni di viaggio. Li guardò di sfuggita uno per uno, tutti erano fisicamente presenti, ma tutti impegnati a portare avanti un monologo, che rifiutava interferenze, e chiudeva le porte ad un' apertura per i convenevoli e le introduzioni di rito.

Simile sconnessione non la inquietava, al contrario la rincuorava, quasi costituisse una pesante armatura medioevale, che la rendeva invulnerabile contro una società invadente. Era convinta che la società moderna, sotto le speciose parvenze di informazione stava erodendo le libertà personali e capacità di scelta dei più avveduti, modificando persino la condotta individuale dei meglio intenzionati.

Brigitte non era per natura pessimista, ma sapeva penetrare con perspicacia nei meandri della nuova umanità, che aveva sacrificato valori essenziali, per abbracciare ciecamente la super velocità elettronica dei nuovi mezzi di comunicazione.

Un rallentamento supersonico del treno l'avvertì che erano giunti a Parigi. Come per incanto i suoi muti accompagnanti scomparvero nel corridoio affollato. Lei era l'unica che proseguiva il viaggio. Ben presto il compartimento si riempì di gente. Tutto sembrava ritornato ad una normalità, che non lasciava prevedere scossoni improvvisi, quando posando lo sguardo su quei nuovi volti, s'accorse che proprio difronte a lei aveva preso posto un signore dal portamento raffinato. Con un sorriso appena pronunciato, la salutò in un francese incerto, ma corretto.

Brigitte rispose con la delicatezza di un fiore che si apre lentamente al primo bacio di un sole mattutino. Emanava allo stesso tempo un aroma di inconsueta soavità. Nessun cuore, per indurito che fosse, avrebbe potuto resistere quel gentile effluvio di bontà.

Ben presto si stabilì una conversazione cauta, ma altamente motivata. I due si afferravano disperatamente a trivialità per non soccombere all'attrazione fatale che si era stabilita. Più si sforzavano per allontanarsi da quel circolo magnetico che li stava imprigionando, più si sentivano attratti l'uno all'altro. Nessuno dei due poteva credere a un attacco malaticcio d'amore, così fulmineo.

Il signore era un membro dei servizi segreti inglesi, in missione nel continente. Stava rintracciando i movimenti di alcuni pericolosi terroristi, intenti, secondo i comunicati segreti, a far saltare il centro nevralgico, dove si portavano a termine i servizi bancari londinesi con ramificazioni internazionali. L'idea era paralizzare l'economia mondiale.

Tanto Brigitte come l'agente inglese, che si chiamava Edward, non avrebbero mai sognato di compromettere la loro attività investigativa con un'avventura sentimentale. Era al di sotto della loro professionalità ed avrebbe potuto compromettere seriamente la loro carriera. Ma a misura che l'amichevole conversazione s'addentrava nelle intimità della loro vita personale, non s'accorsero che la fiamma iniziale si stava sviluppando in un incendio.

Brigitte pendeva dalle sue labbra e non perdeva una sillaba di ciò che le stava dicendo, come se fosse un'esaltata religiosa affascinata da un santone apocalittico. Pensava tra di sé "Sto sognando ad occhi aperti, o sono impazzita d'improvviso? Questo non può essere reale. Non sta accadendo a me, ma ad un mio surrogato". Edward, meno surriscaldato di lei, intratteneva riflessioni di carattere più pragmatico. Era stata lei affascinata dalla sua persona, o semplicemente ostentava una facciata di cortesia e buone maniere? Nella sua professione di agente segreto si era avvezzato a dubitare di ogni parvenza dai colori troppo smaglianti. Conveniva smorzare gli ardori di quella cotta estemporanea, e mettere freno a desideri smodati di amore ed intimità.

Ma nessun proposito, nessuna considerazione riusciva a distruggere l'incanto magico e la passione ardente nata da quell'inatteso incontro. Ambedue si sentivano prigionieri di una forza superiore, e sembravano obbligati a proseguire un cammino che a testa fredda sarebbe parso impraticabile.

Le subite esitazioni che come luci rosse s'accendevano e smorzavano ad intervalli aritmici né tolsero forza alla valanga di emozioni, né riuscirono a contenere la fiamma divampante che stava divorando quei due cuori assetati d'affetto.

Il treno inavvertitamente s'era inoltrato ad alta velocità nel tunnel della Manica, lasciando dietro di sé un continente pieno di tragiche storie d'amore, di guerre sanguinose e tradimenti crudeli. Avrebbero Brigitte ed Edward aggiunto un altro capitolo ad una simile letteratura amorosa o tutto sarebbe terminato in un falò di effimere illusioni?

Edwad, che non aveva nessuna intenzione di lasciarsi sfuggire quella preda preziosa, le promise che l'avrebbe assistita nella sua investigazione in veste non ufficiale. Con i dati a sua disposizione avrebbe certamente facilitato la ricerca della giovane scomparsa, o nel peggiore dei casi l'avrebbe messa sul buon cammino per mezzo di contatti altamente qualificati. Non esitò a darle il suo indirizzo postale ed elettronico ed il numero del suo cellulare.

Brigitte a momenti ebbe l'impressione di trovarsi cullata tra la bambagia di una fortuna immeritata, e con un timore panico s'aspettava che tutto s'infrangesse improvvisamente, lasciandola cadere sanguinante in un lastricato sconosciuto.

Ciò nonostante pregava il cielo che la contentezza presente si prolungasse all'infinito e che il viaggio durasse un'eternità. Ma con sua grande sorpresa avvertì che erano giunti a Londra. Si sarebbero lasciati con una stretta di mano o con un bacio sulla guancia o con un semplice saluto e sorriso? Edward insistette nell'accompagnarla fino all'hotel. Giunti sul posto ed accertatosi che Brigitte avesse le comodità necessarie, la pregò di chiamarlo appena ne avesse bisogno. Con una stretta di mano calorosa s'accomiatò da lei, lasciandola un po' con la bocca asciutta. S'aspettava qualche cosa di più o di diverso? Neppure lei sapeva rispondere a quella domanda.

L'immaginario specchio dove si erano riflettute scene romantiche e piene d'un calore umano straordinario non si era frantumato, solo appannato. Se da una parte provava un vuoto strano, dall'altra s'allegrava di poter dedicare le sue indomite energie alla missione per la quale era stata contrattata.

Il tempo trascorreva veloce, più veloce di un treno impazzito. Si era fatta sera e Brigitte dopo un bagno tonificante ed una cenetta in un ristorante vicino, s'accinse a dormire. Stava per chiudere gli occhi, quando il telefono squillò. Era Edward che le augurava la buona notte e sogni d'oro. Sorrise compiaciuta e si lasciò cadere in un sonno profondo.

Il mattino seguente Brigitte, con un' energia ed entusiasmo sconfinati, diede inizio alla sua investigazione, recandosi sul luogo di lavoro, dove Angelica aveva fatto i primi passi come impiegata nella compagnia "Import and Export". Il tempo non prometteva nulla di buono. Il cielo appariva plumbeo e la gente indifferente o tuttalpiù indaffarata. Tutto si muoveva con un ritmo accelerato.

Con una certa affettazione di modali, ma con un sorriso cattivante, Brigitte s'abboccò con il presidente della compagnia, e dopo le presentazioni, chiese informazioni su Angelica Rossi, che era stata assunta da loro qualche anno addietro.

L'esecutivo la fissò con certo interesse e poi, mettendosi la mano nei capelli, quasi frugasse per qualche foglio smarrito in un cassetto della scrivania, la consigliò di parlare con una incaricata del personale, che certamente le avrebbe potuto fornire dei dati interessanti.

Brigitte dovette attendere più di un'ora prima di poter abboccarsi con la persona designata. Finalmente, dopo vari tentativi falliti, riuscì ad ottenere l'informazione che desiderava.

Uno dei fondatori della compagnia, anziano e malaticcio, aveva invitato Angelica a fargli compagnia, con la promessa di una remunerazione pecuniaria non insignificante. Con l'informazione necessaria, su questo personaggio munifico, Brigitte ritornò all'hotel. Il giorno seguente si sarebbe recata di persona sul posto.

Stava studiando la cartina geografica per localizzare l'indirizzo, quando sentì che qualcuno stava bussando alla porta. Senza esitazione l'aperse e con sorpresa si trovò di fronte ad una giovane ragazza che dopo averla salutata le comunicò che veniva per desiderio di Edward. Questi, s'era dovuto allontanare per una missione d'urgenza nel Mezzo Oriente. Aveva preferito scusarsi per mezzo di lei, invece di farlo per telefono. Lo sentiva molto, ed appena avesse avuto l'opportunità si sarebbe comunicato con lei.

Quanto mai sconcertata Brigitte invitò la giovane ad entrare nella sua stanza. Saputo che era una compagna di lavoro, si azzardò a farle qualche domanda sulla vita privata di Edward. Con un' onestà che rasentava l'ingenuo, le diede a conoscere dettagli della vita personale dell'agente che la stupirono grandemente. Qualche anno addietro si era divorziato ed in corte aveva perso la battaglia per la custodia della figlia di dieci anni. Per questo smacco legale aveva passato momenti difficili. Al presente sembrava più sereno, anche se una tristezza profonda annidava nelle pieghe più intime del suo animo. Era stimato ed apprezzato dai suoi colleghi e dall'organizzazione perché era un esempio di dedizione al lavoro e di suprema lealtà ai suoi superiori.

Brigitte ringraziò profusamente la giovane e si lasciarono con una stretta di mano cordiale. Seduta sul letto, volle continuare nella pianificazione dell'itenerario del giorno seguente, ma non riusciva a concentrarsi. Per qualche ora rimase sballottata da sentimenti opposti. Non sapeva se ringraziare la sua buona stella per aver allontanato una distrazione così pericolosa, od imprecare contro un destino cieco per averla privata di un possibile aiuto e sostegno. Che dire poi del fatto che non le aveva menzionato l'esistenza di una figlia e di un fallito matrimonio? Doveva fidarsi di una persona che poteva possedere mille virtù ma che mancava del coraggio necessario per rivelarle i segreti più nascosti del suo passato? Doveva arrivare alla conclusione che non esistevano più cavalieri senza macchia, o che forse non erano mai esistiti, e che la passione dell'amore e dell'infatuazione giocavano spesso tranelli dolorosi? Aggiunte più nubi ad un cielo interno già sovraccarico, si sentì sfiduciata nei riguardi della sua vita affettiva. Mancava direzione, era ammuffita in uno scantinato del suo edificio sociale. Ma questo non era né il luogo né il tempo per un ripensamento ed una ristrutturazione della sua esistenza. La missione di rintracciare Angelica aveva la precedenza. Mano quindi all'opera.

Con una rinnovata motivazione finì la sua ricerca sulla località dove abitava Peter. Si trattava di una tenuta, quanto mai isolata, nei dintorni di Londra. All'indomani si alzò con una contentezza strana. Il ricordo la riportava ai giorni della sua fanciullezza, quando gioiosamente baciava la mamma e frettolosa si precipitava verso la scuola per iniziare una giornata piena di novità. Sembrava gustare di nuovo una certa dolcezza nel palato che la faceva dimenticare amarezze ed incomprensioni.

Contrariamente all'uso continentale, ebbe una colazione a base di uova e pancetta, marmellata, burro e pane. Una generosa tazza di tè accompagnò quella specie di pranzo anticipato. Come un guerriero medioevale, armato di corazza ed elmo, era pronta a lanciarsi nel fitto della mischia.

Senza guardare alle spese, contrattò un taxi. Il conduttore, un pachistano giovane dall'aria intelligente e l'atteggiamento dinamico, fece un segno di acconsentimento appena Brigitte gli mostrò la cartina geografica ed il luogo esatto dove voleva recarsi. Con una forte inflessione nell'accento le disse "S'accomodi signorina, e s'intrattenga con il panorama". Cominciò con una maestria geniale a sfrecciare tra le vie del centro affollatissimo della metropoli, e nel giro di venti minuti si ritrovarono fuori città, in piena zona verde.

Tutto marciava alle mille meraviglie quando in una stradina abbandonata si imbatterono in un enorme autocarro che non permetteva il sorpasso. A mala voglia il giovane dovette dimezzare la velocità e rassegnarsi a marcare il passo. Si scusò con Brigette, promettendole di ricuperare il tempo appena ne avesse avuto l'opportunità. Lei con una calma imperturbabile lo pregò di procedere con cautela e di non preoccuparsi eccessivamente.

Finalmente arrivarono difronte ad una vasta proprietà recintata con mura ed un enorme cancello che lasciava intravvedere una vetusta mansione. Il giovane scese dall'auto, suonò il campanello. Brigitte lo pregò di rimanere fino a quando avesse parlato con il maggiordomo o chi per esso.

Un uomo d'età e con un certo contegno austero, chiese chi fossero e che cosa volessero. L'investigatrice spiegò il motivo della sua visita e menzionò il nome della persona con cui desiderava parlare. Quale non fu la sua sorpresa quando le disse che l'anziano Peter era deceduto e che la proprietà era stata venduta. Il nuovo proprietario e la servitù non avevano nessuna conoscenza dell'antico personale. Le suggeriva che andasse a vedere un signore che aveva fatto parte della famiglia anteriore e che probabilmente le avrebbe potuto proporzionare qualche dettaglio della giovane scomparsa. Non possedeva l'indirizzo di quell'impiegato, ma solo il nome ed il numero di telefono.

Con molto rammarico ed una venatura di malinconia, rientrarono nel taxi e con una fretta malcelata, fecero il cammino a ritroso. Giunta all'hotel, Brigitte pagò il giovane e lo ringraziò con una generosa mancia.

Sola, in balia del caso, e con un primo insuccesso nella sua ricerca, non si abbatté né si scoraggiò. S'avvicinò al telefono e marcò il numero che le era stato dato. Rispose una voce rauca ed incerta. Dopo una breve introduzione, fissò un luogo di riunione.

Si ritrovarono all'entrata di un caffè nel centro della città. Si riconobbero dai particolari sottolineati nella conversazione telefonica.

Dopo un saluto freddo e distante, si sedettero, si guardarono ed ordinarono una bibita.

Brigitte, senza perdere tempo, e con un gesto che sdrammatizzava il possibile interesse che poteva nutrire per l'oggetto della sua investigazione, chiese al signore se conoscesse Angelica e se sapeva qualche cosa della sua situazione presente.

L'uomo, di una certa età e con il vizio del fumo che non gli permetteva trascorrere dieci minuti senza accendere una sigaretta, affermò che aveva conosciuto Angelica in circostanze non proprio favorevoli. In quel tempo il suo padrone si trovava prostrato con una malattia incurabile. Angelica era stata assunta per fargli compagnia. Ben presto con le sue sottili insinuazioni le aveva rubato il cuore. Diventato debole, e quasi privo di forze, la ragazza l'aveva totalmente ammaliato con i suoi incantesimi femminili al punto che il povero ammalato non s'interessava più di nessun altro. Lei era diventata l'unico oggetto dei suoi riguardi. Il personale incominciò a detestarla fino al punto che si sarebbero disfatti di lei, anche in un modo violento. A complicare il panorama, avvenne che un giardiniere, dalla testa calda, si innamorasse di lei, tradendo così la sua fidanzata, che era una delle impiegate.

Fortunatamente quella situazione di alta tensione non durò molto. L'anziano, perse la conoscenza ed Angelica fu licenziata immediatamente. Si rumoreggiava che un po' prima di questi avvenimenti, l'ammalato, ancora in possesso delle sue facoltà mentali, per mezzo di un avvocato, avesse donato alla ragazza una enorme quantità di denaro.

L'unico che poteva saper qualche cosa di Angelica era quell'avvocato. In possesso del suo nome, Brigitte ringraziò l'informante, pagò per le bibite e ritornò all'hotel.

Si trovava un tanto sconcertata da quella descrizione caratterologica di Angelica, rassomigliante ad una megera che sfrutta le sue arti femminili per intrappolare un povero anziano sul letto di morte. Non riusciva proprio ad immaginarsela in quella veste degradante e crudele. S'era convertita in una arpia malvagia che s'alimentava di carne umana? Rifiutava con tutte le sue forze tale ritratto. Ora più che mai si sentiva spinta a scalare montagne ed attraversare oceani pur di ricomporre nella sua originale bellezza, l'immagine deturpata della sua beniamina d'un tempo.

Una freccia le aveva trafitto il cuore e provava un dolore enorme al solo pensiero di un'Angelica sfruttatrice ed approfittatrice delle debolezze altrui.

Senza perdere un secondo in quella ricerca, che stava assumendo le caratteristiche di affannosa, cercò nella guida telefonica il nome dell'avvocato. Il cognome Smith era molto comune e lo stesso il nome Paul. Fortunatamente, v'era un avviso con quel nome dove si offrivano servizi legali a prezzi ragionevoli. Con la mano tremante Brigitte fece il numero del telefono. Dopo un attimo d'attesa, rispose una voce femminile, dal tono ovattato ma sicuro.

"Qui, la firma legale Paul Smith, chi chiama?"

"Il mio nome è Brigitte. Sono una investigatrice privata. Avrei bisogno di parlare con il Sig. Smith. E' urgente. Si tratta di ritrovare una giovane dal nome Angelica Rossi".

"Può venire domani, verso le nove del mattino".

"La ringrazio di cuore. Arrivederla".

Il giorno seguente puntualmente Brigitte si ritrovò nella sala d'attesa di Paul Smith. La segretaria l'accolse con un sorriso di cortesia. L'attesa non fu lunga. Dopo alcune telefonate di certa importanza, l'avvocato Paul la introdusse nel suo ufficio, privo di fronzoli o insegne d'un passato glorioso, ma pieno di serenità.

Con certa amabilità, che sapeva d'affettato, la invitò a sedersi e ad esporre il suo caso. Brigitte l'osservò con interesse e senza perdere un dettaglio dei suoi movimenti più insignificanti, narrò la scomparsa della giovane Angelica e come i genitori erano sommamente interessati nel rintracciarla.

Paul, rimase sorpreso dalla scomparsa di quella giovane che ammirava per il suo carattere gentile e disinteressato. Le spiegò come ebbe l'occasione di conoscerla. A richiesta di un suo cliente, un facoltoso anziano sofferente, aveva provveduto al futuro di Angelica per mezzo di un conto in banca e di una casa in Oxford. Era venuto a conoscenza che per gelosia malcelata del personale era stata licenziata non appena il povero ammalato aveva perso il conoscimento.

Non ebbe tempo di salutarla e presumeva si fosse recata a vivere nella città universitaria. Le diede l'indirizzo e la pregò d'informarlo sulle vicende di quella investigazione.

Brigitte s'accorse, dalle osservazioni incidentali di Paul, che l'immagine della giovane ritornava a splendere nella sua luce naturale. Con l'animo risollevato ed una fede indomita, prese il treno per Oxord. Giunta sul posto, bussò alla porta. Mentre attendeva una risposta, guardò all'intorno ed ebbe l'impressione che la proprietà fosse stata trascurata. Bussò nuovamente, ma nessuna risposta.

Alcuni vicini interpellati da Brigitte rivelarono che la ragazza era assente da qualche tempo. Sapevano che frequentava la parrocchia cattolica e che probabilmente questa potrebbe convertirsi in una fonte d'informazione.

La giornata stava per volgere al termine e l'investigatrice, ancora a mani vuote, si diresse verso una pensione per turisti e studenti. Prima di andare a letto, volle spendere qualche ora in un "pub" vicino al centro cattolico. Con grande sorpresa si ritrovò con due ragazze che avevano conosciuto Angelica e che formavano parte del "Movimento giovanile" parrocchiale.

Il loro racconto era qualche cosa di inverosimile. Sembrava tratto da un romanzo del fine ottocento. Secondo la loro versione, il giovane parroco si era invaghito della ragazza. Questa, ingenuamente, nella sua ammirazione aveva trovato in lui una specie di ancora di salvezza. Al non poter sottrarsi a quell'attrazione fatale, il sacerdote chiese ed ottenne di andare in missione in Africa. Qualche tempo dopo anche la giovane scomparve senza lasciare alcuna traccia di sé.

Se la storia era veridica e se v'era una connessione tra i due personaggi, bastava intervistare il vescovo che avrebbe fornito la località della missione.

Sotto il pretesto di aiutare la missione africana, Brigitte ottenne dall'incaricata delle missioni della curia vescovile il nome e l'indirizzo della parrocchia dove era stato trasferito il giovane parroco.

Con questi dati Brigitte ritornò a Londra per fare il punto sulla situazione. Era difficile descrivere le emozioni provocate dalle immagini contrastanti della personalità di Angelica. Nel giro di pochi giorni avevano sofferto un'altalena squilibrante. Era stata ritratta come una megera satanica da alcuni, mentre altri l'ammiravano come una persona gentile ed adorabile. Più che dai giudizi altrui, Brigitte era stata scossa dalle vicende personali della ragazza che da impiegata normale si era convertita in una assistente personale terminando in una fuga avvolta nel mistero.

Sul piano operativo la nostra investigatrice avrebbe potuto percorrere due sentieri diversi. Il meno costoso sarebbe stato quello di chiamare per telefono il sacerdote Oliver, e chiedergli informazioni su Angelica, nel caso che avesse mantenuto contatti con lei. Il secondo, che richiedeva un impegno più prolungato e non certo senza rischi, avrebbe esigito un viaggio ed una visita personale alla parrocchia di missione nelle vicinanze di Nairobi con la triste eventualità di trovarsi a mani vuote.

La prospettiva di una incursione nel territorio africano, dalla lingua e costumi tanto dissimili da quelli europei, se allettava Brigitte per gli elementi di sorpresa, la spaventava pure. Infatti non aveva prove sicure che Angelica si fosse recata in Kenya, seguendo il sacerdote con il quale manteneva una relazione, a detta delle chiacchiere, spericolata.

Soppesate le ragioni da ogni punto di vista, prese la determinazione di recarsi in Africa. Per quella giovane, così affascinante e piena di incognite, era disposta a pagare qualsiasi prezzo, e sottomettersi a qualsiasi sacrificio. Se la missione fosse fracassata, non si sarebbe rammaricata, né avrebbe rimpianto la sua decisione.

Prima di lasciare Londra, lasciò un messaggio per Edward con la compagna di lavoro che l'aveva visitata nell'hotel, informandolo allo stesso tempo del suo futuro itinerario. Si comunicò inoltre con i genitori di Angelica, che attendevano con ansia qualche notizia sulla figlia. Non si sarebbero mai aspettato simili risultati da quella investigazione parziale.

Di ritorno a Lione, spiegò allo zio i suoi piani, e fatte le valigie, prese il primo volo per Nairobi. Durante il viaggio ebbe il tempo di riflettere a lungo. Mentre ponderava gli sviluppi insoliti di quella vicenda per lei inedita e quanto mai peculiare, cercava di raffrontarla alla propria esistenza, per riscontrarne parallelismi. S'intoppava invece con dissonanze stridenti e divergenze radicali.

Non che lei fosse migliore o più normale ed Angelica peggiore e fuori dei canoni comuni. Si trattava semplicemente di visioni assiologiche divergenti. Brigitte ammirava la libertà di spirito, la versatilità e l'atteggiamento indipendente della sua antica alunna, e detestava la propria rigidità di concetti, l'ortodossia nel comportamento, e l'attaccamento alle tradizioni.

Se le venisse data l'opportunità di rivivere gli anni della sua formazione, avrebbe modificato di parecchio la sua condotta. Nel fondo del suo animo annidava una certa scontentezza, una profonda insoddisfazione. Non si considerava una fracassata, ma neppure si credeva una persona di successo. Avrebbe preferito una Brigitte più dinamica, con vedute lungimiranti ed un fascino straordinario. Doveva invece accontentarsi con una immagine di se stessa un po' sbiadita, come una di quelle che si riscontrano nelle foto degli anni trenta. Viveva nel presente, ma forse apparteneva al passato. Invece di intrattenersi con lo spettacolo cinematografico offerto durante il volo, dove i protagonisti avevano intrapreso un viaggio verso il futuro e vivevano situazioni bizzarre, lei, nelle sua immaginazione esaltata, scandagliava con certa morbosità il suo passato. Ad una osservazione superficiale le appariva come un accrocco banale, indegno di essere riveduto e molto meno rivissuto. Si vergognava di se stessa ed odiava le scene che si susseguivano ininterrottamente nel magico specchio della sua coscienza.

Forse, questa missione avrebbe potuto darle l'aureola di una immortalità effimera alla quale aspirava con una nostalgia ossessiva. La sua immagine così sbiadita, quasi irriconoscibile, avrebbe riassunto una nuova vivacità di colori ed un espressione cattivante. Voleva rinascere, rilanciando una proiezione inedita della sua persona, sommamente ricercata dagli sguardi altrui, ed altamente appetibile ai gusti alieni.

Se il suo spirito era tutto un ribollire di sogni messianici, intenzioni utopiche e programmi chisciotteschi, il suo fisico ostentava stanchezza ed abbattimento. Ne erano segno inconfondibile gli occhi arrossati, la fronte corrugata, ed il capo penzoloni sulle spalle inarcate.

Cadere in un sonno ristoratore sarebbe stato il balsamo più salutare tanto per la mente come per il corpo. Stentò a chiudere gli occhi, ma finalmente i confusi rumori che l'avvolgevano come in una conchiglia ovattata ebbero il sopravvento e la trasportarono velocemente nel regno dell'inconscio.

Quanto tempo rimase in quello stato, nessuno mai saprà rivelarlo. Nessuno infatti s'era accorto di quel viaggio silenzioso, quasi surrettizio, dove era scomparsa la corsa affannosa del vivere, la tendenza impudica di eccellere, e la mania spudorata di sopraffare. Erano rimaste solo risacche nostalgiche di opportunità sperperate, aneli stroncati e desideri repressi.

La decelerazione dell'aereo che stava per discendere nell'aeroporto di Nairobi la scosse dalla pesante sonnolenza, piombandola nel setaccio della nuova realtà. Questa divenne penosamente apparente quando in un ordinario mezzo di trasporto lasciò la città e si diresse verso la località della missione cattolica.

Tutto, dalla segnaletica stradale alle abitazioni, appariva diverso ed in violento contrasto con il mondo in cui fino a quel momento era vissuta. Le venivano alla mente le parole: squallore, miseria ed estrema povertà per descrivere ciò che i suoi occhi stavano scoprendo. Un senso di spaesamento invase il suo spirito.

Se lo smarrimento al contatto con il terzo mondo l'aveva sprofondata in una depressione che la mortificava e rimpiccioliva, giammai avrebbe anticipato ciò che l'attendeva.

Dopo ore d'un viaggio penoso, durante il quale aveva smarrito tutti i parametri d'una vita normale, raggiunse la parrocchia del Padre Oliver. All'annuncio d'una persona inattesa, questi si precipitò nella modesta sala d'attesa. La vista di quella giovane, dall'atteggiamento distinto, lo inquietò non poco. Non appena venne a sapere dello scopo di quella visita, si turbò profondamente, abbassò lo sguardo quasi volesse chiudersi in se stesso.

Dopo un silenzio gelido, che non prometteva nulla di buono, le rivelò che Angelica era stata colta da una malattia misteriosa, dai sintomi plurivalenti, e che l'avevano consigliata di recarsi in Sudafrica, dove uno specialista l'avrebbe riesaminata e probabilmente avrebbe raggiunto un diagnostico definitivo.

Accompagnata da una giovane impiegata della famiglia Hanz, era partita per Johannesburg, senza mai arrivare a destinazione. D'accordo alle notizie diffuse tanto dalle agenzie come dalla compagnia aerea in cui viaggiava, l'aereo era precipitato, schiantandosi avvolto in fiamme. La zona era deserta e di difficile accesso. Dai sopralluoghi realizzati tutto indicava che non vi erano sopravvissuti, e se qualcuno per puro miracolo si fosse salvato, non avrebbe avuto nessuna possibilità si sopravvivere a lungo, data la scarsezza di cibi e la presenza di animali feroci.

Nella macabra scena di questo quadro di desolazione, v'era uno spiraglio di luce e speranza. Tra i resti delle vittime carbonizzate o semplicemente lacerate dallo schianto, non v'era nessuna traccia o resto di Angelica e di almeno altri sei passeggeri.

Il Padre Oliver dopo questa scioccante rivelazione, tirò un respiro profondo, quasi si fosse sollevato un macigno dal petto, e guardò con trepidazione la sua interlocutrice. Questa aveva perso qualsiasi sensazione nelle sue membra e pietrificata tratteneva il fiato. Se l'estrema povertà di quell'Africa sottosviluppata l'aveva sferzata brutalmente nella sua sensibilità, la notizia della tragedia aerea la sconvolse totalmente.

Si sarebbe attesa di tutto, meno una tragedia così crudele ed assurda. Avrebbe voluto conversare un po' più a lungo con quel giovane sacerdote, pieno di delicatezza. Avrebbe desiderato conoscere qualche particolare della vicenda personale di Angelica, specie negli ultimi giorni della sua malattia, ma le mancava il coraggio e la volontà.

Con il cuore straziato dal dolore, s'accomiatò dal sacerdote, promettendogli una visita più prolungata in un futuro non lontano. Ritornò a Nairobi, dove prese alloggio in un hotel non troppo costoso. Si accinse a preparare una relazione da inviare ai genitori di Angelica nella quale suggeriva una spedizione nel luogo del disastro, ed una ricerca minuziosa dell'area per scoprire ogni possibile indizio di sopravvivenza.

Era sua intenzione non risparmiare fatiche e spese, pur di giungere al fondo di quella immeritata disgrazia. Si sentiva coinvolta personalmente e nessun sacrificio o pericolo l'avrebbe trattenuta da una ricerca esaustiva con o senza l'approvazione dei genitori, delle forze dell'ordine o delle autorità locali. Sarebbe stata un'impresa erculea, ma niente l'atterrava, neppure la perdita della propria vita. Aveva finalmente trovato una missione degna o nobile che l'avrebbe riscattata dalla mediocrità e dall'egoismo della vita quotidiana.

CAPITOLO 15

Per i sopravvissuti, la giornata dopo la traumatica esperienza dello schianto prometteva essere qualche cosa di memorabile. Aprirono lentamente gli occhi alla luce invadente di un sole, che avrebbe dominato maestoso ed incontrastato nel cielo limpido.

Il grido di animali sconosciuti mescolandosi con il cinguettio degli uccelli li richiamò alla realtà delle cose. Invece di risvegliarsi nella comodità di quattro pareti familiari, si riscontrarono stesi nel suolo di un accampamento allestito alla meglio, senza protezione e sicurezza, in balia degli elementi. Una brezza fresca, accarezzandoli li fece rimpiangere il tepore delle coperte.

Uno dopo l'altro, sbadigliando, si stiracchiarono guardandosi intorno. Stentavano a formare un sorriso, o ad offrire i rituali saluti del mattino. Se si eccettua il militare sudafricano, nessuno tra loro aveva la minima nozione di come affrontare quella situazione. Questi, infatti, durante i suoi studi all'accademia militare, aveva preso alcuni corsi di sopravvivenza in luoghi ostili e desolati.

Nonostante i dolori che ancora lo affliggevano, assunse il comando di quel manipolo e con un'esortazione degna dei più rinomati strateghi militari, incoraggiò ogni singolo membro a far ricorso a tutte le energie morali e fisiche per affrontare il cammino verso la loro salvezza. "I pericoli si devono guardare in faccia - incominciò a dire- e sfidarli come se si trattasse di una gara sportiva. L'unica differenza era che alla fine invece di un trofeo, il vincitore riceveva il dono rinnovato della vita".

Si decise di intraprendere una marcia lenta verso il sud, alla ricerca di qualche villaggio o abitazione isolata. I due con maggiori difficoltà di movimento erano l'uomo d'affari e la madre della bambina. Il primo perché non aveva ancora accettato la disgrazia e sembrava rassegnato al peggio, mentre la seconda, con la ferita alla gamba, avrebbe stentato a camminare.

Prima di partire appiccarono fuoco all'accampamento con l'intenzione di segnalare la presenza di sopravviventi a chiunque s'avvicinasse per aria al luogo del disastro e di mantenere lontano animali feroci.

Rimaneva ancora una piccola scorta di vettovaglie che sarebbe durata un giorno o due e dopo avrebbero dovuto vivere di quello che la terra poteva offrire, da radici ad erbe ed animali selvatici. La priorità assoluta, era trovare una qualche fonte d'acqua.

Nessuno in assoluto aveva qualche conoscenza del terreno in cui si trovavano. L'unica cosa che si poteva vedere era una distesa enorme di cespugli, arbusti e piante senza alcun centro abitato. Cercavano di individuare i posti dove la vegetazione appariva più verde, con la speranza di trovare dell'acqua. La presenza di animali ed uccelli avrebbe potuto essere una buona indicazione. Sfortunatamente la mancanza di sentieri rendeva la marcia faticosa, e la folta vegetazione ostacolava l'orientamento necessario. Accomunarsi alla natura che li circondava, senza pretese di miracoli o ritrovamenti spettacolari, avrebbe prolungato la loro precaria sopravvivenza. Se molti primitivi, in ambienti più ostili, avevano prosperato, quanto più loro, dotati di conoscimenti superiori. Trionfare sulla morte e prolungare il più a lungo possibile la loro esistenza doveva costituire un'impegno primordiale quotidiano.

Ad ogni intervallo di due o tre ore facevano una sosta, centellinando alcune gocce dell'ultimo liquido rimasto e masticando frammenti dei pochi "crackers" ritrovati fra le macerie.

La prima giornata, vissuta nell'incertezza, apparve anche ai più ottimisti interminabile. Intrappolati in quella giungla ostile, dove la folta vegetazione ostacolava il passo e gli insetti torturavano le membra allo scoperto, non riuscivano a vedere un orizzonte accogliente o una qualche destinazione con promesse di benessere. Ad un certo punto, si era già al tramonto, un incidente sconcertante li mise in subbuglio.   L'uomo d'affari, che aveva perso il gusto di vivere e si trovava annebbiato da una caligine emotiva paurosa, inavvertitamente sprofondò il piede in una depressione del terreno. Per il dolore della storta sofferta non si rese conto di essere stato morso da un serpente velenoso. Nel giro di una mezz'ora lo sfortunato fu preso da tremiti convulsi, mentre un sudore freddo gli irrigava la fronte. S'accasciò al suolo e con le labbra paonazze e gli occhi rossastri si spense attanagliato dal dolore.

Tanto l'ufficiale sudafricano come la giovane assistente di volo non ebbero difficoltà nell'individuare l'origine di quella disgrazia. Il terrore subentrò alla paura e ci volle una buona dose di persuasione per poter riprendere il cammino, dopo aver coperto il cadavere con rami secchi e appiccato il fuoco, quasi si trattasse di una pira rituale.

Nella mente di tutti una domanda ritornava insistente: chi sarebbe stato la prossima vittima? Chi avrebbe avuto la forza di uscirne vivo da ciò che si stava prospettando un inferno naturale?

Pian piano cadde la sera, come una coltre funebre, avvolgendo tutto il creato in un amplesso di smisurata grandezza. I superstiti, eccettuando la bambina, fecero turno durante la notte per mantenere il fuoco e per vigilare sui dormenti. La stanchezza ebbe il sopravvento, e quei poveri corpi indeboliti dalla fame e torturati dagli insetti, s'immersero in un sonno prolungato. Incubi, terrori e scene raccapriccianti s'installarono nel loro subconscio, agitandoli perversamente, quali torturatori spietati.

Angelica, sopraffatta dagli avvenimenti, era uscita dal suo guscio di malessere fisico, per proiettarsi verso gli altri. La cupa nube della sua inspiegabile malattia aveva lasciato che squarci di sole illuminassero la sua attività disinteressata. Dimentica di sé e del suo futuro s'era prodigata generosamente verso la donna che aveva sostenuto ferite profonde e verso la figlioletta, atterrata dalla condizione materna.

Al riparo delle tenebre, alcuni animali notturni avevano tentato d'avvicinarsi all'accampamento, ma l'odore acre del fumo e le braci ardenti d'un fuoco che stentava a sostenersi in vita, li fecero allontanare a denti stretti.

La temperatura pesante ed afosa del giorno aveva lasciato posto a condizioni atmosferiche quanto mai invitanti ad un riposo all'aperto. Di tanto in tanto s'udiva qualche lamento soffocato, qualche respiro grosso e alcune parole sconnesse.

Dormirono fino a sole alto. Finalmente il mormorio della natura e soprattutto il brusio degli insetti li spinse all'azione. Compito principale di quella nuova giornata era trovare qualche sorgente d'acqua ed alcun tipo di alimentazione. Erano totalmente alla mercede di quell'ambiente sconosciuto.

A malincuore abbandonarono il posto che li aveva ospitati senza esigenza alcuna e si diressero, con rinnovata volontà di superamento nella direzione dove la vegetazione appariva più lussureggiante.

Durante le soste si alimentarono di radici, bacche, bruchi ed altre specialità note a primitivi e selvaggi. Quanto avrebbero desiderato un buon arrosto, un pezzo di pane e qualche verdura cotta. Il loro desiderio si realizzò parzialmente quando, per caso, scoprirono una giovane zebra, malamente ferita in un attacco mortale.

Nonostante la riluttanza delle donne, il militare sudafricano, lontano dagli sguardi impietositi del drappello femminile, la sgozzò, e dopo averla scuoiata, la fece a pezzi. Il profumo delle carni arrostite sulle braci in congiunzione con l'appetito mordente, fece sparire ogni esitazione. Ottennero un po' di liquido, facendo bollire in un recipiente di metallo foglie di alberi, erbe, radici e piccoli ramoscelli verdi. Non si trattava, certo, di un banchetto, ma non aveva nulla da invidiare ai pasti più allettanti di cuochi famosi.

Ritornò il sorriso su quei volti smunti ed emaciati, rifiorì la voglia di trionfare su quella avversità e non mancarono le forze per affrontare i nuovi ostacoli. Nuvole sparse avevano attraversato il cielo nei giorni anteriori, ma oggi lo spazio azzurro era scomparso e l'atmosfera era diventata pesante. Gli insetti, soprattutto le mosche, i tafani e le zanzare erano diventati insopportabili. Una specie di brezza fece tremare foglie e ramoscelli preannunciando un cambio imminente. Del tutto inattesa, ma accolta con le braccia aperte, una pioggia benefica incominciò a cadere, ed il rumore delle gocce cadenti s'assomigliava ad un sommesso schioccare di frusta, o ad un calpestio su un sentiero di ghiaia.

Ammutoliti da quell'evento, i poveri superstiti, dapprima si guardarono stupiti, poi s'abbracciarono commossi ed infine diedero origine ad una danza, che simbolizzava ringraziamento, esultazione e vita.

Riempirono del prezioso liquido i pochi recipienti in loro possesso, cercarono di lavarsi alla bella meglio, e godettero il momento come se nulla esistesse all'infuori di quel prodigioso fenomeno. Quella benedizione dal cielo non durò a lungo, ma definitivamente mutò le sorti di quel drappello d'eroi.

Si sentirono più vicini l'uno all'altro. Com'era nella logica delle cose, all'ombra della tragedia un'altra vicinanza amorosa s'era formata, alla quale nessuno aveva fatto caso, eccetto i due interessati. Dalla mutua ammirazione si passò all'attrazione fisica. L'ufficiale non poteva tenere il suo sguardo lontano dall'assistente di volo e questa non perdeva occasione per stare con lui.

Il profumo di quel fiore, sbocciato nella giungla, non passò inosservato e tutti ben presto furono attratti dal suo aroma gentile. Rimase così stabilita una triade di coppie: madre e figlia, Angelica e la sua aiutante, e i due innamorati. Ognuna possedeva una relazione diversa, ma tutte erano saldamente cimentate in una dinamica interna d'aiuto, rispetto ed amore.

Erano pochi, cinque adulti ed una bambina, ma erano molti, perché uniti in un patto di sopravvivenza. Non era un vincolo d'affari o d'interessi, ma un legame vitale, che li rendeva più forti della morte, e di qualsiasi altra avversità, malattia, penuria, stanchezza e pericoli insidiosi.

La calamità li aveva uniti più di qualsiasi altro vincolo religioso o culturale. Parlavano un nuovo linguaggio, foneticamente dissonante ma concettualmente concorde. Sorridevano e scherzavano, come i membri di una esoterica comunità extraterrestre. Un nuovo modello di convivenza si stava originando da quella comunanza di intenti. La natura, nelle sue illimitate possibilità, stava creando una forma inedita di una struttura sociale dagli aspetti sconosciuti e dalle ramificazioni imprevedibili.

Con la speranza di un'alba nuova e miraggi luminosi, s'addormentarono, cullati dal suono stridulo dei grilli, e accarezzati dal richiamo lamentoso della civetta. Angelica, al fianco della sua giovane aiutante, chiuse gli occhi e sognò. Le sembrava di trovarsi nei banchi dell'Università, indaffarata nella preparazione di un'importante esame orale. Cercava, con un impegno straordinario di rispondere adeguatamente alle domande dei professori, ma le parole stentavano ad uscire dalla sua bocca. Più si sforzava e più si sentiva impacciata. Un sudore freddo, che si manifestava nelle mani umide, la paralizzava. Voleva piangere e fuggire, ma non poteva perché inchiodata alla sedia. Lo sguardo truce dei docenti l'avevano inebetita. Profondamente umiliata doveva subire impotente, contemplando la distruzione del suo futuro.

Altre scene sconnesse si aggiunsero a quel groviglio incomprensibile, che additava probabilmente alla sua esasperante situazione, dove la mancanza della loquela era percepita come un impedimento, una remora. Preso conto di questa sua percezione, Angelica si sbagliava sull'apprezzamento della sua capacità di comunicazione. Infatti, la sua personalità amabile e la sua dedizione amorosa, piene di un magnetismo intriso di femminilità e gioventù, avevano fatto cadere barriere sociali e psicologiche. Nessuno, più di lei era penetrata nel cuore della bambina afflitta, della madre sofferente, del dinamico ufficiale e della solerte assistente di volo. Nessuno, in possesso dell'uso della parola, aveva amalgamato quegli spiriti meglio di Angelica. In un modo ingenuo ma effettivo, grazie a lei, la muta gesticolante, i superstiti avevano lasciato da parte le proprie lamentale, per unirsi insieme all'inno di speranza intonato e diretto da quella ragazza malaticcia.

Senza parole, aveva comunicato un messaggio potente, inteso da grandi e piccini. Per una di quelle inspiegabili ironie della sorte, Angelica si rammaricava dentro di sé stessa. Avrebbe voluto fare di più, forse e senza forse avrebbe agognato raggiungere presto il traguardo della salvezza. Come ogni anima occidentale, era tormentata dall'ansia del successo veloce, della gratificazione immediata. Non vedeva nulla di positivo nel prolungamento di una marcia penosa nella giungla africana. Invece, era proprio lì che si sbagliava. I tempi della natura, le cosiddette stagioni atmosferiche, le avrebbero insegnato una lezione, che nessun docente universitario, o stratega intellettuale era in grado di produrre.

Il mattino di quella terza giornata si presentava normale, vale a dire con i soliti rischi e difficoltà. Nulla faceva pensare a qualche cosa fuori dell'ordinario. Dopo essersi rifocillati con alcuni rimasugli del giorno precedente, ascoltarono attenti le istruzioni del capo squadriglia, l'ufficiale, scelto tacitamente come guida. Li esortava a mantenere un passo costante, a non staccarsi dal gruppo e a fare attenzione al suolo che poteva nascondere tranelli pericolosi. Dovevano inoltre munirsi d'un bastone appuntito, come arma di difesa contro animali feroci.

La temperatura era gradevole, il cielo semicoperto, il vento calmo. S'udiva di tanto in tanto un fruscio sommesso di qualche animale in fuga tra la folta vegetazione che copriva quel lembo di terra. Non avevano trovato ancora alcuno spiraglio che permettesse loro di scrutare il lontano orizzonte.

Dovevano accontentarsi del loro istinto e delle poche nozioni di aeronautica acquisite durante la loro formazione. Il camminare lento ed intralciato, il ripetuto inceppare in rami ed arbusti, sommato alle inevitabili punzecchiature di insetti non poteva far altro che aumentare il fastidio e lo scoraggiamento. Il punto di tolleranza era stato superato parecchie volte e le conseguenze si manifestavano durante le soste, quando risposte stizzose, ed osservazioni insensibili affioravano, turbando la necessaria armonia.

L'unica, ignara di queste tensioni, e dimentica della stanchezza e malessere inflitto da quell'ambiente ostile, era la bambina, che cercava di trastullarsi con ciò che le capitava sottomano, cortesia della natura. Quel giorno, non si sa per quale ragione, appariva meno inibita del solito. Le novità della marcia ed i gesti sconsiderati del gruppo la spingevano, durante gli intervalli, ad esplorare i dintorni in cerca di qualche cosa di esotico da mostrare alla mamma.

Fu durante una di queste ingenue sortite, che successe qualche cosa di tragico. La ragazzina spensieratamente si era lanciata a rincorrere una bellissima farfalla dai colori smaglianti, allontanandosi e perdendosi nella folta vegetazione. Angelica, che non seguiva l'animata conversazione, appena notò l'assenza, si lanciò in perseguimento. Più svelta della bimba, dopo alcuni minuti, la vide muoversi stranamente tra la ramaglia.

Stava a punto di gridarle, quando con orrore s'accorse che un animale feroce, s'era avventato contro la piccola, che terrorizzata incominciò a strillare. Angelica, colta da un panico, simile a quello sperimentato durante la disgrazia aerea, aperse la bocca e con tutto l'impeto di cui era capace, proruppe in un urlo disperato e brandendo il suo bastone appuntito lo lanciò contro la bestia inferocita. Questa colpita nel basso ventre, emise un ululato spaventoso e mollando la presa, si diede alla fuga.

La povera bimba, sanguinolenta, era caduta in un deliquio prolungato. Dopo essere rinvenuta, abbracciò fortemente la sua liberatrice e scoppiò in un pianto dirotto. Nel frattempo, gli altri attratti dal frastuono di quella insolita commozione, si precipitarono sul luogo dell'incidente, rimanendo sbalorditi dalla scena. Angelica, che aveva perso l'uso della favella, con un atteggiamento materno e parole dolci, stava calmando la bimba, assicurandola che era al sicuro e che non c'era più pericolo.   Neppure lei s'era accorta del doppio miracolo, l'aver salvato la bimba e l'aver ricuperato l'uso della parola. Appena gli altri raggiunsero quel monumento al dolore, spontaneamente incominciarono ad abbracciarsi e a piangere di commozione. Le ferite della piccola, sebbene dolorose e profonde, non mettevano a repentaglio la sua vita. La pulirono, la fasciarono e l'ufficiale, prendendola dalla braccia della madre, se la mise sulle spalle invitando gli altri ad allontanarsi da quel covo insidioso.

Nessuno più di Edel festeggiò il ritorno della parola nella sua padroncina. Non poteva trattenere la gioia ed il tripudio. Incominciò a cantare e a danzare, dando sfogo ai sui sentimenti, senza ritegno alcuno.

Ad ogni tragedia s'affiancava un triunfo di incalcolabili conseguenze psicologiche. Strano operare della natura che ristabiliva equilibrio e giustizia, azzerando deficienze e colmando vuoti. La stessa Angelica rimase scossa nel più intimo del suo essere, annaspando come un cieco, incapace di percepire il significato o la finalità di ciò che stava succedendo nella sua vita. Non sapeva se ringraziare o imprecare, se rammaricarsi o gioire, se continuare a vivere o morire. Per lei, avvezza ad un' esistenza ordinaria, priva di forti emozioni, riscontrabili solo in romanzi, tutto ciò appariva più che strano, astruso, quasi esoterico, appartenente al regno dell'irreale, del mitico.

Al riprendere la marcia, un silenzio duro e pesante era sceso su quei mortali. La bimba, così vivace e primaverile, s'era rinchiusa in sé stessa, non tanto per il dolore che provava, quanto per la paura che l'aveva assalita, quasi si trattasse di un febbrone stagionale.

Angelica, non ancora convinta di poter parlare, di tratto in tratto gesticolava, causando ilarità tra i compagni.

Ci volle del tempo per ricucire le relazioni congelate dall'evento. Ma con il passare della giornata e la rinascita di necessità primordiali, ritornò in qualche modo una conversazione scorrevole, e persino un sorridere sommesso, pieno di genuinità. Con un rinnovato impegno, nei momenti di sosta, si dedicarono alla ricerca di radici, bacche, rodenti ed altre fonti di alimentazione.

Spesero un'altra nottata all'aperto, lontani da ogni traccia di presenza umana, sotto una tettoia di rami, in un accampamento rudimentale, difeso da un fuoco, mantenuto in vita dal vigilante di turno. Incomprensibilmente si stavano abituando a questo genere di vita zingaresca, convertendosi in nomadi di professione. Lontani dai lussi e comodità della vita civilizzata, curavano più le relazioni interpersonali, che l'aspetto fisico e le ipocrite convenzioni sociali. Cambio paradossale, la sostanza umana primeggiava sulla scorza in cui era involta.

Quando giungeva la sera, e calavano le ombre, e l'ambiente piombava nell'oscurità più densa, i loro sentimenti e le loro percezioni cambiavano di una maniera insolita. L'uomo moderno non è abituato ad una totale mancanza di luce. Le tenebre fitte, prolungate e minacciose non fanno più parte della sua vita. Se immerso improvvisamente in simile realtà, prova paure ataviche, si rimpicciolisce e freme come un fuscello. Così successe ai poveri superstiti. Qualsiasi rumore li atterrava, qualsiasi forma che si muovesse, assumeva le caratteristiche d'un fantasma, d'uno spirito maligno. La loro impotenza era assoluta, il loro terrore viscerale ed il panico indescrivibile.

Sebbene leggeri di stomaco, dato il primitivo nutrimento, poterono dormire senza sussulti od incubi. Il costante contatto con la natura aveva rallentato i tempi psicologici, allungandoli e riadattandoli al passo degli eventi atmosferici. Non v'erano appuntamenti precisi dettati da orologi, programmi televisivi o richiami telefonici. Lo scorrere delle ore s'adeguava alla marcia lenta del sole, ai suoni diversi della foresta, ed al lento apparire e sparire delle stelle nell'immensità del cielo. Tutto ciò, distendendo i nervi e decelerando la frenesia dei sensi, immergeva la persona in una distesa oceanica di pensieri, aspettative e sogni che si prolungavano all'infinito. Il senso di una corsa frettolosa da un impegno all'altro si era tramutato in una fruizione del momento presente, nell'abbracciare ciò che era dato invece di imporre il proprio fagotto egoistico di fittizie necessità ed ipocriti doveri.

Il giorno seguente la camminata si fece più difficile perché, oltre ai conosciuti ostacoli, si aggiunse una salita piuttosto pronunciata. Anteriormente avevano raggiunto alcune elevazioni, ma nessuna così erta come questa che stavano affrontando. Più i minuti passavano ed il sole s'elevava, più sudavano ed ansimavano, dovendo fermarsi frequentemente per riprendere il respiro. La mamma della piccola era quella che stentava maggiormente, essendo le sue ferite dolorose perché non ancora marginate. Contava inoltre con un'età superiore a quella degli altri. Angelica, nonostante le privazioni a cui per necessità si era sottomessa, e malgrado la sua precaria condizione di salute, che sorprendentemente non le aveva causato maggiori disagi, procedeva bene, senza bisogno di aiuti. Nessun medico, sano di mente, le avrebbe dato alcuna probabilità di sopravvivenza in una simile congiuntura. Non passava istante che lei stessa non si sorprendesse della sua condizione fisica, data la mancanza di medicine e la penuria di sostentamento.

In quel drappello intrepido si stavano notando segni di stanchezza nonché indizi di malcontento e scoraggiamento. Senza indugi bisognava correre ai ripari con una sosta prolungata, con una migliore alimentazione e soprattutto con una spronata verbale. Per l'arringa ispiratrice, l'ufficiale sudafricano non ebbe problemi, abituato com'era all'indottrinamento, abbondantemente fornito dalla scuola militare. Quello che impegnò di più e a fondo fu la caccia per qualche boccone prelibato, che potesse infondere energie in quei corpi esausti. Dopo innumerevoli agguati fracassati, finalmente riuscirono ad uccidere un animale simile al cinghiale, che fornì un ottimo pasto con numerosi avanzi.

Intonati nel fisico e nello spirito si lanciarono alla conquista della sommità di quella elevazione, che aveva provocato tanto sudore e malumore. Era già nel tardo pomeriggio quando i loro occhi incominciarono a dilettarsi con il panorama incredibile che si poteva osservare da quella altezza non trascurabile. Era uno spettacolo incredibile, tanto per la varietà delle bellezze, come per la ricca composizione del contenuto. Erano attorniati da un altopiano ondulato, con verdi distese dove pascolavano zebre, giraffe, gazzelle, elefanti e molte altre specie sconosciute. Dalle numerose macchie della folta vegetazione s'elevavano stormi d'uccelli dalle caratteristiche più distinte che, in piccole bande, si dirigevano verso l'occaso.

Era una sinfonia di forme, colori, suoni che la natura elevava al Creatore, come un omaggio del vassallo al suo signore, in segno di gratitudine e riconoscenza. Se l'Eden era mai esistito sulla faccia della terra, quello sarebbe stato il posto ideale. I nostri forzati visitatori non erano al corrente che proprio in una di quelle falde vulcaniche e nei bacini circondanti s'erano riscontrati i resti più antichi (si parla di milioni di anni) di umanoidi che additano chiaramente all'evoluzione della specie. La scienza non sa ancora se questa miracolosa trasformazione abbia avuto luogo contemporaneamente in zone diverse del globo, o in tempi successivi, ma può affermare con sicurezza che questa è certamente una di quelle aree privilegiate.

Affascinati da quello spettacolo incomparabile e dimentichi dei loro travagli si erano immersi in uno stato di euforia che strappava loro grida commosse e desideri primordiali. Alla stregua dei prediletti discepoli del Tabor, avrebbero voluto piantare una tenda e spendere il resto della loro esistenza in quel paraggio d'incanto.

Mentre ancora risuonavano gli echi delle loro esclamazioni giubilanti, nel lontano orizzonte della parte sud, osservarono estatici un colonnina di fumo che s'elevava verso il cielo terso, formando bizzarre contorsioni simili a corpi femminili che si scioglievano in una danza rituale.

Era la prima indicazione di una presenza umana, sebbene lontanissima da sembrare irraggiungibile. Era la prima speranza, che si faceva certezza, di poter raggiungere la salvezza, di poter comunicarsi con qualche essere vivente. Pieni di entusiasmo, scesero a valle, e passarono la notte avvolti in un'oscurità che non era più minacciosa, e stesi su un terreno che si trasformava, sotto la bacchetta magica di un cuore rigonfio di emozioni, in un letto di rose.

Il giorno seguente, si diressero cantando verso la meta delle loro aspirazioni. Le pene, i dolori, gli ostacoli e tutto ciò che li aveva tormentati precedentemente, era stato ridimensionato, processato e catalogato. Ciò che aveva costituito la fonte della loro disperazione, s'era mutato in un potente stimolo, che li spronava ad accelerare la loro marcia. Non avevano più bisogno di arringhe estemporanee, di pseudo esortazioni o gesti istrionici. La visione di quel fumo che a spirali involute s'elevava verso l'alto, costituiva il farmaco più potente, il faro più luminoso in quella vastità perduta. Camminarono, camminarono e camminarono a perdita di respiro. Instancabilmente acceleravano i loro passi. La bimba s'era dimenticata del dolore delle proprie ferite, la madre della raccapricciante visione della figlia aggredita da una belva feroce, Angelica dei malanni personali e della sventura aerea. L'assistente di volo e l'ufficiale militare pregustavano la loro unione in matrimonio e la serena Edel, il ritorno alla propria famiglia.

Al tramonto del sole, s'accorsero di aver ricoperto una distanza considerevole, rimanendo però ancora più della metà del lungo percorso. La scoperta di un corso d'acqua non solo li fece esultare oltremodo, ma li avvertì che animali ed uomini non avrebbero tardato ad apparire. Non temevano più per la loro sopravvivenza perché avevano trovato l'elemento dal quale ogni forma di vita proviene.

Quell'odissea impietosa sembrava volgere al termine. Il sapore di un meta vicina, sebbene sconosciuta, raddolciva il loro palato. Accarezzati dal mormorio dell'acqua che scorreva vivace, trascorsero una notte pacifica. Al mattino seguente si nutrirono con alcuni frutti e ripresero la loro marcia.

Man mano che procedevano, potevano osservare tracce di una presenza che non riuscivano a distinguere se fosse animale od umana. Nel tardo pomeriggio scorsero in lontananza una costruzione rudimentale dalle pareti di fango indurito ed il tetto di steli dissecati. Il loro cuore saltava in petto ed i loro occhi non si staccavano da quel miraggio di sogno.

Guardinghi avanzarono in punta di piedi, come ladri che non vogliono essere sorpresi in fallo. Avrebbero bussato alla porta, avrebbero chiamato, avrebbero fatto notare la loro presenza, o si sarebbero introdotti furtivamente? Angelica decise di alzare la voce e domandare in forma educata se vi fosse qualcuno. Trascorsero lunghi minuti di assoluto silenzio, senza udire nessuna risposta. Ripeté varie volte la stessa domanda con risultato negativo. Stavano a punto di forzare la porta, quando d'improvviso un uomo alto, nero, dalla barba lunga e la faccia assonnata s'affacciò alla porta gridando in swahili che diavolo stava succedendo, e perché venivano a interromperlo durante il suo riposo. Appariva stizzito e di malumore. Edel che conosceva la lingua, spiegò che erano i sopravvissuti dell'areo che si era schiantato una settimana prima. Questi, li guardò trasognato, come si trattasse di un' apparizione dell'oltretomba. Era infatti al corrente del disastro, e secondo le informazioni date, pensava che non vi fosse nessun superstite.

Cambiando tono, atteggiamento e linguaggio, li accolse con deferenza e mentre offriva loro qualche cosa per rifocillarsi lo stomaco, spiegò loro in perfetto inglese chi fosse e che cosa facesse. A misura che sgranellava i dettagli della sua storia personale, la sorpresa dei suoi interlocutori lasciava posto, alla meraviglia, e questa allo sbalordimento e alla stupefazione.

Si chiamava Matumbo Anabe ed era lo stregone, "witch doctor", "curandero" o "santone" in quella zona, dove abitava la sua tribù. Suo padre era stato il capo carismatico di quella gente, riverito e rispettato anche dai più discoli e ribelli. Avrebbe desiderato che suo figlio seguisse sulle sue orme. Il giovane invece, dopo un'educazione privilegiata nel suo paese, s'era trasferito in Europa per studiare medicina, passione che aveva nutrito sin da bimbo.

Disgraziatamente, dopo tre anni di corsi universitari, incominciò a provare un profondo disgusto non solo per la sua scienza prediletta, ma per tutta la mentalità e filosofia che l'accompagnava. Aveva fatto di tutto per assumere nella totalità pensiero e costumi europei, cambiando inclusive il suo nome. Abbreviandolo in Mat Abe, l'aveva spogliato totalmente delle sua africanità, rendendolo irriconoscibile. Si era sforzato per apparire più comunitario di qualsiasi nativo. Ma alla fine quello sforzo di snaturare sé stesso fracassò completamente e Mat Abe decise di riassumere il suo nome originario e di ritornare alla sua terra. Qui, i suoi contribali vollero investirlo dell'autorità e funzioni del padre defunto, ma il giovane, dalla presenza imponente e dal fare disdegnoso, declinò ogni offerta, limitandosi ad aiutare nel fisico e nella mente coloro che avrebbero fatto ricorso a lui. Non voleva essere né capo tribù, né stregone, solo voleva essere sé stesso, libero di esprimere le proprie convinzioni e libero di formulare le proprie teorie.

I suoi metodi nel trattare i pazienti non erano né tradizionali, né ortodossi. El il suo pensiero filosofico era ancora più originale ed autoctono. Derideva la medicina occidentale che si basava totalmente in farmaci dalle combinazioni chimiche più pericolose, trascurando la composizione somatica di ogni singolo individuo e la sua inserzione in un determinato contesto geografico. Queste due varianti, individualità somatica e peculiarità del terreno, ambedue in una simbiosi indivisibile, non erano prese in considerazione seria dalla medicina tradizionale. Questo appariva più evidente nel trattamento psichiatrico, dove qualsiasi disturbo e deviazione era trattata alla stregua di una semplice funzione chimica.

Con riguardo al suo pensiero in completa formazione e costante trasformazione, in base alle esperienze vissute, e al contatto con la varietà irriducibile dell'essere umano, aveva molto da dire e spiegare. Però né il momento, né l'udienza erano preparati per disquisizioni intellettuali troppo elevate o troppo prolungate.

Con il pericolo di tradirlo, si può dire che si assomigliava molto alla visione determinista espressa da Albert Einstein nel lontano ottobre del 1929. In quell'occasione lo scienziato scriveva: "Tutto è determinato da forze sulle quali non abbiamo alcun controllo. Vale per l'insetto come per gli astri. Esseri umani, vegetali e polvere cosmica, tutti danziamo al ritmo di una musica misteriosa, suonata in lontananza da un pifferaio invisibile" (The Saturday Evening Post, 26 ottobre 1929).

Di più ci avviciniamo alla natura, ne ascoltiamo il palpito, e ci adeguiamo ai suoi dettami, di più daremo compimento all'anelo intrinseco di ogni creatura, che non è felicità, soddisfazione o successo, ma semplicemente vivere, morire e corrompersi immedesimandosi con l'humus.

In questa visione c'è posto per gli enigmi e contraddizioni più sconcertanti della nostra esistenza, dalla nascita alla morte, dalle sofferenze inaudite al piacere frenetico, e dall'amore profondo all'odio, tradimento e annichilazione totale. Tutto è ammissibile, perché tutto è possibile. Tutto ha una causa ed una spiegazione, anche se non si conosce.

Matumbo, lo stregone illuminato ed il santone filosofo, dopo aver divagato brevemente sui temi che più gli stavano a cuore, inebriando le menti dei suoi ascoltatori, promise di portarli il giorno seguente, al villaggio, dove aveva moglie e figli. A tratti, preferiva spendere il tempo, lontano da tutti, in quella capanna rustica per meditare e vivere come un anacoreta. Amava profondamente la sua famiglia, ma disdegnava l'ignoranza petulante della gente comune.

Nonostante l'innata ritrosia, provò una certa allegrezza al contatto con quegli individui dati per perduti. Per mancanza di abbondanti viveri, dovettero accontentarsi di una cenetta frugale, che tutto considerato si assomigliava ad un banchetto in comparazione ai pasti consumati anteriormente.

Angelica, mentre consumava gli alimenti, notò che le era tornato l'appetito. Durante quella marcia perigliosa s'era scordata del suo corpo e delle sue necessità. Ora, rientrando in sé stessa, si mise in contatto con quel fisico, diagnosticato malaticcio.

Si toccò la fronte, e, con subito sbalordimento, non rinvenne nessun segno di febbre. Inoltre, la nausea, il desiderio di vomitare, i tremiti e sussulti anteriori erano scomparsi. Senza avvertirlo, un mutamento straordinario s'era effettuato nel suo corpo. Finalmente si rendeva conto che era tornata ad una normalità, che pensava svanita per sempre. Avrebbe voluto gridare a squarciagola e proclamare il miracolo ai quattro venti, ma s'accontentò con una semplice effusione di gratitudine ed un abbraccio a quel loro singolare benefattore, quasi incarnasse il salvatore ignoto che aveva operato il prodigio.

Non v'è emozione più profonda di quella che si prova in presenza di una salvezza inattesa. Per Angelica si trattava di una doppia salvezza, altrettanto prodigiosa come immeritata. Tutti, con il cuore traboccante di contentezza, s'addormentarono placidamente, sotto un tetto accogliente, anche se fatto di paglia, e tra pareti protettrici, anche se impastate di fango.

Prima d'addormentarsi, Angelica narrò brevemente a Matumbo la sua condizione di salute, giudicata seria dai medici che l'avevano esaminata, e la sua presente percezione di benessere. L'uomo, dallo sguardo penetrante e l'intuizione perspicace, la fissò a lungo e poi con un'espressione sibillina, disse: "La terra africana ti ha accomunato, dopo che tu, ti sei immedesimata con lei".

In quel momento non captò la portata di quelle parole, giudicandole del tutto insulse e fuori contesto. Ciò nonostante, con un sorriso affabile, lo ringraziò e si lasciò cadere in un sonno ben meritato.

CAPITOLO 16

Brigitte, la solerte investigatrice privata, che in tempi brevissimi aveva varcato le soglie della modernità e sognava scalare le vette, per lei inaccessibili, dell'agente più scaltro della storia, stava facendo gli ultimi preparativi per allestire la spedizione alla ricerca di qualche sopravvissuto della disgrazia aerea.

Gli effetti personali, i più indispensabili e meno cospicui, occupavano già i diversi scompartimenti delle sua valigia, gli accompagnanti erano stati notificati della partenza imminente, e l'operazione "ricerca Angelica" stava per scattare, quando Brigitte udì che la radio locale stava annunciando il ritrovamento di un gruppo sparuto di passeggeri dell'areo che s'era schiantato una settimana prima. Non si era ancora in possesso né del numero esatto né dei loro nomi, ma nei successivi bollettini informativi era molto probabile che si conoscesse qualche cosa di più definitivo.

Brigitte rimase allibita, lasciò cadere ciò che aveva tra le mani, e senza pensare s'accasciò sul letto, come se la molla che la spingeva verso l'azione si fosse spezzata d'improvviso. Soffocò i sentimenti contrastanti che le facevano ribollire le viscere. Tutta la sua pianificazione s'era schiantata come un castello di cartapesta. Allo stesso modo era crollato il sogno di una straordinaria impresa investigatrice, portando via con sé fama ed immortalità. Il destino le aveva stroncato malamente e con perfidia satanica l'unica opportunità di distinguersi, di essere qualcuna.

Era necessario correre ai ripari, riformulando piani e imponendo strategie nuove. Se Angelica si trovava nel gruppetto dei superstiti, doveva essere ritrovata al più presto e senza indugio. Molto probabilmente avrebbe avuto bisogno di assistenza medica, data la sua condizione di salute.

Con la velocità di un fulmine e la determinazione di una donna infuriata dalle circostanze, noleggiò un bimotore e nella ristretta compagnia d'un medico e di una assistente sociale, si diresse immediatamente verso il villaggio sperduto nella regione selvaggia del nord della Tanzania.

La famiglia Hanz, amica di Angelica e padrona di Edel, le offerse generosamente tutto il fabbisogno per quell'escursione umanitaria e la incoraggiò a volare immediatamente sul posto, per far luce su quella vicenda dai risvolti incredibili. Neppure le agenzie di notizie più attrezzate riuscirono ad imbastire una spedizione più veloce di quella di Brigitte. Se le mancavano i caratteri di novità assoluta, per lo meno possedeva quelli della tempestività. Per lei, inoltre, esisteva l'elemento della sorpresa, forse la più grande della sua esistenza come investigatrice, nel caso di trovare Angelica, la sua prediletta d'un tempo.

Superate le difficoltà tecniche, poté dar sfogo all'irruente valanga di movimenti emotivi, soppressi sul nascere. C'era ancora posto per sogni e fantasie. Avrebbe ancora potuto sorridere alla sua buona stella, anche se in tono minore.

Brigitte non scorderà mai il momento della partenza da quell'insignificante aeroporto locale di Nairobi. Erano le tre del pomeriggio. Il sole era alto e cocente, la temperatura afosa, ed i venti moderati. Respirava forte e cercava di nascondere il suo nervosismo. Mentre il medico e l'assistente sociale chiacchieravano con una certa vivacità, non priva di riservatezza, lei assorta, guardava fuori dal finestrino, come se seguisse una chimera irraggiungibile, o una stella cadente, che svaniva nel nulla, al primo contatto con l'atmosfera terrestre. Non v'era allegria nel suo sguardo, né sorriso sulle sue labbra. Un leggero tremito delle dita, che nervosamente battevano sullo schienale del sedile anteriore, faceva intravvedere l'ansietà di una donna in cerca di una persona cara, ma soprattutto di un motivo per vivere.

Una sola bibita interruppe la vertiginosa ridda di supposizioni, possibilità e smacchi. Per il resto delle tre ore del viaggio, rimase assorta in una meditazione catartica. L'unico svago concesso ai suoi occhi fu l'apparizione improvvisa della cima del Kilimanjaro, incappucciata di neve. Avevano attraversato la frontiera e si trovavano in territorio tanzaniano. Costeggiando il lato occidentale di quella imponente elevazione, si diressero verso il sud. La loro destinazione era un centro abitato con una vecchia pista d'atterraggio, lontano una settantina di chilometri dal presunto villaggio dove si credeva si trovassero i sopravvissuti.

L'occaso tingeva di rosso l'orizzonte, dando l'impressione di un bagno di sangue rituale al quale bisognava sottomettersi per placare la natura, irritata da presenze foranee. Ancora una mezz'ora di volo e poi iniziarono una discesa piuttosto brusca. L'atterraggio, pieno di scossoni, date le condizioni lamentevoli della pista, fece sussultare i passeggeri, spaventandoli non poco. Temevano infatti che il velivolo si sfasciasse ad ogni successivo sobbalzo.

Con l'impressione di essere calati in una dimensione nuova, dove l'agitazione e l'insicurezza sembravano elementi essenziali, rifiutarono l'idea d'instabilità geografica o etnica, inoculata precipitosamente da quell'atterraggio scombussolante. Era quella una premonizione ambientale, o una suggestione sciocca, scaturita da circostanze accidentali?

Scacciati quei pensieri inopportuni, i nuovi arrivati, dopo le pratiche rituali con gli incaricati di uno stabilimento primitivo e con la forze dell'ordine, furono trasportati verso un luogo dove potevano affittare una jeep.

La lentezza del viaggio e delle trattative per il veicolo, propria delle retrovie della nuova civiltà cibernetica, irritò un poco la sensibilità di Brigitte, che avrebbe voluto bruciare le tappe. Finalmente, dopo aver patteggiato a lungo sul prezzo, infilarono una strada, immersa nell'oscurità più assoluta, ed in pessime condizioni di viabilità.

I suoi compagni di viaggio l'avevano consigliata di spendere la notte nel centro abitato, ma Brigitte non volle ascoltare ragioni. Il conduttore che avevano assoldato, tentò invano di metterla in guardia sui pericoli di bande notturne che scorrazzavano impunemente in quei paraggi.

Nonostante aver ingerito miglia di pagine sulla realtà del terzo mondo, Brigitte ignorava le cose più essenziali. Le mancava il fiuto, proprio del nativo, per annusare la minaccia nascosta, invisibile, e proprio per questo più micidiale di quella visibile.

Nell'oscurità che s'infittiva ad ogni passo, imboccarono una strada secondaria, senza pavimentazione o illuminazione di sorta, e tra rimbalzi e scossoni, con i denti stretti ed un'invocazione sulle labbra, s'inoltrarono a velocità sostenuta in una regione disabitata, verso la loro destinazione.

Era appena trascorsa una mezz'ora, quando d'improvviso una luce abbagliante, accompagnata dallo schiocco di armi da fuoco, li fece trasalire. Si trattennero immediatamente, e guardandosi d'attorno si videro circondati da uomini incappucciati, che, brandendo le loro armi, gridavano smoderatamente. Dopo alcuni attimi di terrore per quell'apparizione rocambolesca, udirono un'urla selvaggia, accompagnata da una bestemmia impronunciabile, che imponeva loro il silenzio assoluto, sotto pena di essere freddati all'istante.

Uno di loro gridò che si trattava d'un sequestro a mano armata da parte di un gruppo di banditi di affiliazione mussulmana, priva di ogni agenda politica o religiosa. L'unico scopo era il profitto monetario e l'odio verso l'uomo bianco.

Con la sveltezza di uomini braccati dalla legge, bendarono Brigitte, il medico e l'assistente sociale, mentre rilasciavano il conduttore, che poteva ritornare al suo villaggio, libero di raccontare l'accaduto a chiunque volesse ascoltarlo.

Con le mani legate dietro la schiena, gli occhi coperti da un pezzo di tessuto ruvido, e montati su cavalli, iniziarono una galoppata che a momenti sembrava rallentata da ostacoli naturali.

Tanto Brigitte, come gli altri due, non avevano opposta nessuna resistenza, vista l'inferiorità numerica e la mancanza di ogni arma da fuoco. Riavutasi dallo spavento, Brigitte avrebbe desiderato comunicarsi con gli altri compagni di sventura, e chiedere loro scusa per la sua insistenza sconsiderata di viaggiare durante la notte. Ma le era impossibile, imbavagliata com'era. Quante volte aveva sentito parlare di sequestri, quante volte aveva visto nei telegiornali immagini forti di rapimenti di persone. Giammai si sarebbe immaginata che un giorno anche lei si sarebbe aggiudicata un numero nella statistica di quel genere di crimini.

Quello che la tormentava maggiormente in quel frangente non era tanto la possibilità di tortura personale o morte, ma la missione stroncata nella ricerca di Angelica. Provava una profonda umiliazione per quello smacco subito, e , nella sua impotenza assoluta, cercò di fare del suo meglio in quella circostanza sfavorevole, misurando il tempo, fiutando la direzione e cercando di scorgere qualcosa di particolare tra le fessure della benda che copriva i suoi occhi.

Precisamente in simili contingenze doveva mostrare la sua capacità di detective. Se i suoi rapitori possedevano la forza, lei aveva l'intelligenza. Se loro avevano l'iniziativa, lei poteva sorprenderli con la sua astuzia. La partita era stata iniziata da loro, e nelle loro mani era il mazzo di carte, ma quella vincente poteva appartenere a lei, se giocava con avvedutezza. Calma e furbizia avrebbero potuto avere il sopravvento sull'imposizione e coartazione.

Galopparono affannosamente, e con una certa sicurezza del trionfo finale. Attraversarono una radura, percepita come tale dai sequestrati, per la mancanza di ramaglia ostacolante, cespugli ingombranti e ritmicità del trotto. L'assenza di conversazione tra gli assaltanti, fece pensare ad una coesione di intenti o ad una spocchia altezzosa ed ignorante di quel drappello di criminali.

L'investigatrice privata francese era tutta tesa a cogliere le minime sfumature di comportamento e di carattere, a calcolare le debolezze e scoprire possibili errori. Debolezze umane o semplici inavvertenze avrebbero potuto essere fatali.

Superata la vasta piana, rientrarono nuovamente nel fitto d'una boscaglia. I cavalli ansimanti rallentarono considerevolmente la corsa e dopo un breve tratto s'arrestarono. Costretti a smontare dalle cavalcature, s'inoltrarono a fatica in quella macchia densa, procedendo a passo lento.

Il silenzio, più impenetrabile della ramaglia ostile, fu interrotto da poche parole, che suonavano come un sospiro di sollievo. Dopodiché un fruscio di foglie, uno scricchiolio di rami e la sensazione di entrare in una cova. Sparirono i rumori della selva, l'aria che si respirava era stantia, ammuffita e con odori sgradevoli. Li fecero sedere su un mucchio di foglie secche, tolsero la benda dagli occhi e il bavaglio dalla bocca.

La fiamma tenue di una candela illuminava parzialmente quel nascondiglio animalesco, spoglio di ogni oggetto anche di prima necessità. Dava chiaramente l'impressione di essere in un luogo temporaneo o di transizione. Creato forse per scorribande di quel genere, avrebbe reso impossibile qualsiasi incursione indesiderata.

Era ormai notte inoltrata e senza molti convenevoli i rapitori lasciarono due dei loro, armati fino ai denti, promettendo che sarebbero tornati al mattino seguente.

Brigitte ed i suoi compagni stentarono a prendere sonno, non tanto per la paura quanto per l'incomodità di quel giaciglio inusitato. Avevano cercato di scambiarsi qualche parola, ma erano stati ammoniti severamente. Una qualsiasi disobbedienza o importunità avrebbe procurato loro dolore fisico.

La situazione era sommamente grave, e nessuno, sano di mente, avrebbe sottovalutato le conseguenze. Se un giorno avessero dovuto descrivere l'eternità, avrebbero senza dubbio usato l'immagine di quella notte maledetta. Tra un'assopimento e l'altro, tra un incubo immaginativo ed un tremito nervoso per le membra indurite dai crampi, tra sospiri prolungati e stiracchiamenti convulsivi, il tempo sembrava si fosse fermato per sempre. Tentavano e ritentavano nuove posizioni, ma nulla apportava soddisfazione, nulla riponeva in marcia quell'orologio che si rifiutava di marcare il momento fuggente.

L'alba, che con voglia struggente, avevano anticipato nella loro immaginazione, li trovò addormentati, con il corpo appesantito, incoscienti di ciò che era accaduto. Solo alcune pedate dei loro guardiani li riportò rudemente al tragico scenario del loro rapimento.

In quella nuova giornata che marcava la parziale comprensione, in modo vivenziale, della realtà del terzo mondo, con tutte le sue irritanti bruttezze barbariche, con l'assenza delle più elementari regole di protezione dei diritti personali, tutto era avvolto in una coltre fuligginosa, rendendo la proverbiale saggezza del senso comune un rifiuto inservibile.

Bevuta un po' d'acqua e mangiato un pezzo di pane, Brigitte fu sottoposta ad un'interrogazione prolungata e tediosa, con la finalità di ricavare qualche informazione sulla sua presenza in Africa e sulle possibilità di un riscatto sotto pagamento.

Apparentemente i rapitori avevano raccolto, da fonti diverse, dati precisi sull'investigatrice francese, e le loro domande servivano solo per valutare il grado di veridicità delle sue risposte e l'affidabilità del suo comportamento.

Comprovata la quasi identità delle affermazioni della giovane con i loro conoscimenti procedettero a registrare un messaggio per il riscatto. A questo punto, Brigitte, che possedeva un codice segreto fatto di poche lettere ed alcuni numeri, avrebbe potuto inserire nel comunicato da distribuirsi alle agenzie di notizie, la sua posizione geografica, dedotta da alcuni particolari, come il tempo della cavalcata e la presenza di un corso d'acqua nelle vicinanze. Era l'opportunità tanto attesa per la sua tacita rivincita su quel sopruso disumano.

Nessuno avrebbe potuto immaginare che in un appello generico alle autorità francesi ed alla propria organizzazione vi fossero delle indicazioni precise sulla loro posizione geografica, sull'orario e numero delle guardie e sul tempo maggiormente favorevole per un intervento armato.

La supplica della sequestrata fece il giro del globo in un batter d'occhio, e in nessuna parte, come a Lione e a Parigi, fu studiata più minuziosamente. Suo zio trasmise tempestivamente i dati segreti al governo e questi, con la fulmineità di un essere azzannato da una bestia feroce, allestì una forza speciale, altamente esercitata in missioni di riscatto, spedendola con tutta segretezza, sul luogo indicato.

Nel frattempo, comunicati ufficiali diffondevano ai quattro venti la volontà del governo francese di negoziare con franchezza su tutti i punti, incluso quello del pagamento e dell'ultimatum sul tempo.

La notizia del sequestro di Brigitte ebbe un impatto tutto particolare nell'industrialista torinese Giorgio Rossi e nella proprietaria di una catena di hotel Fior di Loto. Ambedue videro le loro speranze svanire, come una rara farfalla, apparsa improvvisamente nella luminosità d'una giornata d'estate, e che aleggiando capricciosamente nell'atmosfera scompare come per incanto tra gli arbusti verdeggianti.

Rimpianti accorati e velati scoraggiamenti punteggiavano le loro spasmodiche comunicazioni telefoniche, nonché singhiozzi repressi da parte di quella nobile donna orientale.

A migliaia di chilometri di distanza e nella prossimità del teatro degli avvenimenti, un'altra persona, molto vicina a Brigitte, era venuta, per pura casualità, a conoscenza di quel sequestro. Era Angelica, la sopravvissuta della disgrazia aerea, e la miracolata dalla selva africana. All'indomani dell'incontro con il santone Matumbo, il drappello eroico, s'era recato nel centro abitato a visitare la famiglia dell'ospite, che s'era impegnato ad offrir loro un memorabile banchetto, con piatti indigeni, preparati dalla moglie e figlie.

Stavano festeggiando con brindisi canterini il ritorno alla vita, quando nel bel mezzo delle risate e del chiasso degli invitati, Angelica udì la notizia del rapimento di una investigatrice privata chiamata

Brigitte. Ammutolendo, lasciò cadere le posate, e con un pallore mortale nel volto, s'avvicinò alla radio per meglio coglierne i dettagli.

Tra lo stupore dei presenti, incominciò a versare lagrime ed a singhiozzare come una bimba. Interrogata sul perché, spiegò brevemente la sua relazione con l'investigatrice, ed il motivo probabile di quella presenza nel continente nero. Aveva la certezza che era venuta a cercarla e che per causa sua si trovava nelle mani di quei criminali. Non ci furono parole od argomenti capaci di convincerla del contrario. Come in un sogno, si stava rendendo conto degli effetti deleteri delle sue azioni. Per quanto si sforzasse di dar senso alla propria esistenza con atti abnegati di dedizione, non poteva evitare le contropartite negative annesse alle sue decisioni.

Il benefattore Matumbo, assumendo le vesti di un padre comprensivo, e con la persuasione di un illuminato capo tribù, le schiarì alcuni concetti fondamentali su presunte responsabilità, su ramificazioni indipendenti dei propri gesti, e sulla percezione morale degli stessi. Con una fraseologia accessibile, intrisa d'immagini folcloriche ed aneddoti tribali, la fece risalire la china della triste disperazione, in cui era caduta. Il sole ritornò a risplendere ed i festeggiamenti procedettero senza ulteriori inciampi.

In quel mentre nel covo dei malviventi non v'erano né celebrazioni, né manifestazioni euforiche. Al contrario, il capobanda, dalla zazzera ispida, la gesticolazione imperiosa e lo sguardo truce, faceva fatica a controllare i suoi commilitoni, rissaioli e di testa calda. Smaniavano dall'ansia di buone notizie sul pagamento del riscatto. Davanti ai loro occhi brillavano opportunità mai sognate, con somme enormi di denaro nelle tasche.

Avrebbero abbandonato quella vita randagia e spericolata per convertirsi in ricchi gaudenti, residenti in dimore lussuose ed viziati da una servitù ciecamente sommessa.

Ma più le ore passavano e meno speranzoso si delineava l'indomani, per mancanza di qualsiasi contatto ufficiale e persino di rumori ufficiosi, più s'addensava l'atmosfera di stizzose reazioni. Le mattane del capo diventavano più frequenti e non riuscivano a turlupinare quel branco di poveri imbranati.

Tempo addietro erano stati ammaliati dalla sua primitiva filosofia improntata ad un dualismo prammatico che non dava luogo a tentennamenti o vacillazioni. Era il loro nutrimento giornaliero, allo stesso modo che l'erba e i cespugli costituivano l'alimento per vacche e capre.

Tange-tange, così era soprannominato quel condottiero sconosciuto, per la cilecca di un fucile che possedeva sin da imberbe, s'era formato nella scuola del vagabondaggio, al seguito di mercenari.

La sua antropologia sociale si riduceva a due classi di individui, una con potere, denaro e la legge nelle loro mani, l' altra senza potere, senza denaro e senza legge. Per inserirsi nel circolo dei privilegiati era imperativo infrangere la legge e con la forza appropriarsi delle ricchezze. Solo così si poteva ristabilire una specie di equilibrio. Tanto la politica come la religione erano al servizio dei primi a danno dei secondi. L'esistenza era una lotta perenne contro lo squilibrio esistente.

Le sue arringhe infuocate aveavano infuso una certa coesione in quella massa eterogenea di "desperados", ma l'agglutinamento rimaneva precario, trattandosi di umori umani. Solo risultati positivi avrebbero compiuto il miracolo di una fedeltà cieca.

Erano trascorsi due giorni, e all'infuori degli annunci informativi da parte dei mezzi di comunicazione, nulla di concreto era apparso nel radar di quelli assetati di fortuna.

Generalmente la speranza di un domani migliore, trasforma l'oggi in qualche cosa di speciale ed unico. Appannata quella speranza, si rabbuia il presente e fanno capolino la disperazione e la violenza micidiale.

Tange-tange aveva già esaurito il suo repertorio persuasivo e intellettualmente sembrava navigare alla deriva. Parlava a vanvera e senza convinzione, aspettando che gli piovesse dal cielo qualche brandello di buona notizia. Aveva sostituito l'abituale persuasione faceta con un' imposizione capricciosa.

Brigitte aveva notato il cambio radicale in quell'omone rozzo e dall'aspetto truculento, e per la prima volta aveva incominciato a temere per la propria vita e quella dei suoi due compagni. Spirava un'aria brutta e comunicandosi sotto voce con il medico e l'assistente sociale, confessava che le cose non andavano per il loro verso.

Sotto gli auspici più sfavorevoli, spuntò l'alba del terzo giorno. Le guardie, durante la notte, avevano sfoggiato un'atteggiamento sessuale aggressivo che rasentava la sfrenatezza e l'impudicizia.

Per risollevare la morale ed evitare un possibile ammutinamento, Tange-tange offrì una scorpacciata memorabile di carne di capretto arrostita secondo i costumi locali. Rinvigoriti i corpi, senza però poter rinfocare gli spiriti, si spesero alcune ore in un ambiente meno esplosivo. Nel frattempo si reiterò l'appello al governo francese per un riscatto immediato. Se ciò non fosse avvenuto, si sarebbero giustiziati gli ostaggi. Questo fu diffuso immediatamente dalle agenzie di notizie.

Ancora una volta Brigitte riuscì a codificarvi un messaggio segreto, reiterando la loro posizione geografica ed il pericolo di morte. Nessuno avrebbe mai immaginato che i dispositivi di riscatto erano già saltati, e che la forza speciale francese stava attendendo l'oscurità della notte per l'assalto finale.

Come era già loro abitudine, i rapitori subito dopo il tramonto si dileguarono lasciando solo due guardie all'entrata di quella tana. Annoiati e stizziti dall'andamento delle mancate trattative, i due manigoldi prima di turnarsi per la guardia dei loro malcapitati prigionieri, si divertirono con le due donne sollevando loro le gonne, accarezzando i loro seni ed altre innominabili indecenze, tanto degradanti come turpi.

Insaziabili nei loro bassi istinti, incominciarono ad emettere ululati bassi e prolungati come lupi in cerca di compagnia, seguiti da risate a squarciagola. Era una baldoria insolita che non si attagliava in quelle circostanze di suprema vigilanza. Errore crasso che avrebbero pagato caramente, perché quella selva silenziosa aveva acquistato orecchie intente a qualsiasi movimento, ed occhi elettronici a luce infrarossa. A questo punto, la forza speciale francese aveva captato sufficienti segnali per sferrare un attacco a sorpresa, appena si fosse impartito il comando.

Era quasi la mezzanotte, e quella ignobile sarabanda lasciava posto al fruscio delle foglie ed ai soliti rumori notturni. Quando tutto era piombato nella quiete, con la velocità del fulmine e l'avvedutezza del più astuto animale selvaggio, il contingente specializzato francese sferrò un attacco maestro. Senza attrarre l'attenzione del vigilante di turno lo colsero di sorpresa alle spalle, lo imbavagliarono e con un coltello dalla lama affilata lo sgozzarono all'istante. Il povero malcapitato non s'accorse di nulla e senza emettere un suono, piombò al suolo in un lago di sangue. Non lontano da lui, la seconda guardia, che mezza ubriaca ronfava sgradevolmente, al contatto con la lama tagliente emise l'ultimo rantolo e giacque inerte.

Al suono della lingua materna, Brigitte si svegliò e riconobbe all'istante i suoi salvatori. Assieme ai suoi compagni, li ringraziò profusamente, e con il cuore che gioiva d'emozione, si misero subitamente in cammino. Nelle prime ore del mattino arrivarono in una cittadina sconosciuta, e nella massima riservatezza presero alloggio in un' abitazione affittata anteriormente. L'esito di quella missione brillante fu mantenuto segreto. Solo il governo e l'agenzia ne furono tempestivamente informati.

Tange-tange, che durante la notte aveva attraversato incubi strani, quando scoprì che era stato beffato dai maledetti uomini bianchi , con una certa brutalità degna dei suoi antecedenti, diede sfogo ad una rabbia pazzesca. Giurò a se stesso ed ai suoi gregari che, sebbene avesse perso la prima schermaglia, avrebbe continuato la guerra fino al trionfo finale. Nel frattempo doveva concentrare la sua attenzione nella sopravvivenza come capo di quel drappello di criminali che senza dubbio l'avrebbero sfidato ad un duello mortale per la supremazia assoluta.

Gli agenti segreti francesi conoscevano bene il perché della presenza di Brigitte nel suolo africano e con una riservatezza assoluta le avevano preparato una sorpresa monumentale.

Nel tardo pomeriggio di quella giornata storica, dopo un bagno che aveva il sapore di cielo, ed un riposo in un letto che sembrava di piume, si era preparata una cena celebrativa, priva di tamburi e grancasse, ma sibaritica nel contenuto, ed altamente emotiva nelle manifestazioni.

Nel bel mezzo dell'animatissima conversazione, l'incaricato dei festeggiamenti, fece tintinnare il bicchiere con la sua forchetta ed alzando la voce propose un brindisi per il successo dell'operazione segreta. Poi facendo finta di nulla, come se si trattasse di una normalità quanto mai banale, si schiarì ripetutamente la voce e introdusse per nome un ospite inatteso. Si trattava di Angelica Rossi. Con l'incredulità di chi sogna ad occhi aperti, Brigitte diresse lo sguardo verso la porta d'entrata, dove si stava introducendo la giovane data per scomparsa, vestita in un costume tipicamente locale, dai colori sgargianti ed una pettinatura originale.

Angelica, sicura di sé e con un sorriso che tradiva l'emozione, s'avvicinò a Brigitte, che esterrefatta balzò in piedi e si precipitò verso di lei abbracciandola e baciandola con una effusione tutta femminile. Un applauso scrosciante s'elevò da quel cenacolo di privilegiati e non poche lacrime irrigarono alcuni volti.

Era una scena toccante, degna di essere immortalata in una tela o in un monumento di bronzo. Ironia del destino, stupidità della sorte, o pura naturalità degli eventi, le sorti si erano capovolte. La riscattatrice era stata riscattata, la data per scomparsa era apparsa. Brigitte non si sarebbe mai attesa simili imbrogli, tanto fortuiti come caricaturali, e non avrebbe mai per certo immaginato che la sua opera maestra come investigatrice si concludesse in un modo così sconcertante.

Se bisognava ringraziare Dio, sempre presente nella sua coscienza profondamente religiosa, provava un sentimento di ripulsa verso la sua stella, destinata ad impallidire e ad estinguersi.

Ma bando alla tragica ambivalenza delle emozioni, e benvenuta l'allegria rumorosa e spensierata dell'incontro, del ritrovamento e della sopravvivenza. Angelica, la ragazza sognatrice ed un tanto volubile, non solo non era scomparsa o morta, ma era lì presente, che le sorrideva, che l'abbracciava e la ringraziava. Simile notizia avrebbe colmato di soddisfazione i suoi poveri e tuttora ignoti genitori, scesi nelle profondità della disperazione e del dolore.

L'investigatrice di Lione avrebbe mantenuta segreta l'identità dei suoi genitori biologici, riservando a loro il delicato incarico di rivelarne i dettagli. Che momento sarebbe stato quello! Ne pregustava la gioia e la sorpresa.

Ma prima che tutto ciò accadesse e prima ancora che la notizia raggiungesse come un fulmine gli ultimi avamposti della civiltà elettronica, Brigitte fece il numero di telefono del Signor Rossi, il quale disgraziatamente non si trovava a casa. Lasciò un messaggio e chiamò immediatamente Fior di Loto. Questa rispose personalmente, e con una voce quasi supplicante, domandò se v'erano notizie positive. L'investigatrice, con un tono che tradiva l'emozione, le rivelò che Angelica era stata ritrovata e che si trovava in buona salute. La povera donna orientale non riusciva a credere a ciò che aveva appena udito, e con una voce commossa, ed il singhiozzo che le precludeva ogni parola, balbettò alcune sillabe di ringraziamento. Si sarebbe comunicata con Giorgio e probabilmente avrebbero preso assieme il primo aereo per l'Africa e le avrebbe raggiunte in qualsiasi città avessero scelto per l'incontro tanto sognato. Informò inoltre la sua agenzia, che già conosceva l'esito dell'audace riscatto, fornendola di dettagli ancora sconosciuti.

Durante i festeggiamenti, che si prolungarono fino a notte inoltrata, Brigitte ed Angelica ebbero tempo di sfogarsi, svuotando il sacco delle loro esperienze ed avventure. Dava l'impressione che gli anni di separazione non contavano e che la loro amicizia, anche se con tonalità radicalmente diverse, fosse rimasta la stessa.

Indubbiamente tra le due v'era un' affinità tutta particolare, che le accomunava, nonostante le molte differenze. L'una era felice di stare con l'altra, si sentiva sicura, protetta ed apprezzata.

Sotto scorta armata, passarono la notte in quella specie di locanda per turisti dagli scarsi ricorsi economici. Il giorno seguente, sempre protetti da agenti segreti francesi, volarono a Nairobi. Finalmente erano ritornati tutti alla base, sani e salvi, includendo il medico, l'assistente sociale e la fedelissima Edel.

L'accoglienza all'aeroporto della capitale assunse proporzioni inattese, dal numero straordinario di giornalisti e delle agenzie di notizie, alla presenza degli amici di Angelica, che con il fiato sospeso avevano seguito la drammatica avventura. Tra loro emergeva il giovane sacerdote Oliver, la famiglia Hanz e la direttrice dell'orfanotrofio, dove la giovane aveva svolto la sua ultima attività educativa.

Le effusioni di affetto davano l'impressione di una genuinità difficilmente riscontrabile. Furono interrotte solo dallo scrosciare dei flash dei fotografi e dalle domande sempre più persistenti ed invadenti degli inviati speciali. Solo un idolo dello schermo avrebbe suscitato tanta curiosità ed entusiasmo.

Scusandosi delicatamente con quella folla di ammiratori, Angelica li ringraziò per l'interesse dimostrato e scortata dagli agenti segreti, s'accomiatò dagli amici ed in compagnia di Brigitte, s'alloggiò in un hotel della città.

La differenza tra la semplicità e povertà della famiglia Matumbo, ed il clamoroso ricevimento con l'abitazione di lusso non poteva essere più stridente. Anche l'investigatrice privata provava le stesse sensazioni di divario tra la situazione presente e la cattività anteriore. Era stato un balzo qualitativo del tutto imprevedibile, dalla morte alla vita, da un inferno umano ad un paradiso terrestre.

Per Angelica c'era qualche cosa di più spettacolare, il misterioso ricovero della salute che sembrava sfidare e contraddire tutte le leggi della natura. Solo lo stregone illuminato, le aveva proporzionato una dubbiosa chiave d'interpretazione.

Con il suo impensato arrivo in Africa, la sua persona fisica si era intromessa abusivamente in uno spazio geografico che non le apparteneva. Non riuscendo a riconoscerla, l'aveva rigettata, come un innesto foraneo, un corpo estraneo. In altre parole non si era acclimatata al nuovo ambiente, non era entrata in simbiosi con il suolo africano. Però la sua permanenza nella selva, il suo contatto intimo con quella terra straniera, l'alimentarsi dei suoi prodotti, il sentirne le vibrazioni più intime, e l'accettare pienamente quella involontaria ospitalità, immedesimandosi con ogni sorgente di vita, dalle foglie all'acqua, dai frutti alla carne, s'era trasformata in un elemento indigeno, in piena simbiosi con la natura che la nutriva. Quella comunione aveva prodotto il miracolo dell'accettazione, della sanazione.

Secondo Matumbo, Angelica ora apparteneva a quel lembo di terra. Il suo fisico, in altre parole, s'era acclimatato sconfiggendo ogni virus micidiale che l'avrebbe potuto debilitare e distruggere. Era stata inoculata con una dose di vera africanità che la rendeva immune da malattie contagiose.

Che cosa ci fosse di vero in questa spiegazione, nessuno mai lo saprà. Ma Angelica ora, a differenza di prima, possedeva una certa fondazione intellettuale, o per lo meno così lo credeva, che in qualche modo, mentre dissipava i dubbi esistenziali, le concedeva la cittadinanza africana. Non era più una straniera ostile ed invadente, un'esule che ripiangeva la terra nativa, ma una indigena con tutti i diritti e le rispettive obbligazioni.

La sua triste avventura poteva considerarsi un rito d'iniziazione doloroso ma necessario se davvero desiderava spendere il resto della sua vita in quell'angolo del pianeta. Ma v'erano altre due forze, non certo in armonia con quel progetto, che molto presto sarebbero entrate in azione ed avrebbero scosso sin dalle fondamenta quella visione personale.

CAPITOLO 17

Fior di Loto, la madre senza figlia, la sposa senza sposo, l'addolorata che aveva perso ogni dolore, in breve tempo aveva attraversato una gamma svariatissima di gioie e delusioni, inoltrandosi in baratri depressivi e raggiungendo cime esilaranti. A questo punto doveva apparire immune a qualsiasi colpo di scena per violento o impattante che fosse.

Invece no. Sembrava vi fosse una riserva inesauribile di sensibilità e tenerezza affettiva in quel piccolo fisico umano, dotato di grazia, riservatezza e perenne spontaneità.

Il comunicato telefonico di Brigitte scatenò una valanga di sensazioni che la risvegliarono dal sopore scettico in cui era caduta ultimamente e la catapultò fuori dal suo guscio, scaraventandola in un mare di attività.

Nei suoi frequenti vaneggiamenti, dove l'anticipazione dell'incontro con la figlia la faceva fremere con una dolcezza incontenibile, non avrebbe mai sospettato l'imminenza temporale di quell'avvenimento. Infatti, dopo l'ultimo informe dell'investigatrice, tutto si era fatto nebuloso, inafferrabile e scivoloso. Ora, invece, un improvviso magma ribollente era scaturito dal suo ventre e con il suo impeto irruente stava travolgendo tutto ciò che incontrava sul suo passo.

Fior di Loto, in preda ad una agitazione senza precedenti, tentò varie volte comunicarsi con Giorgio. Finalmente, dopo vari tentativi falliti, riuscì a parlargli. All'udire quella voce, l'uomo dalle emozioni stagnate ed i sentimenti incalliti, provò un turbamento interno che nessuna donna riusciva più a suscitare in lui. Non era la sorpresa dell'annuncio, già svuotata dal messaggio di Brigitte, ma la soavità di quella voce, così pregna di seduttività che lo faceva impazzire.

Al primo squillo del telefono, Giorgio esclamò "Pronto, pronto, chi parla?" Un'esile voce di donna rispose "Sono io, Fior di Loto. Posso disturbarti un attimo?".
"Nessun disturbo, anzi è un piacere sentirti. Parla"
"L'investigatrice Brigitte mi ha fatto sapere che Angelica è stata ritrovata, e che ci attendono in Nairobi. Sono così emozionata che mi mancano le parole. Prenderò il primo volo per Roma, e di lì, se non ti spiace, partiremo assieme per l'Africa". Giorgio rispose "Ti attendo con le braccia aperte e non vedo l'ora di riabbracciare mia figlia".
Salutandosi affettuosamente, terminarono la loro conversazione, ma il subbuglio nei loro cuori stava appena cominciando.

Non erano ancora in volo, e già ambedue volavano velocissimi e ad alta quota. Le banalità quotidiane sparivano come piccole particelle di pulviscolo atmosferico ed immagini commoventi s'alternavano nella loro mente.

Fino al presente un ipotetico rincontro si forgiava alla guisa d'un sogno, di una realtà irreale, di una chimera irraggiungibile. Ora invece assumeva forme problematiche di trepidazione, angoscia, ed ansia. Cosa sarebbe successo? Fior di Loto sarebbe stata accolta con freddezza e risentimento dalla figlia abbandonata? Un'interna ripugnanza avrebbe congelato quella ragazza sconosciuta, trattenendola dall'abbracciare la madre? Le avrebbe sorriso o avrebbe mantenuto una distanza dignitosa? Se ciò fosse successo, come avrebbe reagito il suo povero cuore?

Quello che prima appariva roseo e gioioso, si prospettava ora minato e pericoloso. Si trattava di un territorio nuovo, tutto da riscoprire. Nessuno l'aveva preparata per questo momento cruciale. Avrebbe lasciato passo ai suoi istinti materni od avrebbe adottato un procedere con cautela? La sua delicatezza e la sua prolungata sofferenza l'avrebbero guidata forse incoscientemente, suggerendo ad ogni istante le parole ed i gesti appropriati.

Fior di Loto, con i bagagli vuoti di cianfrusaglie e straripanti di problemi ed insicurezze, s'avviò all'aeroporto di Hong-Kong e s'imbarcò nel primo aereo che l'avrebbe portata a Roma. Le tremavano le mani, i passi erano incerti e gli occhi si perdevano in una lontananza sconosciuta.

Fino al presente, nessuna prova, per grande o dolorosa che fosse stata, l'aveva talmente scardinata dal suo centro di gravità, da farle perdere l'equilibrio psichico di cui tanto aveva bisogno.

Sballottata da paure ed emozioni, s'aggrappava a qualsiasi appiglio le venisse offerto dal destino, che in simile circostanza appariva estremamente avaro.

Solo Guo, la ragazza spensierata e sprizzante gioventù da ogni poro del suo esile corpo, la sottrasse dalla devastazione di quel terremoto interiore, riportandola alla realtà del presente. Con una voce che a tratti suonava come una musica lontana ed a tratti si perdeva nei rumori assordanti della città, la supplicava di prenderla con sé, perché ardeva dal desiderio di conoscere la figlia.

Al diniego della padroncina, la giovane si rattristò e troncò la sua conversazione per rinchiudersi in un mutismo sconsolato. Rarissime volte aveva reagito in modo così umorale. Ma era del tutto comprensibile.

La suocera, d'altra parte, che dopo la morte di Bruce, l'aveva accolta come una vera figlia, formando un legame sentimentale dalle caratteristiche veramente insolite, alla notizia del ritrovamento della quasi nipote, si rallegrò e prima di partire le diede un regalo per Angelica. Fior di Loto rimase scossa da quel gesto delicato ed affettuoso. Si trattava di un costumino di seta con ricami preziosi.

La gioventù e l'esperienza avevano reagito in forma contrapposta, la prima pensando in sé stessa, la seconda nella donazione di qualche cosa. Ambedue avevano agito seguendo il proprio istinto ed ambedue avevano dimostrato a loro modo amore e contentezza.

Era tempo di accomiatarsi da loro. Con un abbraccio che esprimeva rincrescimento nel caso di Guo, e ringraziamento nostalgico nel caso della suocera, Fior di Loto abbandonò la dolce tranquillità del luogo natio, per imbarcarsi in un'avventura che non aveva precedenti.

La ricerca, a cui aveva dedicato tutte le sue energie, stava per concludersi con un esito incerto. Proprio nel momento più delicato di quella missione, durata tutta una vita, si sentiva priva di lumi speciali e d'una fierezza di madre, che percorre l'ultimo tratto del lungo calvario con un sorriso gioioso ed una contentezza traboccante.

Non si vergognava della decisione iniziale di privarsi temporaneamente della figlia, come non risentiva né detestava il vigliacco assalto sessuale, ma neppure ne era orgogliosa. Non era convinta di essere stata segnata con un marchio infame. Ma sapeva di essere stata contrassegnata in qualche modo. Procurava vedere in queste vicende gli aspetti positivi, ed in ultima analisi accettare il tutto come un destino sopravvenuto all'improvviso, che per bene o per male aveva costituito parte del suo tessuto vitale. Come donna forte e di senso comune avrebbe marciato al suono dei tamburi percossi dalle mani invisibili degli eventi contingenti, senza sorprese od irritazioni. Sebbene non riuscisse a decifrare il suo futuro con chiarezza, per il turbinio vertiginoso di paure, era certa di una cosa. La sua natura di madre la spingeva ciecamente verso l'incontro della figlia. Era ansiosa di guardarla in faccia, di stringersela al petto e di baciarle la fronte con il trasporto di una orfana.

I sentimenti, per peregrini che siano, costituiscono la parte più vera ed allo stesso tempo più volatile dell'essere umano. Ancorata su questi, Fior di Loto si sarebbe messa in viaggio, affrontando gli inevitabili scogli che avrebbe incontrato.

Diede l'addio alla suocera, che emozionata l'abbracciava teneramente, si staccò da Guo che non la voleva lasciar partire, e tra lagrime e sorrisi, abbordò l'areo, perdendosi tra i numerosi turisti, impazienti di volare.

Il rumore assordante dei motori affogò la conversazione animata dei passeggeri riducendola a un brusio indistinto. Il velivolo, con una notevole velocità, s'inoltrò nell'azzurro del cielo, perdendosi nella lontananza, mentre fazzolettini bianchi, augurando ogni felicità, sventolavano a terra.

Per la prima volta Fior di Loto viaggiava sola in una trasvolata continentale, che l'avvrebbe avvicinata a Giorgio e posteriormente alla figlia Angelica. Si guardò dattorno, ed ebbe la chiara sensazione di essere un numero insignificante nella gaia comitiva di quei passeggeri, la maggior parte compatrioti.

Osservava con interesse non poche madri con bambini dall'atteggiamento impertinente e condotta quanto mai insolente, se non proprio sfacciata. Non era quello il quadro familiare ideale che avrebbe desiderato per sé e la propria figlia. Ma la realtà è quello che è, e i desideri o sogni non ne cambiano il contenuto. Accanto a lei sedeva una signora anziana, con una voglia apparente di intavolare conversazione. Ben presto però fu sopraffatta dalla stanchezza e si lasciò cadere in un sonno pesante senza proferire una sillaba.

Anche lei, dopo aver consumato una colazione leggera, socchiuse gli occhi, e reclinando il capo sullo schienale del sedile, s'appisolò in preda ad un panico, totalmente alieno al suo carattere.

Sommersa in quel sopore pesante, si riebbe parecchie volte dovuto agli urti inavvertiti di passeggeri, che al passare la toccavano, ma ben presto ritornava al suo stato incosciente, popolato da rare immagini, prive di connessione alcuna.

Una bimba piangeva disperatamente perché aveva perso il suo giocattolo preferito; una bestia feroce a guisa d'un drago, vomitante fuoco dalle fauci, l'assaltava, mentre stava facendo una scampagnata assieme ad altri scolaretti della stessa età; scoppio di bombe e frastuono di mitragliatrici facevano tremare gli abitanti della sua cittadina natale; una pioggia incessante aveva sommerso le strade ed i parcheggi dove lavorava. Finalmente una scena veramente raccapricciante, vedeva se stessa, vestita di bianco, giacente in una bara, mentre veniva trasportata al cimitero.

Voleva gridare che non era morta, ma non riusciva ad aprire la bocca, desiderava agitare la mano facendo segno di fermare quella processione, ma rimaneva immobile, si sforzava per aprire gli occhi, ma tutto risultava inutile. Ad un tratto, tra pianti, lamenti e preghiere, i portatori lasciarono cadere la cassa da morto, un urlo spaventoso s'alzò dalla folla inorridita e Fior di Loto si svegliò, e con grande sorpresa si ritrovò seduta nell'aereo, accanto all'anziana signora, tuttora assopita.

Tutti questi eventi, così strani ed improbabili, la lasciavano prostrata psicologicamente, proprio nel momento in cui aveva bisogno di immagini positive. Erano paure soppresse sin dalla fanciullezza, che emergevano ora, o paure recenti che accantonate momentaneamente, ritornavano nel suo subcosciente?

Forse la solitudine ed il volo prolungato avevano gettato i semi di quella insicurezza, forse i dubbi sull'esito della missione più impegnativa della sua esistenza la tormentavano eccessivamente, creando quel vuoto e sapore amaro. Mentre quella matassa s'arruffava sempre più, Fior di Loto rimaneva senza spiegazioni.

L'unico pensiero che la teneva sollevata nello spirito, era la presenza di Giorgio a Fiumicino, che la stava aspettando con un'ansia malcelata. Anche lui, sin dalla sera precedente si trovava nelle spine.

Alla notizia del viaggio immediato di Fior di Loto e del suo arrivo a Fiumicino, la mattina seguente, una specie di impazienza giovanile s'era impossessata di quell'uomo, da molto tempo impermeabile ad agitazioni emozionali ed a scosse vitali.

Guardandosi nel riflesso delle sue azioni passate, alcune molto vergognose, altre poco raccomandabili, non provava più né orgoglio né soddisfazione, al contrario, provava uno spasimo delirante, una ripugnanza gelida, mentre la sua coscienza, giudice impietoso, lo fustigava con rimorsi, rimpianti e compunzioni.

Quante volte aveva tradito la fedeltà matrimoniale e la responsabilità di genitore, e quante volte era stato ripagato dalla moglie con la stessa lurida moneta, senza esserne totalmente cosciente, ma con un forte presentimento di un marciume fetente, esistente tra loro, impossibile d'ignorare.

Avrebbe mai raggiunto la sponda opposta di quel sudicio letamaio d'immondizie sessuali, si sarebbe mai spogliato di abiti così imbrattati di schifezze morali, avrebbe mai rivestito la tunica bianca di una normalità senza eccessive incipriate da sepolcri imbiancati?

L'avvicinamento a Fior di Loto e l'incontrarsi con la figlia nella qualità di padre biologico sarebbe bastato per produrre un cambio qualitativo in quell'essere indurito nel vizio e cicatrizzato dal male?

Giorgio l'avrebbe desiderato con tutto il suo cuore, e probabilmente avrebbe sacrificato se stesso pur di produrre un qualche cambio di qualità. Nel passato, diverse donne, forse troppe, l'avevano abbindolato con l'attrattivo del loro corpo, sprofondandolo in un baratro senza fondo, ora due donne l'avrebbero ripescato da quell'abisso, riportandolo alla rispettabilità che tanto sospirava?

Questo era il tormento in cui si dibatteva Giorgio. Come il suo Santo protettore, sarebbe stato capace di debellare quel mostro che vomitava fuoco da tutti gli orifizi del suo corpo, o sarebbe rimasto preda di quella furia scatenata? Non sapeva proprio a che santo appigliarsi, perché non aveva fede in se stesso o in nessun altro demiurgo, fosse esso mitologico o religioso.

Fu una notte lunga ed agitata, ma la luce fioca del mattino dissipò molte di quelle incertezze. Inoltre, la vista di Fior di Loto all'aeroporto di Roma sollevò un'altra coltre pesante, concedendogli una nuova sensibilità morale ed affettiva. Appena la vide infatti, si precipitò verso di lei con un sorriso e le braccia aperte. Se la strinse al petto, imprimendole un bacio affettuoso sulla fronte, e le manifestò la grande allegria che provava al rivederla.

Anche lei, presa da un subito sentimento di abbandono, s'afferrò a quell'uomo robusto, ancora nel vigore delle sue energie, che l'accoglieva con le braccia aperte, stampandole il segno dell'amicizia sulla fronte. Strano capovolgimento delle due situazioni. La sola presenza fisica dell'altro era stata sufficiente per calmare quei due mari mossi, riportando alla superficie una certa serenità.

Il volo da Fiumicino al Cairo, dove avrebbero fatto scalo, avrebbe permesso loro di scambiare impressioni, imbastire una qualche strategia d'azione congiunta, presentando un fronte unito, con la finalità di proporzionare una quadro rassicurante a quella ragazza, che aveva sempre sognato le carezze di una madre, ma che aveva sempre incontrato sostituzioni dubbiose e a volte pericolose.

Tenendosi della mano, come amici separati de una penosa assenza, s'avviarono al salone d'imbarco, e senza attendere a lungo sfilarono davanti ai controlli e s'inoltrarono nel ventre dell'aereo, dove s'accomodarono nei posti loro assegnati. Seduti l'uno accanto all'altra, provarono sentimenti nuovi. Gioia e timore erano le estremità di quell'arcobaleno irradiante speranza.

Da un punto di vista di sicurezza economica e stabilità materiale, ognuno era autosufficiente, e nessuno aveva bisogno dell'altro. Sotto l'aspetto affettivo, ambedue possedevano un vuoto enorme, ma né lui né lei sentivano l'urgenza di colmarlo. Il loro passato aveva smorzato le intemperanze e gli impulsi ciechi d'un tempo, facendoli calcolatori prudenti.

Il loro sguardo non era più diretto su se stessi. Le loro necessità occupavano un luogo secondario. Angelica era diventata il centro di quella missione, che aveva tutte le caratteristiche di imprevedibile.

Giorgio si sarebbe presentato non nelle vesti di padre-padrone, ma in quelle di padre-amico, pentito di averla trascurata e di aver lasciato trascorrere tanto tempo senza preoccuparsi di lei. Le avrebbe chiesto perdono, e ottenutolo, l'avrebbe stretta a sé con una tenerezza mai dimostrata. Poi guardandola negli occhi, e studiata la reazione, si sarebbe permesso con gentilezza di presentarle quella signora orientale, che ribollendo nel suo interno, attendeva il momento, così a lungo sognato e temuto, di ricongiungersi alla figlia, dalla quale si era separata tanti anni prima.

Che momenti di trepidazione, che attimi di apprensione per la madre, che sorpresa e che smarrimento per la figlia! Quegli istanti avrebbero potuto generare la contentezza più grande, o l'angustia piú indescrivibile in quel cuore di madre, così duramente provato, e il disappunto ed irritazione nell'animo di quella giovane, alienata fin dall'infanzia dal calore materno.

Fior di Loto e Giorgio conversarono a lungo tra loro, senza la convinzione di aver trovato la formula vincente nella loro strategia, e senza la sicurezza di destare una reazione positiva. Tuttavia, ambedue erano d'accordo sulla metodologia di fondo, poche parole, anzi pochissime accompagnate da un linguaggio muto, improntato a umiltà, pentimento e rincrescimento.

Il loro sguardo doveva trasmettere ciò che nessuna loquela avrebbe potuto mai comunicare. Da tutti i loro pori avrebbero dovuto emanare affetto e comprensione. Il resto l'avrebbero lasciato al caso. Si sentivano veramente impotenti davanti al compito che li attendeva. Ma nessuna anima vivente avrebbe potuto prendere il loro posto. Competeva a loro e solamente a loro sciogliere quel nodo gordiano che li teneva ammarrati al suolo.

La trasvolata del Mediterraneo fu qualche cosa di memorabile, tanto per l'atmosfera di gaudio contenuto dei due curiosi passeggeri, quando per la bellezza di quella distesa acquatica, cosparsa di isole dalla storia millenaria, e testimone di battaglie sanguinose. Tutto sembrava rivivere nel presente, anche se illusoriamente, quel passato glorioso. Tutto sembrava innalzare un inno glorioso ai grandi personaggi dei secoli di ferro. Una sfilata di busti gloriosi fagocitava i pensieri surriscaldati di Giorgio, che cercava di nascondersi nella storia, scordando per qualche istante le ansietà che dimezzavano la sua statura umana.

Fior di Loto non si stancava di fare domande all' uomo del "Mare nostrum", che con l'unzione di un esperto in materia e l'eloquenza d'un oratore mancato, proporzionava racconti interessanti e dettagli che la lasciavano con la bocca aperta. Amava la grandezza dell'impero romano, e s'identificava con le gesta gloriose di quegli illustri antenati, facendo pregustare a quella bellezza orientale ciò che di più maestoso era stato realizzato all'insegna della civiltà e della legge.

Sebbene il volo non fosse durato eccessivamente, tuttavia fu sufficiente per intrattenere i nostri viaggiatori, trasportandoli in una dimensione, dove la fruizione era costante e la preoccupazione totalmente assente.

Avevano bisogno di rifugiarsi in quest'isola magica, ripiena di cimeli salutiferi, dagli effetti eccezionali. Ma all'incanto di questo stato psicologico paranormale, s'affiancò ben presto la realtà dell'arrivo al Cairo, dove la normalità si era sfumata, sotto i colpi di un fanatismo integralista mussulmano, che aveva minacciato far saltare l'aeroporto internazionale, se non si accedeva alle loro domande, di liberare estremisti politici, incarcerati da tempo.

All'ombra di questa paurosa minaccia, tutti i voli erano stati cancellati, i passeggeri in transito distribuiti tra i diversi alberghi della città, ed il coprifuoco era stato imposto sin dal tardo pomeriggio.

Inutile dire l'amara sorpresa di Giorgio e Fior di Loto, che nel giro di una mezz'ora s'erano trovati ospiti in un hotel di classe inferiore nella periferia del Cairo. Il loro orario, meticolosamente seguito fino a quel punto, era stato alterato sostanzialmente e con esso il programmato incontro con la figlia.

Presi da uno strano panico, per la volatilità della situazione e l'incertezza del domani, fecero una chiamata telefonica a Brigitte. Questa non si trovava a Nairobi, si era recata infatti a visitare il villaggio, dove Angelica aveva la sua residenza ed aveva svolto le sue attività. Lasciarono un messaggio con il personale di servizio dell'hotel, ricalcando la gravità del momento.

Nel frattempo, Angelica ebbe l'opportunità di calare Brigitte nella cultura locale, in netto contrasto con una certa mentalità europea. Si alimentarono con piatti locali, dalla carne di porco arrosto ad erbe cotte dal sapore indefinibile. Conversarono animatamente, raccontandosi avventure ed incidenti curiosi, il tutto condito con risate saporite e brevi battute umoristiche.

Per qualche momento fugace, s'erano scordate delle recenti esperienze dolorose, e quel che era peggio, delle persone care, in attesa di ricongiungersi con loro. Un altro mondo, privo di preoccupazioni, aveva spalancato le sue porte.

Fecero una visita molto breve al sacerdote Oliver, che superati in modo precario gli spiriti immondi della carne, le accolse con una sincerità cordiale del tutto nuova e volle farle partecipi del suo piano pastorale. Il suo entusiasmo era contagioso e la sua amabilità conquistatrice. Era un alito di aria pura in un mondo pieno di egoismo e malvagità.

Rianimate, anche sul piano spirituale, le due donne ritornarono all'hotel. Appena messo piede in quell'edificio di lusso, in netto contrasto con le modeste abitazioni del villaggio, appena visitato, con le chiavi ricevettero il messaggio di Giorgio. All'inattesa notizia, fecero buon viso a cattivo gioco. Si ritirarono nelle loro rispettive stanze, con la speranza che l'ingarbugliata situazione si spianasse, senza aggravanti di rilievo.

Fior di Loto non riusciva ad abituarsi a quell'altalena di emozioni, a quei contraccolpi del destino, e nonostante la sua proverbiale accettazione delle circostanze, mostrava una punta di stizza, aliena al suo carattere.

Il suo compagno di viaggio fece ricorso a certe nascoste abilità di negoziatore, che indubbiamente possedeva, per metterla a suo agio ed assicurarla che nulla li avrebbe trattenuti dal raggiungere il loro scopo, per difficile che apparisse.

Al mattino seguente, dopo una nottata agitata e piena di strani presentimenti che avrebbero tolto il fiato ai più ottimisti e coraggiosi, nessuna notizia di una composizione del conflitto. Con i denti stretti ed i nervi a fior di pelle, i due passeggeri attesero pazientemente. Non riuscirono ad imbastire nessuna conversazione su temi d'interesse. Qualche battuta insignificante rompeva il loro silenzio. Questo era il momento per apprezzare la loro preparazione nell'affrontare circostanze non anticipate.

Disgraziatamente il verdetto era negativo. Se questo fosse stato un esame di maturità, a tutte le apparenze, sarebbero stati bocciati. Tuttavia non bisognava disperare, perché la natura ha un modo tutto suo per supplire alle deficienze. In qualche modo riesce sempre a colmare i vuoti che incontra sul cammino, perché d'accordo al proverbio latino, aborrisce il "vacuum".

Nel frattempo Fior di Loto rimuginava tra sé idee di una strategia personale, nel rivelare alla figlia certe verità, imbarazzanti nel contenuto. Avrebbe atteso qualche tempo prima di svelare la vera paternità, cercando di scoprire la natura profonda delle relazioni tra Giorgio ed Angelica. Se queste fossero risultate un po' fredde o tiranti, a che valeva gettare legna sul fuoco, manifestandole l'origine della sua nascita, frutto di una violazione? La sua delicatezza l'avrebbe spinta ad occultare temporaneamente parte di quella verità scomoda, senza sopprimerla.

Le ore passavano lente e nessun annuncio veniva a calmare le ansie di tutti quei passeggeri in presa ad una disperazione rassegnata. Quando tutto sembrava indicare un'attesa indefinita, si sentì un fragoroso applauso scoppiare nel salone attiguo all'entrata. La notizia della ripresa dei voli all'aeroporto internazionale, colse tutti di sorpresa, ed una contentezza inesprimibile si leggeva nel volto di ognuno.

Giorgio, a quel rumore, scattò sull'attenti, e informatosi dell'accaduto si precipitò verso un telefono pubblico, comunicandosi con Brigitte. Appena in possesso dell'orario del volo, l'avrebbe richiamata.

Era nel tardo pomeriggio quando poterono riprendere il loro viaggio con destinazione Nairobi. Non bisognava essere degli esperti per notare nei loro occhi, gesti e parole una impazienza fuori del comune. Se tutto procedeva bene, solo alcune ore li separava dal grande obiettivo finale. A Fior di Loto non sembrava vero il poter vedere in persona quell'essere che aveva dato finalità a tutta la sua vita. Temeva fosse un sogno e paventava risvegliarsi con la mani vuote. Che ostacolo si sarebbe sovrapposto proprio negli istanti finali dello scioglimento di quel dramma che si era prolungato inutilmente per anni? Erano tempi di agitazione e non di fruizione. Più s'avvicinavano alla destinazione finale, più aumentava il loro senso di inadeguatezza.

A quel punto era quasi impossibile decifrare la ridda di pensieri e sensazioni nei loro atteggiamenti un tanto rigidi e nell'espressione facciale impenetrabile. Si scambiavano di quando in quando frasi convenzionali, a modo di sostegno mutuo. Non dicevano molto, ma rafforzavano l'idea di appoggio mutuo e di comunità d'interessi.

Brigitte ed Angelica si erano recate all'aeroporto per ricevere la delegazione sorpresa. Un grande interrogativo rimaneva nella mente della ragazza. Perché Brigitte aveva posto un'enfasi eccessiva sull'importanza di prepararsi per il ricevimento? Avevano scherzato su infinite possibilità, alcune persino banali, ma neppure un indizio sull'arrivo della persona che le aveva dato vita.

Senza preavviso alcuno, senza preparazione di sorta, quale ne sarebbe stato il risultato finale? Da disastroso a glorioso era la gamma di possibilità. Incoscienza in Angelica e timore in Brigitte, avvolti in un'atmosfera di schietta cordialità, priva di forzature ed ignara di etichette sociali.

Nel salone d'attesa si poteva osservare il solito viavai di turisti, passeggeri e impiegati. S'assomigliava a qualsiasi locale di simile natura, senza differenze notevoli, eccetto per il colore prevalente della pelle. Era un mare di colore nero, eccetto per qualche macchia bianca rara ed insignificante.

Dopo l'arrivo e lo sbarco senza incidenti, Giorgio e Fior di Loto superarono con certa speditezza i controlli dei passaporti e della dogana, e si diressero verso l'uscita, seguendo la segnaletica affissa nelle pareti.

Brigitte intravvide per prima i due passeggeri e additandoli ad Angelica, si diresse verso di loro, trascinando la ragazza che era rimasta un po' sbalordita. Angelica, riconobbe il padre adottivo, dal quale si era distanziata per motivi non ancora specificamente analizzati, ma ignorava l'identità della donna che l'accompagnava. Una stretta di mano calorosa sigillò l'incontro di Brigette con i due arrivati, mentre Angelica abbracciò senza trasporto alcuno Giorgio. Questi invece, al sentirsela tra le braccia, provò un brivido di colore umano ed una tenerezza mai sentiti prima.

Fior di Loto osservava la scena con una emozione repressa. Avrebbe voluto lanciarsi su quell'essere umano con tutto l'affetto di cui una madre è capace, stringerselo al seno e gridargli che l'amava.

Finalmente svincolatasi dal padre, Angelica pose i suoi occhi su quella donna dal corpo minuto, l'atteggiamento umile, e dal sorriso tenero sul viso. Non sapeva se stringerle la mano, o semplicemente porgerle un saluto e darle il benvenuto. Dopo infiniti attimi d'una attesa esasperante, il padre le rivolse la parola, pronunciando delle parole che la lasciarono trasecolata. Giorgio, con un' esitazione un tanto comprensibile, guardò Angelica negli occhi, mostrando un'amorevolezza mai vista e marcando le parole, per non essere frainteso, disse: "Angelica, questa è la tua vera madre".

La ragazza, sembrò impallidire al suono di quelle parole esoteriche, ed assumendo una posizione rigida, rimase attonita, come se una pallottola le avesse attraversato il cuore. Non riuscì ad emettere un suono, non ebbe neppure la forza di formulare un gesto con il viso o con le mani. Ultimamente aveva attraversati momenti, segnati da colpi traumatici, ma nulla l'aveva preparata per questo shock supremo. Non perse l'uso della parola, ma ammutolì sentimentalmente. La rivelazione delle sue origini, la presenza in carne ed ossa della vera madre, annebbiò la sua mente e congelò il suo cuore. Non provò né odio, né amore, né simpatia, né antipatia e solo per miracolo non svenne accasciandosi al suolo. Gli altri, all'osservarla, temettero che fosse rimasta paralizzata. Volevano scuoterla, ma non si azzardarono a muovere un dito, o a proferire una sillaba. Anche loro si convertirono in statue immobili, incapaci di reagire. Il tempo si era fermato, i contorni fisici scomparsi ed i suoni fusi in un mormorio impercettibile. Fior di Loto, che non poteva più trattenersi, le disse con una soavità e tenerezza inaudite "Posso abbracciarti?". Angelica, riavendosi da quell'estatico vaneggiamento, quasi meccanicamente, rispose "Sì, certo".

La donna orientale, sebbene più piccola di corpo, l'abbracciò con tale forza che Angelica si sentì completamente soggiogata. Poi, le stampò un bacio sulla guancia destra e cominciò a singhiozzare. Quelle lacrime, calde, sincere ed abbondanti ebbero l'effetto desiderato, perforando la durezza ed insensibilità di Angelica. Questa non poté resistere all'intensità di quel momento, e sentendosi, piccola, impotente asciugò le lacrime di quella donna sconosciuta, la baciò sulla fronte, la strinse a sé e le sussurrò all'orecchio le parole più dolci del mondo "Mamma, ti voglio bene". In presenza di simile scena i presenti diedero sfogo alle loro emozioni, e tutti cominciarono ad abbracciarsi e baciarsi, festeggiando il ritrovamento della figlia da parte della madre, ma quello che era più importante, l'accettazione della madre da parte della figlia.

Fior di Loto, con il suo tesoro, avvinghiato a sé, provò una gioia immensa, cadendo in un'estasi surreale. Il sogno di tutta la sua travagliata esistenza, si stava avverando in una cornice temporale di spazio e luogo mai immaginati. L'incontro più commovente di due anime legate dal legame indistruttibile della nascita, invece di verificarsi in un giardino fiorito di una dimora amata, si stava svolgendo in un affaccendato salone di un aeroporto internazionale nel centro dell'Africa, alla presenza di centinaia di facce indifferenti e noncuranti. Era l'epitome della maggiore contraddizione esistenziale: al sentimento affettuoso più genuino si contrapponeva alla freddezza ambientale più profonda.

Ma nulla di tutto ciò diminuì il carattere di immortalità di quell'evento nelle menti dei protagonisti. Per la prima volta Angelica si rese conto che aveva una vera mamma, in carne ed ossa, che si commuoveva per lei fino al totale disfacimento del suo essere. Questo sentimento di appartenenza ad un cuore che batteva con furia solo per lei, la fece trasalire, e perdendo la sua identità anteriore, che si stava dileguando come una gazzella alla presenza di una bestia feroce, percepì una nuova tendenza nelle sue viscere. Quella donna, sebbene minuta, ma pur tanto bella ed affettuosa, era la sua mamma, e lei era la sua figlia.

Le lagrime, i baci, gli abbracci e le carezze si moltiplicarono e con piccole interruzioni di fruizione spirituale indicibile, continuarono per un tempo indeterminato. La madre voleva rendersi sicura che non avrebbe mai più perso la sua creatura, prendendo possesso centimetro dopo centimetro di quella sua appartenenza, abbandonata a malavoglia tanti anni addietro. La figlia, da parte sua, non si stancava di ammirare la fonte del suo calore, l'origine della sua vita. Quel volto delicato l'affascinava, e si sentiva orgogliosa di essere calata finalmente nei panni di una vera figlia. I sogni, i rimpianti, le nostalgie avevano lasciato posto alla realtà, tanto più gratificante, quanto più inattesa e forse quanto mai immeritata.

Quel gruppetto di bianchi, davvero sparuto e perso in un mare di facce nere, come un punto invisibile in un videogioco infantile, si mosse lentamente verso l'uscita e noleggiando un taxi, si diresse verso un lussuoso hotel della capitale.

All'ordinarietà dell'incontro, senza musiche, fiori o paparazzi, Fior di Loto e Giorgio vollero supplire con una cena da principi. Non mancò nulla di prelibato o tante volte agognato.

I festeggiamenti si prolungarono fino a notte tarda. Le paure, i timori, le angoscie scomparvero per attimi felici dall'orizzonte di quei personaggi, protagonisti di un'avventura umana, che sebbene così comune e forse ripetuta a diario, non perdeva l'individualità propria e la straordinaria carica emotiva.

Si chiudeva un capitolo importante in quella storia intrisa di amori, dai più genuini ai più degradanti, dalla linea tematica semplice ed ingenua, ai risvolti bizzarri e privi di spiegazioni logiche.

Ma nonostante l'esuberanza traboccante delle celebrazioni e l'ineffabilità dell'incontro, Angelica andò a riposare con una tormentosa domanda, alla ricerca di una risposta soddisfacente. "Chi era il suo padre biologico?". Solo Fior di Loto possedeva la chiave di quel mistero.

Da giovane intelligente, Angelica si rendeva conto, che date le sue fattezze fisiche non poteva essere un'orientale. Scartata quella possibilità, s'apriva una vasta gamma di eventualità, che rifuggiva dall'esaminare. All'indomani avrebbe tagliato la testa al drago, rivolgendo la domanda a sua madre.

Anche Fior di Loto si dibatteva tra incertezze ed incubi, non sapendo in verità come rivelare la seconda parte di quella scomoda realtà. D'accordo con Giorgio, scelse il cammino meno scabroso.

Il giorno seguente era giunto il tempo per Brigitte di fare la valigie e di ritornare a Lione. Quella missione le aveva proporzionato una lezione molto significativa. Per diventare grandi, bisognava farsi piccoli. Nessuno era maestro in terra straniera. E' molto importante auscultare, prestando attenzione ai segni, senza presumere di conoscerlo tutto. L'investigatore non deve mai perdere contatto con l'ambiente in cui si trova immerso.

Con un sorriso, velato un po' da quell'esperienza, non certo esaltante, ma con un calore umano esponenzialmente incrementato, prese il congedo dai suoi datori di lavoro, e con un visibile rammarico, dalla sua amica. Non era un addio, ma un arrivederci in circostanze meno drammatiche ed emotive.

Rimasti soli, Angelica in presenza di Giorgio, rivolse, con una comprensibile titubanza, la spinosa domanda a sua madre. Questa, che si era preparata per quel momento sgradevole, la fissò a lungo ed emettendo una specie di suono non di stizza ma di sollievo le disse: "Giorgio è il tuo padre biologico". Gli occhi di Angelica si spalancarono, e aprendo la bocca, senza formulare una frase, esclamò : "No! Davvero? Oh mio Dio!". Se l'incontro con la madre era stato shoccante, la rivelazione della paternità la lasciò ancora una volta esterrefatta, senza respiro. Boccheggiava, infatti, come un pesce fuori d'acqua. Sorpresa delle sorprese. A stento riuscì ad abbracciare il padre, come per istinto. Riordinando le sue idee, gli chiese perdono per la freddezza con cui l'aveva trattato ultimamente. Da parte sua Giorgio, l'abbracciò affettuosamente e si scusò per non essere stato all'altezza del suo compito. Le rivelò che l'aveva adottata senza sapere che era sua figlia. Per Angelica, la problematica delle sue origini si stava ingigantendo a vista d'occhio, aumentando la sua confusione.

Fior di Loto, con una calma e convinzione invidiabili, spiegò la complicata storia, senza rivelare la violazione. A questo punto Angelica ricordò la storia di Sant'Alessio, che la nonna paterna le aveva narrato tante volte, durante le lunghe notti invernali. Lui era vissuto nella casa dei suoi genitori, come un povero mendicante, senza mai essere riconosciuto. A differenza del santo, Angelica non sapeva che Giorgio era il suo vero padre.

Ecco che tutto il dramma delle sue origini era stato rivelato. Non c'era più posto per una finta affezione per il padre adottivo, né per una sterile nostalgia di una madre mai conosciuta. Davanti a lei, monumenti taciti di un passato tumultuoso, una fragile donna dalla presenza incantevole, ed un uomo robusto dai capelli grigiastri e gli occhi inumiditi.

La sua vera famiglia si era incarnata in un modo inatteso ed era lì ai suoi piedi, disposta a tutto, pur di ottenere qualche briciola della sua affezione figliale. Si sentiva indegna di una simile dovizia, e dubitava di essere capace di corrispondere adeguatamente. Sballottata da contrastanti sentimenti di dipendenza come figlia e di autonomia ed autosufficienza come adulta, non riusciva a bilanciare quelle travolgenti correnti ideologiche ed esistenziali.

Alla luce di questi avvenimenti, c'era tutto da ripensare. Nulla poteva rimanere intatto, perché ogni realtà era stata ribaltata, ogni posizione soppiantata e ogni aspirazione rimandata.

Fior di Loto aveva un unico obiettivo, che era allo stesso tempo un anelito insito nel più profondo del suo essere, ed una brama ardente di mantenere l'unità di quella famiglia appena costituita.

L'unione doveva formarsi e crescere in un' azione coordinata, che in qualche modo legasse i tre nuovi protagonisti, senza cancellare il loro passato o chiudere un occhio sulle aspirazioni presenti e facesse pieno uso delle loro potenzialità .

Con questa finalità propose a Giorgio ed Angelica di formare una nuova società alberghiera, con l'erezione di nuovi hotel nelle principali metropoli europee. Giorgio, come ingegnere, avrebbe curato la costruzione dei nuovi edifici, Angelica con la sua formazione ed esperienza, si sarebbe incaricata dello loro amministrazione, mentre che Fior di Loto sarebbe stata la responsabile giuridica di quel nuovo complesso alberghiero.

Ciò, naturalmente, non precludeva Angelica dall'inseguimento del suo sogno originale di fondare una casa per orfani in Kenya, possibilmente nel territorio parrocchiale del Padre Oliver. Giorgio pure avrebbe avuto spazio per le attività che tanto gli stavano a cuore.

Come una nuova direttrice di azienda, Fior di Loto, spiegò con abbondanza di dettagli la sua finalità ed il piano per poterla concretare. Padre e figlia, galleggianti nel dubbio ansioso che la loro effimera unione si sfasasse prima ancora di prendere consistenza, rimasero magnetizzati dall'idea sorprendente della nuova madre di famiglia, e giurarono la loro adesione incondizionata al progetto.

Era giunto il momento di lasciare l'Africa per imbarcarsi in un'avventura meravigliosa che non conosceva confini.

CAPITOLO 18

Una storia umana non può mai essere completa, e questo per ragioni ovvie. Nessuno discute l'impossibilità materiale di ricordare con esattezza avvenimenti trascorsi in tempi passati, come neppure si rigetta la probabilità di errori, mancanze, sviste e soprattutto riletture dubbiose. Ma v'è un'altra ragione, la cui esistenza non è mai portata in ballo, anzi se la ignora completamente. Non si tratta di superficialità o pigrizia intellettuale, ma di una concezione nettamente terrestre dell'essere umano. Si crede infatti che con la morte, la storia individuale cessa e che la decomposizione del corpo, segna il punto finale. Se ciò non fosse vero, esisterebbe la possibilità, non certo ipotetica, di una prolungazione della storia individuale sotto forme atemporali e smaterializzate. Questa eventualità getterebbe non poca luce sull'esistenza temporale e potrebbe cambiarne radicalmente l'interpretazione. Supponiamo che un gigante della politica, considerato un salvatore della nazione, terminasse occupando nell'altra vita un rango inferiore ad un povero mendicante, disprezzato ed oltraggiato dalla società. Questa prospettiva non altererebbe forse l'estimazione totale di quell'individuo?

Dal momento che si tratta di pure supposizioni intellettuali, prive di ogni fondamento, è necessario accantonare simili intuizioni, un tanto fuori dei parametri accettati, e ritornare all'interpretazione tradizionale della storia umana, come incompleta non in relazione ad un possibile aldilà, ma ad un'ineluttabile al di qua.

Il relato di Angelica, non termina ovviamente con il riabbraccio della madre mai conosciuta, e la riscoperta del padre. Al contrario segna l'avvio di una nuova esistenza, qualitativamente distinta dalla prima, ma sostanzialmente ancorata su quella.

In quella nuova veste di essere umano, Angelica ha attraversato momenti, non tutti degni di menzione. Alcune di loro però hanno lasciato delle tracce inconfondibili.

In un rinato spirito di famiglia, anche se la coesione interna del nuovo nucleo si mostrava fragile ed insicura, i tre protagonisti dopo un breve soggiorno in Italia, si recarono nella madre patria di Fior di Loto ed Angelica. Le accoglienze ed i festeggiamenti da parte della pseudo nonna, la madre di Bruce, già anziana, ma con un vigore da venti primavere, e l'allegria straripante e giocherellona di Guo, che non si stancava di ammirare quella ragazza ibrida, metà cinese e metà italiana, le cui fattezze non facevano giustizia a nessuna delle due razze, impressionarono altamente non solo gli ospiti, ma la stessa Fior di Loto, che non si sarebbe mai aspettata una simile reazione davanti al prodotto del suo grembo.

Stranamente, l'abissale differenza di culture e soprattutto di esperienze personali, non fu ostacolo alcuno per una profonda comunione di sentimenti ed intendimenti. A differenza di anni addietro, quando Angelica assieme al padre aveva visitato i luoghi della sua origine, rimanendo indifferente e con certa ostilità verso tutto ciò che era alieno alla sua vivenza infantile, questa volta in presenza di una madre che l'adorava e di persone che la viziavano con la loro bontà, la giovane provò un'empatia, che la scioglieva internamente, facendola singhiozzare con una tenerezza di figlia riconoscente e di amica incomparabile.

Trascorsa questa luna di miele, che sembrava prolungarsi all'infinito e che lasciava un sapore veramente gradevole nel palato di tutti, Fior di Loto, volle che tanto Giorgio come Angelica si familiarizzassero con lo spirito ed il funzionamento della catena di hotel di cui era proprietaria. Loro, infatti, avrebbero portato avanti la torcia orientale in seno all'Europa.

Passò qualche tempo, e finalmente le ruote del nuovo macchinario si misero in moto. Mentre Angelica si familiarizzava, per mezzo di corsi e di orientamenti pratici da parte della madre sul modo di amministrare alberghi, Giorgio, con la dovizie di conoscimenti e di progetti anteriori, riuscì a creare un modello del tutto originale, che accarezzasse i sensi degli orientali, e suonasse come sinfonia agli orecchi degli occidentali.

Sottomesso il disegno al gruppo dirigente con a capo Fior di Loto, si iniziò la costruzione del primo edificio in una parte residenziale di Londra, non lontana dal centro storico. I lavori procedettero con alacrità, e nel giro di cinque mesi s' inaugurava il primo hotel della nuova catena, ridenominata "Marco Polo", il simbolo più convincente dell'avvicinamento delle due culture. Ben presto altri hotel s'elevarono nelle città della vecchia Europa: Roma, Torino, Madrid, Parigi, Monaco di Baviera, Amsterdam e Varsavia.

Guo aveva supplicato umilmente Fior di Loto di diventare la segretaria personale di Angelica. A questi effetti dovette intraprendere corsi accelerati d'inglese mentre che la sua adorata padroncina affondava i denti nel non facile idioma mandarino.

Simonetta, la sorella adottiva di Angelica, fu assunta come disegnatrice di moda di una linea di indumenti che si venderebbe solo nelle boutique della nuova catena di hotel, mentre che lo sposo, Luciano Cavalcanti, avvocato, si sarebbe fatto responsabile degli aspetti legali della nuova entità alberghiera.

In questo modo, Fior di Loto disponeva di una squadra, efficiente, qualificata e quello che contava maggiormente, consacrata alla causa, per trattarsi di persone unite da stretti legami di famiglia.

Angelica, senza accorgersene, era entrata nella terra promessa della sua esistenza. Con un impegno serio di amministratrice, con l'appoggio incondizionato della madre ed il calore di un padre, con la compagnia di Guo e la comunicazione sincera con Simonetta, il suo camminare terrestre si era trasformato in un volo che dava le vertigini.

Giammai avrebbe sognato simile svolta di rotta, specialmente dopo la strana malattia e lo schianto dell'aereo. Più volte alla settimana, la mamma si comunicava con lei per telefono, lasciandole una dolcezza e tranquillità di spirito mai conosciute. I contrattempi del lavoro giornaliero e le preoccupazioni assillanti si dileguavano facilmente al contatto dell'immenso calore umano con cui era circondata.

In questo clima di vero rinascimento esistenziale, incominciò ad accarezzare con una fruizione mistica il sogno che l'aveva soggiogata nel passato: la creazione di un orfanotrofio per bambine nel cuore dell'Africa.

In un momento di pausa dai suoi impegni, colse l'occasione per volare a Nairobi ed con l'assistenza e consulenza del suo vecchio amico P. Oliver volle dar inizio alla sua opera di beneficenza.

Ma quale fu la su sorpresa al ritrovarsi con il sacerdote, un tempo pieno d'entusiasmo e prorompente in attività pastorali. Il povero ministro di Dio si trovava, ora, languendo in un mare di dissapori. La sua salute mentale e psicologica erano talmente deteriorate che abbisognava di attenzioni mediche specializzate. Si capovolsero i ruoli, invece di essere lui a consigliare e stimolare la giovane filantropa, fu lei che si sentì obbligata ad offrire i primi soccorsi a quella povera vittima di circostanze inattese. La sua sensibilità e delicatezza femminile vibravano penosamente alla presenza di quell'anima in pena.

Pian piano, sotto l'insistenza amorosa di Angelica, Oliver incominciò a riversare in quel calice delicato il liquido amaro della sua travagliata esistenza. L'uomo, dai grandi valori ecclesiastici, dai principi dogmatici e tradizionali, dall'integrità indiscussa, si era trovato ultimamente di fronte ad un panorama desolante tanto tra le pareti della sagrestia, come nell'ampio spiazzo di una società sottosviluppata. La risposte tradizionali che si davano ai mille problemi di quella povera umanità torturata dalla penuria, fecero traballare le sue certezze ideologiche, lasciandolo con un vuoto enorme.

Da conformista e conservatore, sulla linea di molti giovani attenti ai mutamenti sociologici e religiosi, passò progressivamente ad occupare un posto di preminenza trai i contestatori, che reclamavano cambi radicali nella Chiesa e nella società politica. Questo nuovo indirizzo non solo dispiacque ai suoi superiori, ma li irritò fino al punto di marginarlo.

A tutto questo s'aggiunse un'avvenimento di portata internazionale, la morte del Supremo Pastore della Chiesa e la elezione di un nuovo Pontefice. Lo spazio dato agli ultimi giorni del papa morente dai mezzi di comunicazione lo sorprese non poco, sembrava che tutto il mondo fosse diventato d'improvviso cattolico, e che tutti gli esseri del pianeta fossero interessati nella suprema lotta di quel lontano capo religioso.

Il visibile deterioramento fisico del Pontefice lo toccò intimamente, facendolo toccare con mano il tragico destino di ogni uomo. La sofferenza di quel personaggio adorato da milioni in tutti i continenti penetrò profondamente le pieghe più intime della sua anima e la sua morte lo scosse, facendolo versare lagrime di dolore. In questo senso si sentì unito al resto dell'umanità. Ma le sue divergenze con la stessa erano enormi. Anche se in un principio aveva aderito all'indirizzo ideologico del suo Capo Supremo, non aveva mai potuto simpatizzare con le sue qualità di uomo, carente dell'unzione dovuta alla sua alta posizione. La sua franchezza e schiettezza erano per lui mancanza di diplomazia e di buoni modali che rasentavano la rustichezza; il suo sguardo profondo e penetrante, un cipiglio altezzoso; i suoi gesti populisti, manovre demagogiche. Inoltre quelle che prima considerava virtù, alla sequela dei numerosi fedeli cristiani, si erano convertite ora in pecche imperdonabili.

La sua mano forte contro i dissidenti, una vera dittatura religiosa. L'uomo che aveva predicato la democrazia e libertà politica, aveva esercitato la dittatura più ferrea tra i pensatori cattolici. La sua coerenza con in principi tradizionali che l'aveva elevato al rango della santità, reclamata nella piazza S. Pietro dalla folla inebriata, per il giovane Oliver si era convertita in ristrettezza di vedute e caparbietà intellettuale. La sua apertura al mondo, così esaltata con i suoi viaggi, un'affermazione della sua autorità e primazia papale; il suo ecumenismo, un'aggressione proselitista scandalosa. Le sue prese di posizione sulla sacralità della vita umana, un insieme di arretratezze morali ed un connubio di contraddizioni.

Per molti esperti, quel pontificato che appariva agli occhi di tutti glorioso, non era altro che una bella facciata ostentante grandiosità e potere spirituale irraggiungibile, mentre l'altro lato della medaglia portava il marchio dei due maggiori scandali che avessero afflitto la Chiesa in molti secoli: lo scandalo morale e lo scandalo economico.   La moralità, inalberata come un segno di distinzione dal celibato e dal voto di castità, un'ipocrisia smascherata dalla condotta ignobile di sacerdoti pedofili e superiori di ordini religiosi, come P. Maciel, fondatore dei Legionari di Cristo. Un cardinale, molto vicino al papa morente, nella sua meditazione per la Via Crucis al Colosseo, lamentava la molta "sporcizia che c'è nella Chiesa proprio tra coloro che nel sacerdozio dovrebbero appartenere completamente a Cristo", riferendosi senza dubbio a simili casi molto allarmanti.

Il fallimento del Banco Ambrosiano con l'impiccaggione a Londra del suo direttore Roberto Calvi, rivelò al mondo stupefatto ed inorridito, un'alleanza dei poteri più oscuri: Massoneria e Mafia con la partecipazione del Vaticano. Non si potrebbe immaginare un intrigo più criminale e religioso allo stesso tempo che riporta ai tempi dei Templari.

Questi scandali interpellarono la coscienza di molti e fecero traballare la fede di non pochi, tra loro il povero P. Oliver.

L'entusiasta propagatore della fede d'un tempo, s'era convertito in un critico acerrimo delle posizioni imposte dalla Congregazione della Fede, e brandite come uno scudo contro le deviazioni moderne dal Pontefice.

La sua morte, sebbene sentita e sofferta, apriva uno spiraglio nuovo nell'orizzonte. Il desiderio di un'epoca nuova, improntata su valori nuovi e su aperture coraggiose, faceva pregustare l'elezione di un papa, più sensibile ai segni dei tempi, e più in sintonia con le aspirazioni di una umanità appiattita e soffocata dal clima imperante bigotto e conformista.

In un atteggiamento di supplica disperata si era prostrato davanti al Santissimo Sacramento ed aveva pregato con un fervore inusitato perché il conclave producesse una vera speranza per la povera chiesa, che si dibatteva in un dogmatismo cieco, in una supremazia svuotata di autorità ed in un moralismo sterile.

Quale non fu la sua disperazione all'annuncio del nuovo papa, che come cardinale e prefetto per la Congregazione della Fede aveva forgiato il mappa teologico del pontefice scomparso. Se l'elezione di un conservatore si dava per scontata, giacché tutti i cardinali votanti, eccetto tre, erano stati eletti dal defunto uomo di Dio, ciò nonostante la scelta del moderno Torquemada lo sprofondò in una disperazione che rasentava il patologico.

I modali aggraziati ed il sorriso angelico del nuovo capo supremo della cattolicità, così rassicuranti per il mondo dell'immagine, potevano ingannare i più accorti osservatori, ma non quel povero sacerdote, sperduto nel cuore dell'Africa, assetato di rinnovamento e di cambi sostanziali.

Le promesse di lavorare per l'unione dei cristiani, riaffermando allo stesso tempo la primazia pontificia era la prima contraddizione palese di un pontificato che si annunciava sterile nel migliore dei casi. Come era possibile mettere alla base della dottrina sull'ecumenismo il primato papale e non invece i valori e le verità fondamentali, comuni a tutti i movimenti cristiani? Se il papato era stato una della pietre di scandalo durante il periodo della riformazione, come era concepibile riaffermarlo come condizione fondamentale della nuova marcia verso la riunificazione? Era come voler ricostruire la nuova chiesa universale cristiana partendo dal tetto.

Il relativismo dottrinale, così impugnato dal nuovo pontefice, e visceralmente temuto dalla comunità cattolica come l'Anticristo, costituisce uno dei punti più delicati nella dottrina della Chiesa, radicalmente dogmatica e quindi intollerante di una pluralità di espressioni. Questo dogmatismo dottrinale assoluto, portato alle sue estreme conseguenze, contiene implicazioni ripugnanti, che giungono a negare la stessa essenza del cristianesimo.

Simile assolutismo monolitico dottrinale, sintetizzato in maniera tradizionale, afferma che la Chiesa è una, santa, cattolica ed apostolica e che fuori di questa Chiesa non c'è salvezza possibile. "Extra Ecclesiam, nulla salus". Sotto tale affermazione innocente, tradizionale ed accettata senza riserve, si nascondono altre verità, altrettanto pericolose come esplosive. Con questa dottrina, infatti, la Chiesa instaura un nazismo religioso, che esalta la superiorità assoluta della propria visione religiosa, e ribassa tutte le altre allo stato di inautentiche, mendaci, riprovevoli e conducenti alla condanna eterna. Se ai nostri giorni non si proclamano crociate contro gli infedeli, o se non si accatasta legna per i roghi contro gli eretici non è perché i principi siano cambiati, ma semplicemente perché la sensibilità moderna non lo permette. Ironicamente, come segno di estrema modernità si arriva a condannare ed a chiedere perdono per questi eccessi del passato, ma non si muove un dito per modificare il fondamento dottrinale che li ha motivati. Come il nazismo politico indottrinava i seguaci ed incinerava le razze considerate inferiori, così il nazismo religioso inscatola i propri addetti in un'unica visione e credenza ed emargina coloro che dissentono.

Il pluralismo di posizioni, così propiziato nel campo politico, diventa un'eresia nel seno della Chiesa. I parametri di tolleranza e libertà applicati alle società civili, anche in campo morale, diventano anatema nell'ambito ecclesiastico. Come ai tempi di Pio IX, la Chiesa si contrappone vigorosamente al mondo moderno, e si erge come un unico faro di salvezza in mezzo al fango del relativismo.

Davanti a questo panorama è comprensibile l'amaro disinganno del Padre Oliver, il suo sgomento e la decisione di abbandonare il sacerdozio. Non c'era più posto per lui e per la sua teologia eterodossa. La Chiesa non poteva tollerare una pluralità di opinioni e deviazioni malsane, specialmente nel campo della morale.

Il primo lungo colloquio di Angelica con l'ecclesiastico che tanto ammirava e dal quale aveva preso costante ispirazione, la lasciò frastornata non tanto per le idee davvero scapigliate, ma per la decisione di abbandonare il suo attivo ministero sacerdotale e quello che era più sconcertante per la aberrante proposta di volerla sposare.

Se questo fosse successo mesi prima, quando era giunta all'estremo della disgrazia e solitudine, forse si sarebbe trovata in una situazione imbarazzante. Non avrebbe infatti sentito una ripugnanza così naturale, né provato una ripulsa così genuina e con ogni probabilità, come una frasca verde, si sarebbe piegata all'impeto dell'uragano. Ma oggi si trovava in una situazione completamente ribaltata.

La bimba adottata era stata rinvenuta dalla madre biologica ed aveva riscoperto il vero padre. Da farfalla errante che svolazza di fiore in fiore senza sosta, aveva ricuperato una consistenza di scopi ed impegni che l'ancorava solidamente ad una realtà familiare e professionale mai conosciuta prima e le concedeva una statura morale che non aveva bisogno né di puntelli affettivi, né di impalcature ideologiche.

Per il sacerdote Oliver era accaduto l'opposto. Alla solida struttura teologica che l'aveva trasformato in un guerriero invincibile dell'Onnipotente, s'era sostituita una critica sottile e deleteria che aveva minato i fondamenti stessi della sua religione. Al solido appoggio della gerarchia ecclesiastica, che aveva fatto la funzione della sua famiglia, sfasata dal punto di vista affettivo e formativo, era subentrato il vuoto più pauroso. Al crollo totale del suo mondo anteriore cercava di sostituire una nuova struttura, appigliandosi all'unica sporgenza salvatrice.

Angelica, che non aveva mai potuto cancellare dai suoi ricordi le scene quanto mai scandalose della madre adottiva flirtando provocatoriamente con il monsignore, alla proposta di Oliver, provò un disgusto supremo, e l'avrebbe piantato in quel medesimo istante se non fosse stato per un senso di compassione da una parte, e di buone maniere dall'altra. Il suo sguardo perse immediatamente la luminosità sprigionante dalle sue pupille, il suo volto intristì improvvisamente, e le sue mani incominciarono a tremare.

Dopo una pausa, che sembrava un'eternità, senza dar luogo a divagazioni o interpretazioni ingannevoli, si scusava dolorosamente emettendo un netto rifiuto alla sua proposta indecente. Non lasciava posto per posteriori ripensamenti, o susseguenti tentennamenti. Non si sarebbe mai prestata ad un gioco, considerato da lei sacrilego. Non avrebbe mai profanato il sacro recinto della Chiesa, sposando un suo ministro.

Il sacerdote s'era trovato tutto d'un tratto di fronte ad una colonna di granito, impossibile da smuovere. I suoi sogni s'erano infranti come ondate contro scogliere rocciose, le sue speranze svanite come rondini al primo autunno. Quell'incontro che avrebbe dovuto suggellare un'avvenire nuovo, aveva assunto le caratteristiche di una catastrofe infernale. I due si lasciarono senza sorrisi o strette di mano per non rivedersi mai più durante il loro viaggio terrestre.

Una subita tristezza s'impossessò di quella giovane che recentemente aveva toccato il cielo con il dito, e che ora ritornava alla realtà dei mortali, intrisa di gioie indicibili e di prolungate sofferenze. A differenza degli eventi spettacolari che l'avevano scombussolata fisicamente ed emotivamente, quest'ultima vicenda, senza stravolgerla internamente, le lasciò un sapore amaro negli intricati meandri del suo spirito, che si sarebbe prolungato ed esteso nel tempo come una macchia d'olio in una superficie sconfinata.

Né le frequenti conversazioni con la madre, così tenera e piena di comprensione, né il sostegno paterno, più asciutto ma robusto e sicuro, né l'alto volume di attività professionali, che non le permettevano momenti di respiro, né infine l'universale panacea del tempo, riuscirono a cancellare il malessere lasciato da quell'episodio sfortunato. Per anni, rimarrà come un richiamo delle fragili relazioni umane e della loro ambivalente natura, pronta a mutarsi in presenza di circostanze inattese, come un camaleonte delle isole Galapagos.

Questa storia potrebbe trovare il suo epilogo in quest'ultimo episodio che marcò indelebilmente l'anima di Angelica, che come ogni altra creatura umana, assorbiva ogni giorno lezioni nuove dalle intricate vicende giornaliere.

Non sempre nel corso della nostra esistenza troviamo risposte a molteplici interroganti che ci assillano. Ma di volta in quando succede qualche miracolo in questo settore del desiderio puro, della voglia innata, della speranza mai stroncata.

Dopo parecchi anni, quando l'orizzonte s'era appiattito e rimpicciolito, i sogni quasi totalmente scomparsi e le novità rarificate come moscerini d'autunno, Angelica ricevette una telefonata del tutto inattesa. Era Pierino Hanz, il piccolo amico della dimenticata Nairobi.

La notizia, che stava a punto di rivelarle era quanto mai sbalorditiva. Ma prima di arrivare a tale epifania, bisogna fare alcuni passi indietro, e rievocare brevemente il percorso di quell'amico intelligente, mai completamente scordato.

Il giovane, dopo aver terminato con successo le medie ed il liceo, aveva frequentato l'Università di Lugano, dove si era laureato in medicina, specializzandosi posteriormente in gerontologia. Possedeva un tatto speciale per gli anziani, li faceva sentire a gusto tra gli acciacchi fastidiosi della vecchiaia e i dolori delle malattie più temute. Le parole d'incoraggiamento gli salivano spontanee, ed il sorriso rassicurante non l'abbandonava un momento durante le sue visite premurose.

Non pochi anziani ed anziane lo consideravano come l'unico filo di connessione al mondo ed alla famiglia, spesse volte assente. Alcuni persino giunsero al punto di stabilire un legame affettivo, come fosse un figlio privilegiato.

Era questo il caso di un'anziana che l'attendeva ogni giorno con un'ansia indescrivibile e non voleva mai lasciarlo andare. La sua visita era un raggio di sole, una boccata d'aria fresca, un'infusione di energia vitale.

Durante le loro conversazioni, la povera anziana non poteva contenersi dal raccontare vicende dolorose del suo passato, ed a volte suggellava le sue narrazioni con le lagrime agli occhi ed un sospiro prolungato, come se le stesse rivivendo nel presente.

Quante volte avrebbe voluto ridiventare giovane per poter inquadrare in modo diverso la propria esistenza. V'erano troppe vicende da rettificare, numerosi storti da raddrizzare. Come affrontare la morte con un simile bagaglio di immondizie? Paventava quel momento e supplicava Dio che le concedesse un'opportunità per rimediare in parte quel mare di bruttezze

Pierino, senza conoscere quel travaglio interno che la lacerava, le stringeva la mano quasi gelida, le consolava il cuore trepidante e con la persuasione di un figlio trattava di rappacificarla con se stessa.

Un giorno, mentre ascoltava con un genuino interesse un relato veramente commovente di quell'anziana, fu profondamente colpito da un dettaglio, che per sé non significava nulla, ma per lui aveva un richiamo personale agghiacciante. La donna, con la voce tremante ed il cuore che le palpitava forte nel petto, gli narrò, con lusso di particolari, la lotta disperata per avere un figlio. La gioia che aveva sperimentato alla sua nascita non aveva uguali. Quel bimbo aveva trasformato tutto il suo mondo interiore ed esteriore, costituiva l'apice delle sue aspirazioni. Descriveva con fruizione il suo corpicciulo delicato, il suo visino rubicondo, le manine delicate e tutto l'insieme di quell'essere che l'aveva sedotta.

Un brutto pomeriggio, mentre scorrazzava allegramente nel verde di un parco della città, venne rapito da mani vigliacche, e da quel momento in poi la disperazione e la disgrazia s'impossessarono di lei per non lasciarla mai più. Ma lei l'avrebbe riconosciuto nell'angolo più nascosto del pianeta, perché portava nel suo corpicciulo un segno inconfondibile, una cosiddetta voglia. Si trattava di una macchia oscura sulla spalla destra, che lo contrassegnava inconfondibilmente tra migliaia di essere viventi.

Pierino, a quella rivelazione insolita, sentì una corrente elettrica percorrere le membra del suo corpo, lasciandolo immobilizzato. Neppure un elettroshock vero e proprio l'avrebbe scosso così duramente. Lui, infatti, possedeva simile voglia sulla sua spalla ed inoltre sapeva molto bene che era stato adottato dai suoi genitori. Sarebbe stata quella donna la sua mamma biologica? L'attaccamento che aveva sperimentato sin dal primo giorno che l'aveva incontrata, non sarebbe stato un istinto cieco della natura che riattaccava il tralcio alla vite, dopo anni di violenta separazione?

Non v'era altro mezzo per provarlo che un test di DNA. Senza dir nulla alla povera anziana, prelevò un po' di saliva dalla bocca di lei ed assieme ad un campione della propria le mandò in laboratorio per essere esaminate.

Nel giro di poche settimane ritornarono i risultati e quale non fu la sua sorpresa nel constatarne l'identità positiva. Sì, quell'anziana di nome Adele Rossi, era la sua madre biologica. Avrebbe avuto il coraggio di rivelarle questo segreto, o avrebbe preferito tenerla all'oscuro? Inoltre, era venuto a conoscenza tempo addietro che Adele era la madre adottiva di Angelica, e che il Signor Rossi ne era il vero padre. Che relazione esisteva tra lui ed Angelica, dato che v'era la possibilità di avere per lo meno un genitore in comune?

Con questi dubbi assillanti, si rivolse per consigli ed indirizzi operativi, a quella donna d'affari, che da giovane aveva ammirato tanto. La telefonata tanto inattesa come esplosiva, lasciò Angelica senza respiro. Da tempo non era abituata a simili colpi di scena e quel lampo a ciel sereno la mise psicologicamente in punta di piedi.

Come dimenticare quelle lontane giornate tragiche, quando il supposto fratellino era stato rapito senza lasciare nessuna traccia della sua scomparsa. Quel fatto aveva spaccato in due quella famiglia ormai scombussolata da atti indecenti da parte della madre. Le sofferenze provocate da quei lontani avvenimenti riaffioravano ora con toni meno drammatici, ma con la stessa intensità dolorosa.

Angelica, alle prese ancora con un panico viscerale, esortò il suo beniamino a rivelare la sua vera identità alla madre, premettendo una certa preparazione emotiva. Pierino la ringraziò di cuore, promettendosi di visitarla in un futuro prossimo, mettendola al corrente degli ultimi sviluppi di quella vicenda non poco intrigante.

Attese un qualche tempo prima di imbarcarsi in un'impresa così delicata e spinosa allo stesso tempo. Quando credette di essersi preparato sufficientemente, si sedette accanto al letto dove giaceva l'anziana Adele e guardandola fissamente negli occhi, con un trasporto filialmente inconsueto, le prese la mano destra un po' tremante. La strinse affettuosamente tra le sue, esitò alcuni istanti e poi con un sicurezza non troppo genuina, incominciò il suo discorsetto. "Cara Adele, nelle nostre conversazioni, tu mi hai svelato molti segreti della tua vita. Un particolare delle tue narrazioni mi ha colpito profondamente: il rapimento del tuo piccolo tesoro che portava un segno di nascita del tutto particolare sulla spalla destra". L'anziana a questo punto l'interruppe e con un respiro affannoso gli chiese. "Sai qualche cosa di mio figlio?". Pierino, con una grande emozione, rispose " Tuo figlio è qui, davanti a te, che ti guarda e ti sta parlando".

Quella rivelazione la gettò in una confusione senza precedenti. Le mancarono le parole appropriate per continuare il dialogo. Il gerontologo le spiegò con una soavità squisita il cammino che aveva percorso prima di raggiungere quella conclusione. Adele non gli permise di terminare. Con uno sforzo sovrumano si eresse e stendendo le sue braccia, lo avvolse a sé, stringendolo forte al suo petto di madre. Incominciò a baciarlo e ad accarezzarlo, come se fosse un bambino. Lui, commosso, ritornò i baci effusivi, mentre lagrime abbondanti gli scendevano dalle guance.

Al fissarla a lungo, notò una serenità nuova in quel volto solcato dalle rughe. Le ansie, i timori e le preoccupazioni anteriori erano scomparse, persino il dolore fisico che la prostrava sembrava svanito. Era la mamma più felice del mondo. Aveva visto con i suoi occhi il proprio figlio. Le sue fattezze erano inconfondibili, il suo sorriso inimitabile, il tono della sua voce limpido come le acque di una sorgente alpina. Provava una gioia immensa, e nonostante la sua indegnità e forse proprio in virtù della sua indegnità, ringraziò il Dio delle misericordie, che aveva avuto compassione di lei, e le aveva concesso la grazia più grande che un essere umano può mai aspirare di ottenere: ricongiungersi al proprio rampollo prima di esalare l'ultimo respiro.

Se la morte l'avesse rapita in quell'istante, se ne sarebbe andata senza rimpianti, con il cuore gonfio di emozioni, stringendo al petto il suo tesoro. Che momenti furono quelli! Il figlio, con una sollecitudine invidiabile, fece trasportare la mamma a casa sua e contrattò un'infermiera specializzata perché l'assistesse durante le sue assenze.

Ogni giorno Adele non vedeva l'ora che ritornasse dal lavoro per sentire la sua voce e respirare a pieni polmoni l'affetto che nutriva per lei.

Dopo qualche tempo, Pierino si azzardò a chiederle se Giorgio Rossi fosse suo padre. Un velo di tristezza si stese improvvisamente su quel volto radiante e con una voce esile rispose di no. Le dispiaceva assai non poter svelare l'identità del padre biologico, perché era deceduto da tempo, ed il conoscimento della medesima non avrebbe giovato a nessuno. Tuttavia doveva rassicurarlo che non v'era stata mancanza d'amore nel suo concepimento e che quel lontano atto di abbandono totale aveva segnato una delle vette più sublimi della sua esistenza.

Al figlio non toccava altro che accettare la parola rassicurante della madre, che avrebbe portato fino alla tomba il nome del misterioso personaggio, che l'aveva sedotta nel modo più sacrilego possibile ed poi abbandonata vergognosamente. Come si sa, era terminato in un ospedale psichiatrico consumando i suoi giorni in una strana forma di pazzia autoindotta. La povera donna, dal cuore grande e la mente ristretta, aveva perdonato al monsignore i suoi numerosi peccati, aveva chiuso i due occhi sulle sue tremende sbandate carnali, per incorniciarselo nel pensiero come l'uomo ideale che l'aveva realizzata pienamente come donna.

Pierino, ignaro delle burrascose vicende dei suoi genitori biologici, con le assicurazioni convincenti della madre, mise il suo cuore in pace e chiuse un capitolo inquietante della sua storia personale.

Nella sua telefonata ad Angelica descrisse con lusso di dettagli la rivelazione della sua identità ad Adele, ed il vuoto che gli rimaneva per non poter mai conoscere il padre biologico. Ai suoi genitori adottivi aveva aggiunto la mamma che l'aveva messo al mondo e questo lo rendeva molto contento. Se tutto fosse andato bene, nel futuro si sarebbe sposato. A questo punto la sua voce divenne esitante, ed un insolito nervosismo gli mozzò le frasi prima ancora di essere proferite.

Angelica, con una intuizione tutta propria e percependo un strana anormalità, gli domandò se avesse fatto luce su qualche altra realtà scabrosa. Sovrapponendosi, Pierino l'assicurò che tutto andava bene e che forse l'avrebbe richiamata in un futuro prossimo per informarla sulla salute di Adele.

Non avrebbe mai avuto il coraggio di rivelarle, che sin da piccolo si era innamorato pazzamente di lei e che con il passare degli anni la sua infatuazione, dapprima platonica ma poi terribilmente carnale, s'era ingigantita da trasformarsi in una ossessione paurosa. Nessuna donna l'aveva conquistato con tanta forza come Angelica, e nessuna al presente riusciva ad interessarlo o minimamente incuriosirlo come lei. Nonostante la differenza d'età, quindici anni più giovane di lei, si sentiva prigioniero d'un amore tirannico. Per timore di essere beffato o deriso, lo teneva occulto. Il ritrovamento della madre non giovò a nulla, anzi la possibilità di avere un genitore in comune lo terrorizzava. Sfatata quella eventualità, la passione incominciò a ribollire con un' intensità nuova. L'unico modo di smorzare quella vampata travolgente, d'accordo alle norme più elementari della psicologia, sarebbe stato parlarne con franchezza alla persona, involontario oggetto di quella passione. Ma il solo pensiero di essere rigettato o forse persino commiserato lo inchiodava al muro dell'assoluto silenzio. Preferiva andarsene da questa terra celando nel più intimo del suo essere questo segreto. Non si sarebbe lamentato, né avrebbe imprecato contro il suo crudele destino. La vita l'aveva colmato con una quantità impensabile di beni tanto materiali come spirituali ed una sola protesta da parte sua lo affiancherebbe allo stuolo di piagnucolosi che ogni giorno imbratta la faccia della terra.

La rassegnazione gli sembrava la miglior risposta agli stimoli smoderati della sua natura. Disgraziatamente inattesi eventi storici risposero in un modo totalmente diverso alla sua problematica egoisticamente centrata nei propri bisogni.

Era una mattina fredda d'inverno e Pierino si trovava nel suo ufficio medico, studiando i sintomi fuori del comune di un paziente anziano. Il suo assorbimento fu interrotto da uno squillo di telefono. Era la mamma, che da Nairobi gli comunicava la triste notizia dell'assassinio di Angelica Rossi. Non si sapevano ancora i dettagli dell'accaduto, ma la notizia era stata divulgata rapidamente dai mezzi di comunicazione.

Il giovane rimase allibito. Ebbe appena la forza di ringraziare la madre, assicurandola che si sarebbe recato immediatamente sul posto, per render gli ultimi tributi all'amica che tanto ammirava.

Cosa era successo? Negli anni, dopo il rincontro con la madre, l'intraprendente Angelica aveva visto con immensa soddisfazione il suo sogno divenire realtà. L'orfanatrofio, nel cuore dell'Africa nera, costruito senza lusso, ma con eleganza e modernità, accoglieva una settantina di bambine, vittime di circostanze e malvagità umane. Tutto sembrava aver trovato il suo posto nella vita di quella donna straordinaria. L'ombra dei problemi quotidiani spariva facilmente davanti alla sua intima relazione con la madre, la felice amministrazione alberghiera, e l'immensa soddisfazione che le procurava il sorriso riconoscente delle orfanelle. Ma come spesso succede nelle vicende umane, l'invidia, il pregiudizio razziale e la brama sfrenata di bene materiali ebbero il sopravvento, stroncando quel fiore che aveva come unica missione abbellire le bruttezze della società.

La sua perdita costernò la madre, gettando sconcerto e timore in tutti coloro che l'amavano ed ammiravano. Se n'era andata alla tomba senza conoscere il motivo della sua nascita né la ragione della sua morte. Una violenza carnale l'aveva fatta fiorire ed una violenza criminale l'aveva brutalmente stroncata. Dopo un'adolescenza travagliata aveva seminato amore e bontà. Dopo la sua morte ispirerà ammirazione e riconciliazione. Oliver, Pierino ed uno stuolo sconosciuto di amanti la trasformeranno in una stella nell'immenso cielo dell'amore. Nella notti serene illuminerà i vacillanti e sussurrerà parole dolci a chiunque abbia orecchi per ascoltarla. Addio angelo di bontà! Addio Angelica del mio cuore! Nessun tributo sarà mai proporzionato alla tua grandezza di donna.

FINE

Pubblicazioni dello stesso autore

1. - **Dario Lisiero**, *People Ideology, People Theology*, Exposition Press, New York 1980.

2. - **Dario Lisiero**, *My First Life*, Trafford, Victoria (Canada) 2004.

3. - **Dario Lisiero**, Justice Unfinished, Lulu, New York 2008

4. - **Dario Lisiero**, *José Benito Lamas, I. Reconstrucción histórica del gobierno eclesiástico en 1852-1857*, Editorial Dunken, Buenos Aires 2003.

5. - **Dario Lisiero**, *José Benito Lamas, II. Relectura del pensamiento y de la acción de José Benito Lamas*, Editorial Dunken, Buenos Aires 2004.

6. - **Dario Lisiero**, *Uruguayana*, Lulu, New York 2006.

7. - **Dario Lisiero**, *El Vicario Apostólico Jacinto Vera, Lustro Definitorio en la Historia del Uruguay, Primera Parte*, Lulu, New York 2006.

8. - **Dario Lisiero**, *El Vicario Apostólico Jacinto Vera, Lustro Difinitorio en la Historia del Uruguay, Segunda Parte*, Lulu, New York 2006.

9. - **Dario Lisiero**, *El Vicario de Montevideo*, Lulu, New York 2007.